4000 Vornamen
aus aller Welt

Von Alexander bis Zoe

4000 Vornamen
aus aller Welt

von

Ines Schill

BASSERMANN

Bei Bassermann sind bereits erschienen:
»Babybuch« (ISBN 3-8094-0158-7)
»Unser Baby« (ISBN 3-8094-0414-4)

ISBN 3 8094 0591 4

© 1998 Genehmigte Ausgabe für Bassermann'sche Verlagsbuchhandlung
© der Originalausgabe by FALKEN Verlag, 65527 Niedernhausen/Ts.
Die Verwertung der Texte, auch auszugsweise, ist ohne Zustimmung des Verlags urheberrechtswidrig und strafbar. Dies gilt auch für Vervielfältigungen, Übersetzungen, Mikroverfilmungen und für die Verarbeitung mit elektronischen Systemen.
Titelfoto: Hans Erhardt, München
Umschlaggestaltung: Elisabeth Berthauer
Redaktion: Anja Wolfsdorf
Herstellung: Norbert Happel

Die Informationen in diesem Buch sind von Autorin und Verlag sorgfältig erwogen und geprüft. Eine Haftung der Autorin bzw. des Verlags und seiner Beauftragten für Personen-, Sach- und Vermögensschäden ist ausgeschlossen.
Satz: FROMM MediaDesign GmbH, 65618 Selters/Ts.
Gesamtkonzeption: Bassermann'sche Verlagsbuchhandlung, D-65527 Niedernhausen/Ts.

101660497X817 2635 4453 62

Kurze Geschichte der Vornamen

In früheren Zeiten, als die Menschen in Sippen und kleinen Gruppen zusammenlebten, genügte unseren Vorfahren ein einziger Name. Damit wurde jede Person eindeutig angesprochen, und Verwechslungen waren ausgeschlossen. Viele von diesen Namen sind durch historische Quellen überliefert, auch wenn die meisten heute schon lange verklungen sind.
Unsere Vorfahren hatten eine große Vorliebe für zweigliedrige Namen, die ursprünglich eine Sinneinheit darstellten. Das läßt sich sehr gut an einem Beispiel veranschaulichen: Adalbert besteht aus »adal« (edel, vornehm) und »beraht« (glänzend), also sinngemäß »von glänzender Abstammung«. Aus diesem Namen entwickelten sich im Laufe der Zeit viele Kurz- und Nebenformen, von denen einige bis heute gebräuchlich sind (wie etwa Albert, Albrecht, Bert).
Diese Sinneinheit der Namen ging aber schon sehr zeitig verloren, da es Sitte wurde, die Namen der Kinder beliebig zusammenzusetzen. Dabei griff man häufig auf jeweils einen Namensbestandteil des Vaters und der Mutter zurück. Die so entstandenen Namen ließen sich zwar noch in ihren Bestandteilen deuten, bildeten aber keine Sinneinheit mehr.
Für die Zeit zwischen etwa 750 und 1080 lassen Urkunden bereits auf etwa tausend Namen schließen, die in unserem Sprachraum gebräuchlich waren. Die ständig wachsende Bevölkerung machte es etwa ab dem 12. Jahrhundert notwendig, den einzelnen Personen einen Beinamen zur besseren Unterscheidung zuzuordnen. Dabei griff man zunächst auf Berufsbezeichnungen zurück, von denen sich viele bis heute erhalten haben, man denke nur an solche Namen wie Müller, Richter oder Schulze. So entwickelten sich langsam unsere heutigen Familiennamen, auf die wir keinen Einfluß haben, da sie von Generation zu Generation vererbt werden.
In den deutschen Sprachraum drangen zu dieser Zeit auch vereinzelt Vornamen aus fremden Sprachbereichen ein. Andere Vornamen wurden der Bibel entnommen wie etwa Adam, Eva, Judith, Daniel, Andreas, Johannes, Stephan, Elisabeth und Michael. Im 13. Jahrhundert wurde es dann üblich, jedem Kind einen Namenspatron zur Seite zu stellen. So blieben bis heute neben den biblischen auch viele altdeutsche Namen erhalten, die an Märtyrer und Heilige erinnern.
Im Mittelalter waren fremde Namen nichtkirchlicher Herkunft fast ausschließlich Frauennamen. Sie wurden im deutschen Sprachraum meist durch die Heirat von Adligen mit den Töchtern ausländischer Herrscherhäuser bekannt; volkstümlich wurden sie freilich nie (wie zum Beispiel Béatrix).
Im 16. Jahrhundert wurden von den humanistischen Gelehrten verstärkt Namen des griechischen und römischen Altertums übernommen. Aber auch solche Namen fanden keine besondere Verbreitung, ausgenommen vielleicht die Namen August (Augustus) und Julius. Diese wurden von den Fürstenhäusern Sachsens, Thüringens und Braunschweigs aufgegriffen und dadurch später auch im Volk weit verbreitet. In der Zeit des Humanismus wurden allerdings nicht nur fremde Namen in den deutschen Sprachraum eingeführt, sondern auch alte deutsche Namen, die fast vergessen schienen, neu belebt. Außerdem gewannen die Doppelnamen eine immer größere Bedeutung. Damit wurde es möglich, den Namen des Vaters, der Mutter oder der Taufpaten mit auf den Lebensweg zu geben, ohne ihn jedoch als Rufnamen erscheinen zu lassen. Die Sitte der Doppelnamen hat sich bis heute erhalten, wenn auch nicht mehr in der ursprünglichen Absicht.

In der Zeit des Pietismus (17./18. Jahrhundert) drückte sich das fromme Lebensgefühl auch in der Neubildung von Vornamen aus. Beispiele hierfür sind Christlieb, Gotthold, Gottlieb, Leberecht und Traugott. Diese Namen sind heute zwar noch bekannt, spielen bei der Namenswahl jedoch kaum noch eine Rolle. Gleichzeitig gewannen durch den Einfluß der Literatur nun doch allmählich immer mehr fremde Namen im deutschen Sprachraum an Bedeutung und blieben zum großen Teil bis heute erhalten.
Im 19. Jahrhundert wurden durch die romantische Literatur, die Ritter- und Räuberdichtung sehr viele alte deutsche Namen neu belebt, und zu Beginn unseres Jahrhunderts wurden die unzähligen Zeitungs- und Zeitschriftenromane oft zur Quelle der Namenswahl. Heute stehen den werdenden Eltern eine Fülle von deutschen und ausländischen Namen zur Verfügung, die mit den vielen Kurz-, Neben- und Koseformen kaum noch zu überblicken ist. Das vorliegende Buch soll eine kleine Hilfe bei der Qual der Wahl sein, ohne jedoch den Anspruch auf Vollständigkeit zu erheben.

Verbreitung von Vornamen

Einen »Xaver« wird man sich unwillkürlich mit einer bayrischen Heimat vorstellen, während man eine »Frauke« wohl eher in Norddeutschland vermutet. Zwar hat die Entwicklung zur modernen Industrie- und Mediengesellschaft viele regionale und landschaftliche Eigenarten und Besonderheiten verwischt und verblassen lassen, trotzdem sind unsere gebräuchlichen Vornamen nicht gleichmäßig über das deutsche Sprachgebiet verteilt.
Eine Ursache für diese unterschiedliche Verbreitung ist die Glaubensreformation im 16. Jahrhundert. In den reformierten Gegenden wurden die katholischen Heiligennamen gemieden und eher biblische Namen – gefördert durch die Bibelübersetzung Luthers – bevorzugt. So kommt es, daß lange Zeit Namen wie Anton, Joseph oder Therese im Süden und Westen wesentlich geläufiger waren als typisch protestantische Namen wie Gustav, Christian und Joachim.
Ein zweiter Grund ist die Namensgebung nach den herrschenden Fürstenfamilien. Für manchen Friedrich, Georg, Wilhelm, Philipp oder Gustav vergangener Zeiten mag der Landesvater das Namensvorbild gewesen sein.
Zum dritten macht sich in den Randgebieten des deutschen Sprachraums der nachbarschaftliche Einfluß bemerkbar: Jens und Lars in Schleswig-Holstein zeigen die Nähe zu den skandinavischen Ländern, Jan und Milan im ostdeutschen Sprachraum erinnern an die slawischen Nachbarn, und wenn ein Georg im Südwesten »Schorsch« gerufen wird, so ist das nichts anderes als eine eingebürgerte Eindeutschung des entsprechenden französischen Vornamens.

Beliebte Vornamen der Gegenwart

Vergleicht man die Vornamensstatistiken aus mehreren Jahrzehnten miteinander, so fallen einerseits Namen auf, die als Ausdruck des jeweiligen Zeitgeschmacks gelten mögen, andererseits stellt sich aber auch heraus, daß Eltern über Generationen hinweg viel beständiger und "konservativer" sind, als man das vielleicht annehmen mag.
Auch heute gilt: Fernsehserien und Wimbledon-Siege ziehen keinen Vornamen-Boom nach sich und beeinflussen die langfristigen Trends kaum.
So ist etwa nach dem Zweiten Weltkrieg eine verstärkte Neigung zu Namen mit hebräischer, griechischer und römischer Herkunft zu beobachten, während sich der

angloamerikanische Einfluß bei der Namensgebung viel weniger bemerkbar gemacht hat als im allgemeinen Sprachgebrauch.

In den sechziger Jahren holten Vornamen aus dem französischen und slawischen Sprachraum etwas auf, wobei die Eltern bei einem Mädchen offensichtlich eher einmal zu einem fremdartigen und klangvollen Namen neigten als bei einem Jungen.

Bei den Jungen waren in den vergangenen zehn Jahren Christian, Michael, Daniel und Alexander regelmäßig unter den zehn beliebtesten; neu aufgekommen sind Philipp, Dennis und Patrick. Bei den Mädchen hielten sich Stefanie, Christine, Julia und Katharina am beständigsten, während in den letzten Jahren vor allem Jennifer und Lisa an Beliebtheit gewannen.

In den neuen und den alten Bundesländern gibt es bei der Namenswahl unterschiedliche Vorlieben. In den alten Bundesländern waren 1996 die folgenden Vornamen die Spitzenreiter (in Klammern die Plazierung des Vorjahres):

Jungen

1. Alexander (1)
2. Lukas (4)
3. Maximilian (2)
4. Daniel (3)
5. Michael (8)
6. Christian (6)
7. Philipp (5)
8. Marcel (7)
9. Jan (–)
10. Tobias (9)

Mädchen

1. Maria (1)
2. Julia (4)
3. Katharina (2)
4. Anna, -e (9)
5. Laura (3)
6. Marie (7)
7. Sophie (8)
8. Lisa (5)
9. Sarah (6)
10. Lena (–)

Bei den Eltern in den neuen Bundesländern standen 1996 folgende Vornamen an der Spitze der Beliebtheitsskala (in Klammern die Plazierung des Vorjahres):

Jungen

1. Maximilian (1)
2. Lukas (6)
3. Philipp (2)
4. Florian (3)
5. Kevin (9)
6. Max (–)
7. Felix (4)
8. Paul (5)
9. Tom (–)
10. Eric (–)

Mädchen

1. Maria (1)
2. Lisa (2)
3. Laura (3)
4. Anna, -e (5)
5. Sophia (6)
6. Julia (4)
7. Sarah (7)
8. Michelle (8)
9. Vanessa (9)
10. Jessica (7)

Werfen wir nun noch einen kurzen Blick in die Nachbarländer Österreich und Schweiz, da uns von dort ähnliche Vornamenstatistiken bekannt geworden sind. Der Vergleich mit der Vornamensgebung in Wien zeigt weitgehende Übereinstimmung. Nach einer Meldung in der Tageszeitung *Die Presse* vom 10.01.1997 lagen 1996 in Österreichs Hauptstadt Daniel und Julia an der Spitze.

Beliebt waren weiterhin Alexander, Florian, Lukas und Maximilian bei den Jungen, Katharina, Sophie, Sarah, Anna und Lisa bei den Mädchen.

In der *Schweiz* – so könnte man vermuten – spielt die Vielsprachigkeit des Landes auch bei der Namensgebung eine Rolle, und der Blick auf die Statistik bestätigt diese Überlegung, zeigt aber auch wieder Gemeinsamkeiten mit den beiden deutschsprachigen Nachbarn. Der andere Sprach- und Kulturkreis äußert sich in der Bevorzugung von Namen wie David, Simon, Luca, Pascal und Marco, während Michael, Daniel, Patrick und Nicolas wieder sehr bekannt klingen. Ähnlich verhält es sich bei den Mädchennamen: Jessica, Vanessa und Lea werden in der Eidgenossenschaft häufiger gewählt, während Sarah, Maria, Laura und Julia von Schweizer Eltern ebensooft bevorzugt werden wie von österreichischen oder deutschen.

Hinweise zur Namenswahl

Heute wird der Vorname des erwarteten Sprößlings von beiden Elternteilen gemeinsam ausgewählt und nicht mehr, wie in früheren Zeiten, patriarchalisch vom Vater bestimmt. Die Überlegungen zur Namenswahl beginnen meist schon lange vor dem ermittelten Geburtstermin und sind manchmal selbst auf dem Weg in den Kreißsaal noch nicht abgeschlossen. Um dieses Thema drehen sich oft hitzige Familiendebatten, Freunde wollen mitreden, und selbst die lieben Nachbarn melden sich zu Wort.

Liebe Eltern, bitte bedenken Sie, daß Ihr Kind mit seinem Vornamen ein ganzes Leben lang auskommen muß! Wenn der Name erst einmal vom Standesbeamten in das Geburtsregister eingetragen ist, gibt es fast keinen Weg mehr, um ihn zu ändern. (An dieser Stelle ein Hinweis: Bitte notieren Sie sich sowohl den ausgewählten Mädchen- als auch den Jungennamen in der gewünschten Schreibweise auf einem Zettel und nehmen ihn dann mit zur Entbindung in die Klinik oder später dann auch zum Standesamt. Das erspart Mißverständnisse und Ärger.) Nachfolgend sind ein paar Gesichtspunkte zusammengestellt, die die Namenswahl etwas erleichtern sollen:

– Bedenken Sie, daß Sie in erster Linie nicht Ihre Wünsche, sondern die Interessen Ihres Kindes berücksichtigen sollten.
– Wählen Sie nicht mehr als zwei Vornamen.
– Vermeiden Sie Koseformen, und geben Sie Ihrem Kind den Namen, den es als Erwachsener tragen kann.
– Vermeiden Sie stark landschaftlich geprägte Namen. So kann zum Beispiel Sepp in Bayern sehr schön und geläufig sein, aber wenn er später in Hamburg lebt, wird er sicherlich oft der Anlaß von Bayern-Witzen werden.
– Wählen Sie keinen langen Vornamen bei langem Familiennamen; dasselbe gilt für kurze Vornamen bei kurzen Familiennamen.
– Vor- und Familienname sollten aufeinander abgestimmt sein und zu einem harmonischen Wechsel von betonten und unbetonten Silben führen (Beate Seuberlich).
– Vor- und Familienname sollten sich nicht reimen. So ist bei einer Grete Bethe der Spott schon vorprogrammiert.
– Der Vorname sollte anders auslauten, als der Familienname anlautet (also nicht: Hannes Sütz).
– Vorsicht bei der Wahl fremder und ausgefallener Vornamen! Eltern sind vielleicht stolz auf den »besonderen« Namen oder die »besondere« Schreibweise, für das Kind kann dieser Name aber eine lebenslange Belastung werden.

- Lassen Sie auch Vorsicht bei der Wahl von Namen walten, mit denen literarische oder historische Personen assoziiert werden! So denkt man bei einer Brunhilde sicher an eine Walküre, bei Aida an Verdi und bei Romeo an Shakespeare.
- Wenn Sie Ihrem Kind zwei Vornamen mit auf den Lebensweg geben möchten, so ist die getrennte Schreibung zu empfehlen. Zusammen sollten sie nur geschrieben werden, wenn beide Namen kurz und in einem Hauptton gesprochen werden, wie etwa bei Hansjürgen oder Annemarie. Enge Namenspaare kann man natürlich auch mit einem Bindestrich verbinden, wie bei Karl-Heinz oder Klaus-Peter.

Namensrechtliche Bestimmungen

Heute haben die Eltern die freie Wahl des Vornamens für ihr Kind. Dieses Recht ist im »Bürgerlichen Gesetzbuch« verankert und wird geregelt durch die »Dienstanweisung für die Standesbeamten und ihrer Aufsichtsbehörden« (Ausgabe 1968, geänderte Fassung 1971 und 1975). In dieser Dienstanweisung ist die Anzeige der Geburt, die Aussprache und Schreibweise der Vornamen, die nachträgliche Anzeige der Vornamen und die Änderung von Namen und Vornamen geregelt. Nachfolgend ein paar wichtige Bestimmungen aus der Dienstanweisung für die Standesbeamten:
- Bezeichnungen, die ihrem Wesen nach keine Vornamen sind, dürfen nicht als solche eingetragen werden. Diese Bestimmung wird aber schon seit einiger Zeit nicht mehr so eng ausgelegt. So wurden als weibliche Vornamen zum Beispiel Birke, Flora, Viola, Jasmin, Europa, Germania, Bavaria und als männlicher Vorname beispielsweise Oleander zugelassen. Außerdem wurden als männliche Zweitnamen Pumuckl, Timpe und Winnetou von Eltern gerichtlich erstritten. Unerlaubt sind aber Standesbezeichnungen wie Princess, Graf und Earl.
- Das Geschlecht muß eindeutig erkennbar sein. Wenn dies nicht der Fall ist, muß ein eindeutiger Zweitname vergeben werden. Im alphabetisch geordneten Namensteil ist bei diesen Namen jeweils ein entsprechender Hinweis angebracht.
- Die Anzahl der Vornamen ist nicht beschränkt. Mehrere Vornamen dürfen durch Bindestriche gekoppelt werden, Kommas dagegen sind unzulässig.
- Anstößige Namen dürfen nicht als Vornamen eingetragen werden; zu den unzulässigen Namen gehören auch Jesus und Christus, obwohl sie in anderen Kulturkreisen geläufige Vornamen sind.
- Die Schreibweise der Vornamen richtet sich nach den allgemeinen Regeln der Rechtschreibung, ausgenommen ist die ausdrücklich gewünschte andere Schreibweise eines Vornamens.
- Fremdsprachige Namen müssen wie in ihrem Herkunftsland geschrieben werden oder nach den Lautregeln der deutschen Rechtschreibung übertragen werden. Daher gibt es viele eingedeutschte Formen fremder Vornamen. Diese wurden, soweit wie möglich, ebenfalls in diesem Buch berücksichtigt.

Verzeichnis der verwendeten Abkürzungen

ahd.	althochdeutsch	männl.	männlich
altengl.	altenglisch	mazedon.	mazedonisch
altfranzös.	altfranzösisch	mexikan.	mexikanisch
altgerm.	altgermanisch	mhd.	mittelhochdeutsch
altisländ.	altisländisch	mittelniederd.	mittelniederdeutsch
altnord.	altnordisch		
altruss.	altrussisch	niederd.	niederdeutsch
altsächs.	altsächsisch	niederländ.	niederländisch
amerikan.	amerikanisch	nord.	nordisch
angelsächs.	angelsächsisch	nordfries.	nordfriesisch
arab.	arabisch	normann.	normannisch
argentin.	argentinisch	norweg.	norwegisch
bayr.	bayrisch	österr.	österreichisch
belg.	belgisch	ostfries.	ostfriesisch
bulgar.	bulgarisch		
		pers.	persisch
dän.	dänisch	poln.	polnisch
		portug.	portugisisch
elsäss.	elsässisch		
engl.	englisch	rätoroman.	rätoromanisch
estn.	estnisch	röm.	römisch
		rumän.	rumänisch
finn.	finnisch	russ.	russisch
fläm.	flämisch		
fränk.	fränkisch	sächs.	sächsisch
französ.	französisch	schles.	schlesisch
fries.	friesisch	schott.	schottisch
		schwed.	schwedisch
geb.	geboren	schweiz.	schweizerisch
german.	germanisch	serbokroat.	serbokroatisch
gest.	gestorben	skand.	skandinavisch
got.	gotisch	slaw.	slawisch
griech.	griechisch	slowak.	slowakisch
		sorb.	sorbisch
hebr.	hebräisch	span.	spanisch
		Sskr.	Sanskrit
israel.	israelisch	St.	Sankt
italien.	italienisch		
		tschech.	tschechisch
Jh.	Jahrhundert	übers.	übersetzt
jugosl.	jugoslawisch	ungar.	ungarisch
kelt.	keltisch		
kolumbian.	kolumbianisch	v. Chr.	vor Christus
		Vorn.	Vorname
lapp.	lappländisch		
lat.	lateinisch	walis.	walisisch
lett.	lettisch	weibl.	weiblich

A

Aaltje

Aaltje — weibl., fries. und niederländ. Form zu Adelheid

Aaron — männl., aus der Bibel übernommener Vorn. hebr. Ursprungs, eigentlich »Bergbewohner, Erleuchteter«; in der Bibel ist Aaron der ältere Bruder von Moses; *weitere Formen:* Aron

Abel — männl., aus der Bibel übernommener Vorn. hebr. Ursprungs, eigentlich »Hauch, Vergänglichkeit«; in der Bibel ist Abel der zweite Sohn von Adam und Eva, der von seinem Bruder Kain erschlagen wurde; im Mittelalter galt Abel auch als Kurzform zu Albrecht und Adalbert

Abelke — weibl., fries. Kurzform zu Vorn. mit »Adal-«, vor allem zu Adalberta

Abelone — weibl., dän. und norweg. Form zu Apollonia

Abigail — weibl., aus der Bibel übernommener Vorn., eigentlich »Vaterfreude«; in der Bibel ist Abigail die Gattin (oder Schwester?) von König David

Abo — männl., Kurzform zu Adalbert ; *weitere Formen:* Abbo, Abbe

Abraham — männl., aus der Bibel übernommener Vorn. hebr. Ursprungs, eigentlich »Vater der Menge«; *weitere Formen:* Abi; Bram (niederländ.); Äbi (schweiz.); Ibrahim (arab.); *bekannter Namensträger:* Abraham Lincoln, amerikan. Präsident (1809–1865)

Absalon — männl., aus der Bibel übernommener Vorn. hebr. Ursprungs, eigentlich »Vater des Friedens«; Absalon ist in der Bibel der Sohn von König David; *weitere Formen:* Axel (schwed.)

Achill — männl., aus dem Griech. übernommener Vorn., dessen Bedeutung unklar ist; in der griech. Mythologie ist Achill der Held von Troja, der durch Paris fiel, obwohl er unverwundbar war – bis auf seine Ferse (daher auch der Begriff »Achillesferse«); *weitere Formen:* Achilles

Achillina — weibl. Form zu Achill

Achim — männl., Kurzform zu Joachim; *bekannter Namensträger:* Achim von Arnim, deutscher Dichter (1781–1831)

Achmed — männl., aus dem Arab. übernommener Vorn., eigentlich »lobenswert«

Ada — weibl., Kurzform zu Vorn. mit »Adal-«, »Adel-« und »Adar-«; *weitere Formen:* Adda; Edith (engl.)

Adalbert — *Herkunft:* männl., aus dem ahd. »adal« (edel, vornehm) und »beraht« (glänzend)
Verbreitung: durch die Verehrung mehrerer Heiliger im Mittelal-

ter verbreitet, die Kurzformen spielten dabei eine größere Rolle als die Vollform; durch die romantische Dichtung zu Beginn des 19. Jh. wurde der Vorn. neu belebt, ist aber heute fast in Vergessenheit geraten
Andere Formen: Adelbert, Adalbrecht, Adelbrecht, Edelbert, Abo, Albo, Albrecht, Albert, Abel, Bert, Brecht; Apke (fries.); Béla (ungar.)
Bekannte Namensträger: Adalbert von Chamisso, deutscher Dichter (1781–1838); Adalbert Stifter, österr. Schriftsteller (1804–1868)
Namenstag: 20. Juni

Adalberta	weibl. Form zu Adalbert; *weitere Formen:* Adalberte
Adalbrecht	männl., Nebenform zu Adalbert
Adalfried	männl., aus dem ahd. »adal« (edel, vornehm) und »fridu« (Friede); *weitere Formen:* Alfried
Adalgunde	weibl., aus dem ahd. »adal« (edel, vornehm) und »gund« (Kampf); *weitere Formen:* Adalgundis, Aldegunde, Algonde, Algunde
Adalhard	männl., aus dem ahd. »adal« (edel, vornehm) und »harti« (hart); *weitere Formen:* Adalhart, Adelhart
Adalhelm	männl., aus dem ahd. »adal« (edel, vornehm) und »helm« (Helm)
Adalie	weibl., Kurzform zu Vorn. mit »Adal-« und zu Adelheid
Adalmar	männl., aus dem ahd. »adal« (edel, vornehm) und »mari« (berühmt); *weitere Formen:* Adelmar
Adalrich	männl., aus dem ahd. »adal« (edel, vornehm) und »rihhi« (reich, mächtig); *weitere Formen:* Adelrich, Alderich
Adalwin	männl., aus dem ahd. »adal« (edel, vornehm) und »wini« (Freund); *weitere Formen:* Adelwin
Adam	männl., aus der Bibel übernommener Vorn., eigentlich »Mann aus roter Erde«; in der Bibel ist Adam der Stammvater aller Menschen; der Vorn. war im Mittelalter sehr verbreitet, wird aber heute nur selten gewählt; *bekannte Namensträger:* Adam Riese, deutscher Rechenpädagoge (1492–1559); Adam Opel, deutscher Industrieller (1837–1895); Adam Ant, engl. Popmusiker (geb. 1954)
Adelaide	weibl., französ. Form zu Adelheid
Adelbert, Adelbrecht	männl., Nebenformen zu Adalbert

Adele

Adele — weibl., Nebenform zu Adelheid; *weitere Formen:* Adela; Adely (engl.); *bekannte Namensträgerinnen:* Adele Schopenhauer, deutsche Schriftstellerin (1797–1849); Adele Sandrock, deutsche Schauspielerin (1863–1937)

Adelfriede — weibl. Form zu Adalfried; *weitere Formen:* Adalfriede

Adelheid — *Herkunft:* weibl., aus dem ahd. »adal« (edel, vornehm) und »heit« (Wesen, Art)
Verbreitung: im Mittelalter durch die Verehrung der Heiligen Adelheid, Gattin von Otto dem Großen und Regentin für Otto III., sehr beliebter Vorn.; im 19. Jh. wurde der Vorn. durch die Ritterdichtung neu belebt, wird aber heute nur noch selten gewählt
Andere Formen: Adele, Adalie, Adeline, Alheit, Alida, Heide, Heidi, Lida, Lida; Aaltje, Aletta, Ailke, Alita, Altje, Elke, Elgin, Lida, Letta, Tale, Tela, Tida, Talida, Talika, Teida (fries., niederländ.); Alice (engl.); Adelaide (französ.); Talesia (baskisch)
Namenstag: 16. Dezember

Adelhilde — weibl., aus dem ahd. »adal« (edel, vornehm) und »hiltja« (Kampf)

Adeline — weibl., Nebenform zu Adelheid; *weitere Formen:* Adelina

Adellinde — weibl., aus dem ahd. »adal« (edel, vornehm) und »linta« (Schutzschild aus Lindenholz)

Adelmute — weibl., aus dem ahd. »adal« (edel, vornehm) und »muot« (Geist, Gemüt); *weitere Formen:* Almut, Almud, Almoda, Almod, Almundis

Adelrune — weibl., aus den ahd. Wörtern »adal« (edel, vornehm) und »runa« (Geheimnis)

Adeltraud — weibl., aus dem ahd. »adal« (edel, vornehm) und »trud« (Kraft, Stärke); *weitere Formen:* Adeltrud, Edeltraud

Adelwin — männl., »adal« (edel, vornehm) und »wini« (Freund)

Adi — männl., Kurzform zu Adolf; *weitere Formen:* Adje, Addi

Adina — weibl., aus der Bibel übernommener Vorn. hebr. Ursprungs, eigentlich »weich, zart, schlank«; *weitere Formen:* Dina

Adna — weibl., Nebenform zu Edna

Ado — männl., Kurzform zu Adolf

Adolar — männl., aus dem ahd. »adal« (edel, vornehm) und »arn« (Adler); im 19. Jh. durch die Ritterdichtung und romantische Literatur verbreiteter Vorn.; *weitere Formen:* Adelar

Adolf — männl., aus dem ahd. »adal« (edel, vornehm) und »wolf« (Wolf) *Verbreitung:* durch den Schwedenkönig Gustav Adolf war der Vorn. weit verbreitet; in den dreißiger Jahren des 20. Jh. wurde Adolf Hitler als Namensvorbild gewählt, und nach dem Zweiten Weltkrieg wird der Vorn. in Deutschland gemieden *Andere Formen:* Ado, Adi, Alf, Dolf, Lof; Adolph (engl.); Adolphe (französ.); Adolfo, Ezzo, Azzo (italien.) *Namenstag:* 13. Februar

Adolfa — weibl. Form zu Adolf; *weitere Formen:* Adolfina, Adolfine

Adolfo — männl., italien. Form zu Adolf

Adolph — männl., engl. Form zu Adolf; *bekannter Namensträger:* Adolph von Menzel, deutscher Maler (1815–1905)

Adolphe — männl., französ. Form zu Adolf

Adonia — weibl. Form zu Adonis

Adonis — männl., aus dem Griech. übernommener Vorn.; Adonis ist in der griech. Mythologie ein schöner Jüngling und Liebling der Venus; *weitere Formen:* Adonias

Adrian — männl., aus dem Lat. übernommener Vorn., eigentlich »der aus der Hafenstadt Adria Stammende«; der Vorn. war als der Name mehrerer Päpste im Mittelalter verbreitet, besonders in Flandern und im Rheinland; heute wird der Vorn. wieder öfter gewählt; *weitere Formen:* Hadrian, Arian; Adrien (französ.)

Adriana — weibl. Form zum Vorn. Adrian; *weitere Formen:* Adriane; Adrienne (französ.)

Adriano — männl., italien. Form zu Adrian; *bekannter Namensträger:* Adriano Celentano, italien. Filmschauspieler und auch Sänger (geb. 1938)

Agathe — weibl., aus dem griech. »agathós« (gut); *weitere Formen:* Agatha, Agi; Agascha (russ.); Agda (schwed.); *bekannte Namensträgerin:* Agatha Christie, engl. Schriftstellerin (1890–1976); *Namenstag:* 5. Februar

Agi — weibl., Kurzform zu Agnes

Ägid — männl., aus dem Griech. übernommener Vorn., eigentlich »Schildhalter«; *weitere Formen:* Ägidius, Egidius, Gidi, Itsch, Illo, Till; Egidio (italien.); Jillis, Gils, Gilg, Tilg (niederländ.); Idzi (poln.); Giles, Gill, Gilg (engl.); Gilles (französ.); Gil (span.); Ilian (schwed.); *Namenstag:* 1. September

Agilbert — männl., aus dem ahd. »agal« (Schwertspitze) und »beraht« (glänzend); *weitere Formen:* Agilo, Eilbert

Agilolf	männl., aus dem ahd. »agal« (Schwertspitze) und »wolf« (Wolf); *weitere Formen:* Agilulf, Aigolf; *Namenstag:* 9. Juli
Agimar	männl., aus dem ahd. »agal« (Schwertspitze) und »mari« (berühmt)
Agimund	aus dem ahd. »agal« (Schwertspitze) und »munt« (Schutz der Unmündigen); *weitere Formen:* Agilmund
Agin	männl., Kurzform zu Vorn. mit »agal«
Aginald	männl., aus dem ahd. »agal« (Schwertspitze) und »waltan« (walten, herrschen); *weitere Formen:* Agenald
Aginolf	männl., aus dem ahd. »agal« (Schwertspitze) und »wolf« (Wolf); *weitere Formen:* Aginulf
Aglaia	weibl., aus dem griech. »aglaia« (Glanz, Pracht) ; in der griech. Mythologie ist Aglaia die Göttin der Anmut; *weitere Formen:* Aglaja
Agna	weibl., schwed. Kurzform zu Agnes
Agnes	*Herkunft:* weibl., aus dem Griech. übernommener Vorn., eigentlich »die Keusche« *Verbreitung:* durch die Verehrung der Heiligen Agnes, Patronin der Jungfräulichkeit, im Mittelalter verbreitet; das Schicksal der Bürgertochter Agnes Bernauer wurde mehrfach literarisch bearbeitet (sie war die heimliche Geliebte des Bayernherzogs Albrecht III. und wurde von ihrem Vater 1435 als Zauberin ertränkt); im 19. Jh. durch Ritter- und Räubergeschichten neu belebt; derzeit verbreitet und öfter gewählt *Andere Formen:* Agi, Agnete, Agnita, Agnese; Agna (schwed.); Inés (span.) *Bekannte Namensträgerin:* Agnes Straub, deutsche Schauspielerin (1890–1941) *Namenstag:* 21. Januar
Agnese, Agnete, Agnita	weibl., Nebenformen zu Agnes
Ago	männl., Kurzform zu Vorn. mit »Agi-« oder »Ago-«
Agomar	männl., Nebenform zu Agimar
Aida	weibl., Herkunft und Bedeutung unklar, seit Verdis gleichnamiger Oper (1871) öfter gewählt
Ailke	weibl., fries. und niederländ. Form zu Adelheid
Aimé	weibl. Form zu Amatus; *weitere Formen:* Aimée (französ.)
Aimo	männl., Kurzform zu Haimo

Aja	weibl., aus dem Italien. übernommener Vorn., eigentlich »die Erzieherin«
Akelei	weibl., Name einer Blume, die zu den Hahnenfußgewächsen zählt und im Gebirge anzutreffen ist; in letzter Zeit häufiger gewählt; *weitere Formen:* Akulina (russ.)
Akim	männl., slaw. Form zu Joachim
Al	männl., amerikan. Kurzform zu Vorn. mit »Al«; *bekannte Namensträger:* Al Pacino, amerik. Schauspieler (geb. 1940); Al Jarreau, amerikan. Sänger (geb. 1940)
Alain	*Herkunft:* männl.; die Alani waren ein iranisches Steppenvolk, von denen ein Teil mit den Germanen nach Westen wanderte und der andere Teil von den Mongolen verdrängt wurde *Verbreitung:* vor allem im französ. Sprachgebiet verbreitet; Anfang des 20. Jh. in adligen Familien oft gewählt; heute seltener Vorn. *Andere Formen:* Alan, Allan, Allen; Alanus (lat.) *Bekannte Namensträger:* Alain Prost, französ. Rennfahrer (geb. 1955); Alain Delon, französ. Schauspieler (geb. 1935)
Alan	männl., engl. Nebenform zu Alain; *bekannter Namensträger:* Alan Parsons, engl. Rockmusiker (geb. 1948)
Alanus	männl., lat. Form zu Alain
Alba	weibl., aus dem lat. »alba« (weiße Perle)
Alban	männl., aus dem Lat. übernommener Vorn., eigentlich »Mann aus Alba«; *bekannter Namensträger:* Alban Berg, österr. Komponist (1885–1935)
Alberich	männl., aus dem ahd. »alb« (Naturgeist) und »rihhi« (reich, mächtig); *weitere Formen:* Elberich
Albero	männl., aus dem ahd. »alb« (Naturgeist) und »bero« (Bär)
Albert	männl., Kurzform zu Adalbert; im Mittelalter Adelsname, dann weit verbreitet; heute selten gewählt; *weitere Formen:* Albert (französ.); Alberto (italien.); Alik (russ.); Al (amerikan.); *bekannte Namensträger:* Albert Bassermann, deutscher Schauspieler (1867–1952); Albert Lortzing, deutscher Komponist (1801–1851); Albert Schweitzer, elsäss. Theologe und Urwaldarzt in Lambarene (1875–1965); Albert Einstein, deutscher Physiker (1879–1955)
Alberta	weibl. Form zu Albert; *weitere Formen:* Alberte, Albertina, Albertine, Abelke, Berta
Albina	weibl. Form zu Albwin

Albrecht

Albrecht	männl., Kurzform zu Adalbert; im Mittelalter als Adels- und Fürstenname verbreitet, bekannt vor allem durch Albrecht Dürer (1471–1528); *bekannte Namensträger:* Albrecht Altdorfer, Maler und Stadtbaumeister von Regensburg (um 1480–1538); Albrecht Haller, deutscher Dichter (1708–1777)
Alburg	weibl., aus dem ahd. »adal« (edel, vornehm) und »burg« (Schutz); *weitere Formen:* Adelburga
Albwin	männl., aus dem ahd. »alb« (Naturgeist) und »wini« (Freund); *weitere Formen:* Alboin, Albuin
Aldeger	männl., aus dem ahd. »adal« (edel, vornehm) und »ger« (Speer); *weitere Formen:* Adalger, Aldiger
Aldina	weibl., Kurzform zu Geraldina; *weitere Formen:* Aldine
Aldo	männl., Kurzform zu Vorn. mit »Adal-«
Aldona	weibl. Form zu Aldo
Alec	männl., engl. Kurzform zu Alexander; *bekannte Namensträger:* Alec Baldwin, amerikan. Filmschauspieler (geb. 1958); Alec Guiness, engl. Charakterdarsteller (geb. 1914)
Alena	weibl., ungar. Form zu Magdalena; *weitere Formen:* Alene
Alene	weibl., russ. Form zu Helene; *weitere Formen:* Alina, Alenica
Alenka	weibl., slaw. Form zu Magdalena
✗ Alessandro	männl., italien. Form zu Alexander
Aletta	weibl., fries. und niederländ. Form zu Adelheid; *weitere Formen:* Alette, Aleta
Alex	männl., Kurzform zu Alexander; weibl., Kurzform zu Alexandra; eindeutiger Zweitname erforderlich
Alexander	*Herkunft:* männl., aus dem Griech. übernommener Vorn., eigentlich »der Männerabwehrende, der Schützer« *Verbreitung:* in Deutschland erst im 18. Jh. durch die Bewunderung für den russ. Zaren Alexander I. stärker verbreitet; heute gilt der Vorn. als modern und wird oft gewählt *Andere Formen:* Alex, Alexis, Lex, Xander; Alessandro, Sandro (italien.); Sander (engl.); Alexandr, Alexej, Aljoscha, Sanja, Sascha (russ.); Sándor (ungar.); Alexandre (französ.) *Bekannte Namensträger:* Alexander Dubček, tschech. Politiker (1921–1992); Alexander von Humboldt, deutscher Naturforscher und Geograph (1769–1859); Alexander Puschkin, russ. Schriftsteller (1799–1837); Alexander Solschenizyn, russ. Schriftsteller und Nobelpreisträger (geb. 1918); *Namenstag:* 3. Mai

Alexandr	männl., russ. Form zu Alexander
Alexandra	weibl. Form zu Alexander; *weitere Formen:* Alexia, Alexandrina, Alex, Sandra, Asja; Alla (schwed.); Alja, Sanja (russ.); Alessandra (italien.); *Namenstag:* 21. April
Alexandre	männl., französ. Form zu Alexander; *bekannter Namensträger:* Alexandre Dumas der Ältere, französ. Schriftsteller (1802–1870)
Alexej	männl., russ. Form zu Alexander; *weitere Formen:* Alexei
Alexis	männl., Kurzform zu Alexander; weibl. Form bekannt geworden durch »Alexis«, Hauptfigur der amerikan. Fernsehserie »Denver Clan«; *weitere Formen:* Alexius; *Namenstag:* 17. Juli
Alf	männl., Kurzform zu Adolf; bekannt geworden durch »Alf«, eine amerikan. Fernsehserie
Alfons	*Herkunft:* männl., aus dem ahd. »adal« (edel, vornehm) und »funs« (eifrig) *Verbreitung:* durch die german. Völkerwanderung in roman. Gebieten angesiedelt; später dann durch französ. und span. Einfluß wieder in Deutschland bekannt geworden; größere Verbreitung im 19. Jh. durch die Verehrung des Heiligen Alfons von Liguori; heute selten gewählt *Andere Formen:* Alphons; Alphonse (französ.); Alfonso (italien., span.); *Namenstag:* 2. August
Alfonso	männl., italien. und span. Form zu Alfons
Alfred	*Herkunft:* männl., engl. Form zu Alfrad: aus dem ahd. »alb« (Naturgeist) und »rat« (Ratgeber) *Verbreitung:* seit dem Mittelalter in Deutschland verbreitet; erst im 19. Jh. spielte die engl. Form eine größere Rolle und wurde oft gewählt *Andere Formen:* Alf, Fred *Bekannte Namensträger:* Alfred Krupp, deutscher Industrieller (1812–1887); Alfred Nobel, schwed. Chemiker (1833–1896); Alfred Döblin, deutscher Schriftsteller (1878–1957); Alfred Brehm, deutscher Zoologe (1826–1884); Alfred Kubin, österr. Zeichner und Graphiker (1877–1957); Alfred Hitchcock, engl. Regisseur (1899–1980); Alfred Hrdlicka, österr. Bildhauer und Graphiker (geb. 1928); Alfred Biolek, deutscher Fernsehmoderator (geb. 1934); *Namenstag:* 28. Oktober
Alfreda	weibl. Form zu Alfred
Alger	männl., aus dem Fries. übernommener Vorn. ahd. Ursprungs von »adal« (edel, vornehm) und »ger« (Speer); *weitere Formen:* Alker
Algunde	weibl., Nebenform zu Adelgunde

Alheit	weibl., Nebenform zu Adelheid; *weitere Formen:* Aleit, Alheid
Alice	weibl., engl. Form zu Adelheid, Alexandra oder Elisabeth; bekannt wurde der Vorn. in Deutschland durch L. Carrolls Kinderbuch »Alice in Wonderland«; *weitere Formen:* Alisa, Alison; *bekannte Namensträgerin:* Alice Schwarzer, deutsche Journalistin der Frauenbewegung (geb. 1949)
Alida	weibl., Kurzform zu Adelheid; *weitere Formen:* Alide, Alid
Alina, Aline	weibl., aus dem Arab. übernommener Vorn., eigentlich »die Erhabene«
Aljoscha	männl., russ. Form zu Alexander
Allan, Allen	männl., Nebenform zu Alain
Alma	weibl., aus dem Span. übernommener Vorn. lat. Ursprungs, eigentlich »die Nährende«; der Vorn. war im 19. Jh. weit verbreitet; *bekannte Namensträgerin:* Alma Mahler-Werfel, Witwe des Komponisten Gustav Mahler (1879–1964); Alma ist aber auch die Kurzform zu Vorn. mit »Alma-«
Almut	weibl., Nebenform zu Adelmute
Alois	männl., romanisierte Form des ahd. Vorn. Alawis, eigentlich »vollkommen weise«; im 18. Jh. durch die Verehrung des Heiligen Aloysius von Gonzaga im gesamten deutschsprachigen Raum verbreitet, vor allem in Süddeutschland; *weitere Formen:* Aloisius, Aloys, Aloysius; Aloyse, Lois (französ.); Aloisio, Luigi (italien.); Alajos (ungar.); *Namenstag:* 21. Juni
Aloisa	weibl. Form zu Alois; *weitere Formen:* Aloisia, Aloysia
Alphons	männl., Nebenform zu Alfons
Alphonse	männl., französ. Form zu Alfons
Alraune	weibl., Nebenform von Adelrune
Alrich	männl., Kurzform zu Adalrich
Altfried	männl., Nebenform zu Adalfried
Altje	weibl., fries. und niederländ. Form zu Adelheid
Altman	männl., aus dem ahd. »alda« (erfahren) und »man« (Mann); *weitere Formen:* Altmann, Aldeman
Alto	männl., fries. Form zu Vorn. mit »Alde-« oder »Adal-«
Altraud	weibl., Nebenform zu Adeltraud; *weitere Formen:* Altrud

Alvaro	männl., aus dem Span. übernommener Vorn. ahd. Ursprungs, zu »ala« (all, ganz) und »wart« (Hüter)
Alwara	weibl. Form zu Alvaro
Alwin	männl., Nebenform zu Adalwin; *bekannter Namensträger*: Alwin Schockemöhle, deutscher Springreiter (geb. 1937)
Alwine	weibl. Form zu Alwin; *weitere Formen*: Alwina; Alwyne, Alwy (engl.); Alvina, Alvi, Alvy (schwed.)
Amabel	weibl., aus dem Engl. übernommener Vorn. lat. Ursprungs, eigentlich »die Liebenswerte«; *weitere Formen*: Amabella; Mabel (engl.)
Amadeus	männl., aus dem Lat. übernommener Vorn., eigentlich »liebe Gott!«; *weitere Formen*: Amadeo (italien.); Amédé (französ.); *bekannter Namensträger*: Wolfgang Amadeus Mozart, österr. Komponist (1756–1791)
Amalberga	weibl., aus dem ahd. »amal« (Kampf) und »bergan« (schützen); *weitere Formen*: Amalburga, Alma, Amalberta, Male
Amalgard	weibl., aus dem ahd. »amal« (Kampf) und »gard« (Hort, Schutz)
Amalia	weibl., Kurzform zu Vorn. mit »Amal-«, besonders von Amalberga; der Vorn. war im 18. Jh. sehr beliebt und wurde vor allem durch die Gestalt der Amalia in Schillers Drama »Die Räuber« bekannt; *weitere Formen*: Amalie, Amalina, Amalindis, Mala, Malchen, Mali; Amélie, Ameline (französ.)
Amalinde	weibl., aus dem ahd. »amal« (Kampf) und »linta« (Schutzschild aus Lindenholz); *weitere Formen*: Ameline, Amalindis
Amalrich	männl., aus dem ahd. »amal« (Kampf) und »rihhi« (reich, mächtig); *weitere Formen*: Emmerich; Amelric (engl.); Amaury (französ.); Amerigo, Emerico (italien.); Amalrik (russ.)
Amanda	weibl. Form zu Amandus; *weitere Formen*: Manda, Mandy; Maite (bask.)
Amandus	männl., aus dem lat. »amandus« (liebenswürdig); *weitere Formen*: Amand, Mandus; *Namenstag*: 6. Februar
Amarante	weibl., Name einer Blume, »nie welkend, unvergänglich«
Amaryllis	weibl., ursprünglich der Name einer griech. Nymphe, dann der Name einer wohlriechenden Zierpflanzenfamilie
Amata	weibl., aus dem lat. »amata« (die Geliebte); *weitere Formen*: Amy (engl.); Aimée (französ.)

Amatus männl., aus dem lat. »amatus« (geliebt)

Ambra weibl., italien. Vorn. arab. Ursprungs, eigentlich »Bernstein« oder »die Blonde«; *weitere Formen:* Amber (engl.); Ambre (französ.)

Ambrosia weibl. Form zu Ambrosius; *weitere Formen:* Amrosine (engl.)

Ambrosius männl., aus dem Griech. übernommener Vorn., eigentlich »der Unsterbliche«; durch die Verehrung des Heiligen Ambrosius, Bischof von Mailand und Kirchenlehrer (4. Jh.), im Mittelalter weit verbreitet; *weitere Formen:* Ambros, Bros, Brasch; Ambrose (engl.); Ambroise (französ.); Ambrogio, Ambrosio, Brogio (italien.); *Namenstag:* 7. Dezember

✗ **Amelie** weibl., Nebenform zu Amalie; *bekannte Namensträgerin:* Amelie Fried, Fernsehmoderatorin und Journalistin (geb. 1958)

Ammon männl., griech. Name des ägyptischen Sonnengottes »Amun Re«; oder amerikan. Vorn. hebr. Ursprungs, eigentlich »Sohn meines Volkes«; *weitere Formen:* Amon

Amos männl., aus der Bibel übernommener Vorn. hebr. Ursprungs, eigentlich »von Gott getragen«; in der Bibel ist Amos ein Viehhirte, der von Gott zum Propheten berufen wurde

Amrei weibl., Kurzform zu Annemarie; diese Form ist vor allem in der Schweiz und in Süddeutschland verbreitet; *weitere Formen:* Annemarei

✗ **Amy** weibl., engl. Form zu Amata

Ana weibl., span. Form zu Anna

Anabel weibl., Nebenform zu Annabella

Anastasia weibl. Form zu Anastasius; Verbreitung im Mittelalter durch die Verehrung der Heiligen Anastasia; in diesem Jh. wurde der Vorn. durch die jüngste Zarentochter neu belebt, die der Ermordung ihrer Familie entkommen sein soll; *weitere Formen:* Stasi; Nastasja, Tassja, Asja (russ.)

Anastasius männl., aus dem Griech. übernommener Vorn., eigentlich »der Auferstandene«; im 16. Jh. weit verbreitet, auch als Papst- und Heiligenname bekannt; heute sehr selten gewählt; *weitere Formen:* Stasl, Staz; Anastasie (französ.); Anastasio (italien.); *Namenstag:* 22. Januar

Anatol männl., aus dem Griech. übernommener Vorn., eigentlich »der aus Anatolien Stammende«; bekannt ist der Vorn. durch den französ. Schriftsteller und Nobelpreisträger Anatole France (1844–1924); *weitere Formen:* Anatole (französ.); Anatolij (russ.); *bekannter Namensträger:* Anatolij Karpow, russ. Schachweltmeister (1951)

Anderl	männl., österr. Form zu Andreas
Anders	männl., skand. Form zu Andreas
Andi	männl., Kurzform zu Andreas
Andor	männl., ungar. Form zu Andreas
András	männl., ungar. Form zu Andreas
André	männl., französ. Form zu Andreas; *bekannte Namensträger:* André Gide, französ. Schriftsteller und Nobelpreisträger (1869–1951); André Heller, österr. Kabarettist und Chansonnier (geb. 1947)
Andrea	weibl. Form zu Andreas; *weitere Formen:* Andrée (französ.); Andreane, Andrejana (slaw.); auch männl., italien. Form zu Andreas
Andreas	*Herkunft:* männl., aus der Bibel übernommener Vorn. griech. Ursprungs, eigentlich »der Mannhafte, der Tapfere«) *Verbreitung:* in der Bibel ist der Apostel Andreas der Bruder des Petrus und wurde in Patras am Schrägbalkenkreuz hingerichtet (daher die Bezeichnung »Andreaskreuz«); seit dem Mittelalter ist der Vorn. sehr beliebt und wird auch heute noch oft gewählt *Andere Formen:* Andi; Andrea (italien.); André (französ.); Andrew, Andy (engl.); Andrej (slaw.); Andrees (niederländ.), Andor, András (ungar.); Anders (skand.); Drewes, Drees, Ainers, Andris, Andres (fries.); Andrä, Anderl (österr.); Andruscha (russ.) *Bekannte Namensträger:* Andreas Hofer, Tiroler Freiheitsheld (1767–1810); Andreas Gryphius, deutscher Dichter (1616–1664); Andreas Brehme, deutscher Fußballspieler (geb. 1960) *Namenstag:* 30. November
Andrees	männl., niederländ. Form zu Andreas
Andrej	männl., slaw. Form zu Andreas; *bekannte Namensträger:* Andrej Sacharow, russ. Atomphysiker und Bürgerrechtler (1921–1989); Andrej Szczypiorski, poln. Schriftsteller (geb. 1924)
Andres	männl., fries. Form zu Andreas
Andrew	männl., engl. Form zu Andreas; *bekannter Namensträger:* Andrew Lloyd Webber, engl. Komponist berühmter Musicals, z. B. »Cats« (geb. 1948)
Andris	männl., fries. Form zu Andreas
Andruscha	männl., russ. Form zu Andreas
Andy	männl., engl. Kurzform zu Andreas; *bekannter Namensträger:* Andy Warhol, amerikan. Pop-art-Künstler (1928–1987)

Angela

Angela — weibl. Form zu Angelus; *weitere Formen:* Angelia, Angelika, Gela, Angeli, Angie; Angelina, Agnola (italien., span.); Ange, Angèle (französ.); Aniela (poln.)

Angelika — weibl., Nebenform zu Angela; *weitere Formen:* Angelica; Angélique (französ.)

Angelina — weibl., erweiterte Form von Angela; auch italien. »die Engelgleiche«; *weitere Formen:* Angeline, Gelja; *bekannte Namensträgerin:* Angelina, Gattin des serb. Fürsten Stephan des Blinden

Anica — weibl., slaw. Form zu Anna

Anita — weibl., span. Form zu Anna; *bekannte Namensträgerinnen:* Anita Kupsch, deutsche Schauspielerin, bekannt durch Fernsehserien (geb. 1940); Anita Wachter, österr. Skiläuferin (geb. 1967)

Anja — weibl., russ. Form zu Anna; *weitere Formen:* Anjuta; *bekannte Namensträgerinnen:* Anja Kruse, deutsche Schauspielerin (geb. 1956); Anja Fichtel, deutsche Fechterin (geb. 1968)

Anjuschka — weibl., slaw. Koseform zu Anna; *weitere Formen:* Anjuscha

Anka — weibl., poln. und slaw. Form zu Anna

Anke — weibl., niederländ. und fries. Form zu Anna; *bekannte Namensträgerinnen:* Anke Fuchs, deutsche Politikerin (geb. 1937); Anke Huber, deutsche Tennisspielerin (geb. 1974)

Ann — weibl., Kurzform zu Anna; *weitere Formen:* Ann-Kathrin

Anna — *Herkunft:* weibl., aus dem Hebr. übernommener Vorn., eigentlich »Gottes Gnade« oder weibl. Form zu Anno
Verbreitung: durch die Verehrung der Mutter der biblischen Maria im Mittelalter weit verbreitet; im 19. Jh. wurde der Vorn. durch die Gestalt der Anna Karenina des gleichnamigen Romans von Tolstoi neu belebt; bis heute ist der Vorn., auch in Doppelnamen, sehr beliebt und wird oft gewählt
Andere Formen: Andel, Ann, Anny, Anneli, Änne, Nanna, Nanne, Annina, Nannina; Anja, Anne (russ.); Anka, Anninka (poln.); Antje, Anke, Anneke (niederländ., fries.); Anne, Nancy (engl.); Anita, Ania (span.); Annika (schwed.); Anica, Anjuschka, Anka (slaw.); Anjuta (bulgar.); Annette, Nannette, Nanon (französ.); *bekannte Namensträgerinnen:* Anna Pawlowa, russ. Ballerina (1882–1931); Anna Seghers, deutsche Schriftstellerin (1900–1983); Anna Magnani, italien. Schauspielerin (1910–1973); *Namenstag:* 26. Juli

Annabarbara — weibl., Doppelname aus Anna und Barbara

Annabella	weibl., Doppelname aus Anna und Bella oder Nebenform zu Amabel; *weitere Formen:* Annabell
Annabeth	weibl., Doppelname aus Anna und Elisabeth
Annalene	weibl., Doppelname aus Anna und Helene
Annalisa	weibl., Doppelname aus Anna und Lisa
Annbritt	weibl., schwed. Doppelname aus Anna und Brigitte
Änne	weibl., Nebenform zu Anna
Anne	weibl., russ. und engl. Form zu Anna; *bekannte Namensträgerin*: Anne Frank, jüdisches Mädchen, kam im KZ um, wurde berühmt durch ihr Tagebuch (1929–1945)
Annedore	weibl., Doppelname aus Anna und Dora; *weitere Formen:* Annedora
Annegret	weibl., Doppelname aus Anna und Margret; *bekannte Namensträgerin*: Annegret Richter, deutsche Leichtathletin (geb. 1950)
Anneke	weibl., niederländ. und fries. Form zu Anna
Anneli	weibl., Nebenform zu Anna
Annelore	weibl., Doppelname aus Anna und Lore
Annelotte	weibl., Doppelname aus Anna und Charlotte
Annemarie	weibl., Doppelname aus Anne und Marie; *weitere Formen:* Annemie; *bekannte Namensträgerin*: Annemarie Renger, deutsche SPD-Politikerin (geb. 1919)
Annerose	weibl., Doppelname aus Anna und Rosa
Annette	weibl., französ. Form zu Anna; *weitere Formen:* Annett; *bekannte Namensträgerinnen*: Annette von Droste-Hülshoff, deutsche Schriftstellerin (1797–1848); Annette Kolb, deutsche Schriftstellerin (1875–1968); Annette Bening, amerik. Schauspielerin (geb. 1958)
Annika	weibl., slaw. Form zu Anna; *weitere Formen:* Anika, Anik
Annina	weibl., Nebenform zu Anna
Anninka	weibl., poln. und schwed. Form zu Anna
Annunziata	weibl., aus dem Italien. übernommener Vorn., eigentlich »die Angekündigte«; dieser Name bezieht sich auf das Fest Mariä Verkündigung am 25. März

Anny weibl., Koseform zu Anna; *weitere Formen:* Anni, Annie

Ansbert männl., aus dem german. »ans« (Gott) und dem ahd. »beraht« (glänzend)

Anselm männl., aus dem german. »ans« (Gott) und dem ahd. »helm« (Helm, Schutz)

Anselma weibl. Form zu Anselm

Ansfried männl., aus dem german. »ans« (Gott) und dem ahd. »fridu« (Friede)

Ansgar männl., aus dem german. »ans« (Gott) und dem ahd. »ger« (Speer); bekannter ist heute die Nebenform Oskar
Namenstag: 3. Februar

Answald männl., aus dem german. »ans« (Gott) und dem ahd. »waltan« (walten, herrschen)

Antek männl., slaw. Form zu Anton; *weitere Formen:* Ante

Anthony männl., engl. Form zu Anton; *bekannte Namensträger:* Anthony Quinn, amerikan. Schauspieler (geb. 1916); Anthony Perkins, amerikan. Schauspieler »Psycho« (1932–1992); Anthony Hopkins, engl. Schauspieler und Oscarpreisträger (geb. 1937)

Antje weibl., niederländ. und fries. Form zu Anna; *weitere Formen:* Antine; *bekannte Namensträgerin:* Antje Vollmer, deutsche Politikerin (geb. 1943)

Antoine männl., franzö́s. Form zu Anton; *bekannter Namensträger:* Antoine de Saint-Exupéry, franzö́s. Schriftsteller (1900–1944)

Antoinette weibl., franzö́s. Form zu Antonia; *bekannte Namensträgerin:* Marie Antoinette, Gattin von Ludwig XVI. (1755–1792)

Anton *Herkunft:* männl., aus dem Lat. übernommener Vorn., ursprünglich ein röm. Sippenname
Verbreitung: durch die Verehrung des Heiligen Antonius von Padua (12./13. Jh.) auch in Deutschland verbreitet; heute seltener gewählt
Andere Formen: Toni; Tönnies, Tünnes (rhein.); Antonio, Antonello (italien.); Anthony (engl.); Antoine (franzö́s.); Antek (slaw.); Antonin (tschech.); *bekannte Namensträger:* Anton Bruckner, österr. Komponist (1824–1896); Anton Rubinstein, russ. Komponist (1829–1894); Anton Tschechow, russ. Erzähler (1860–1904); *Namenstag:* 17. Januar, 13. Juni

Antonia weibl. Form zu Anton; *weitere Formen:* Antonie, Antonetta; Antoinetta, Antonella (italien.); Antonina, Nina (slaw.); Antoinette (franzö́s.)

Antonin	männl., tschech. Form zu Anton; *bekannter Namensträger:* Antonín Dvořák, tschech. Komponist (1841–1904)
Antonio	männl., italien. Form zu Anton; *bekannter Namensträger:* Antonio Vivaldi, italien. Komponist (1678–1741)
Anuscha	weibl., slawische Verkleinerungsform von Anna; Nebenform: Anuschka
Apollinus	männl., aus dem Griech. übernommener Vorn., eigentlich »der dem Gott Apollo Geweihte«; *weitere Formen:* Apollinarius, Apollinaris (lat.); *Namenstag:* 18. April
Apollonia	weibl. Form zu Apollonius; durch die Verehrung der Heiligen Apollonia im Mittelalter stark verbreitet; *weitere Formen:* Apolline, Loni; Polly (engl.); Abelone (dän., norweg.)
Arabella	weibl., aus dem Span. übernommener Vorn., eigentlich »kleine Araberin«; *weitere Formen:* Bella; Arabel (engl.); *bekannte Namensträgerin:* Arabella Kiesbauer, Talkmasterin (geb. 1969)
Araldo	männl., Nebenform zu Haraldo
Aranka	weibl., ungar. Form zu Aurelie
Arbogast	männl., aus dem ahd. »arbi« (Erbe) und »gast« (Fremder, Gast); *weitere Formen:* Arp, Erb, Eppo (fries.)
Archibald	männl., aus dem ahd. »erchan« (echt, rein) und »bald« (kühn); *weitere Formen:* Archimbald
Areta	weibl., angloamerikan. Vorn. griech. Ursprungs, eigentlich »die Vortreffliche«; *weitere Formen:* Aretha; *bekannte Namensträgerin:* Aretha Franklin, amerikan. Soul- und Gospelsängerin (geb. 1942)
Ariadne	weibl., aus dem Griech. übernommener Vorn., eigentlich »die Liebliche«; in der griech. Mythologie gab Ariadne Theseus ein Garnknäul, damit er aus dem Labyrinth des Minos entkommen konnte; *weitere Formen:* Arieta, Arietta; Aria (niederländ.); Arka (russ.); Ariane (französ.); Arianna, Arianne (italien.)
Arian	männl., niederländ. und ungar. Kurzform zu Adrian; *weitere Formen:* Ariano (span.)
Aribert	männl., französ. Form zu Herbert; *bekannter Namensträger:* Aribert Reimann, deutscher Pianist und Komponist (geb. 1936)
Arild	männl., dän. Form zu Arnold

Aristid

Aristid	männl., eingedeutschte Form des französ. Vorn. Aristide, eigentlich aus dem griech. »aristos« (Bester, Vornehmster); *weitere Formen:* Arist; Aristides (griech.)
Aristide	weibl. Form zu Aristid; *weitere Formen:* Arista
Arlette	weibl., aus dem Französ. übernommener Vorn. unklarer Herkunft und Bedeutung; *weitere Formen:* Arlett
Armand	männl., französ. Form zu Hermann
Armanda	weibl., italien. Form zu Hermanna; *weitere Formen:* Armida, Armide
Armande	weibl., französ. Form zu Hermanna
Armando	männl., italien. Form zu Hermann
Armgard	weibl., Nebenform zu Irmgard
Armin	männl., der Vorn. geht auf den Cheruskerfürsten Arminius zurück, der 9 n. Chr. die Römer schlug; *bekannte Namensträger:* Armin Mueller-Stahl, deutscher Schauspieler (geb. 1930); Armin Hary, deutscher Ex-Weltrekordsprinter (geb. 1937)
Arnaldo	männl., italien. Form zu Arnold; *weitere Formen:* Arnoldo
Arnauld	männl., französ. Form zu Arnold
Arnd	männl., Kurzform zu Arnold und anderen Vorn. mit »Arn-«; *weitere Formen:* Arndt, Arne, Arnt
Arnfried	männl., aus dem ahd. »arn« (Adler) und »fridu« (Friede)
Arnfrieda	weibl. Form zu Arnfried
Arnger	männl., aus dem ahd. »arn« (Adler) und »ger« (Speer)
Arnhold	männl., Nebenform zu Arnold; *weitere Formen:* Arnholt, Arnolt
Arno	männl., Kurzform zu Arnold und anderen Vorn. mit »Arn-«; *weitere Formen:* Arniko (ungar.); *bekannte Namensträger:* Arno Holz, deutscher Dichter (1863–1929); Arno Schmidt, deutscher Schriftsteller (1914–1980); *Namenstag:* 13. Juli
Arnold	*Herkunft:* männl., aus dem ahd. »arn« (Adler) und »waltan« (walten, herrschen) *Verbreitung:* durch die Verehrung des Heiligen Arnold, Lautenspieler am Hofe Karls des Großen, verbreitet; im 19. Jh. durch die Ritterdichtung und romantische Literatur neu belebt; heute noch weit verbreitet, aber selten gewählt; *andere Formen:* Arnd, Arno, Arnhold, Nolde; Arnaud (französ.); Arild (dän.); Arnaldo (ita-

lien.); *bekannte Namensträger:* Arnold Böcklin, schweiz. Maler (1827–1901); Arnold Zweig, deutscher Schriftsteller (1887–1968); Arnold Schwarzenegger, österr.-amerikan. Filmschauspieler (geb. 1947)
Namenstag: 18. Juli

Arnolde weibl. Form zu Arnold; *weitere Formen:* Arnoldine; Arnika (ungar.)

Arnulf männl., aus dem ahd. »arn« (Adler) und »wolf« (Wolf); der Heilige Arnulf, Bischof von Metz, war der Ahnherr der Arnulfinger und Karolinger; *Namenstag:* 19. August

Aron männl., Nebenform zu Aaron

Arthur männl., aus dem Engl. übernommener Vorn., der wahrscheinlich auf den kelt. Britenkönig Artus (um 500) zurückgeht; König Artus und seine Ritter der Tafelrunde wurden Gestalten eines großen Sagenkreises, der im Mittelalter sehr beliebt war; im 19. Jh. diente Sir Arthur Duke of Wellington als Namensvorbild (er schlug 1815 zusammen mit Blücher Napoleon bei Waterloo); *weitere Formen:* Artus, Artur, Arturo; *bekannte Namensträger:* Arthur Miller, amerikan. Schriftsteller (geb. 1915); Arthur Schnitzler, österr. Schriftsteller (1862–1931); Arthur Schopenhauer, deutscher Philosoph (1788–1860); Artur Rubinstein, poln. Pianist (1887–1982)

Artura weibl. Form zu Arthur

Asmus männl., Nebenform zu Erasmus

Assunta weibl., aus dem Italien. übernommener Vorn., der sich eigentlich auf das Fest Mariä Himmelfahrt am 15. August bezieht; *weitere Formen:* Asunción

Asta weibl., Nebenform zu Augusta, Astrid oder Anastasia; bekannt wurde der Vorn. durch die dän. Schauspielerin Asta Nielsen (1885–1972)

Astrid weibl., aus dem Nord. übernommener Vorn. german. Ursprungs zu »ans« (Gott) und »fridhr« (schön); *weitere Formen:* Asta, Estrid; *bekannte Namensträgerin:* Astrid Lindgren, schwed. Schriftstellerin (geb. 1907)

Aswin männl., aus dem ahd. »ask« (Eschenspeer) und »wini« (Freund); *weitere Formen:* Aschwin, Ascwin, Askwin

Aswine weibl. Form zu Aswin

Athanasius männl., aus dem Griech. übernommener Vorn., eigentlich »der Unsterbliche«; *Namenstag:* 2. Mai

Attila

Attila — männl., der Vorn. geht auf den Hunnenkönig Attila zurück und bedeutet eigentlich »Väterchen«; *bekannter Namensträger:* Attila Hörbiger, österr. Schauspieler (1896–1987)

Audrey — weibl., engl. Form zu Adeltrude; *bekannte Namensträgerin:* Audrey Hepburn, amerikan. Schauspielerin (1929–1993)

Augosto — männl., italien. Form zu August

August — *Herkunft:* männl., aus dem Lat. übernommener Vorn., eigentlich »der Erhabene« und ursprünglich ehrender Beiname des römischen Kaisers Gaius Julius Caesar Augustus; ihm zu Ehren wurde der achte Monat des Jahres August genannt
Verbreitung: seit dem 16. Jh. durch das Interesse an der römischen Geschichte beim Adel sehr beliebter Vorn.; im 19. Jh. war der Name so weit verbreitet, daß er durch die Gestalt des »dummen August« abgewertet wurde; heute noch verbreitet, aber selten gewählt
Andere Formen: Augustin, Gustel, Augustus (lat.); Austen (niederd.); Austin (engl.); Auguste (französ.); Augosto (italien.)
Bekannte Namensträger: August der Starke, Kurfürst von Sachsen und König von Polen (1670–1733); August Bebel, Gründer der SPD (1840–1913); August Strindberg, schwed. Schriftsteller (1849–1912); August Macke, deutscher Maler (1887–1914)

Augusta — *Herkunft:* weibl. Form zu August
Verbreitung: seit dem 16. Jh. als Vorn. adliger Töchter von Vätern, die den Namen August trugen, eingebürgert; dann waren die Gattin von Kaiser Wilhelm I. und von Kaiser Wilhelm II. jeweils Namensvorbild; schließlich war der Vorn. so häufig, daß er als Dienstbotenname abgewertet wurde; heute selten gewählt
Andere Formen: Auguste, Augustina, Asta, Austina, Guste, Gustel; Gutja (russ.)
Namenstag: 27. März

Auguste — männl., französ. Form zu August, aber auch weibl., Nebenform zu Augusta; eindeutiger Zweitname erforderlich

Augustin — männl., alte Nebenform zu August; verbreitet durch die Verehrung des Heiligen Augustin, Bischof von Hippo und bedeutendster Kirchenlehrer des christlichen Altertums (354–430); allgemein bekannt wurde der Vorn. durch das Lied »Ach, du lieber Augustin«; *Namenstag:* 28. August

Augustina — weibl., Nebenform zu Augusta; *weitere Formen:* Augustine

Augustus — männl., lat. Form zu August

Aurelie — weibl. Form zu Aurelius; *weitere Formen:* Aurelia, Aurea; Aurela, Orella (bask.); Oralia, Oriel, Goldy (engl.); Aurélie (französ.); Auralia (niederländ.); Aura, Aurica (rumän.); Aranka (ungar.); Zlatka, Zlata (slaw.)

Aurelius	männl., aus dem Lat. übernommener Vorn., eigentlich »Mann aus der Aureliersippe« (der Goldene); bekannt wurde der Vorn. durch den römischen Kaiser Mark Aurel, eigentlich Marcus Aurelius Antonius (121–180); *weitere Formen:* Aurel, Aurelian; Aurèle (französ.); Zlatko, Zlatan (slaw.); Aurelio (italien.); Orell (bask.)
Aurica	weibl., aus dem lat. »aureus« (golden); rumän. Form von Aurelia
Austen	männl., niederd. Form zu August
Austin	männl., engl. Form zu August
Austina	weibl., Nebenform zu Augusta; *weitere Formen:* Austine
Axel	männl., schwed. Form zu Absalon; um 1900 in adligen Kreisen verbreitet, um 1960 oft gewählt; *weitere Formen:* Ache, Axi; Aksel (dän.); *bekannter Namensträger:* Axel Springer, deutscher Zeitungsverleger (1912–1985)
Azius	männl., Kurzform zu Bonifazius, Pankrazius und Servazius (die drei Eisheiligen)
Azzo	männl., italien. Kurzform zu Adolf; *weitere Formen:* Azzing

Namen – damit hat es eine sehr mysteriöse Bewandtnis. Ich bin mir nie ganz klar darüber geworden, ob der Name sich nach dem Kinde formt oder sich das Kind verändert, um zum Namen zu passen. Eines ist sicher: Wenn ein Mensch einen Spitznamen hat, so ist das ein Beweis dafür, daß der ihm gegebene Taufname unrichtig war.

John Steinbeck,
Jenseits von Eden

Für jeden Menschen ist sein Name das schönste und bedeutungsvollste Wort in seinem Sprachschatz.

Dale Carnegie

B

Babette

Babette, Babs	weibl., Koseformen zu Barbara
Baldegunde	weibl., aus dem ahd. »bald« (mutig) und »gund« (Kampf)
Baldemar	männl., aus dem ahd. »bald« (mutig) und »mari« (berühmt)
Balder	männl., Nebenform zu Baldur oder Kurzform zu Vorn. mit »Bald-«
Baldo	männl., fries. Kurzform zu Vorn. mit »Bald-«
Balduin	männl., aus dem ahd. »bald« (mutig) und »wini« (Freund); Balduin war im Mittelalter Taufname der Grafen zu Flandern; *weitere Formen:* Balko, Bauwen; Balwin (engl.); Baldouin (französ.)
Baldur	männl., aus dem Nord. übernommener Vorn., der auf den altnord. Gott Baldr zurückgeht; in der altnord. Mythologie ist Baldur der Sohn Odins und Gott der Fruchtbarkeit und des Lichts
Baldus, Balles	männl., Nebenformen zu Balthasar
Balte	männl., Kurzform zu Vorn. mit »Balt-«; *weitere Formen:* Baltus
Balthasar	*Herkunft:* männl., aus der Bibel übernommener Vorn. hebr. Ursprungs, eigentlich »Gott schütze sein Leben!« *Verbreitung:* seit dem Mittelalter in Deutschland verbreitet; Balthasar ist in der Bibel einer der Heiligen Drei Könige; heute selten gewählt *Andere Formen:* Balzer, Baldus, Balles, Balthes *Bekannter Namensträger:* Balthasar Neumann, deutscher Baumeister (1687–1753) *Namenstag:* 6. Januar
Balthes, Balzer	männl., Nebenformen zu Balthasar
Baptist	*Herkunft:* männl., aus dem Griech. übernommener Vorn., eigentlich Beiname von Johannes dem Täufer *Verbreitung:* seit dem Mittelalter in katholischen Kreisen gewählt und nach Gründung der Religionsgemeinschaft der Baptisten (1618) auch in evangelischen Familien verbreitet; heute selten *Andere Formen:* Boppo; Batiste (französ.); Battista (italien.); Bisch (schweiz.) *Namenstag:* 24. Juni; 29. August
Barbara	*Herkunft:* weibl., aus dem Griech. übernommener Vorn., eigentlich »die Fremde« *Verbreitung:* durch die Verehrung der Heiligen Barbara, eine der 14 Nothelfer und Patronin der Bergleute, Glöckner und Architekten, seit dem 14. Jh. verbreitet und bis heute öfter gewählt *Andere Formen:* Bärbel, Barberina, Barbi, Barbra, Barbro, Babs; Babette, Barbe (französ.); Basia (poln.); *bekannte Namensträgerinnen:* Barbara Sukowa, deutsche Schauspielerin (geb. 1950); Barbra Streisand, amerikan. Sängerin und Schauspielerin (geb.

1942); Barbara Auer, deutsche Schauspielerin (geb. 1959) *Namenstag:* 4. Dezember

Barbe	weibl., französ. Form zu Barbara
Bärbel	weibl., Nebenform zu Barbara
Barberina	weibl., Nebenform zu Barbara; *weitere Formen:* Barbarine
Barbie	weibl., Kurzform zu Barbara, bekannt durch gleichnamige Modepuppe
Bardo	männl., Kurzform zu Bardolf
Bardolf	männl., aus dem ahd. »barta« (Streitaxt) und »wolf« (Wolf); *weitere Formen:* Bardulf
Barnabas	männl., aus der Bibel übernommener Vorn., eigentlich »Sohn der tröstlichen Weissagung«; Barnabas ist der Beiname des Leviten Joseph; *weitere Formen:* Barnes, Bas; Barnabe, Barnaby (engl.); Barnabe (französ.); *Namenstag:* 11. Juni
Barnát	männl., ungar. Form zu Bernhard
Barnd	männl., Nebenform zu Bernhard
Barthel	männl., Kurzform zu Bartholomäus
Barthold	männl., Nebenform zu Berthold
Bartholomäus	männl., aus der Bibel übernommener Vorn., eigentlich »Sohn des Tolmai«; in der Bibel ist Bartholomäus ein Jünger von Jesus; *weitere Formen:* Barthel, Mewes, Bartolv; Bartolomeo (italien.); Barthélemy, Bartholomé (französ.); *Namenstag:* 24. August
Bartolomeo	männl., italien. Form zu Bartholomäus
Basilius	männl., aus dem Griech. übernommener Vorn., eigentlich »der Königliche«; durch die Verehrung des Heiligen Basilius, Kirchenlehrer und Erzbischof von Cäsarea (um 330–379), vor allem in Osteuropa verbreitet; *weitere Formen:* Basil (engl.); Wassili (russ.); *Namenstag:* 14. Juni
Bastian	männl., Kurzform zu Sebastian; *weitere Formen:* Bastien (französ.); Wastl (bayr.); bekannt geworden durch die Fernsehserie »Der Bastian«
Bathilde	weibl., aus dem ahd. »bald« (mutig) und »hiltja« (Kampf); *weitere Formen:* Balthilde; der Vorn. ist durch die Gestalt der Bathilde aus der Wielandsage bekannt
Batiste	männl., französ. Form zu Baptist; *weitere Formen:* Baptiste

Battista

Battista — männl., italien. Form zu Baptist

Bea — weibl., Kurzform zu Beate

Beate — weibl., aus dem Lat. übernommener Vorn., eigentlich »die Glückliche«

Beatrice — weibl., italien. Form zu Beatrix; bekannt wurde der Vorn. durch Beatrice Protinari, die Jugendliebe von Dante, und durch die Gestalt der Beatrice in Shakespeares Schauspiel »Viel Lärm um nichts«

Beatrix — weibl., aus dem Lat. übernommener Vorn., eigentlich »die Glückbringende«; früher war der Vorn. in Adelskreisen beliebt, wurde aber nie volkstümlich; *bekannte Namensträgerin*: Beatrix, Königin von Holland (geb. 1938); Namenstag: 29. Juli

Becki — weibl., Kurzform zu Rebekka; *weitere Formen*: Becky

Beda — männl., aus dem Engl. übernommener Vorn., der auf den angelsächsischen Kirchenlehrer Beda (7./8. Jh.) zurückgeht

Beeke — männl., fries. Kurzform zu Vorn. mit »Bert-«; *weitere Formen*: Beek, Beekje

Béla — männl., ungar. Form zu Adalbert; *bekannter Namensträger*: Béla Bartók, ungar. Komponist (1884–1945)

Belinda — weibl., aus dem Engl. übernommener Vorn., dessen Herkunft und Bedeutung unklar sind; der Vorn. wurde in Deutschland durch die engl. Schauspielerin Belinda Lee bekannt

Bella — weibl., Kurzform zu Isabella oder aus dem Italien. übernommener Vorn., eigentlich »die Schöne«

Ben — männl., Kurzform zu Benjamin und aus dem Hebr., eigentlich »Sohn«; *bekannter Namensträger*: Ben Kingsley, engl. Schauspieler und Oscarpreisträger (geb. 1943)

Bendix — männl., Nebenform zu Benedikt

Benedetto — männl., italien. Form zu Benedikt

Bénédict — männl., französ. Form zu Benedikt

Benedicto — männl., span. Form zu Benedikt

Benedikt — *Herkunft*: männl., aus dem Lat. übernommener Vorn., eigentlich »der Gesegnete«; *Verbreitung*: durch die Verehrung des Heiligen Benedikt von Nursia, Abt des benediktinischen Stammklosters Monte Cassino, im Mittelalter weit verbreitet; verschiedene Päpste trugen diesen Namen; heute selten gewählt; *andere Formen*:

Benno, Dix, Bendix; Benedetto, Benito (italien.); Bengt (schwed., dän.); Bennet (engl.); Bénédict (französ.); Benedicto (span.); *Namenstag:* 21. März

Benedikta	weibl. Form zu Benedikt; *weitere Formen:* Benedicta; Benedetta (italien.); Benita (span.); Bengta (schwed., dän.)
Bengt	männl., schwed. und dän. Form zu Benedikt
Benito	männl., italien. Kurzform zu Benedikt
Benjamin	männl., aus dem Hebr. übernommener Vorn., eigentlich »Glückskind«; Benjamin ist in der Bibel der jüngste Sohn von Jakob und Rahel; seit dem 16. Jh. in Deutschland geläufig; *weitere Formen:* Benno; Bienes (schwäb.); Benny (engl.); *bekannte Namensträger:* Benjamin Franklin, amerikan. Physiker und Staatsmann (1706–1790); Benjamin Britten, engl. Komponist (1913–1976); Benjamin Constant, franz. Politiker und Schriftsteller (1767–1830)
Bennet	männl., engl. Form zu Benedikt; *weitere Formen:* Bennett
Benno	männl., Kurzform zu Bernhard, Benjamin und Benedikt
Benny	männl., engl. Kurzform zu Benjamin; *bekannter Namensträger:* Benny Goodman, amerikan. Jazzmusiker (1909–1986)
Berinike	weibl., aus dem Griech. übernommener Vorn., eigentlich »die Siegbringende«
Berit	weibl., schwed. und dän. Form zu Birgit
Bernard	männl., engl. und französ. Form zu Bernhard; *bekannte Namensträger:* George Bernard Shaw, engl. Schriftsteller und Nobelpreisträger (1856–1950); Bernard Hinault, französ. Radsportler (geb. 1954)
Bernardo	männl., italien. Form zu Bernhard; *bekannter Namensträger:* Bernardo Bertolucci, italien. Filmregisseur »Der letzte Kaiser« (geb. 1941)
Bernd	männl., Nebenform zu Bernhard; *weitere Formen:* Bernt, Berend; *bekannte Namensträger:* Bernd Hölzenbein, deutscher Fußballspieler (geb. 1946); Bernd Schuster, deutscher Fußballspieler (geb. 1959)
Bernhard	*Herkunft:* männl., aus dem ahd. »bero« (Bär) und »harti« (hart) *Verbreitung:* durch die Verehrung des Heiligen Bernhard von Clairvaux, Kirchenlehrer und Gründer des Zisterzienserordens (1091–1153), im Mittelalter weit verbreitet; im 19. Jh. wurde der Vorn. durch die Ritterdichtung und romantische Literatur neu belebt und wird auch heute noch gewählt *Weitere Formen:* Barnd, Benno, Bero, Bernd, Berno, Berni, Bern-

Bernharde

hardin; Bernard (engl., französ.); Bernardo, Benso (italien.); Bernát (ungar.); *bekannte Namensträger:* Bernhard Grzimek, deutscher Zoologe (1909–1989); Bernhard Vogel, deutscher Politiker (geb. 1932); Bernhard Langer, deutscher Golfspieler (geb. 1957) *Namenstag:* 20. August

Bernharde — weibl. Form zu Bernhard; *weitere Formen:* Bernhareda, Bernhardine, Bernhardina; Bernarda (engl., französ.)

Bernhardin — männl., Nebenform zu Bernhard

Berni, Berno — männl., Kurzformen zu Bernhard

Bero — männl., aus dem ahd. »bero« (Bär); Kurzform für mit »Bern-« beginnende männl. Vornamen

Bert — männl., Kurzform zu Berthold oder anderen Vorn. mit »bert«

Berta — *Herkunft:* weibl. Form zu Bert
Verbreitung: durch die Verehrung der Heiligen Berta, Stifterin des Klosters Biburg (12. Jh.), war der Vorn. im Mittelalter vor allem in Bayern verbreitet; im 19. Jh. wurde der Vorn. durch die romantische Literatur volkstümlich und erreichte um 1900 seine weiteste Verbreitung; im Ersten Weltkrieg wurde das Kruppgeschütz »Dicke Berta« genannt, und seitdem wird der Vorn. selten gewählt. *Andere Formen:* Bertrada, Bertha, Bertel, Bertida, Berte
Namenstag: 1. Mai

Berte — weibl., Nebenform zu Berta

Bertfried — männl., aus dem ahd. »beraht« (glänzend) und »fridu« (Friede)

Bertfriede — weibl. Form zu Bertfried

Bertha — weibl., Nebenform zu Berta; *bekannte Namensträgerin:* Bertha von Suttner, österr. Schriftstellerin und Friedensnobelpreisträgerin (1843–1914)

Berthild — weibl., aus dem ahd. »beraht« (glänzend) und »hiltja« (Kampf); *weitere Formen:* Berthilde

Berthold — *Herkunft:* männl., aus dem ahd. »beraht« (glänzend) und »waltan« (walten, herrschen)
Verbreitung: sehr beliebter Vorn. bei den Herzögen von Zähringen, daher starke Verbreitung in Südwestdeutschland; im 19. Jh. durch die Ritterdichtung und romantische Literatur neu belebt; heute noch verbreitet, aber selten gewählt; *andere Formen:* Bertolt, Bert, Berti, Bertl, Berto, Barthold, Berchtold; *bekannte Namensträger:* Berthold von Regensburg, deutscher Franziskaner (13. Jh.); Berthold von Henneberg, deutscher Politiker und Erzbischof von Mainz (1442–1504); Berthold Schwarz, angeblicher Erfinder des Schießpulvers (14. Jh.); *Namenstag:* 27. Juli

Berti	männl., Kurzform zu Berthold oder anderen Vorn. mit »bert«; *bekannter Namensträger:* Berti Vogts, deutscher Fußballweltmeister und Trainer der Nationalmannschaft (geb. 1946)
Bertida	weibl., Nebenform zu Berta
Bertine	weibl., Kurzform zu Vorn. mit »-bertine« oder »-bertina«; *weitere Formen:* Bertina
Bertl	männl., Kurzform zu Berthold oder weibl., Kurzform zu Berta
Berto	männl., Kurzform zu Berthold
Bertolt	männl., Nebenform zu Berthold; *weitere Formen:* Bertold; *bekannter Namensträger:* Bertolt Brecht, deutscher Schriftsteller und Theaterregisseur (1898–1956)
Bertram	männl., aus dem ahd. »beraht« (glänzend) und »hraban« (Rabe); durch die Verehrung des Heiligen Bertram, Bischof von Mans (7. Jh.), in Deutschland verbreitet; *weitere Formen:* Bertrand (französ.); *bekannter Namensträger:* Meister Bertram, deutscher Maler und Bildschnitzer des 14. Jh.; *Namenstag:* 30. Juli
Bertrand	männl., französ. Form zu Bertram oder aus dem ahd. »beraht« (glänzend) und »rand« (Schild); *bekannte Namensträger:* Bertrand de Born, französ. Minnesänger (12. Jh.); Bertrand Russel, engl. Mathematiker und Philosoph (1872–1970)
Beryl	weibl., engl., nach dem Edelstein Beryll; deutsch auch Beryll
Bess	weibl., aus dem Engl. übernommene Kurzform zu Elisabeth; bekannt durch Gershwins Oper »Porgy and Bess«
Bessy, Betsy	weibl., engl. Koseformen zu Elisabeth
Betti	weibl., Koseform zu Elisabeth; *weitere Formen:* Betta, Bette, Betty (engl.); *bekannte Namensträgerinnen:* Bette Davis, amerikan. Schauspielerin (1908–1989); Bette Midler, amerikan. Sängerin und Schauspielerin (geb. 1946)
Bettina	weibl., Nebenform zu Elisabeth; *bekannte Namensträgerin:* Bettina von Arnim, deutsche Schriftstellerin (1785–1859)
Bianca	weibl., aus dem Italien. übernommener Vorn., eigentlich »die Weiße«; *weitere Formen:* Blanka
Bibiana	weibl., Nebenform zu Viviane; seit dem Mittelalter durch die Verehrung der Heiligen Bibiana, Helferin bei Fallsucht und Kopfschmerzen (4. Jh.), verbreitet, aber heute selten gewählt; *weitere Formen:* Bibiana, Bibianka; Binka (bulgar.) *Namenstag:* 2. Dezember

Bill

Bill	männl., engl. Kurzform zu William; *weitere Formen:* Billi, Billy; *bekannte Namensträger:* Bill Clinton, amerikan. demokratischer Politiker, seit 1993 42. Präsident der Vereinigten Staaten (geb. 1946); Bill Cosby, amerikan. Fernsehstar (geb. 1937); Billy Joel, amerikan. Rocksänger (geb. 1949)
Billa, Bille	weibl., Kurzformen zu Sibylle
Billfried	männl., aus dem ahd. »billi« (Schwert) und »fridu« (Friede)
Billhard	männl., aus dem ahd. »billi« (Schwert) und »harti« (hart)
Billo	männl., Kurzform zu Vorn. mit »Bill-«
Bine	weibl., Kurzform zu Vorn. mit »-bine«, vor allem zu Sabine; *weitere Formen:* Bina
Birger	männl., aus dem Nord. übernommener Vorn., eigentlich »der Schützer«
Birgit	weibl., schwed. Form zu Brigitte; *weitere Formen:* Birgid, Birgitta, Birgitt, Birke; Birte, Berit (dän.); Berit, Birgitta (schwed.); *Namenstag:* 23. Juli
Björn	männl., aus dem Schwed. übernommener Vorn., eigentlich »der Bär«; *weitere Formen:* Bjarne (dän.); *bekannter Namensträger:* Björn Borg, schwed. Tennisspieler (geb.1956)
Blaise	männl., französ. und engl. Form zu Blasius; *bekannter Namensträger:* Blaise Pascal, französ. Philosoph und Mathematiker (1623–1662)
Blanche	weibl., aus dem Französ. übernommener Vorn., eigentlich »die Weiße«; *weitere Formen:* Blanchette
Blanda	weibl., aus dem lat. »blandus« (freundlich); *weitere Formen:* Blandine, Blandina, *Namenstag:* 2. Juni
Blasi	männl., Kurzform zu Blasius; *weitere Formen:* Bläse
Blasius	*Herkunft:* männl., aus dem Griech. übernommener Vorn. unklarer Bedeutung *Verbreitung:* seit dem Mittelalter durch die Verehrung des Heiligen Blasius weit verbreitet, der Patron der Ärzte, Bauarbeiter, Schneider, Schuhmacher und Weber ist und außerdem zu den 14 Nothelfern gehört; heute wird der Vorn. selten gewählt *Andere Formen:* Blasi, Blaise (französ., engl.); Blazek (slaw.) *Namenstag:* 3. Februar
Blazek	männl., slaw. Form zu Blasius

Bob	männl., engl. Koseform zu Robert; *bekannte Namensträger:* Bob Dylan (eigentlich Robert Zimmermann), amerikan. Folk-Rock-Sänger und Komponist (geb. 1941); Bob Marley, Musiker von der Insel Jamaika, machte den Reggae weltberühmt (1945–1991); Bob Seger, amerikan. Rocksänger (geb. 1945)
Bobby	männl., engl. Koseform zu Robert; *bekannter Namensträger:* Bobby Charlton, engl. Fußballspieler (geb. 1937); bekannt außerdem durch »Bobby Ewing« aus der Fernsehserie »Dallas«
Bodislaw	männl., aus dem Slaw. übernommener Vorn. zu russ. »bog« (Gott) und »slava« (Ruhm); *weitere Formen:* Bogislav, Boguslaw; Bohuslaw (tschech.)
Bodo	männl., eigenständige Kurzform zu Vorn. mit »Bodo-« oder »Bode-«
Bodomar	männl., aus dem ahd. »bodo« (Bote) und »mari« (berühmt)
Bodowin	männl., aus dem ahd. »bodo« (Bote) und »wini« (Freund)
Bogdan	männl., slaw. Form zu Theodor
Bogumil	männl., slaw. Form zu Gottlieb; *weitere Formen:* Bohumil (tschech.)
Boleslaw	männl., aus dem Slaw. übernommener Vorn. zu russ. »bolee« (mehr) und »slava« (Ruhm); *weitere Formen:* Bolo, Bolko
Bonaventura	männl., aus dem Lat. übernommener Vorn., eigentlich »gute Zukunft«; durch die Verehrung des Heiligen Bonaventura, Kirchenlehrer und General des Franziskanerordens, im Mittelalter verbreitet; heute selten gewählt; *Namenstag:* 14. Juli
Bonifatius	männl., aus dem Lat. übernommener Vorn., eigentlich »der Wohltäter«; durch die Verehrung des Heiligen Bonifatius, Apostel der Deutschen, im Mittelalter weit verbreitet; außerdem trugen mehrere Päpste diesen Namen; *weitere Formen:* Bonifazius, Bonus; *Namenstag:* 5. Juni
Borchard	männl., Nebenform zu Burkhard
Borg	männl., niederd. Kurzform zu Burkhard
Boris	*Herkunft:* männl., slaw. Kurzform zu Borislaw *Verbreitung:* durch den russ. Schriftsteller Boris Pasternak und seinen Roman »Doktor Schiwago« im deutschsprachigen Raum bekannt geworden und bis heute öfter gewählt *Bekannte Namensträger:* Boris Blacher, deutscher Komponist (1903–1975); Boris Becker, deutscher Tennisspieler (geb. 1967); Boris Yelzin, russ. Staatspräsident seit 1991 (geb. 1931)

Börries

Börries — männl., niederd. Kurzform zu Liborius; *bekannter Namensträger:* Börries Freiherr von Münchhausen, deutscher Dichter (1874–1945)

Bosse — männl., niederd. Kurzform zu Burkhard

Brand — männl., Kurzform zu Vorn. mit »brand«, vor allem Brandolf und Hildebrand

Brandolf — männl., aus dem ahd. »brant« (Brand) und »wolf« (Wolf)

Brian — *Herkunft:* männl., aus dem kelt. »bryn« (Hügel); *bekannte Namensträger:* Brian Jones, engl. Rockgitarrist, ehem. Mitglied der »Rolling Stones« (1942–1969); Brian Eno, engl. Rockmusiker (geb. 1948)

Briddy — weibl., Koseform zu Brigitte; *weitere Formen:* Briddi

Bride — weibl., Kurzform zu Brigitte

Bridget — weibl., engl. Form zu Brigitte; *weitere Formen:* Brigit

Briga — weibl., Kurzform zu Brigitte

Brigida — weibl., lat. Form zu Brigitte; *weitere Formen:* Brigide; *Namenstag:* 1. Februar

Brigitta — weibl., Nebenform zu Brigitte

Brigitte — *Herkunft:* weibl., aus dem Kelt. übernommener Vorn., eigentlich »die Erhabene«
Verbreitung: durch die Verehrung der Heiligen Brigitte, Gründerin des Klosters Kildare und Patronin Irlands, schon sehr zeitig in Deutschland verbreitet; zwischen 1930 und 1960 war der Vorn. sehr beliebt; seitdem seltener gewählt
Andere Formen: Bride, Briddy, Brigitta, Brigida, Britta, Gitta, Gitte, Briga; Birgit (schwed.); Bridget (engl.); Brigitte (französ.); Brigida (lat.)
Bekannte Namensträgerinnen: Brigitte Horney, deutsche Schauspielerin (1911–1988); Brigitte Bardot, französ. Filmschauspielerin (geb. 1934); Brigitte Nielsen, dän. Schauspielerin (geb. 1963); Brigitte Mira, deutsche Schauspielerin (geb. 1915)

Britta — weibl., Kurzform zu Brigitte; *weitere Formen:* Britte, Brita, Brit

Bronislaw — männl., aus dem Slaw. übernommener Vorn. zu russ. »bronja« (Brünne, Panzer) und »slava« (Ruhm)

Bronislawa — weibl. Form zu Bronislaw; *weitere Formen:* Bronia

Bronno — männl., fries. Form zu Bruno

Burgunde

Brown	männl., engl. Form zu Bruno
Bruce	*Herkunft*: männl., Name eines schott. Adelsgeschlechts anglonormann. Herkunft; *bekannte Namensträger*: Bruce Springsteen, amerikan. Rocksänger (geb. 1949); Bruce Willis, amerikan. Schauspieler (geb. 1955)
Brun	männl., Kurzform zu Bruno; bekannt wurde der Vorn. durch den sächs. Missionar Brun von Querfurt (10./11. Jh.)
Bruna	weibl. Form zu Bruno
Brunhilde	weibl., aus dem ahd. »brunni« (Brustpanzer) und »hiltja« (Kampf); durch die Gestalt der Brunhilde in der Nibelungensage ist der Vorn. bekannt geworden; *weitere Formen*: Brunhild, Bruni; *bekannte Namensträgerin*: Bruni Löbel, deutsche Schauspielerin, bekannt aus Fernsehserien (geb. 1920)
Bruno	*Herkunft*: männl., aus dem ahd. »brun« (braun, der Braune); im übertragenen Sinne ist damit »der Bär« gemeint und sollte ursprünglich als Beiname seinem Träger die Eigenschaften eines Bären verleihen *Verbreitung*: durch die Verehrung des Heiligen Bruno von Köln, Stifter des Kartäuserordens (11. Jh.), im Mittelalter weit verbreitet; besonders beliebt war der Vorn. im sächs. Herzogsgeschlecht; zu Beginn des 19. Jh. wurde der Name durch die Ritterdichtung neu belebt; heute selten gewählt *Andere Formen:* Brun; Brown (engl.); Bronno (fries.); Brunone (italien.) *Bekannte Namensträger:* Bruno Walter, deutscher Dirigent (1876–1962); Bruno Frank, deutscher Schriftsteller (1887–1945); Bruno Apitz, deutscher Schriftsteller (1900–1979); Bruno Ganz, Schweizer Schauspieler (geb. 1941); Bruno Jonas, deutscher Kabarettist und Autor (geb. 1952); *Namenstag:* 6. Oktober
Brunold	männl., aus dem ahd. »brun« (braun, der Braune) und »waltan« (walten, herrschen)
Brunone	männl., italien. Form zu Bruno
Burga	weibl., Kurzform zu Vorn. mit »burg«, vor allem zu Burghild und Walburga; *weitere Formen*: Burgel, Burgl
Burghild	weibl., aus dem ahd. »burg« (Burg) und »hiltja« (Kampf); *weitere Formen:* Burghilde
Burgit	weibl., neugebildeter Vorn. aus »Burga« und »Margit« oder Variation auf Birgit; der Vorname wurde gelegentlich in der ehemaligen DDR gewählt
Burgunde	weibl., neugebildeter Vorn. in Anlehnung an ostfranzös. Region Burgund

Burk

Burk, Bürk   männl., oberdeutsche Nebenformen zu Burkhard

Burkhard   männl., aus dem ahd. »burg« (Burg) und »harti« (hart); durch die Verehrung des Heiligen Burkhard, Bischof von Würzburg (8. Jh.), war der Vorn. früher besonders in Franken und Schwaben verbreitet; *weitere Formen:* Burkhart, Burkart, Burchard, Burchart; Bork, Bosse (niederd.); *Namenstag:* 14. Oktober

Burt   männl., aus dem Engl. übernommener Vorn. unklarer Herkunft, eventuell Kurzform zu Burkhard; *bekannte Namensträger:* Burt Lancaster, amerikan. Schauspieler (geb. 1913); Burt Reynolds, amerikan. Schauspieler (geb. 1936)

Buster   männl., amerikan. Vorn.; *bekannter Namensträger:* Buster Keaton, amerikan. Filmschauspieler und Regisseur, Komiker des Stummfilms (1895–1966)

C

Cäcilia

Cäcilia   weibl., Nebenform zu Cäcilie

Cäcilie   weibl., aus dem Lat. übernommener Vorn., eigentlich »Frau aus dem Geschlecht der Caecilier«; durch die Verehrung der Heiligen Cäcilie, Patronin der Musiker, Sänger und Dichter (3. Jh.), im Mittelalter weit verbreitet; heute selten gewählt; *weitere Formen:* Cäcilia, Cecilie, Zäzilia, Zecilie, Zilla, Silja, Cilly, Zilly; Cicely, Sheyla, Sissy (engl.)
Namenstag: 22. November

Caesar   *Herkunft:* männl., aus dem Lat. übernommener Vorn., ursprünglich ein Beiname in der Sippe der Julier oder aus dem lat. »caedere« (schneiden); der Sage nach soll Caesar durch einen Kaiserschnitt zur Welt gekommen sein
Andere Formen: Cäsar; César (französ.); Cesare (italien.)
Bekannte Namensträger: Gajus Julius Caesar, römischer Feldherr und Staatsmann (100–44 v. Chr.)
Namenstag: 27. August

Cajus   männl., Nebenform zu Kajus

Calman   männl., Nebenform zu Kalman

Camill   männl., aus dem griech. »gamelios« (hochzeitlich, festlich); durch die Verehrung des Heiligen Camillus, Gründer des Kamillanerordens und Schirmherr der Krankenhäuser und -pflege, seit dem Mittelalter bekannt; heute selten gewählt; *weitere Formen:* Kamill; Camille (französ.); Camillo (italien.); Camillus (lat.)

Camilla   weibl. Form zu Camill, eigentlich »Altardienerin«; durch die Gestalt der Camilla in Stifters Novelle »Die Schwestern« wurde der Vorn. im 19. Jh. in Deutschland bekannt; *weitere Formen:* Kamilla; Camille (französ.)

Camille   männl., französ. Form zu Camill und weibl., französ. Form zu Camilla; eindeutiger Zweitname erforderlich

Camillo   männl., italien. Form zu Camill; der Vorn. wurde durch die Gestalt des Don Camillo in dem Roman »Don Camillo und Peppone« von G. Guareschi in Deutschland bekannt

Candice   *Herkunft:* weibl., aus dem Lat., eigentlich »glühend«; *bekannte Namensträgerin:* Candice Bergen, amerikan. Schauspielerin (geb. 1946)

Candida   weibl., aus dem Lat. übernommener Vorn., eigentlich »die Weiße, die Reine«; *weitere Formen:* Kandida; Candy (engl.)

Candy   weibl., engl. Form zu Candida

Cara   weibl., aus dem Lat. übernommener Vorn., eigentlich »die mir Liebe gibt«; *weitere Formen:* Kara

Carin	weibl., Nebenform zu Karin
Carina	weibl., italien. Form zu Karina
Carl	männl., Nebenform zu Karl; *bekannte Namensträger:* Carl Zuckmayer, deutscher Schriftsteller (1896–1977); Carl von Ossietzky, deutscher Publizist, Gegner des Nationalsozialismus (1889–1938); Carl Lewis, amerikan. Leichtathlet und mehrfacher Olympiasieger (geb. 1961)
Carlo	männl., italien. Form zu Karl; *bekannte Namensträger:* Carlo Schmid, deutscher Politiker (1896–1979)
Carlos	männl., span. Form zu Karl; *bekannter Namensträger*: Carlos Santana, mexik.-amerikan. Rockmusiker (geb. 1947)
Carlota	weibl., span. Form zu Charlotte
Carlotta	weibl., italien. Form zu Charlotte
Carmen	weibl., aus dem Span. übernommener Vorn. zu »Virgen del Carmen« (Jungfrau vom Berge Karmel); Carmen wurde vor allem durch G. Bizets gleichnamige Oper (1875) in Deutschland bekannt; *weitere Formen:* Karmen, Carmina
Carol	männl., rumän. Form zu Karl (als männl. Vorn. vom Amtsgericht Hamburg 1967 anerkannt, da der weibl. engl. Vorn. Carol im deutschsprachigen Raum nicht üblich ist)
Carola	weibl., Nebenform zu Karla
Caroline	weibl., Nebenform zu Carola, *weitere Formen:* Carolin; *bekannte Namensträgerinnen:* Caroline von Monaco, monegassische Prinzessin (geb. 1957); Caroline Kennedy, Tochter des ermordeten amerikan. Präsidenten J. F. Kennedy (geb. 1958); Carolin Reiber, deutsche Fernsehmoderatorin (geb. 1940)
Carsta	weibl., Nebenform zu Karsta
Carsten	männl., Nebenform zu Karsten
Cary	männl., engl. Form zu Carol; *weitere Formen:* Kerry (eingedeutscht); *bekannter Namensträger:* Cary Grant, amerikan. Filmschauspieler (1907–1986)
Cäsar	männl., eingedeutschte Form zu Caesar
Casimir	männl., Nebenform zu Kasimir
Caspar	männl., Nebenform zu Kasper

Caterina

Caterina — weibl., italien. Form zu Katharina; *bekannte Namensträger:* Caterina Valente, deutsche Schauspielerin, Sängerin und Tänzerin (geb. 1931)

Cathérine — weibl., französ. Form zu Katharina; *bekannte Namensträger:* Cathérine Deneuve, französ. Filmschauspielerin (geb. 1943)

Cecilie — weibl., Nebenform zu Cäcilie

Celine — weibl., Kurzform zu Marceline

César — männl., französ. Form zu Caesar; *bekannter Namensträger:* César Franck, französ.-belg. Dirigent und Komponist (1822–1890)

Cesare — männl., italien. Form zu Caesar

Chantal — weibl., nach dem Ehenamen der Jeanne Françoise Frémiot de Chantal; Ordensstifterin der Salesianerinnen (1572–1641)

Charles — männl., französ. und engl. Form zu Karl; *bekannte Namensträger:* Charles Dickens, engl. Schriftsteller (1812–1870); Charles Chaplin, amerikan. Filmschauspieler und Regisseur (1889–1977); Charles Lindbergh, erster Alleinüberflieger des Atlantik (1902–1974); Charles de Gaulle, französ. General und Staatsmann (1890–1970); Charles Bronson, amerikan. Schauspieler (geb. 1921)

Charley — männl., engl. Koseform zu Karl; *weitere Formen:* Charly

Charlot — weibl., niederländ. Form zu Charlotte

Charlotte — *Herkunft:* weibl., französ. Form zu Karla
Verbreitung: in der zweiten Hälfte des 17. Jh. galt der Vorn. als modern und war weit verbreitet; heute seltener gewählt
Andere Formen: Lotte, Lola, Lolo; Charlot (niederländ.); Carlotta (italien.); Carlota (span.)
Bekannte Namensträgerinnen: Charlotte von Stein, Freundin und Förderin von J. W. Goethe in Weimar (1742–1827); Charlotte Rampling, engl. Schauspielerin (geb. 1945)

Chlodwig — männl., französ. Form zu Ludwig

Chlothilde — weibl., Nebenform zu Klothilde

Chris — männl., engl. Kurzform zu Christian oder Christopher; weibl., engl. Kurzform zu Christina oder Christabel; *bekannte Namensträgerin:* Chris Evert, amerikan. Tennisspielerin (geb. 1954)

Christa — weibl., Kurzform zu Christiane; um 1900 kam der Vorn. in Adelskreisen in Mode, dann wurde er durch Zeitungs- und Zeitschriftenromane weit verbreitet; *bekannte Namensträgerin:* Christa Wolf, deutsche Schriftstellerin (geb. 1929)

Christabel — weibl., Doppelname aus Christa und Bella

Christel — weibl., Nebenform zu Christa; *weitere Formen:* Christl

Christian — *Herkunft:* männl., aus dem Lat. übernommener Vorn. griech. Ursprungs, eigentlich »der Christ«
Verbreitung: seit der Reformation vor allem in Norddeutschland weit verbreitet; bis heute erfreut sich der Vorn. großer Beliebtheit und wird häufig gewählt
Andere Formen: Karsten, Kersten (niederd.); Kirsten, Chris (engl.); Kristian (schwed.)
Bekannte Namensträger: Christian Dietrich Grabbe, deutscher Dramatiker (1801–1836); Hans Christian Andersen, dän. Märchendichter (1805–1875); Christian Morgenstern, deutscher Lyriker (1871–1914); Christian Dior, französ. Modeschöpfer (1905–1957); Christian Neureuther, deutscher Skifahrer (geb. 1949); Christian Quadflieg, deutscher Schauspieler (geb. 1945); *Namenstag:* 14. Mai, 4. Dezember

Christiane — weibl. Form zu Christian; *weitere Formen:* Christiana, Christianne, Christa, Christel, Nane, Nina; *bekannte Namensträgerinnen:* Christiane Vulpius, Ehegattin von J. W. Goethe (1765–1816); Christiane Hörbiger, österr. Schauspielerin (geb. 1938)

Christina — weibl., Nebenform zu Christiane; *weitere Formen:* Christine, Dina; Kristin, Kerstin, Kirstin, Kirsten, Kristina, Kristine (skand.); Kristin, Chrissy, Chris (engl.)

Christine — weibl., Nebenform zu Christina; bekannt wurde der Vorn. durch die französ. Dichterin Christine de Pisan (um 1365–1432); *bekannte Namensträgerin:* Christine Kaufmann, deutsche Schauspielerin (geb. 1945); *Namenstag:* 24. Juli

Christo — männl., bulgar. Form zu Christopher; *bekannter Namensträger:* Christo, amerikan. Verpackungskünstler (geb. 1935)

Christoffer — männl., Nebenform zu Christopher

Christoforo — männl., italien. Form zu Christopher

Christoph — männl., Nebenform zu Christopher; *weitere Formen:* Christof; *bekannte Namensträger:* Christoph Kolumbus, span. Seefahrer (1446–1506); Christoph Willibald Ritter von Gluck, Erneuerer der europäischen Oper (1714–1787); Christoph Martin Wieland, deutscher Dichter (1733–1813)

Christophe — männl., französ. Form zu Christopher

Christopher

Christopher — *Herkunft:* männl., aus dem Griech. übernommener Vorn., eigentlich »Christusanhänger«
Verbreitung: der Heilige Christophorus soll der Legende nach das Christuskind durch einen Fluß getragen haben; er gehört zu den 14 Nothelfern und ist Patron der Schiffer, Kraftfahrer und Piloten; im Mittelalter weit verbreitet und in den Nebenformen auch heute noch oft gewählt
Andere Formen: Christoph, Christoffer, Stoffel, Toffel; Christophorus (lat.); Christopher, Chris (engl.); Christophe (französ.); Christoforo (italien.); Christo (bulgar.); Krysztof (slaw.); Kristoffel (niederd.); *bekannter Namensträger:* Christopher Marlowe, engl. Dramatiker (1564–1593)

Christophorus — männl., lat. Form zu Christopher; *Namenstag:* 25. Juli

Cindy — weibl., engl. Kurzform zu Cinderella; *bekannte Namensträgerin:* Cindy Crawford, amerikan. Fotomodell (geb. 1966)

Claas — männl., Nebenform zu Klaus

Claire — weibl., französ. Form zu Klara; *weitere Formen:* Cläre, Kläre; *bekannte Namensträgerin:* Claire Waldoff, deutsche Kabarettistin und Schauspielerin (1884–1957)

Clara — weibl., Nebenform zu Klara

Clarissa — weibl., Nebenform zu Klarissa; *weitere Formen:* Clarisse

Clark — männl., aus dem Engl. übernommener Vorn. lat. Ursprungs, eigentlich »der Geistliche«; *weitere Formen:* Clarke, Clerk (engl.); *bekannter Namensträger:* Clark Gable, amerikan. Filmschauspieler (1901–1960)

Claude — weibl., französ. Form zu Claudia; eindeutiger Zweitname erforderlich; männl., französ. Form zu Claudius; *bekannte Namensträger:* Claude Debussy, französ. Komponist (1862–1918); Claude Monet, französ. impressionistischer Maler (1840–1926)

Claudette — weibl., französ. Koseform zu Claudia

Claudia — weibl. Form zu Claudius; seit dem 18. Jh. durch italien. Einfluß in Deutschland verbreitet und wird bis heute oft gewählt; *weitere Formen:* Klaudia, Claudiane; Claude, Clodia, Claudine, Claudette (französ.); *bekannte Namensträger:* Claudia Cardinale, italien. Filmschauspielerin (geb. 1939); Claudia Leistner, deutsche Eiskunstläuferin (geb. 1965); Claudia Schiffer, deutsches Fotomodell (geb. 1970); *Namenstag:* 18. August

Claudine — weibl., französ. Form zu Claudia; der Vorn. wurde durch Goethes Jugenddrama »Claudine von Villa Bella« (1776) bekannt; *weitere Formen:* Dina, Claudinette

Cordula

Claudio	männl., italien. Form zu Claudius; *bekannte Namensträger:* Claudio Monteverdi, italien. Komponist (1567–1643); Claudio Abbado, italien. Dirigent (geb. 1933)
Claudius	männl., aus dem Lat. übernommener Vorn., eigentlich »der aus dem Geschlecht der Claudier«; bekannt wurde der Vorn. durch den römischen Kaiser Tiberius Claudius Nero (10 v. Chr.– 54 n. Chr.); *weitere Formen:* Claudio (italien.), Claude (französ.)
Clemens	männl., aus dem Lat. übernommener Vorn., eigentlich »der Milde, der Gnädige«; *weitere Formen:* Klemens; Clement (engl., französ.); *bekannter Namensträger:* Clemens Brentano, deutscher Schriftsteller (1778–1842); *Namenstag:* 23. November
Clementia	weibl. Form zu Clemens; *weitere Formen:* Klementia, Clementine, Klementine
Clementine	weibl., Nebenform zu Clementia
Cliff	männl., Kurzform zu Clifford; *bekannter Namensträger:* Cliff Richard, engl. Popsänger (geb. 1941)
Clint	männl., Kurzform zu Clinton; *bekannter Namensträger:* Clint Eastwood, amerikan. Schauspieler (geb. 1930)
Cölestin	männl., aus dem Lat. übernommener Vorn., eigentlich »der Himmlische«; *Namenstag:* 19. Mai
Cölestine	weibl. Form zu Cölestin; *weitere Formen:* Célestine (französ.)
Coletta	weibl., Kurzform zu Nicoletta; *weitere Formen:* Colette (französ.)
Colin	männl., engl. Kurzform zu Nikolaus
Conny	männl., engl. Koseform zu Konrad; weibl., engl. Koseform zu Cornelia; *weitere Formen:* Conni
Conrad	männl., Nebenform zu Konrad
Constance	weibl., Nebenform zu Konstanze; *weitere Formen:* Constanze
Constantin	männl., Nebenform zu Konstantin
Cora	weibl., Kurzform zu Kordula
Cordelia	weibl., Nebenform zu Cordula; *weitere Formen:* Kordelia
Cordula	weibl., aus dem Lat. übernommener Vorn., eigentlich »Herzchen«; *weitere Formen:* Cordelia, Kordula, Cora, Kora; *Namenstag:* 22. Oktober

Corinna

Corinna	weibl., Weiterbildung von Cora; *Nebenformen:* Corina, Korinna
Cornelia	weibl. Form zu Cornelius; seit der Renaissance ist der Vorn. in Deutschland verbreitet und wird auch heute noch oft gewählt; *weitere Formen:* Conny, Cornell, Corrie, Nelli, Lia, Nelia, Kornelia; Cornélie (französ.); Cornela (engl.); *bekannte Namensträgerin*: Cornelia Froboess, deutsche Schauspielerin, früher Schlagersängerin, heute Charakterdarstellerin (geb. 1943)
Cornelius	männl., aus dem Lat. übernommener Vorn., eigentlich »der aus dem Geschlecht der Cornelier«; *weitere Formen:* Kornelius; Corell (engl.); Cornel; *Namenstag:* 16. September
Corona	weibl., aus dem Lat. übernommener Vorn., eigentlich »der Kranz«; *weitere Formen:* Korona; *Namenstag:* 14. Mai
Corvin	männl., aus dem lat. »corvus« (Rabe); *Nebenform:* Korvin
Cosima	weibl., aus dem Lat. übernommener Vorn., eigentlich »wohlgeordnet, sittlich«; *weitere Formen:* Kosima; *bekannte Namensträgerin:* Cosima Wagner, Ehegattin von R. Wagner (1837–1930)
Crescentia	weibl., Nebenform zu Kreszentia
Curd	männl., Nebenform zu Kurd; *weitere Formen:* Curt; *bekannter Namensträger:* Curd Jürgens, deutscher Schauspieler (1915–1982)
✗Cynthia	weibl., aus dem Griech. übernommener Vorn., eigentlich »die vom Berge Cynthos Stammende«; Cynthia ist auch der Beiname der griech. Jagdgöttin Artemis; *weitere Formen:* Cinzia (italien.); Cintia (ungar.)
Cyrillus	männl., aus dem Griech. übernommener Vorn., eigentlich »der zum Herrn Gehörende«; durch den Heiligen Cyrillus, Kirchenlehrer und Bischof von Jerusalem (4. Jh.), im Mittelalter verbreitet, aber heute selten gewählt; *weitere Formen:* Cyrill, Kyrill; *Namenstag:* 7. Juli

D

Dag

Dag männl., skand. Kurzform zu Vorn. mit »Dag-« oder »-dag«; *weitere Formen:* Dagino

Dagmar weibl. Form zu Dagomar; um 1900 aus dem Dän. übernommener Vorn., der wahrscheinlich auf die böhmische Prinzessin Dagmar zurückgeht, die im 13. Jh. Königin von Dänemark wurde; der Vorn. wurde bei uns durch die skand. Literatur eingebürgert und wird auch heute noch öfter gewählt; *weitere Formen:* Dagny (skand.); Dragomira (slaw.); *bekannte Namensträgerin:* Dagmar Berghoff, deutsche Fernsehmoderatorin (geb. 1943)

Dagny weibl., skand. Kurzform zu Dagmar oder aus dem Schwed., eigentlich »neuer Tag«

Dagobert männl., aus dem dän. »dag« (Tag) und dem ahd. »beraht« (glänzend); der Vorn. wurde durch die Merowinger und ihre Könige bekannt; im Mittelalter kam der Name aus der Mode und wurde erst im 19. Jh. neu belebt; Walt Disneys Trickfilmfigur Dagobert Duck machte den Vorn. weltberühmt

Dagomar männl., aus dem dän. »dago« (gut) und dem ahd. »mari« (berühmt); der Vorn. wurde im 19. Jh. neu belebt und war in adligen Kreisen beliebt; heute selten gewählt; *weitere Formen:* Dag, Dago

Daisy weibl., aus dem Engl. übernommener Vorn., eigentlich »Gänseblümchen«

Dalila weibl., aus der Bibel übernommener Vorn. hebr. Ursprungs, eigentlich »die Wellenlockige«; in der Bibel ist Dalila die Geliebte von Simson, entlockt ihm das Geheimnis seiner Kraft und liefert ihn seinen Feinden aus; *weitere Formen:* Delila, Delilah, Daliah; *bekannte Namensträgerin:* Daliah Lavi, israel. Sängerin und Schauspielerin (geb. 1942)

Damaris weibl., aus dem Griech. übernommener Vorn., eigentlich »Gattin, Geliebte«

Dan männl., engl. Kurzform zu Daniel; *bekannter Namensträger:* Dan Aykroyd, amerikan. Schauspieler und Komiker (geb. 1952)

Dana weibl., slaw. Kurzform zu Daniela oder russ. Kurzform zu Daria; *weitere Formen:* Danja

Dania weibl., slaw. Kurzform zu Daniela

Daniel *Herkunft:* männl., aus der Bibel übernommener Vorn. hebr. Ursprungs, eigentlich »Gott ist mein Richter«
Verbreitung: als Name eines alttestamentarischen Propheten war der Vorn. schon sehr zeitig in Deutschland verbreitet und erfreut sich auch heute noch wachsender Beliebtheit
Andere Formen: Dan, Dano; Daniel (französ.); Daniel, Danny (engl.); Danilo (russ.); Dános (ungar.)

Bekannte Namensträger: Daniel Chodowiecki, deutscher Kupferstecher, Zeichner und Maler (1726–1801); Daniel Defoe, engl. Schriftsteller (1660–1731); Daniel Day-Lewis, engl. Schauspieler und Oscarpreisträger (geb. 1958); *Namenstag:* 21. Juli

Daniela — *Herkunft:* weibl.; italien. Form zu Daniel
Verbreitung: um 1900 durch Zeitungs- und Zeitschriftenromane bekannt gewordener und bis heute sehr oft gewählter Vorn.
Andere Formen: Danielle, Dany (französ.); Daniella (italien.); Danniebelle (amerikan.); Dana, Dania (slaw.)

Daniella — weibl., italien. Form zu Daniela; *weitere Formen:* Danilla

Danielle — weibl., französ. Form zu Daniela; *bekannte Namensträgerin:* Danielle Darrieux, französ. Filmschauspielerin (geb. 1917)

Danilo — männl., russ. Form zu Daniel

Dankmar — männl., aus dem ahd. »dank« (Gedanke) und »mari« (berühmt); *weitere Formen:* Tamme, Thankmar

Dankrad — männl., aus dem ahd. »dank« (Gedanke) und »rat« (Ratgeber); *weitere Formen:* Tankred, Dankrat

Dankwart — männl., aus dem ahd. »dank« (Gedanke) und »wart« (Hüter); bekannt wurde der Vorn. durch die Gestalt des Dankwart (Hagens Bruder) im Nibelungenlied; *weitere Formen:* Danko, Tanko

Danniebelle — weibl., amerikan. Form zu Daniela

Danny — männl., engl. Kurzform zu Daniel; *bekannter Namensträger:* Danny de Vito, amerikan. Schauspieler (geb. 1944)

Dano — männl., Kurzform zu Daniel

Dános — männl., ungar. Form zu Daniel

Dany — weibl., französ. Kurzform zu Daniela

Daphne — weibl., aus dem Griech. übernommener Vorn., eigentlich »Lorbeerbaum«; in der griech. Mythologie wird Daphne von Apollo verfolgt, so daß sie auf ihren Wunsch hin von den Göttern in einen Lorbeerbaum verwandelt wird; *weitere Formen:* Dafne, Daphna; *bekannte Namensträgerin:* Daphne du Maurier, engl. Schriftstellerin (1907–1989)

Daria — weibl. Form zu Darius; durch die Verehrung der Heiligen Daria, die zusammen mit Chrysanthus in Rom ermordet wurde, im Mittelalter bekannt geworden; heute nur selten gewählt; *weitere Formen:* Dana, Darja (russ.); *Namenstag:* 25. Oktober

Dario — männl., italien. Form zu Darius

Darius

Darius	männl., aus dem Lat. übernommener Vorn., der eigentlich auf einen persischen Königsnamen zurückgeht; *weitere Formen:* Dario (italien.); *bekannter Namensträger:* Darius Milhaud, französ. Komponist (1892–1974)
David	*Herkunft:* männl., aus der Bibel übernommener Vorn. hebr. Ursprungs, eigentlich »der Geliebte«; in der Bibel ist der König David der Besieger des Riesen Goliath und Gründer des jüdischen Staates *Verbreitung:* seit dem späten Mittelalter in Deutschland verbreiteter Vorn., der auch heute noch oft gewählt wird *Andere Formen:* Davide (italien.); Davy, Davis (engl.) *Bekannte Namensträger:* David Hume, engl. Philosoph und Historiker (1711–1776); David Livingstone, engl. Forschungsreisender (1813–1873); Caspar David Friedrich, deutscher Maler (1774–1840); David Oistrach, russ. Violinvirtuose (1908–1974); David Ben Gurion, israel. Staatsmann (1886–1973); David Bowie, engl. Schauspieler und Rockmusiker (geb. 1948); David Hasselhoff, amerikan. Sänger und Schauspieler (geb. 1952); *Namenstag:* 29. Dezember
Davida	weibl. Form zu David; *weitere Formen:* Davina (schott.); Davide, Davita (niederländ.)
Davide	männl., italien. Form zu David
Davis, Davy	männl., engl. Formen zu David
Debora, Deborah	weibl., bibl. Name, hebr. »deborah« (Biene, Wespe); *bekannte Namensträgerin:* Deborah, Richterin und Prophetin im alten Israel; der Name wurde wiederbelebt durch die engl. Puritaner und verbreitet in Amerika; *weitere Formen:* Bora, Debi
Degenhard	männl., aus dem ahd. »degan« (junger Krieger) und »harti« (hart)
Deike	weibl., fries. Kurzform zu Vorn. mit »Diet-«
Dele	weibl., Kurzform zu Adele; *weitere Formen:* Dela
Delia	weibl., aus dem Griech. übernommener Vorn., eigentlich »die auf der Insel Delos Geborene«; der Vorn. wurde als Beiname der Göttin Artemis bekannt, wird aber selten gewählt
Demetrius	männl., aus dem Griech. übernommener Vorn., eigentlich »Sohn der Erdgöttin Demeter«; als Name des jüngsten Sohnes von Iwan dem Schrecklichen bekannt geworden und vor allem im slaw. Raum weit verbreitet; *weitere Formen:* Dimitri (russ.); Mitja (slaw.)
Denis	männl., französ. Form zu Dionysius

Denise	weibl. Form zu Denis; *weitere Formen:* Denny; *bekannte Namensträgerin*: Denise Bielmann, schweiz. Eiskunstläuferin (geb. 1962)
Dennis	männl., engl. Form zu Dionysius; *bekannte Namensträger:* Dennis Hopper, amerikan. Schauspieler und Regisseur (geb. 1936); Dennis Quaid, amerikan. Schauspieler (geb. 1954)
Derek, Derik	männl., fries. Nebenformen zu Dietrich
Derk	männl., fries. Form zu Dietrich
Derrick	männl., engl. Form zu Dietrich; bekannt geworden durch die deutsche Fernsehserie »Derrick«
Desidera	weibl. Form zu Desiderius; *weitere Formen:* Désirée (französ.)
Desiderius	männl., aus dem Lat. übernommener Vorn., eigentlich »der Ersehnte«; der letzte Langobardenkönig trug diesen Namen (8. Jh.); *weitere Formen:* Didier, Désiré (französ.)
Désirée	weibl., französ. Form zu Desidera; *bekannte Namensträgerin*: Désirée Nosbusch, luxemb. Fernsehmoderatorin und Schauspielerin (geb. 1965)
Detlef, Detlev	männl., niederd. Form des heute nicht mehr gebräuchlichen Vorn. Dietleib, eigentlich »Sohn des Volkes«; *weitere Formen:* Detlev, Delf, Tjalf, Tjade; Detlof (schwed.); *bekannter Namensträger*: Detlef Schrempf, deutsch-amerikan. Basketballspieler (geb. 1963)
Detmar	männl., niederd. Form zu Dietmar; *weitere Formen:* Dettmar
Dewald	männl., niederd. Form zu Dietbald oder Dietwald
Diana	weibl., aus dem Lat. übernommener Vorn., der auf die römische Jagdgöttin zurückzuführen ist; seit der Renaissance in Deutschland verbreitet, vor allem durch A. Dumas d. J. Roman »Diane de Lys« (1856); *weitere Formen:* Di; Diane; Dianne (französ.); *bekannte Namensträgerinnen*: Diana Ross, amerikan. Sängerin (geb. 1944); Diane Keaton, amerikan. Schauspielerin (geb. 1946); Diana, Prinzessin von Wales (1961–1997)
Dick	männl., engl. Kurzform zu Richard
Dicky	männl., engl. Koseform zu Richard
Didda	weibl., fries. Kurzform zu Vorn. mit »Diet-«; *weitere Formen:* Ditte
Didi	männl., fries. Kurzform zu Dietrich; *bekannter Namensträger:* Didi Thurau, deutscher Radprofi (geb. 1954)

Diebald

Diebald	männl., Nebenform zu Dietbald
Diede	männl., fries. Kurzform zu Dietrich
Diedrich	männl., Nebenform zu Dietrich
Diego	männl., span. Form zu Jakob; *bekannter Namensträger*: Diego Maradona, argentin. Fußballspieler (geb. 1960)
Diemo	männl., Kurzform zu Dietmar
Dietbald	männl., aus dem ahd. »diot« (Volk) und »bald« (kühn); *weitere Formen:* Diebold, Diebald, Deotpold; Theobald (lat.); Debald, Dewald (niederd.)
Dietberga	weibl., aus dem ahd. »diot« (Volk) und »bergan« (Schutz, Zuflucht); *weitere Formen:* Dietburga, Dieta, Dietha
Dietbert	männl., aus dem ahd. »diot« (Volk) und »beraht« (glänzend)
Dietbrand	männl., aus dem ahd. »diot« (Volk) und »brant« (Brand)
Dieter	männl., Kurzform zu Dietrich; seit dem Mittelalter durch das Nibelungenlied weit verbreitet und auch heute noch öfter gewählt; *bekannte Namensträger:* Dieter Borsche, deutscher Schauspieler (1909–1982), Dieter Hildebrandt, deutscher Kabarettist (geb. 1927); Dieter Hoeneß, deutscher Fußballspieler (geb. 1953); Dieter Baumann, deutscher Langstreckenläufer (geb. 1965); Dieter Hallervorden, deutscher Komiker (geb. 1935); Dieter Thomas Heck, deutscher Moderator in Funk und Fernsehen (geb. 1937); Dieter Kürten, deutscher Sportjournalist und Fernsehmoderator (geb. 1935); Dieter Krebs, Schauspieler und Kabarettist (geb. 1947)
Dieterik	männl., Nebenform zu Dietrich
Dietfried	männl., aus dem ahd. »diot« (Volk) und »fridu« (Friede); im Mittelalter war die latinisierte Form Theodefried weit verbreitet
Dietgard	weibl., aus dem ahd. »diot« (Volk) und »gard« (Schutz)
Dietger	männl., aus dem ahd. »diot« (Volk) und »ger« (Speer)
Diethard	männl., aus dem ahd. »diot« (Volk) und »harti« (hart)
Diethelm	männl., aus dem ahd. »diot« (Volk) und »helm« (Helm, Schutz)
Diethild	weibl., aus dem ahd. »diot« (Volk) und »hiltja« (Kampf)
Dietlind	weibl., aus dem ahd. »diot« (Volk) und »linta« (Schutzschild aus Lindenholz); *weitere Formen:* Dietlinde, Dietlindis

Dietmar	männl., aus dem ahd. »diot« (Volk) und »mari« (berühmt); der Vorn. war im Mittelalter vor allem in der latinisierten Form Theodemar weit verbreitet; *weitere Formen:* Dimo, Diemo, Timmo, Thiemo, Thietmar, Dittmer, Dittmar; Detmar (niederd.); *bekannter Namensträger:* Dietmar Mögenburg, deutscher Hochspringer (geb. 1961)
Dietmut	weibl., aus dem ahd. »diot« (Volk) und »muot« (Sinn, Geist); *weitere Formen:* Dietmute, Diemut; Demeke (niederd.)
Dietram	männl., aus dem ahd. »diot« (Volk) und »hraban« (Rabe)
Dietrich	*Herkunft:* männl., aus dem ahd. »diot« (Volk) und »rihhi« (reich, mächtig) *Verbreitung:* in der älteren Form »Theoderich« war der Vorn. bereits im 13./14. Jh. sehr weit verbreitet; im 19. Jh. wurde der Name durch die romantische Literatur neu belebt, wird aber heute nur noch selten gewählt *Andere Formen:* Diedrich, Ditrich, Dieter, Dieterik, Dirk, Diede, Didi, Tilo, Tillmann, Till; Derk, Derek, Derik, Diez, Deddo, Teetje, Tido, Tiede (fries.); Derrick (engl.) *Bekannte Namensträger:* Dietrich Fischer-Dieskau, deutscher Sänger (geb. 1925); Dietrich Bonhoeffer, deutscher Theologe (1906–1945) *Namenstag:* 2. Februar
Dietrun	weibl., aus dem ahd. »diot« (Volk) und »runa« (Geheimnis)
Dietwald	männl., aus dem ahd. »diot« (Volk) und »waltan« (walten, herrschen)
Dietward	männl., aus dem ahd. »diot« (Volk) und »wart« (Beschützer)
Dietwin	männl., aus dem ahd. »diot« (Volk) und »wini« (Freund)
Dietwolf	männl., aus dem ahd. »diot« (Volk) und »wolf« (Wolf); *weitere Formen:* Dietolf
Diez	männl., fries. Kurzform zu Dietrich
Diktus	männl., Kurzform zu Benediktus
Dilia	weibl., Kurzform zu Odilia
Dimitri	männl., russ. Form zu Demetrius; der Vorn. ist in Rußland und Bulgarien weit verbreitet und wurde bei uns durch die russ. Literatur bekannt; *weitere Formen:* Dimitry, Dimitrij
Dina	weibl., Kurzform zu Vorn. mit »-dina«, »-tina«, »-dine« oder »-tine« oder aus dem Hebr. übernommener Vorn, eigentlich »die Richterin« (Dina ist in der Bibel eine Tochter von Jakob)

Dionysius

Dionysius — männl., aus dem Griech. übernommener Vorn., eigentlich »der dem Gott Dionysos Geweihte«; durch die Verehrung des Heiligen Dionysius, erster Bischof von Paris und einer der 14 Nothelfer, war der Vorn. im Mittelalter verbreitet; *weitere Formen:* Nies, Nys, Dionys, Dinnies, Dion, Dins; Denis (französ.); Dennis (engl.); Diwis (tschech.); Denes (ungar.)
Namenstag: 9. Oktober

Diotima — weibl., aus dem Griech. übernommener Vorn., eigentlich »die Gottgeweihte«; bekannt wurde der Vorn. durch die Gestalt der Diotima in Platons »Symposion«; heute spielt der Vorn. im deutschen Sprachraum keine Rolle mehr

Dirk — männl., Kurzform zu Dietrich; *weitere Formen:* Dierk

Ditrich — männl., Nebenform zu Dietrich

Djarmila — weibl., kirgisische Form zum tschech. Vorn. Jarmila; dieser Vorn. wurde durch eine Erzählung Aitmatows (»Dshamilja«) in den letzten Jahren auch in Deutschland bekannt; *weitere Formen:* Dschamila

Dobby — männl., engl. Koseform zu Robert

Dodo — weibl., Koseform zu Dorothea

Dolf — männl., Kurzform zu Vorn. mit »-dolf«, vor allem zu Rudolf; *bekannter Namensträger:* Dolf Sternberger, deutscher Publizist und Politologe (1907–1989)

Dolly — weibl., engl. Koseform zu Dorothea; *weitere Formen:* Doll; *bekannte Namensträgerin:* Dolly Parton, amerikan. Sängerin und Schauspielerin (geb. 1946)

Dolores — weibl., aus dem Span. übernommener Vorn. zu »Maria de los Dolores« (Maria der Schmerzen); aus religiöser Ehrfurcht wurde Dolores stellvertretend für Maria als Taufname vergeben (vergleiche auch Carmen und Mercedes); *weitere Formen:* Lola

Doma — weibl., slaw. Form zu Dominika

Doman — männl., ungar. Form zu Dominikus

Domenica — weibl., italien. Form zu Dominika

Domenico — männl., italien. Form zu Dominikus

Domingo — männl., span. Form zu Dominikus

Dominic — männl., engl. Form zu Dominikus

Dominik — männl., Kurzform zu Dominikus

Dominika — weibl. Form zu Dominikus; *weitere Formen:* Domenica (italien.); Doma (slaw.); Dominique (französ.); *Namenstag:* 5. August

Dominikus — männl., aus dem Lat. übernommener Vorn., eigentlich »dem Herrn gehörend«; der Spanier Dominikus Guzman gründete 1215 den Dominikanerorden; seitdem wurde er oft zum Namensvorbild genommen, und auch heute noch gilt der Vorn. als modern; *weitere Formen:* Dominik; Dominique (französ.); Domingo (span.); Domenico (italien.); Dominic (engl.); Doman (ungar.); *Namenstag:* 8. August

Dominique — weibl., französ. Form zu Dominika; männl., französ. Form zu Dominikus; der Name wurde aber als männl. Vorn. in Deutschland abgelehnt, obwohl er als solcher in der Schweiz gebräuchlich ist

Don — männl., Kurzform zu Donald; *bekannter Namensträger:* Don Johnson, amerikan. Schauspieler (geb. 1949)

Donald — männl., engl. Vorn. mit keltischem Ursprung, eigentlich »der Mächtige«; als Vorn. von schott. Königen geläufig; weltbekannt wurde dieser Vorn. durch die Disneyfigur »Donald Duck«; *bekannter Namensträger:* Donald Sutherland, kanad. Schauspieler (geb. 1934)

Donata — weibl. Form zu Donatus; *weitere Formen:* Donatella (italien.); Donatienne (französ.); Dota, Donka (bulgar.)

Donatus — männl., aus dem Lat. übernommener Vorn., eigentlich »Geschenk Gottes«; durch die Verehrung des Heiligen Donatus seit dem 17. Jh. in Deutschland verbreitet; der italien. Bildhauer Donatello hieß eigentlich Donato di Niccolo di Betto (1386–1466); *weitere Formen:* Donet (engl.); Donat, Donatien (französ.); Donato (span., italien.); *Namenstag:* 7. August

Dora — weibl., Kurzform zu Dorothea und Theodora; *weitere Formen:* Doro, Dorel, Dorika

Doreen — weibl., engl. Kurzform zu Dorothea

Dorette — weibl., französ. Koseform zu Dorothea

Dorian — männl., engl. Vorn., der auf eine griech. Herkunftsbezeichnung zurückgeht, eigentlich »der Dorer«; bekannt wurde der Vorn. durch Wildes Roman »Das Bildnis des Dorian Gray« (übers. 1901); *weitere Formen:* Doriano (italien.)

Dorina, Dorinda — weibl., Nebenformen zu Dorothea

Doris — weibl., Kurzform zu Dorothea; *weitere Formen:* Doriet, Dorit; *bekannte Namensträgerinnen:* Doris Day, amerikan. Schauspielerin (geb. 1924); Doris Lessing, engl. Schriftstellerin (geb. 1919); Doris Dörrie, deutsche Filmregisseurin (geb. 1955)

Dorota

Dorota	weibl., poln. und tschech. Form zu Dorothea
Dorotea	weibl., span. und italien. Form zu Dorothea
Dorothea	*Herkunft:* weibl., aus dem Griech. übernommener Vorn., eigentlich »Gottesgeschenk«; Dorothea ist gleichbedeutend mit Theodora *Verbreitung:* durch die Verehrung der Heiligen Dorothea, Patronin der Gärtner, im Mittelalter verbreitet; in der Neuzeit war der Vorn. vor allem in Adelskreisen beliebt; Goethes Epos »Hermann und Dorothea« trug ebenfalls zur Beliebtheit des Namens bei; heute selten gewählt *Andere Formen:* Dodo, Dora, Dorinda, Dorina, Doris, Thea, Dörte; Dorothy, Dolly, Doreen (engl.); Dorothée, Dorette (französ.); Dorota (poln., tschech.); Dorotea (span., italien.) *Bekannte Namensträgerin:* Dorothea Schlegel, Tochter von M. Mendelssohn und Ehegattin von Friedrich Schlegel (1763–1839) *Namenstag:* 6. Februar, 25. Juni
Dorothée	weibl., französ. Form zu Dorothea
Dorothy	weibl., engl. Form zu Dorothea
Dörte	weibl. Kurzform zu Dorothea; *weitere Formen:* Dörthe
Dortje	weibl., fries. Form zu Dagmar
Douglas	männl., engl. Vorn. mit keltischem Ursprung, eigentlich »dunkelblau«; auch ein schottischer Fluß- und Familienname
Dragomira	weibl., slaw. Form zu Dagmar
Drewes	männl., niederd. Form zu Andreas
Dubravka	weibl., tschech. Vorn., der auf die Tochter eines böhmischen Herrschers im 10. Jh. zurückgeht; *weitere Formen:* Dobravka
Duncan	männl., aus dem kelt. »donno« (braun) und »catu-s« (Krieger)
Dunja	weibl., aus dem Slaw. übernommener Vorn. griech. Ursprungs, eigentlich »die Hochgeschätzte«; der Vorn. wurde durch die jugoslaw. Filmschauspielerin Dunja Raijter bei uns bekannt
Dusja	weibl., russ. Koseform zu Ida
Dustin	männl., engl. Vorname; *bekannter Namensträger:* Dustin Hoffmann, amerikan. Schauspieler und Oscarpreisträger (geb. 1937)

E

Ebba	weibl., Kurzform zu Vorn. mit »Eber-«
Ebbo, Eber	männl., Kurzformen zu Vorn. mit »Eber-«
Ebergard	weibl., aus dem ahd. »ebur« (Eber) und »gard« (Hort, Schutz)
Ebergund	weibl., aus dem ahd. »ebur« (Eber) und »gund« (Kampf); *weitere Formen:* Ebergunde
Eberhard	*Herkunft:* männl., aus dem ahd. »ebur« (Eber) und »harti« (hart) *Verbreitung:* seit dem Mittelalter bekannt; um 1900 durch Zeitungs- und Zeitschriftenromane neu belebt und bis heute verbreitet, wenn auch selten gewählt *Andere Formen:* Eber, Ebert, Ebbo, Everhard; Jori, Jorrit (fries.) *Bekannte Namensträger:* Eberhard Diepgen, deutscher Politiker (geb. 1941); Eberhard Gienger, deutscher Kunstturnweltmeister (geb. 1951) *Namenstag:* 22. Juni
Eberharde	weibl. Form zu Eberhard; *weitere Formen:* Eberharda, Eberhardine, Dina, Dine, Eberta
Eberhelm	männl., aus dem ahd. »ebur« (Eber) und »helm« (Helm)
Eberhild	weibl., aus dem ahd. »ebur« (Eber) und »hiltja« (Kampf); *weitere Formen:* Eberhilde
Ebermund	männl., aus dem ahd. »ebur« (Eber) und »munt« (Schutz der Unmündigen)
Ebert	männl., Kurzform zu Eberhard
Eberwin	männl., aus dem ahd. »ebur« (Eber) und »wini« (Freund)
Eberwolf	männl., aus dem ahd. »ebur« (Eber) und »wolf« (Wolf)
Eckart	männl., Kurzform zu Eckehard; *weitere Formen:* Eckard, Eckhart, Ekard, Eckhard, Eck
Eckbert	männl., aus dem ahd. »ecka« (Speerspitze) und »beraht« (glänzend); *weitere Formen:* Egbert, Egbrecht, Ebbert
Ecke	männl., Kurzform zu Eckehard
Eckehard	*Herkunft:* männl., aus dem ahd. »ecka« (Speerspitze) und »harti« (hart) *Verbreitung:* seit dem Mittelalter durch die Sagengestalt des treuen Eckehard bekannt; in der zweiten Hälfte des 19. Jh. war der Vorn. in Adelskreisen besonders beliebt; heute ist der Name noch verbreitet, wird aber selten gewählt *Andere Formen:* Eckhard, Eginhard, Eckart, Ecke; Edzard, Egge, Edsart, Edsert (fries.)

Eckhard	männl., Nebenform zu Eckehard
Ed	männl., Kurzform zu Eduard
Edda	weibl., Kurzform von Vorn., die mit »Ed-« zusammengesetzt sind; zur Bekanntheit dieses Vorn. hat sicher auch die – zufälligerweise – gleichnamige altnord. Liedersammlung beigetragen; der Vorn. wurde in der Trivialliteratur des 19. Jh. und in Zeitschriftenromanen häufiger gebraucht; gegenwärtig selten gewählt; *weitere Formen:* Etta; Eda (schwed.)
Eddie	männl., Koseform zu Ed; *bekannte Namensträger*: Eddie Constantine, französ. Schauspieler und Sänger amerikan. Herkunft (1917–1993); Eddie Murphy, amerikan. Schauspieler (geb. 1961)
Eddy	männl., engl. Kurzform zu Eduard; *bekannter Namensträger* Eddy Merckx, belg. Radrennfahrer (geb. 1945)
Ede	männl., Kurzform zu Eduard
Edel	weibl., Kurzform zu Vorn. mit »Edel-«, vor allem zu Edeltraud und Edelgard
Edelberga	weibl., Nebenform zu Adelberga
Edelbert	männl., Nebenform zu Adalbert
Edelberta	weibl., Nebenform zu Adalberta
Edelgard	weibl., Nebenform zu Adalgard; *weitere Formen:* Edelgart; Ethelgard (engl.)
Edelmar	männl., Nebenform zu Adalmar
Edeltraud	weibl., Nebenform zu Adeltraud
Edgar	*Herkunft:* männl., engl. Form zu Otger *Verbreitung:* der Vorn. wurde in Deutschland im 19. Jh. durch Shakespeares »König Lear« bekannt und war in Adelskreisen beliebt; heute selten gewählt *Andere Formen:* Edgard *Bekannte Namensträger:* Edgar Allan Poe, amerikan. Schriftsteller (1809–1849); Edgar Degas, französ. Maler (1834–1917) *Namenstag:* 8. Juli
Edgard	männl., Nebenform zu Edgar
Edith	*Herkunft:* weibl., aus dem Engl. übernommener Vorn. zu altengl. »ead« (Besitz) und »gyth« (Kampf) *Verbreitung:* durch die Ehegattin von Otto dem Großen nach Deutschland gebracht, aber erst im 19. Jh. stärker verbreitet, heute selten gewählt

Editha

Andere Formen: Editha, Edda, Ada, Dita; Edyth (engl.)
Bekannte Namensträgerin: Edith Piaf, französ. Chansonsängerin (1915–1963); *Namenstag:* 16. September

Editha weibl., Nebenform zu Edith

Edmund männl., aus dem Engl. übernommener Vorn. zu altengl. »ead« (Besitz) und »mund« (Schutz); der Vorn. wurde im 19. Jh. in Deutschland bekannt und zunächst von Adelskreisen bevorzugt; heute ist der Name verbreitet, wird aber selten gewählt; *weitere Formen:* Edmond; Edmondo (italien.)

Edna weibl., aus dem Hebr. übernommener Vorn., eigentlich »Lust, Entzücken«; *bekannte Namensträgerin:* Edna Ferber, amerikan. Schriftstellerin (1887–1968)

Edoardo männl., italien. Form zu Eduard; *weitere Formen:* Odoardo

Édouard männl., französ. Form zu Eduard

Edsart, Edsert männl., fries. Kurzformen zu Eckehard

Eduard *Herkunft:* männl., eingedeutschte Form zu Edward
Verbreitung: der Vorn. wurde im 18. Jh. durch die Gestalt des Édouard in Rousseaus Roman »Julie oder die neue Héloise« in Deutschland bekannt, heute selten gewählt
Andere Formen: Ed, Ede; Eddy, Edward (engl.); Édouard (französ.); Edvard (norweg.); Edoardo (italien.); Duarte (portug.)
Bekannte Namensträger: Eduard von Hartmann, deutscher Philosoph (1842–1906); Eduard Mörike, deutscher Schriftsteller (1804–1875); Eduard Künneke, deutscher Operettenkomponist (1885–1963)
Namenstag: 13. Oktober

Edvard männl., norweg. Form zu Eduard; *bekannte Namensträger:* Edvard Grieg, norweg. Komponist (1843–1907); Edvard Munch, norweg. Maler und Graphiker (1863–1944)

Edward männl., engl. Form zu Eduard

Edwin männl., engl. Form zu Otwin; *bekannter Namensträger:* Edwin Moses, amerikan. Leichtathlet (geb. 1955)

Edwine weibl. Form zu Edwin; *weitere Formen:* Edwina

Edyth weibl., engl. Form zu Edith

Edzard männl., fries. Form zu Eckehard; der Vorn. spielte eine große Rolle bei den ostfries. Grafen; *bekannter Namensträger:* Edzard Reuter, deutscher Industriemanager (geb. 1928)

Effi	weibl., Kurzform zu Elfriede; bekannt wurde der Vorn. durch Fontanes Roman »Effi Briest« (1895)
Egberta	weibl. Form zu Eckbert; *weitere Formen:* Egbertine, Egbertina
Egge	männl., fries. Kurzform zu Eckehard
Egid	männl., Nebenform zu Ägidius
Egil	männl., Kurzform zu Vorn. mit »Egil-«, vor allem zu Egilbert
Egilbert	männl., aus dem ahd. »ecka« (Speerspitze) und »beraht« (glänzend)
Egilof	männl., Nebenform zu Agilof
Eginald	männl., Kurzform zu Reginald
Eginhard	männl., Nebenform zu Eckehard
Egino	männl., Kurzform zu Vorn. mit »Egin-«
Eginolf	männl., aus dem ahd. »ecka« (Speerspitze) und »wolf« (Wolf); *weitere Formen:* Egolf
Egmund	männl., aus dem ahd. »ecka« (Speerspitze) und »munt« (Schutz der Unmündigen); *weitere Formen:* Egmont (niederd., niederländ.)
Egon	männl., Kurzform zu Egino; der Vorn. ist seit dem ausgehenden Mittelalter gebräuchlich und war um 1900 Adelsname; durch Zeitungs- und Zeitschriftenromane wurde der Name volkstümlich; heute selten gewählt; *bekannter Namensträger:* Egon Erwin Kisch, der »rasende Reporter« (1885–1948)
Ehm	männl., fries. Form zu Vorn. mit »Egin-«; *bekannter Namensträger:* Ehm Welk, deutscher Schriftsteller (1884–1966)
Ehregott	männl., pietistische Neubildung, eigentlich »ehre Gott!«
Ehrenfried	männl., pietistische Neubildung, eigentlich »ehre den Frieden!«, oder Nebenform zu Arnfried
Ehrentraud	weibl., Herkunft und Bedeutung unklar
Eike	männl., fries. Kurzform zu Vorn. mit »Ecke-«; weibl., Kurzform zu Vorn. mit »Adel-«, »Edel-« oder »Ecke-«; eindeutiger Zweitname erforderlich
Eilbert	männl., Kurzform zu Egilbert
Eileen, Eilene	weibl., engl. Vorn. irischer Herkunft

Eilika	weibl. Form zu Eiliko
Eiliko	männl., fries. Kurzform zu Vorn. mit »Agil-« oder »Eil-«
Eilmar	männl., Nebenform zu Agilmar
Eirik	männl., norweg. Form zu Erich
Eitel	männl., der Vorn. war früher nur in Verbindung mit einem anderen Namen sinnvoll, denn er drückte aus, daß der Namensträger »nur einen« Vorn. hat; heute ist er auch als einziger Vorn. anerkannt; *weitere Formen:* Eitelfritz, Eiteljörg, Eitelwolf
Elard	männl., Kurzform zu Eilhard
Elbert	männl., Kurzform zu Agilbert oder Eilbert
Eleanor	weibl., engl. Form zu Eleonore
Elena	weibl., Kurzform zu Helene; *weitere Formen:* Elene, Eleni
Eleonore	*Herkunft:* weibl., aus dem Arab. übernommener Vorn., eigentlich »Gott ist mein Licht« *Verbreitung:* mit den Mauren kam der Vorn. nach Spanien und gelangte von dort über Frankreich nach England; durch Shakespeares Werke wurde der Name in Deutschland bekannt und durch Beethovens »Leonoren-Ouvertüren« verbreitet; heute wird der Vorn. seltener gewählt *Andere Formen:* Eleonora, Ella, Elli, Leonore, Lora; Eleanor, Elly, Ellinor, Ellen (engl.); Ellen, Elna (skand.); Eléonore (französ.); Norina (italien.) *Bekannte Namensträgerin:* Eleonora Duse, italien. Schauspielerin (1858–1924)
Eléonore	weibl., französ. Form zu Eleonore
Elfgard	weibl., im 20. Jh. neu gebildeter Vorn. aus Elfe und dem ahd. »gard« (Schutz)
Elfi	weibl., Kurzform zu Elfriede
Elfriede	weibl. Form zu Alfred; der Vorn. galt um 1900 als modern und wird heute nur selten gewählt; *weitere Formen:* Effi, Elfi, Elfe, Frieda; Elfreda (engl.); *Namenstag:* 20. Mai
Elfrun	weibl., Nebenform zu Albrun
Elga	weibl., Herkunft und Bedeutung unklar, wahrscheinlich Kurzform zu Helga; bekannt wurde der Vorn. durch Grillparzers Novelle »Das Kloster von Sendomir« (1828); *weitere Formen:* Elgin
Elger	männl., Kurzform zu Adelgar

Eliane	weibl. Form zu Elias
Eliano	männl., italien. Form zu Elias
Elias	*Herkunft:* männl., aus der Bibel übernommener Vorn. hebr. Ursprungs, eigentlich »mein Gott ist Jawe« *Verbreitung:* der Name des Propheten Elias, um den sich viele Legenden ranken, ist seit dem Mittelalter gebräuchlich; um 1900 wurde der Vorn. vorwiegend von jüdischen Familien bevorzugt; gegenwärtig wird er selten gewählt *Andere Formen:* Elias, Ellis (engl.); Elie (französ.); Eliano (italien.); Ilja (russ.) *Bekannter Namensträger:* Elias Canetti, in Bulgarien geborener deutscher Schriftsteller spanisch-jüdischer Herkunft (1905–1994)
Elie	männl., französ. Form zu Elias
Eligius	männl., aus dem Lat. übernommener Vorn., eigentlich »der Erwählte«; durch die Verehrung des Heiligen Eligius, Schirmherr der Schmiede und Goldarbeiter (um 590–660), wurde der Name in Deutschland verbreitet; *weitere Formen:* Elgo, Euligius
Elisa	weibl., Kurzform zu Elisabeth
Elisabeth	*Herkunft:* weibl., aus der Bibel übernommener Vorn., eigentlich »Gottesverehrerin«; in der Bibel ist Elisabeth die Mutter von Johannes dem Täufer *Verbreitung:* durch die Verehrung der Heiligen Elisabeth von Thüringen wurde der Vorn. im Mittelalter geläufig und war dann beim Hochadel sehr beliebt; heute ist der Vorn., vor allem in seinen vielen Kurz- und Nebenformen, sehr weit verbreitet und wird öfter gewählt *Andere Formen:* Elisa, Elsbeth, Ella, Elli, Else, Elsa, Elsabe, Elsbe, Elsi, Ilsa, Ilse, Li, Lis, Lies, Lisbeth, Liesa, Lisa, Liese, Lise, Libeth, Liesel; Alice, Babette, Lisette (französ.); Alice, Elly, Elsy, Elizabeth, Bess, Bella, Lissy, Lilly, Isabel (engl.); Telsa (fries.); Sissy (österr.); Elisabetta (italien.) *Bekannte Namensträgerinnen:* Elisabeth Langgässer, deutsche Schriftstellerin (1899–1950); Elisabeth Bergner, österr. Filmschauspielerin (1897–1986); Elisabeth Volkmann, deutsche Schauspielerin (geb. 1942) *Namenstag:* 19. November
Elisabetta	weibl., italien. Form zu Elisabeth
Elizabeth	weibl., engl. Form zu Elisabeth; *bekannte Namensträgerinnen:* Elizabeth I., Königin von England (1533–1603); Elizabeth II., Königin von England seit 1952 (geb. 1926); Elizabeth Taylor, engl.-amerikan. Schauspielerin (geb. 1932)
Elke	weibl., fries. Form zu Adelheid; durch die Gestalt der Elke Haien in Storms Novelle »Der Schimmelreiter« (1888) wurde der Vorn.

bekannt und wird auch heute noch öfter gewählt; *weitere Formen:* Elka, Elleke, Eltje; *bekannte Namensträgerinnen:* Elke Sommer, deutsche Schauspielerin (geb. 1940); Elke Heidenreich, deutsche Journalistin und Fernsehmoderatorin (geb. 1943)

Elko männl., fries. Kurzform zu Vorn., die mit »Adel-«, »Egil-« oder »Agil-« beginnen

Ella weibl., Kurzform zu Eleonore und Elisabeth; *bekannte Namensträger:* Ella Fitzgerald, amerikan. Sängerin (geb. 1918)

Ellen weibl., engl. und skand. Kurzform zu Eleonore oder Helene; *bekannte Namensträgerin:* Ellen Barkin, amerikan. Schauspielerin (geb. 1954)

Elli weibl., Kurzform zu Eleonore und Elisabeth; *weitere Formen:* Nelli

Ellinor weibl., engl. Form zu Eleonore

Ellis männl., engl. Form zu Elias

Elly weibl., engl. Koseform zu Eleonore und Elisabeth

Elma weibl., Kurzform zu Wilhelmine

Elmar männl., Kurzform zu Egilmar; *weitere Formen:* Almar, Elimar; Elmo (fries.); Elmer (engl., schwed.)

Elmira weibl., aus dem Span. übernommener Vorn. arab. Ursprungs, eigentlich »die Fürstin«

Elmo männl., italien. Form zu Erasmus

Elna weibl., skand. Kurzform zu Eleonore

Elsa weibl., Kurzform zu Elisabeth; der Vorn. wurde durch die Gestalt der Elsa von Brabant in Wagners Oper »Lohengrin« verbreitet; heute ist der Name nach wie vor üblich, wird aber nicht mehr oft gewählt

Elsabe, Elsbe, Elsbeth weibl., Kurzformen zu Elisabeth

Else weibl., Kurzform zu Elisabeth; der Vorn. wurde durch mehrere literarische Gestalten populär und galt um 1900 als modern; heute noch verbreitet, aber zurückgehend; *weitere Formen:* Elseke, Elsk, Elska, Elsike, Telse (niederd.); *bekannte Namensträgerin:* Else Lasker-Schüler, deutsche Schriftstellerin (1869–1945)

Elsi weibl., Koseform zu Elisabeth

Elsy weibl., engl. Form zu Elisabeth

Elton	männl., engl., altengl. Herkunftsbezeichnung; *bekannter Namensträger*: Elton John, engl. Rockmusiker (geb. 1947)
Elvira	weibl., aus dem Span. übernommener Vorn., dessen Bedeutung unklar ist; bekannt ist die Gestalt der Elvira in Mozarts Oper »Don Giovanni«
Elvis	männl., Nebenform zu Alwin, Elwin; *bekannte Namensträger*: Elvis Presley, amerikan. Rockidol (1935–1977); Elvis Costello, engl. Popmusiker (geb. 1954)
Emanuel	männl., Nebenform zu Immanuel; *weitere Formen*: Mano, Emmanuel (engl., französ.); Emanuele, Manuele, Manolo (italien.); Manuel (span.); *bekannte Namensträger*: Emanuel Geibel, deutscher Dichter (1815–1884)
Emanuela	weibl. Form zu Emanuel; *weitere Formen*: Manuela, Mana
Emil	*Herkunft:* männl., aus dem Französ. übernommener Vorn. lat. Ursprungs, Nebenform zu Aemilius (römischer Sippenname) *Verbreitung:* der Vorn. kam im 18. Jh. durch Rousseaus Roman »Émile oder über die Erziehung« (1762 in deutscher Übersetzung) nach Deutschland und war Ende des 19. Jh. sehr beliebt; heute ist der Vorn. noch weit verbreitet, wird aber selten gewählt *Andere Formen:* Émile (französ.); Emilio (italien., span.); Mile, Milko (slaw.) *Bekannte Namensträger:* Emil von Behring, deutscher Bakteriologe (1854–1917); Emil Nolde, deutscher Maler (1867–1956); Emil Jannings, schweizer. Schauspieler (1884–1950); Emil Steinberger, schweizer. Kabarettist (geb. 1933)
Émile	männl., französ. Form zu Emil; *bekannter Namensträger*: Émile Zola, französ. Schriftsteller (1840–1902)
Emilia	weibl. Form zu Emil; *weitere Formen*: Emmie, Milla, Milli
Emilie	weibl., Nebenform zu Emilia
Emilio	männl., italien. und span. Form zu Emil
Emma	weibl., selbständige Kurzform zu Vorn. mit »Erm-« oder »Irm-«; der Name kam im späten Mittelalter außer Gebrauch und wurde erst im 19. Jh. durch die Ritterdichtung und romantische Literatur neu belebt; um 1900 war der Vorn. so weit verbreitet, daß er Ziel vieler Spottverse war; heute noch verbreitet, aber sehr selten gewählt; *weitere Formen*: Emmeline, Emmi, Emmy, Imma, Imme, Emme; Ema (span.); *Namenstag*: 27. Juni
Emmerich	männl., Nebenform zu Amalrich; *weitere Formen*: Emerich, Emmo; Amery (engl.); Imre (ungar.); Emerigo (span.); *bekannter Namensträger*: Emmerich Kálmán, ungar. Operettenkomponist (1882–1953); *Namenstag*: 4. November

Emmo Vanessa/anastasia

Emmo	männl., Kurzform zu Vorn. mit »Erm-« und zu Emmerich
Ena	weibl., Kurzform zu Helena
Endres	männl., Nebenform zu Andreas oder Heinrich; *weitere Formen:* Enders, Endris, Endrich, Endrik
Engel	weibl., Nebenform zu Angela
Engelberga	weibl., aus dem Stammesnamen der »Angeln« und dem ahd. »bergan« (bergen, schützen); *weitere Formen:* Engelburga
Engelbert	männl., aus dem Stammesnamen der »Angeln« und dem ahd. »beraht« (glänzend); heute wird der Vorn. meist als »glänzender Engel« gedeutet; *weitere Formen:* Engelbrecht; *bekannte Namensträger:* Engelbert Humperdinck, deutscher Komponist (1854–1921); Engelbert, ind.-amerikan. Sänger (geb. 1936) *Namenstag:* 7. November
Engelberta	weibl. Form zu Engelbert
Engelfried	männl., aus dem Stammesnamen der »Angeln« und dem ahd. »fridu« (Friede)
Engelhard	männl., aus dem Stammesnamen der »Angeln« und dem ahd. »harti« (hart)
Engelmar	männl., aus dem Stammesnamen der »Angeln« und dem ahd. »mari« (berühmt)
Enno	männl., Kurzform zu Vorn. mit »Egin-« oder »Ein-«
Enrica	weibl. Form zu Enrico
Enrico	männl., italien. Form zu Heinrich; *weitere Formen:* Enzio, Enzo; Enrique (span.); Enrik, Enric (niederländ.); *bekannte Namensträger:* Enrico Caruso, italien. Tenor (1873–1921); Enzo Ferrari, italien. Automobilfabrikant (1898–1988)
Ephraim	männl., aus der Bibel übernommener Vorn. hebr. Ursprungs, eigentlich »doppelt fruchtbar«; in der Bibel ist Ephraim der zweite Sohn von Joseph; *bekannte Namensträger:* Gotthold Ephraim Lessing, deutscher Schriftsteller (1729–1781); Ephraim Kishon, israel. Schriftsteller (geb. 1924)
Erasme, Erasmo	männl., französ. und italien. Formen zu Erasmus
Erasmus	*Herkunft:* männl., aus dem Griech. übernommener Vorn., eigentlich »der Lebenswerte« *Verbreitung:* durch die Verehrung des Heiligen Erasmus, der zu den 14 Nothelfern gehört und Patron der Drechsler und Schiffer ist, war der Vorn. im Mittelalter verbreitet; heute selten gewählt

Erkengard

Andere Formen: Asmus, Rasmus; Erasme (französ.); Erasmo, Elmo (italien.)
Bekannter Namensträger: Erasmus von Rotterdam, niederländ. Humanist (1465–1536)
Namenstag: 2. Juni

Erhard	männl., aus dem ahd. »era« (Ehre, Ansehen) und »harti« (hart); durch die Verehrung des Heiligen Ehrhard, Bischof von Regensburg und Patron gegen Tierseuchen und die Pest (8. Jh.), war der Vorn. im Mittelalter verbreitet; *weitere Formen:* Erhart, Ehrhard, Hard; Errit (fries.); *bekannter Namensträger:* Erhard Keller, deutscher Eisschnelläufer (geb. 1944); *Namenstag:* 8. Januar
Eric	männl., engl. Form zu Erich; *bekannter Namensträger*: Eric Clapton, engl. Rockgitarrist und Sänger (geb. 1945)
Erich	*Herkunft:* männl., aus dem ahd. »era« (Ehre) und »rihhi« (reich, mächtig) *Verbreitung:* seit dem Mittelalter ist der Vorn. gebräuchlich; im 19. Jh. durch die Ritter- und Räuberliteratur neu belebt; heute verbreitet, aber seltener gewählt *Andere Formen:* Erik (dän., schwed.); Eirik (norweg.); Eric (engl.) *Bekannte Namensträger:* Erich Kästner, deutscher Schriftsteller (1899–1974); Erich Maria Remarque, deutsch-amerikan. Schriftsteller (1898–1970); Erich Kühnhackl, deutscher Eishockeyspieler (geb. 1950); Erich Böhme, deutscher Journalist und Fernsehmoderator (geb. 1930); *Namenstag:* 18. Mai; 10. Juli
Erik	männl., dän. und schwed. Form zu Erich; der Vorn. wurde wahrscheinlich durch die Gestalt des Erik in Wagners Oper »Der fliegende Holländer« auch in Deutschland bekannt
Erika	weibl. Form zu Erik; der Vorn. wird oft fälschlich mit dem Heidekraut Erika in Verbindung gebracht; der Vorn. galt um 1900 als modern und wurde durch Zeitungs- und Zeitschriftenromane verbreitet; heute selten gewählt; *weitere Formen:* Erica; *bekannte Namensträgerin*: Erika Pluhar, österr. Sängerin und Schauspielerin (geb. 1939)
Erkenbald	männl., aus dem ahd. »erkan« (ausgezeichnet) und »bald« (kühn)
Erkenbert	männl., aus dem ahd. »erkan« (ausgezeichnet) und »beraht« (glänzend)
Erkenfried	männl., aus dem ahd. »erkan« (ausgezeichnet) und »fridu« (Friede)
Erkengard	weibl., aus dem ahd. »erkan« (ausgezeichnet) und »gard« (Hort, Schutz)

Erkenhild

Erkenhild	weibl., aus dem ahd. »erkan« (ausgezeichnet) und »hiltja« (Kampf); *weitere Formen:* Erkenhilde
Erkentrud	weibl., aus dem ahd. »erkan« (ausgezeichnet) und »trud« (Kraft); *weitere Formen:* Erkentraud
Erkenwald	männl., aus dem ahd. »erkan« (ausgezeichnet) und »waltan« (walten, herrschen)
Erla	weibl., Kurzform zu Vorn. mit »Erl-«
Erlfried	männl., aus den ahd. Wörtern »erl« (freier Mann) und »fridu« (Friede)
Erlfriede	weibl. Form zu Erlfried
Erlwin	männl., aus dem ahd. »erl« (freier Mann) und »wini« (Freund)
Erlwine	weibl. Form zu Erlwin
Erma	weibl., Nebenform zu Irma
Ermenbert	männl., Nebenform zu Irmbert
Ermenfried	männl., Nebenform zu Irmfried
Ermengard	weibl., Nebenform zu Irmgard
Ermenhard	männl., Nebenform zu Irmenhard
Ermenhild	weibl., Nebenform zu Irmenhild
Ermentraud	weibl., Nebenform zu Irmtraud
Ermina	weibl., russ. Form zu Hermanna
Erminia	weibl., italien. Form zu Hermine
Ermlinde	weibl., Nebenform zu Irmlinde
Erna	weibl., Kurzform zu Ernestine; um 1900 durch Zeitungs- und Zeitschriftenromane weit verbreitet; heute selten gewählt
Ernest	männl., französ. und engl. Form zu Ernst; *bekannter Namensträger:* Ernest Hemingway, amerikan. Schriftsteller und Nobelpreisträger (1899–1961)
Ernestine	weibl. Form zu Ernst; *weitere Formen:* Ernestina, Ernesta, Erna; Stine (fries.)
Ernestino, Ernesto	männl., span. und italien. Formen zu Ernst

Ernestus	männl., lat. Form zu Ernest; *weitere Formen:* Ernestius
Ernfriede	weibl., Nebenform zu Arnfriede
Ernö	männl., ungar. Form zu Ernst
Ernst	*Herkunft:* männl., aus dem ahd. »ernust« (Ernst, Entschlossenheit zum Kampf) *Verbreitung:* der Vorn. wurde im Mittelalter durch die Legenden um Ernst, Herzog von Schwaben, bekannt; der Vorn. war in Verbindung mit August beim Adel sehr beliebt; heute wird der Name seltener gewählt *Andere Formen:* Ernest (französ., engl.); Ernestus (lat.); Ernestino, Ernesto (span., italien.); Ernö (ungar.); Arnóst (tschech.) *Bekannte Namensträger:* Ernst Barlach, deutscher Bildhauer (1870–1938); Ernst Heinkel, deutscher Flugzeugkonstrukteur (1888–1958); Ernst Reuter, deutscher Politiker (1889–1953); Ernst Rowohlt, deutscher Verleger (1878–1960); Ernst Toller, deutscher Dichter (1893–1939); Ernst Bloch, deutscher Philosoph (1885–1977) *Namenstag:* 7. November
Erwin	*Herkunft:* männl., aus dem ahd. »heri« (Herr, Kriegsvolk) und »wini« (Freund) *Verbreitung:* seit dem Mittelalter gebräuchlicher Vorn., vor allem beim Adel; um 1900 durch Zeitungs- und Zeitschriftenromane verbreitet; heute selten gewählt *Andere Formen:* Irving, Irwin (engl.) *Bekannte Namensträger:* Erwin von Steinbach, Baumeister des Straßburger Münsters (1244–1318); Erwin Strittmatter, deutscher Schriftsteller (1912–1994); *Namenstag:* 25. April
Erwine	weibl. Form zu Erwin
Esmeralda	weibl., aus dem Span. übernommener Vorn., eigentlich »der Smaragd«
Estalla	weibl., Nebenform zu Estrella
Estella	weibl., aus dem Span. übernommener Vorn., eigentlich »Stern«; bekannter ist die Kurzform Stella
Estéban, Estevan	männl., span. Formen zu Stephan
Esther	weibl., aus der Bibel übernommener Vorn. hebr. Ursprungs, eigentlich »Myrte«; in der Bibel ist sie die Gattin von Xerxes I. und verhindert die Ausrottung der Juden in Persien; *weitere Formen:* Ester; Hester (engl., niederländ.)
Estienne	männl., französ. Form zu Stephan
Ethel	weibl., engl. Kurzform zu Vorn. mit »Edel-«

Étienne

Étienne — männl., französ. Form zu Stephan

Etiennette — weibl., französ. Form zu Stephanie

Etta — weibl., Kurzform zu Henriette oder Nebenform zu Edda

Etzel — männl., aus dem Got. übernommener Vorn., eigentlich »Väterchen«; als eingedeutschter Name des Hunnenkönigs Attila (5. Jh.) aus dem Nibelungenlied bekannt

Eugen — *Herkunft:* männl., aus dem Griech. übernommener Vorn., eigentlich »der Wohlgeborene«; seit dem Mittelalter als Papstname bekannt, aber erst im 18. Jh. durch den Prinz Eugen von Savoyen, österr. Feldmarschall und Staatsmann, allgemein bekannt geworden; im 19. Jh. trug Tschaikowskis Oper »Eugen Onegin« zur Verbreitung des Vorn. bei; heute seltener gewählt
Andere Formen: Eugène (französ.); Eugenio (italien., span.); Gene, Geno (engl.); Jenö (ungar.)
Bekannte Namensträger: Eugen Roth, deutscher Schriftsteller (1895–1976); Eugen Kogon, deutscher Publizist und Politologe (1903–1987)
Namenstag: 2. Juni

Eugenie — weibl. Form zu Eugen; der Vorn. wurde durch die Gattin von Napoleon III. bekannt, aber selten gewählt

Eugenio — männl., italien. und span. Form zu Eugen

Eugène — männl., französ. Form zu Eugen

Eulalia — weibl., aus dem Griech. übernommener Vorn., eigentlich »die Beredte«; *weitere Formen:* Eulalie, Alea, Lalli; *Namenstag:* 10. Dezember

Eusebia — weibl. Form zu Eusebius

Eusebius — männl., aus dem Griech. übernommener Vorn., eigentlich »der Fromme«; *weitere Formen:* Eusebios; *Namenstag:* 16. Dezember

Eustachius — männl., aus dem Griech. übernommener Vorn., eigentlich »der Fruchtbare«; verbreitet durch die Verehrung des Heiligen Eustachius, der im 2. Jh. als römischer Offizier die Christen verfolgte, sich dann aber selbst zum Christentum bekannte und den Märtyrertod erlitt; er zählt zu den 14 Nothelfern und ist Patron der Jäger; *weitere Formen:* Stachus; *Namenstag:* 20. September

Ev — weibl., Kurzform zu Eva

Eva — *Herkunft:* weibl., aus der Bibel übernommener Vorn., eigentlich »die Lebenspendende«
Verbreitung: als Name der Urmutter der Menschen seit dem Mittelalter verbreitet, seit der Reformation volkstümlich gewor-

den; bis heute weit verbreitet und öfter gewählt
Andere Formen: Evamaria, Ev, Evi, Ewa; Evita (span.); Eve (französ.)
Bekannte Namensträgerinnen: Eva Lind, österr. Opernsängerin (geb.1966); Eva Mattes, deutsche Schauspielerin (geb. 1954)
Namenstag: 24. Dezember

Evamaria	weibl., Doppelname aus Eva und Maria
Eve	weibl., französ. Form zu Eva
Evelyn	weibl., aus dem Engl. übernommener Vorn., wahrscheinlich Fortbildung zu Eva; *weitere Formen:* Evelina, Eweline; Evelyne (französ.)
Everhard	männl., Nebenform zu Eberhard
Evi	weibl., Nebenform zu Eva
Evita	weibl., span. Form zu Eva; *bekannte Namensträgerin:* Eva Duarte de Péron, genannt »Evita«, argentin. Politikerin (1919–1952); außerdem bekannt geworden durch das Musical »Evita« von Andrew Lloyd Webber
Ewa	weibl., Nebenform zu Eva
Ewald	männl., aus dem ahd. »ewa« (Recht, Ordnung) und »waltan« (walten, herrschen); *weitere Formen:* Wolt *Namenstag:* 3. Oktober
Ezra	männl., aus der Bibel übernommener Vorn. hebr. Ursprungs, eigentlich »Hilfe«; der Priester Ezra führte die Juden aus der babylonischen Gefangenschaft; *weitere Formen:* Esra; *bekannter Namensträger:* Ezra Loomis Pound, amerikan. Dichter (1885–1972)
Ezzo	männl., italien. Form zu Adolf oder fries. Form zu Ehrenfried

Gebt euren Kindern schöne Namen,
darin ein Beispiel nachzuahmen,
ein Muster vorzuhalten sei.
Sie werden leichter es vollbringen,
sich guten Namen zu erringen,
denn Gutes wohnt dem Schönen bei.

Friedrich Rückert,
Erbauliches und Beschauliches
aus dem Morgenlande

Ein hohes Kleinod ist der gute Name.

Friedrich Schiller,
Maria Stuart

F

Fabia

Fabia	weibl. Form zu Fabius; *weitere Formen:* Fabiane; Fabienne (französ.)
Fabian	männl., aus dem Lat. übernommener Vorn., eigentlich ein römischer Sippenname; der römische Stratege Quintus Fabius Maximus (um 280–203 v. Chr.) rettete Rom vor Hannibal; *weitere Formen:* Fabianus; Fabien, Fabius (französ.); Fabiano, Fabio (italien.) *Namenstag:* 20. Januar
Fabiano	männl., italien. Form zu Fabian
Fabien	männl., französ. Form zu Fabian
Fabienne	weibl., französ. Form zu Fabian
Fabio	männl., italien. Form zu Fabian
Fabiola	weibl., wahrscheinlich span. Weiterbildung zu Fabia; der Vorn. wurde durch die Königin von Belgien (geb. 1928) bekannt; *Namenstag:* 27. Dezember
Fabius	männl., französ. Form zu Fabian
Falko	männl., aus dem ahd. »falcho« (Falke); *weitere Formen:* Falk, Falco; *bekannter Namensträger:* Falco, österr. Popsänger (geb. 1957)
Fanni	weibl., ungar. Form zu Franziska
Fannie	weibl., engl. Form zu Stephanie
Fanny	weibl., engl. Form zu Stephanie oder Koseform zu Franziska; der Vorn. wurde in Deutschland durch Fieldings Roman »Joseph Andrews« (1742) bekannt; *weitere Formen:* Fanchette, Fanchon (französ.); *bekannte Namensträgerinnen:* Fanny Lewald, deutsche Schriftstellerin (1811–1889); Fanny Ardant, französ. Schauspielerin (geb. 1951)
Farah	weibl., aus dem Arab. übernommener Vorn., eigentlich »Freude, Lustbarkeit«; bekannt wurde der Vorn. auch in Deutschland durch Farah Diba, die Ehegattin des ehemaligen pers. Schahs und durch die amerikan. Filmschauspielerin Farrah Fawcett (geb. 1947)
Farhild	weibl., aus dem ahd. »faran« (fahren, reisen) und »hiltja« (Kampf)
Farmund	männl., aus dem ahd. »faran« (fahren, reisen) und »munt« (Schutz der Unmündigen)
Fatima	weibl., aus dem Arab. übernommener Vorn. unklarer Bedeutung; Fatima (606–632) war die jüngste Tochter Mohammeds

Faust	männl., Kurzform zu Faustus; der Arzt, Theologe und Schwarzkünstler Georg (Johannes) Faust (um 1480–1538) war schon zu Lebzeiten der Mittelpunkt vieler abenteuerlicher Geschichten; die bekannteste literarische Bearbeitung ist Goethes »Faust«; der Name spielt heute keine Rolle mehr
Fausta	weibl. Form zu Faustus; *weitere Formen:* Faustine, Faustina
Faustus	männl., aus dem Lat. übernommener Vorn., eigentlich »der Glückbringende«; *weitere Formen:* Faust; Faustinus (lat.), Faustino (italien.)
Faye	weibl., engl. Koseform zu Faith, *bekannte Namensträgerin*: Faye Dunaway, amerikan. Schauspielerin (geb. 1941)
Fedder	männl., Kurzform zu Friedrich
Feddo	männl., fries. Kurzform zu Vorn. mit »Fried-«, vor allem zu Friedrich
Federico	männl., italien. Form zu Friedrich; *bekannter Namensträger*: Federico Fellini, italien. Filmregisseur (1920–1993)
Federigo	männl., span. Form zu Friedrich
Fedor	männl., russ. Form zu Theodor
Fee	weibl., Kurzform zu Felizitas
Fei	weibl., Kurzform zu Sophia
Feli	weibl., Kurzform zu Felizitas
Felicitas	weibl., Nebenform zu Felizitas
Felipe	männl., span. Form zu Philipp
Felix	*Herkunft:* männl., aus dem Lat. übernommener Vorn., eigentlich »der Glückliche«; ursprünglich war Felix ein römischer Beiname *Verbreitung:* als Name von Päpsten seit dem Mittelalter verbreitet; im 19. Jh. sehr beliebter Vorn., zu dem auch Goethes »Wilhelm Meister« (1821) beigetragen hat; auch heute noch wird der Vorn. öfter gewählt *Andere Formen:* Félicien (französ.); Felice (italien.); Feliks (russ.); Bodog (ungar.) *Bekannte Namensträger:* Felix Dahn, deutscher Schriftsteller und Geschichtsforscher (1834–1912); Felix Mendelssohn-Bartholdy, deutscher Komponist (1809–1847); Felix Timmermanns, flämischer Dichter (1886–1947); Felix Magath, deutscher Fußballspieler (geb. 1953) *Namenstag:* 11. September, 20. November

Felizitas

Felizitas	*Herkunft:* weibl., aus dem Lat. übernommener Vorn., eigentlich »die Glückselige« *Verbreitung:* durch die Verehrung der Heiligen Felizitas von Karthago verbreitet; der Vorn. gilt auch heute noch als modern *Andere Formen:* Felicitas, Feli, Fee, Feta *Namenstag:* 6. März, 23. November
Feodor	männl., russ. Form zu Theodor oder zu Friedrich
Feodora	weibl., russ. Form zu Theodora
Ferd	männl., Kurzform zu Ferdinand
Ferdi	männl., Koseform zu Ferdinand
Ferdinand	*Herkunft:* männl., aus dem Span. übernommener Vorn., eigentlich Nebenform zu dem heute nicht mehr gebräuchlichen Vorn. Fridunant, aus dem ahd. »fridu« (Friede) und »nanta« (gewagt, kühn) *Verbreitung:* mit den Westgoten gelangte der Vorn. nach Spanien und war dort weit verbreitet; im 16. Jh. wurde der Name von den Habsburgern übernommen und wurde bald in ganz Österreich und Deutschland beliebt; auch heute noch gilt der Vorn. als modern und wird öfter gewählt *Andere Formen:* Ferd, Ferdi, Fernand; Ferdl (oberd.); Nanno (fries.); Nando, Fernando (italien.); Ferrand, Fernandel (französ.); Fernandez (span., portug.); Nándor (ungar.) *Bekannte Namensträger:* Ferdinand Freiligrath, deutscher Dichter (1810–1876); Ferdinand Lasalle, deutscher Politiker und Gründer der Sozialdemokratie (1825–1864); Ferdinand Hodler, deutscher Maler (1853–1918); Ferdinand Graf von Zeppelin, deutscher Luftschiffkonstrukteur (1838–1917); Ferdinand Sauerbruch, deutscher Chirurg (1875–1951); Ferdinand Porsche, deutscher Kraftfahrzeugkonstrukteur (1875–1951) *Namenstag:* 30. Mai, 5. Juni
Ferdinande	weibl. Form zu Ferdinand; *weitere Formen:* Fernande, Ferdinanda, Ferdinandine, Nanda, Nande, Nanna
Ferenc	männl., ungar. Form zu Franz
Ferike	weibl., ungar. Form zu Franziska
Fernand	männl., Nebenform zu Ferdinand
Fernandel	männl., französ. Form zu Ferdinand
Fernandez	männl., span. und portug. Form zu Ferdinand
Fernando	männl., italien. Form zu Ferdinand
Ferrand	männl., französ. Form zu Ferdinand

Ferry	männl., Kurzform zu Friedrich
Feta	weibl., Kurzform zu Felizitas
Fey, Fi, Fia	weibl., Kurzformen zu Sophia
Fiddy	männl., Kurzform zu Friedrich
Fides	weibl., aus dem Lat. übernommener Vorn., eigentlich »der Glaube«
Fieke	weibl., fries. Kurzform zu Sophia
Fiene	weibl., fries. Kurzform zu Josephine
Fiete	männl., Kurzform zu Friedrich; weibl., Kurzform zu Friderike; eindeutiger Zweitname erforderlich
Filibert	männl., aus dem ahd. »filu« (viel) und »beraht« (glänzend); *weitere Formen:* Filiberto (italien.)
Filiberta	weibl. Form zu Filibert
Filip	männl., slaw. Form zu Philipp
Filippo	männl., italien. Form zu Philipp; *weitere Formen:* Filippino
Filko	männl., ungar. Form zu Philipp
Finn	weibl., Kurzform von Josefine; *weitere Formen:* Finne, Fina, Finni
Fioretta	weibl., italien. Form zu Flora
Fips	männl., Kurzform zu Philipp
Firmus	männl., aus dem Lat. übernommener Vorn., eigentlich »der Starke«; *weitere Formen:* Firminus, Firmin
Fita	weibl., Herkunft und Bedeutung unklar, wahrscheinlich fries. Kurzform zu Friederike
Fjodor	männl., russ. Form zu Theodor; *bekannter Namensträger:* Fjodor Dostojewski, russ. Schriftsteller (1821–1881)
Fjodora	weibl., russ. Form zu Theodora
Flavia	weibl. Form zu Flavius
Flavius	männl., aus dem Lat. übernommener Vorn., eigentlich »der Blonde«; *weitere Formen:* Flavio (italien.)

Fleur

Fleur	weibl., französ. Form zu Flora; *weitere Formen:* Fleurette
Flora	weibl., aus dem Lat. übernommener Vorn., eigentlich Name der altröm. Frühlingsgöttin; der Vorn. war im 19. Jh. weit verbreitet; *weitere Formen:* Flore, Floria, Florina, Florentine; Florence, Fleur (französ.); Fioretta (italien.); Floretta (span.)
Florence	weibl., französ. Form zu Flora
Florens	männl. Form zu Flora; *weitere Formen:* Florentin, Florentinus, Florenz
Florentine	weibl., Nebenform zu Flora; *weitere Formen:* Florentina
Floretta	weibl., span. Form zu Flora
Flori	männl., Kurzform zu Florian
Florian	*Herkunft:* männl., aus dem Lat. übernommener Vorn., eigentlich »der Blühende, der Prächtige« *Verbreitung:* durch die Verehrung des Heiligen Florian, Schutzpatron bei Feuer- und Wassergefahr, seit dem Mittelalter verbreitet; auch heute zählt der Vorn. noch zu den beliebtesten Namen *Andere Formen:* Florin, Flori, Floris; Florianus (lat.); Flurus (rätoroman.) *Bekannter Namensträger:* Florian Geyer, Reichsritter und Anführer der aufständischen Bauern (1490–1525) *Namenstag:* 4. Mai
Floriane	weibl. Form zu Florian
Florianus	männl., lat. Form zu Florian
Florin, Floris	männl., Kurzformen zu Florian
Flutus	männl., rätoroman. Form zu Florian
Focke	männl., fries. Kurzform zu Vorn. mit »Volk-«; *weitere Formen:* Focko
Folke	männl., Kurzform zu Vorn. mit »Volk-«; weibl., Kurzform zu Vorn. mit »Volk-«; eindeutiger Zweitname erforderlich
Folker, Folkher	männl., Nebenformen zu Volker
Fons	männl., Kurzform zu Alfons
Franca	weibl., Nebenform zu Franka; *bekannte Namensträgerin:* Franca Magnani, italien. Publizistin und Fernsehmoderatorin (geb. 1925)
Frances	weibl., engl. Nebenform zu Franziska

Francesca	weibl., italien. Form zu Franziska; *weitere Formen:* Francisca
Francesco	männl., italien. Form zu Franz
Francis	männl., engl. Form zu Franz; *bekannte Namensträger:* Sir Francis Drake, engl. Freibeuter (1540–1596); Francis Bacon, engl. Maler (1909–1992)
Franciscus	männl., latinisierte Form zu Franz; *weitere Formen:* Franziskus
Franciska	weibl., slaw. Form zu Franziska; *weitere Formen:* Frantiska
Franco	männl., italien. Form zu Frank; *bekannter Namensträger*: Franco Nero, italien. Schauspieler (geb. 1941)
François	männl., französ. Form zu Franz; *bekannte Namensträger:* François Villon, französ. Dichter (um 1431–nach 1463); François Mitterand, französ. Staatsmann (geb. 1916)
Françoise	weibl., französ. Form zu Franziska; *weitere Formen:* Françette, Françine; *bekannte Namensträgerin*: Françoise Sagan, französ. Schriftstellerin (geb. 1935)
Franek	männl., poln. Form zu Franz
Franeka	weibl., slaw. Form zu Franziska; *weitere Formen:* Franica, Franika
Franja	weibl., slaw. Form zu Franziska
Frank	*Herkunft:* männl., ursprünglich ein Beiname, eigentlich »der aus dem Volksstamm der Franken« *Verbreitung:* der Vorn. wurde erst im 18. Jh., wahrscheinlich unter engl. Einfluß, in Deutschland bekannt; heute weit verbreitet *Andere Formen:* Frank, Franklin (engl.); Franko (span.); Franco (italien.) *Bekannte Namensträger:* Frank Wedekind, deutscher Schriftsteller (1864–1918); Frank Elstner, luxemb. Fernsehmoderator (geb. 1942); Frank Zander, deutscher Schlagersänger (geb. 1943); Frank Sinatra, amerikan. Sänger und Schauspieler (geb. 1915); Frank Zappa, amerikan. Popmusiker (geb. 1940–1993)
Franka	weibl. Form zu Frank
Franklin	männl., engl. Form zu Frank; *bekannter Namensträger:* Franklin D. Roosevelt, amerikan. Präsident (1882–1945)
Franko	männl., span. Form zu Frank
Frankobert	männl., aus den ahd. Wörtern »franko« (Franke) und »beraht« (glänzend)

Frans

Frans männl., Nebenform zu Franz; *bekannte Namensträger:* Frans Hals, niederländ. Maler (um 1580–1666); Frans Masareel, belg. Maler und Grafiker (1889–1972)

Franz *Herkunft:* männl., deutsche Form zu Francesco; der Vater des Heiligen Franz von Assisi nannte seinen Sohn nach seiner französ. Mutter »Francesco« (Französlein)
Verbreitung: durch die Verehrung des Heiligen Franz von Assisi war der Vorn. zunächst in Süddeutschland und in Österreich verbreitet, wurde dann aber in ganz Deutschland volkstümlich; gegenwärtig ist der Namen weit verbreitet, auch in Doppelnamen, wird aber seltener gewählt
Andere Formen: Frans; Franciscus (lat.); Francesco (italien.); Francis (engl.); Franek (poln.); François (französ.)
Bekannte Namensträger: Franz Schubert, deutscher Komponist (1797–1828); Franz Grillparzer, österr. Dramatiker (1791–1872); Franz Liszt, ungar.-deutscher Komponist (1811–1886); Franz von Suppé, österr. Operettenkomponist (1819–1895); Franz Lehár, ungar. Operettenkomponist (1870–1948); Franz Marc, deutscher Maler (1880–1916); Franz Kafka, österr. Schriftsteller tschech. Herkunft (1883–1924); Franz Beckenbauer, deutscher Fußballspieler und Teamchef der deutschen Fußballnationalmannschaft (geb. 1945); Franz-Josef Strauß, deutscher Politiker (1915–1988); Franz Klammer, österr. Skifahrer (geb. 1953); Franz Alt, Journalist (geb. 1938)
Namenstag: 24. Januar, 2. April, 4. Oktober, 3. Dezember

Fränze, Franzi weibl., Kurzformen zu Franziska

Franziska *Herkunft:* weibl. Form zu Franziskus
Verbreitung: durch die Verehrung der Heiligen Franziska im 13./14. Jh. wurde der Vorn. bekannt, aber erst im 18. Jh. durch die Gestalt der Franziska in Lessings »Minna von Barnhelm« verbreitet; heute noch öfter gewählt
Andere Formen: Franzi, Fränze, Ziska; Fanny, Frances (engl.); Francesca (italien.); Fanni, Ferike (ungar.); Françoise (französ.); Franciska, Franeka, Franja (slaw.); *bekannte Namensträgerin:* Franziska van Almsick, deutsche Schwimmerin (geb. 1978)
Namenstag: 9. März

Frauke weibl., fries. Koseform zu »Frau«, eigentlich »kleines Frauchen«; *weitere Formen:* Fraukea, Frawa, Frawe, Frauwe

Fred männl., engl. Kurzform zu Friedrich, Alfred, Manfred und Gottfried; *bekannter Namensträger:* Fred Raymond, österr. Komponist (1900–1954)

Freddy männl., Kurzform zu Friedrich; der Vorn. wurde durch den Schlagersänger Freddy Quinn wieder mehr verbreitet; *weitere Formen:* Freddi, Freddie, Freddo; *bekannter Namensträger:* Freddie Mercury, engl. Popsänger, Mitglied der Gruppe »Queen« (1946–1992)

Frederic	männl., engl. Form zu Friedrich
Frédéric	männl., französ. Form zu Friedrich
Frederik	männl., niederländ. Form zu Friedrich
Fredrik	männl., schwed. Form zu Friedrich; *weitere Formen:* Rik
Freia	weibl., aus dem nord. übernommener Vorn., eigentlich »die Freie«; Nebenformen: Freya, Freyja; *bekannte Namensträgerin:* Freia, in der altnordischen Mythologie Freyja, die Göttin der Ehe und der Fruchtbarkeit
Frek	männl., Kurzform zu Friedrich; *weitere Formen:* Frerk
Frido	männl., Kurzform zu Friedrich; *weitere Formen:* Friedo, Friddo
Fridolin	männl., Nebenform zu Friedrich; durch die Verehrung des Heiligen Fridolin, Patron der Tiere (6. Jh.), seit dem Mittelalter verbreitet, aber selten gewählt; *Namenstag:* 6. März
Frieda	weibl., Kurzform zu Elfriede
Friedbert	männl., aus dem ahd. »fridu« (Friede) und »beraht« (glänzend)
Friedebald	männl., aus dem ahd. »fridu« (Friede) und »bald« (kühn)
Friedegund	männl., aus dem ahd. »fridu« (Friede) und »gund« (Kampf)
Friedel	männl., Koseform zu Friedrich; weibl., Nebenform zu Frieda; eindeutiger Zweitname erforderlich
Friedelind	weibl., aus dem ahd. »fridu« (Friede) und »linta« (Schutzschild aus Lindenholz)
Friedemann	männl., aus dem ahd. »fridu« (Friede) und »man« (Mann); der Vorn. wurde durch Friedemann Bach, einem Sohn von Johann Sebastian Bach, bekannt
Friedemar	männl., aus dem ahd. »fridu« (Friede) und »mari« (berühmt)
Friedemund	männl., aus dem ahd. »fridu« (Friede) und »munt« (Schutz der Unmündigen)
Frieder	männl., Nebenform zu Friedrich
Friederike	weibl. Form zu Friedrich; *weitere Formen:* Frederike, Rika, Frika; Frigge (fries.); *bekannte Namensträgerin:* Friederike Brion (1752–1813), die Jugendliebe von J. W. Goethe
Friedewald	männl., aus dem ahd. »fridu« (Friede) und »waltan« (walten, herrschen)

Friedger — männl., aus dem ahd. »fridu« (Friede) und »ger« (Speer); *weitere Formen:* Friedeger

Friedhelm — männl., aus dem ahd. »fridu« (Friede) und »helm« (Helm, Schutz)

Friedhild — weibl., aus dem ahd. »fridu« (Friede) und »hiltja« (Kampf); *weitere Formen:* Friedhilde

Friedlieb — männl., Nebenform zu Friedleib; aus dem ahd. »fridu« (Friede) und »leiba« (Überbleibsel)

Friedo — männl., Kurzform zu Vorn. mit »Fried-«

Friedrich — *Herkunft:* männl., aus dem ahd. »fridu« (Friede) und »rihhi« (reich, mächtig)
Verbreitung: seit dem Mittelalter in sehr vielen Kurz- und Nebenformen verbreitet und vor allem als Name vieler Kaiser und Könige bekannt geworden; seit Beginn unseres Jh. wird der Vorn. nicht mehr so oft gewählt
Andere Formen: Frerich, Frek, Frido, Fridolin, Friedel, Fritz, Fiddy, Fiete, Frieder, Fedder; Ferry, Frédéric (französ.); Fred, Freddy, Frederic (engl.); Frederik (niederländ.); Feodor (russ.); Federico (italien.); Federigo (span.); Fryderyk (poln.); Frigyes (ungar.); Fredrik (schwed.)
Bekannte Namensträger: Friedrich Schiller, deutscher Dramatiker (1759–1805); Friedrich Hölderlin, deutscher Dichter (1770–1843); Friedrich Engels, deutscher Politiker (1820–1895); Friedrich Hegel, deutscher Philosoph (1770–1831); Friedrich Nietzsche, deutscher Dichter und Philosoph (1844–1900); Friedrich Ebert, deutscher Politiker (1871–1925); Friedrich Nowottny, deutscher Journalist (geb. 1925)
Namenstag: 18. Juli

Friedrun — weibl., aus dem ahd. »fridu« (Friede) und »runa« (Geheimnis); *weitere Formen:* Friederun, Fridrun

Frieso — männl., ursprünglicher Beiname »der aus dem Volksstamm der Friesen«

Frigyes — männl., ungar. Form zu Friedrich

Frithjof — männl., aus dem Nord. übernommener Vorn. zu dem ahd. »fridu« (Friede) und »ioffor« (Fürst oder Räuber); der Vorn. wurde durch die Frithjofsaga des Schweden Tegnér in Deutschland bekannt; *bekannte Namensträger:* Frithjof Nansen, norweg. Polarforscher (1861–1930); Frithjof Vierock, deutscher Schauspieler (geb. 1943)

Fritz — männl., Kurzform zu Friedrich; der Vorn. wurde durch den »Alten Fritz« (Friedrich den Großen) volkstümlich und war so weit verbreitet, daß »Fritz« von den Russen als Bezeichnung für »Deutscher« gebraucht wurde; *bekannte Namensträger:* Fritz

Reuter, deutscher Schriftsteller (1810–1874); Fritz von Uhde, deutscher Maler (1848–1911); Fritz Klimsch, deutscher Bildhauer (1870–1960); Fritz Kreisler, deutscher Komponist und Violinist (1875–1962); Fritz J. Raddatz, deutscher Literaturkritiker (geb. 1931); Fritz Wepper, deutscher Schauspieler (geb. 1941); Fritz Walter, deutscher Fußballer, Mitglied der Weltmeisterschaftself von 1954 (geb. 1920); Fritz Pleitgen, deutscher Journalist (geb. 1938)

Frodebert	männl., aus dem ahd. »fruot« (klug) und »beraht« (glänzend)
Frodegard	weibl., aus dem ahd. »fruot« (klug) und »gard« (Schutz); *weitere Formen:* Frogard
Frodehild	weibl., aus dem ahd. »fruot« (klug) und »hiltja« (Kampf); *weitere Formen:* Frodehilde, Frohild
Frodemund	männl., aus dem ahd. »fruot« (klug) und »munt« (Schutz der Unmündigen); *weitere Formen:* Fromund
Frodewin	männl., aus dem ahd. »fruot« (klug) und »wini« (Freund); *weitere Formen:* Frowin, Frowein; *Namenstag:* 27. März
Frommhold	männl., der Vorn. geht auf eine pietistische Neubildung des 18. Jh. zurück
Fromut	männl., aus dem ahd. »fruot« (klug) und »muot« (Sinn, Geist)
Fryderyk	männl., poln. Form zu Friedrich
Fulbert	männl., Nebenform zu Volbert
Fulberta	weibl., Nebenform zu Volkberta
Fulke	männl., fries. Kurzform zu Vorn. mit »Volk-«
Fülöp	männl., ungar. Form zu Philipp
Fürchtegott	männl., pietistische Neubildung, eigentlich die Aufforderung, Gott zu fürchten; *bekannter Namensträger:* Christian Fürchtegott Gellert, deutscher Schriftsteller (1715–1769)

Ich bewundere, sagte ich, daß die Menschen um ein wenig Namen es sich so sauer werden lassen, so daß sie selbst zu falschen Mitteln ihre Zuflucht nehmen. »Liebes Kind«, sagte Goethe, »ein Name ist nichts Geringes. Hat doch Napoleon eines großen Namens wegen fast die halbe Welt in Stücke geschlagen.«

Johann Peter Eckermann,
Gespräche mit Goethe

Von des Lebens Gütern allen
ist der Ruhm das höchste doch,
wenn der Leib in Staub zerfallen,
lebt der große Name noch.

Friedrich Schiller,
Siegesfest

G

Gaard	männl., niederländ. Kurzform zu Gerhard
Gabi	weibl., Kurzform zu Gabriele; *weitere Formen:* Gaby; *bekannte Namensträgerin:* Gaby Dohm, deutsche Schauspielerin (geb. 1943)
Gábor	männl., ungar. Form zu Gabriel
Gabriel	*Herkunft:* männl., aus der Bibel übernommener Vorn. hebr. Ursprungs, eigentlich »Mann Gottes« *Verbreitung:* der Vorn. war als Name des Erzengels Gabriel im Mittelalter verbreitet, wird aber heute selten gewählt *Andere Formen:* Gabriele, Gabriello, Gabrio (italien.); Gawril (slaw.); Gábor (ungar.) *Bekannte Namensträger:* Gabriel Marcel, französ. Schriftsteller und Philosoph (1889–1973); Gabriel García Márquez, kolumbian. Schriftsteller und Nobelpreisträger (geb. 1928) *Namenstag:* 27. Februar
Gabriela	weibl., Nebenform zu Gabriele; *bekannte Namensträgerin:* Gabriela Sabatini, argentin. Tennisspielerin (geb. 1970)
Gabriele	*Herkunft:* weibl. Form zu Gabriel; in Italien gilt Gabriele auch als männl. Vorn.! *Verbreitung:* seit dem Mittelalter bekannter Vorn., aber erst seit Mitte des 19. Jh. stärker verbreitet; heute seltener gewählt *Andere Formen:* Gabi, Gabriella, Gabrielle, Gabriela; Jella (fries.) *Bekannte Namensträgerinnen:* Gabriele Wohmann, deutsche Schriftstellerin (geb. 1932); Gabriele Seyfert, deutsche Eiskunstläuferin (geb. 1948); *Namenstag:* 17. Juli
Gabriella	weibl., Nebenform zu Gabriele
Gabriello	männl., italien. Form zu Gabriel
Gabrio	männl., italien. Kurzform zu Gabriel
Gaddo, Galdo	männl., italien. und span. Kurzformen zu Gerhard
Gandolf	männl., aus dem altisländ. »gandr« (Werwolf) und dem ahd. »wolf« (Wolf)
Gangolf	männl., Umkehrung zu Wolfgang; durch die Verehrung des Heiligen Gangolf, der wegen seiner untreuen Frau zum Einsiedler und von ihr ermordet wurde (8. Jh.), im Mittelalter verbreitet, aber heute selten gewählt; *weitere Formen:* Gangulf, Gangel, Wolfgang *Namenstag:* 11. Mai
Gard	männl., Kurzform zu Gerhard

Garlef	männl., aus dem ahd. »ger« (Speer) und »leiba« (Überbleibsel, Nachkomme)
Garlieb	männl., Nebenform zu Garlef
Garrard, Garret, Garrit	männl., engl. Formen zu Gerhard
Gary	männl., aus dem Amerikan. übernommener Vorn., eigentlich der Name einer 1904 am Michigansee gegründeten Industriestadt oder »wild, stürmisch«; *bekannte Namensträger:* Gary Cooper, amerikan. Filmschauspieler (1901–1961); Gary Kasparow, russ. Schachspieler (geb. 1963)
Gaspard	männl., französ. Form zu Kaspar
Gasparo	männl., italien. Form zu Kaspar
Gast	männl., Kurzform zu Vorn. mit »Gast-« oder »-gast«
Gaston	männl., aus dem Französ. übernommener Vorn., wahrscheinlich auf Vadastus, einen fläm. Heiligen, zurückzuführen
Gawril	männl., slaw. Form zu Gabriel
Gebbo	männl., Kurzform zu Gebhard
Gebhard	*Herkunft:* männl., aus dem ahd. »geba« (Gabe) und »harti« (hart) *Verbreitung:* durch die Verehrung des Heiligen Gebhard, Bischof von Konstanz (10. Jh.), seit dem Mittelalter verbreitet; heute selten gewählt *Andere Formen:* Gebbo, Gebke; Geppert, Gewehard (niederd.) *Bekannter Namensträger:* Gebhard Leberecht Blücher, preußischer Feldmarschall (1742–1819) *Namenstag:* 27. August
Gebharde	weibl. Form zu Gebhard; *weitere Formen:* Geba
Gebke	männl., Kurzform zu Gebhard
Gebrielle	weibl., Nebenform zu Gabriele
Geert	männl., Kurzform zu Gerhard
Geeske	weibl., fries. Form zu Gertrud
Gela	weibl., Kurzform zu Angela und Gertrud; *weitere Formen:* Geli; Geelke (fries.)
Gellert	männl., ungar. Form zu Gerhard
Gemma	weibl., aus dem Lat. übernommener Vorn., eigentlich »Edelstein«

Gene

Gene	männl., engl. Kurzform zu Eugen
Geneviève	weibl., französ. Form zu Genoveva
Geno	männl., engl. Form zu Eugen
Genoveva	*Herkunft:* weibl., alter deutscher Vorn., dessen Bedeutung aber unklar ist *Verbreitung:* bekannt wurde der Vorn. durch Genoveva von Brabant, die Frau des Pfalzgrafen Siegfried; sie wurde des Ehebruchs beschuldigt und mußte sechs Jahre mit ihrem Sohn im Wald leben, bis ihre Unschuld erwiesen war (um 750); dieses Thema wurde von Hebbel und Tieck literarisch bearbeitet, und Schumann verwendete diesen Stoff für eine Oper; heute selten gewählt *Andere Formen:* Eva, Veva; Geneviève, Ginette (französ.)
Geoffrey	männl., engl. Form zu Gottfried
Geoffroy	männl., französ. Form zu Gottfried
Georg	*Herkunft:* männl., aus dem Griech. übernommener Vorn., eigentlich »der Landmann« *Verbreitung:* durch die Verehrung des Heiligen Georg, nach der Legende Drachentöter und als Schutzpatron der Waffenschmiede, Krieger und Landleute einer der 14 Nothelfer, seit dem Mittelalter verbreitet; heute seltener gewählt *Andere Formen:* Schorsch; Jörg, Gorch, Görgel, Gorg, Gerg; York (dän.); Jürgen (niederd.); Juri (russ.); Joris (fries.); George (engl.); Georges (französ.); Giorgio (italien.); Jorge (span.); Jerzy (poln.); Jiri (tschech.); György (ungar.) *Bekannte Namensträger:* Georg Büchner, deutscher Dichter (1813–1837); Georg Trakl, österr. Lyriker (1887–1914); Georg Baselitz, deutscher Maler und Bildhauer (geb. 1938); Georg Hackl, deutscher Rodler, Goldmedaillengewinner (geb. 1966) *Namenstag:* 23. April
George	männl., engl. Form zu Georg; *bekannte Namensträger:* George Washington; erster amerikan. Präsident (1732–1799); George Marshall, »Vater des Marshallplanes« und Nobelpreisträger (1880–1959); George Bush, amerikan. Präsident (geb. 1924); George Harrison, engl. Popmusiker, Mitglied der »Beatles« (geb. 1943); George Michael, engl. Popmusiker (geb. 1963)
Georges	männl., französ. Form zu Georg; *bekannter Namensträger:* Georges Bizet, französ. Komponist (1835–1875)
Georgia	weibl. Form zu Georg; *weitere Formen:* Georgina, Georgine; Georgette (französ.)
Geppert	männl., niederd. Form zu Gebhard
Geradus	männl., niederländ. Form zu Gerhard

Gerhard

Gerald	männl., aus dem ahd. »ger« (Speer) und »waltan« (walten, herrschen); *weitere Formen:* Gerold; Giraldo (italien.); Gérard (französ.); Gerald (engl.)
Geralde	weibl. Form zu Gerald; *weitere Formen:* Geraldine, Gerolde
Geraldina	weibl., Nebenform zu Aldina
Gérard	männl., französ. Form zu Gerhard; *bekannter Namensträger:* Gérard Depardieu, französ. Schauspieler (geb. 1948)
Gerardo	männl., italien. und span. Form zu Gerhard
Gerbald	männl., aus dem ahd. »ger« (Speer) und »bald« (kühn)
Gerbert	männl., aus dem ahd. »ger« (Speer) und »beraht« (glänzend)
Gerbod	männl., aus dem ahd. »ger« (Speer) und »boto« (Bote)
Gerbrand	männl., aus dem ahd. »ger« (Speer) und »brand« (Brand)
Gerburg	weibl., aus den ahd. Wörtern »ger« (Speer) und »bergan« (bergen, schützen)
Gerd	männl., Kurzform von Gerhard, *bekannte Namensträger:* Gerd Müller, deutscher Fußballer (geb. 1945); Gerd Wiltfang, deutscher Springreiter (geb. 1946)
Gerda	*Herkunft:* weibl., Kurzform zu Gertrud oder aus dem Skand. übernommener Vorn., eigentlich »Einhegung, Schutzzaun« *Verbreitung:* erst im 19. Jh. in Deutschland aufgekommener Vorn., wahrscheinlich durch die Gestalt der Gertrud in Andersens Märchen »Die Schneekönigin« gefördert; um 1900 galt der Vorn. als modern und neu, heute wird er selten gewählt *Andere Formen:* Gerde, Gerdi, Gerte; Gerta (fries.)
Gerde	weibl., Kurzform zu Gerda
Gerdi	weibl., Koseform zu Gerda; *weitere Formen:* Gerdie
Gerfried	männl., aus dem ahd. »ger« (Speer) und »fridu« (Friede)
Gerg	männl., Kurzform zu Georg
Gerhard	*Herkunft:* männl., aus dem ahd. »ger« (Speer) und »harti« (hart) *Verbreitung:* durch die Verehrung des Heiligen Gerhard von Toul (10. Jh.) seit dem Mittelalter verbreitet; beliebter Vorn. beim Adel; gegenwärtig noch verbreitet, aber selten gewählt *Andere Formen:* Gerd, Geert, Gero, Gard; Gerrit (fries.); Garret, Garrit, Garrard (engl.); Gérard (französ.); Geradus, Gaard (niederländ.); Gellert (ungar.); Gerardo, Gaddo, Galdo (italien., span.)

Gerharde

Bekannte Namensträger: Gerhard von Scharnhorst, Reformer der preußischen Armee (1755–1813); Gerhard Marcks, deutscher Bildhauer (1889–1981); Gerhard Richter, deutscher Maler und Graphiker (geb. 1932); Gerhard Polt, deutscher Kabarettist und Filmemacher (geb. 1942)
Namenstag: 23. April

Gerharde	weibl. Form zu Gerhard; *weitere Formen:* Gerrit (fries.)
Gerhild	weibl., aus dem ahd. »ger« (Speer) und »hiltja« (Kampf)
Gerke	weibl., fries. Form zu Gertrud; *weitere Formen:* Geertje
Gerko	männl., Kurzform zu Vorn. mit »Ger-«
Gerlinde	weibl., aus dem ahd. »ger« (Speer) und »linta« (Schutzschild aus Lindenholz); bekannt wurde der Vorn. durch die Gestalt der Gerlinde in der Kudrunsage; *weitere Formen:* Gerlind, Gerlindis
German	männl., Kurzform zu Vorn. mit »Ger-« oder russ. Form zu Hermann; *weitere Formen:* Germain (französ.); German (engl.); Germano (italien.); Germo (bulgar.)
Germar	männl., aus dem ahd. »ger« (Speer) und »mari« (berühmt)
Gernot	männl., aus dem ahd. »ger« (Speer) und »not« (Bedrängnis, Gefahr); der Vorn. wurde bei uns durch die Gestalt des Gernot aus dem Nibelungenlied, dem Bruder der Kriemhild, bekannt
Gero	männl., Kurzform zu Gerhard
Gerolf	männl., aus dem ahd. »ger« (Speer) und »wolf« (Wolf)
Gerrit	männl., fries. Form zu Gerhard; weibl., fries. Form zu Gerharde
Gert	männl., Kurzform zu Gerhard, *bekannter Namensträger:* Gert Fröbe, deutscher Schauspieler (1913–1988)
Gerta	weibl., fries. Kurzform zu Gerda
Gerte	weibl., Kurzform zu Gerda und Gertrud
Gertraud	weibl., Nebenform zu Gertrud
Gertrud	*Herkunft:* weibl., aus dem ahd. »ger« (Speer) und »trud« (Kraft) *Verbreitung:* der Vorn. war im Mittelalter durch die Verehrung der Heiligen Gertrud von Nevelles (7. Jh.) sehr beliebt, kam aber dann außer Gebrauch und wurde erst im 19. Jh. durch die Ritterdichtung neu belebt; heute weit verbreitet, aber selten gewählt *Andere Formen:* Gertraud, Gertrude, Gela, Gerda, Gerte; Gerty (engl.); Gerke, Gesa, Geeske, Gesine (fries.)

Gilla

Bekannte Namensträgerinnen: Gertrud von Le Fort, deutsche Schriftstellerin (1876–1973); Gertrud Fussenegger, österr. Schriftstellerin (geb. 1912)
Namenstag: 17. März

Gertrude	weibl., Nebenform zu Gertrud; *bekannte Namensträgerin:* Gertrude Stein, amerikan. Schriftstellerin (1874–1946)
Gerty	weibl., engl. Form zu Gertrud
Gerwig	männl., aus dem ahd. »ger« (Speer) und »wig« (Kampf)
Gerwin	männl., aus dem ahd. »ger« (Speer) und »wini« (Freund)
Gerwine	weibl. Form zu Gerwin
Gesa	weibl., fries. Form zu Gertrud; *weitere Formen:* Gese, Geseke
Gesche	weibl., Kurzform zu Margarete
Gesine	weibl., fries. Form zu Gertrud; *weitere Formen:* Sina
Gevert	männl., niederländ. Kurzform zu Gottfried
Gewehard	männl., niederd. Form zu Gebhard
Gian	männl., italien. Form zu Johannes; *bekannter Namensträger:* Gian Maria Volontè, italien. Schauspieler (geb. 1933)
Gianna	weibl., italien. Form zu Johanna; *bekannte Namensträgerin:* Gianna Nannini, italien. Popsängerin (geb. 1956)
Gianni	männl., italien. Form zu Johannes
Gideon	männl., aus dem Hebr. übernommener Vorn., eigentlich »der Baumfäller, der Krieger«; *weitere Formen:* Gidion, Gedeon, Gidon
Gifion	weibl., aus dem Nord. übernommener Vorn., eigentlich der Name einer altnord. Meeresgöttin
Gila	weibl., Kurzform zu Gisela; *bekannte Namensträgerin:* Gila von Weitershausen, deutsche Schauspielerin (geb. 1944)
Gilda	weibl. Form zu Gildo
Gildo	männl., Kurzform zu Vorn. mit »Gild-«
Giles, Gilian	männl., engl. Formen zu Julius
Gilla	weibl., schwed. Kurzform zu Gisela

Gina

Gina	weibl., Kurzform zu Regina; *weitere Formen:* Gine; *bekannte Namensträgerin:* Gina Lollobrigida, italien. Filmschauspielerin (geb. 1928)
Ginette	französ. Koseform zu Genoveva
Ginger	weibl., engl., Koseform für Virginia
Giorgio	männl., italien. Form zu Georg; *bekannte Namensträger:* Giorgio Armani, italien. Modeschöpfer (geb. 1934); Giorgio Moroder, italien. Komponist von Film- und Popmusik (geb. 1940)
Giovanna	weibl., italien. Form zu Johanna
Giovanni	männl., italien. Form zu Johannes; der Vorn. wurde bei uns vor allem durch Mozarts Oper »Don Giovanni« bekannt; *weitere Formen:* Nino
Gisa	weibl., Kurzform zu Vorn. mit »Gis-«, vor allem zu Gisela
Gisbert	männl., Nebenform zu Giselbert
Gisberta	weibl. Form zu Gisbert
Gisela	*Herkunft:* weibl., Herkunft und Bedeutung unklar, eventuell Kurzform zu Vorn. mit »Gis-« *Verbreitung:* der Vorn. war schon im Mittelalter sehr beliebt; in der Mitte unseres Jh. war der Vorn. weit verbreitet, wurde aber dann seltener gewählt *Andere Formen:* Gisa, Gila, Silke; Gilla (schwed.); Giselle (französ.) *Bekannte Namensträgerinnen:* Gisela Uhlen, deutsche Filmschauspielerin (geb. 1924); *Namenstag:* 7. Mai
Giselberga	weibl., aus dem ahd. »gisa« (Geisel) und »bergan« (bergen, schützen)
Giselbert	männl., aus dem ahd. »gisa« (Geisel) und »beraht« (glänzend)
Giselberta	weibl. Form zu Giselbert
Giselher	männl., aus dem ahd. »gisa« (Geisel) und »heri« (Herr); der Vorn. wurde bei uns durch die Gestalt des Giselher im Nibelungenlied bekannt (Kriemhildes jüngster Bruder); *weitere Formen:* Giso, Gise
Giselle	weibl., französ. Form zu Gisela; *weitere Formen:* Gisèle
Giselmar	männl., aus dem ahd. »gisa« (Geisel) und »mari« (berühmt)
Giselmund	männl., aus dem ahd. »gisa« (Geisel) und »munt« (Schutz der Unmündigen)

Gislind	weibl., aus dem ahd. »gisa« (Geisel) und »linta« (Schutzschild aus Lindenholz)
Gismar	männl., Nebenform zu Giselmar
Gismondo	männl., italien. Form zu Siegmund
Gismund	männl., Nebenform zu Giselmund
Giso	männl., Kurzform zu Vorn. mit »Gis-«, vor allem zu Giselher
Gitte	weibl., Kurzform zu Brigitte; *weitere Formen:* Gitta; *bekannte Namensträgerin:* Gitte Haenning, dän. Schlagersängerin (geb. 1946)
Giuglio, Giuliano	männl., italien. Formen zu Julius
Giulietta	weibl., italien. Form zu Julia; *bekannte Namensträgerin:* Giulietta Masina, italien. Schauspielerin (1920–1994)
Giuseppe	männl., italien. Form zu Joseph
Glaubrecht	männl., pietistische Neubildung aus dem 17./18. Jh.
Glenn	männl., aus dem Engl. übernommener Vorn. wahrscheinlich kelt. Ursprungs; *bekannter Namensträger:* Glenn Miller, amerikan. Jazzmusiker und Komponist (1904–1944)
Gloria	weibl., aus dem Lat. übernommener Vorn., eigentlich »Ruhm, Ehre«; *bekannte Namensträgerin:* Gloria von Thurn und Taxis, deutsche Fürstin (geb. 1960)
Goda	weibl., Kurzform zu Vorn. mit »God-«, vor allem zu Godowela; *weitere Formen:* Godela
Godehard	männl., aus dem ahd. »got« (Gott) und »harti« (hart) *Namenstag:* 4. Mai
Godelinde	weibl., aus dem ahd. »got« (Gott) und »linta« (Schutzschild aus Lindenholz)
Godfrey	männl., engl. Form zu Gottfried
Godo	männl., Kurzform zu Vorn. mit »God-«, vor allem zu Gottfried
Godofrey	männl., französ. Form zu Gottfried
Godowela	weibl. Form zu Gottlieb
Goesta	männl., schwed. Form zu Gustav; *weitere Formen:* Gösta
Goffredo	männl., italien. Form zu Gottfried

Golo

Golo — männl., Kurzform zu Vorn. mit »Gode-«; *bekannter Namensträger:* Golo Mann, deutscher Historiker (1909–1994)

Göpf — männl., schweiz. Kurzform zu Gottfried

Gordon — männl., engl. Vorn.; vor 1885 schott. Familienname

Görd — männl., fries. Kurzform zu Gottfried

Gorg, Görgel — männl., Kurzformen zu Georg

Gosbert — männl., aus dem Stammesnamen der Goten und dem ahd. »beraht« (glänzend)

Goswin — männl., aus dem Stammesnamen der Goten und dem ahd. »wini« (Freund)

Gottbert — männl., aus dem ahd. »got« (Gott) und »beraht« (glänzend)

Gottfried — *Herkunft:* männl., aus dem ahd. »got« (Gott) und »fridu« (Friede)
Verbreitung: durch die Verehrung des Heiligen Gottfried von Amiens seit dem Mittelalter verbreitet; der Vorn. wurde oft von den Herzögen von Lothringen gewählt; in der Zeit des Pietismus (17./18. Jh.) wurde der Name neu belebt; heute selten gewählt
Andere Formen: Götz, Friedel; Godfrey, Geoffrey, Jeffrey (engl.); Göpf (schweiz.); Görd (fries.); Gevert, Govert (niederländ.); Geoffroy, Godofrey (französ.); Goffredo (italien.)
Bekannte Namensträger: Johann Gottfried Herder, deutscher Schriftsteller (1744–1803); Gottfried Keller, schweizer. Dichter (1816–1890); Gottfried von Cramm, deutscher Tennisspieler (1909–1976); Gottfried Benn, deutscher Lyriker (1886–1956)
Namenstag: 16. Januar, 8. November

Gotthard — männl., aus dem ahd. »got« (Gott) und »harti« (hart); durch die Verehrung des Heiligen Gotthard von Hildesheim (11. Jh.) im Mittelalter verbreitet; der Heilige ist auch der Namenspatron des gleichnamigen Alpenmassivs und -passes; *weitere Formen:* Godehard, Gottert, Göttert
Namenstag: 4. Mai

Gotthelf — männl., pietistische Neubildung aus dem 17./18. Jh.

Gotthilf — männl., Nebenform zu Gotthelf; *bekannter Namensträger*: Gotthilf Fischer, deutscher Chorleiter »Fischerchöre« (geb. 1928)

Gotthold — männl., pietistische Neubildung aus dem 17./18. Jh.; *bekannter Namensträger:* Gotthold Ephraim Lessing, deutscher Schriftsteller (1729–1781)

Gottlieb — männl., pietistische Neubildung aus dem 17./18. Jh., angelehnt an das ahd. »leiba« (Überbleibsel, Nachkomme)
Bekannte Namensträger: Friedrich Gottlieb Klopstock, deutscher

Schriftsteller (1724–1803); Johann Gottlieb Fichte, deutscher Philosoph (1762–1814)

Gottlob männl., pietistische Neubildung aus dem 17./18. Jh., eigentlich die Aufforderung »lobe Gott!«

Gottschalk männl., aus dem ahd. »got« (Gott) und »schalk« (Knecht); durch den Heiligen Gottschalk, Prediger und Missionar (9. Jh.), im Mittelalter verbreitet, aber heute nicht mehr gewählt; *Namenstag:* 7. Juni

Gottwald männl., aus den ahd. Wörtern »got« (Gott) und »waltan« (walten, herrschen)

Gottwin männl., aus dem ahd. »got« (Gott) und »wini« (Freund)

Götz männl., Kurzform zu Gottfried; der Vorn. wurde durch Götz von Berlichingen, deutscher Reichsritter und Bauernführer (1480–1562), bekannt; *bekannter Namensträger:* Götz George, deutscher Schauspieler (geb. 1938)

Govert männl., niederländ. Kurzform zu Gottfried

Grace weibl., engl. Form zu Gratia; *bekannte Namensträgerin:* Grace Kelly, der Geburtsname der späteren Fürstin Gracia Patricia von Monaco (1929–1982)

Gracia weibl., span. Form zu Gratia; der Vorn. wurde durch Gracia Patricia, Fürstin von Monaco, bekannt

Gratia weibl., aus dem Lat. übernommener Vorn., eigentlich »die Anmutige«; *weitere Formen:* Grazia; Grace (engl.); Gracia (span.)

Gregoire männl., französ. Form zu Gregor

Gregoor männl., niederländ. Form zu Gregor

Gregor *Herkunft:* männl., aus dem Griech. übernommener Vorn., eigentlich »der Wachsame«
Verbreitung: durch die Verehrung von Gregor dem Großen (6./7. Jh.) war der Vorn. im Mittelalter verbreitet und bis heute öfter gewählt
Andere Formen: Grigorij, Grischa (russ.); Gregoire (französ.); Gregorio (span., italien.); Gregoor (niederländ.); Gregory (engl.)
Bekannte Namensträger: Gregor XIII., Papst und Kalenderreformer (1502–1585); Gregor Mendel, Entdecker der biologischen Vererbungsgesetze (1822–1884)
Namenstag: 12. März, 9. Mai, 25. Mai, 17. November

Gregorio männl., span. und italien. Form zu Gregor

Gregory	männl., engl. Form zu Gregor; *bekannter Namensträger*: Gregory Peck, amerikan. Schauspieler (geb. 1916)
Greta	weibl., Kurzform zu Margarete; *bekannte Namensträgerin:* Greta Garbo, schwed. Filmschauspielerin (1905–1990)
Gretchen	weibl., Koseform zu Margarete
Grete	weibl., Kurzform zu Margarete; *weitere Formen:* Grethe; *bekannte Namensträgerin:* Grethe Weiser, deutsche Schauspielerin (1903–1970)
Gretel	weibl., Koseform zu Margarete
Grigorij	männl., russ. Form zu Gregor
Grimbert	männl., aus dem ahd. »grim« (grimmig) und »beraht« (glänzend)
Grimwald	männl., aus dem ahd. »grim« (grimmig) und »waltan« (walten, herrschen); *weitere Formen:* Grimald
Grischa	männl., russ. Koseform zu Gregor; der Vorn. wurde bei uns durch A. Zweigs Roman »Der Streit um den Sergeanten Grischa« bekannt
Griselda	weibl., aus dem Italien. übernommener Vorn., der auf eine Sagengestalt zurückgeht; bekannt wurde als literarische Bearbeitung die Gestalt der Griselda in Boccaccios »Decamerone« (14. Jh.); *weitere Formen:* Zelda (engl.)
Gritt	weibl., Kurzform zu Margarete; *weitere Formen:* Gritta, Grit, Grite, Grita; *bekannte Namensträgerin*: Grit Böttcher, deutsche Schauspielerin (geb. 1938)
Guda	weibl., Kurzform zu Vorn. mit »gud-«
Gudrun	weibl., aus dem ahd. »gund« (Kampf) und »runa« (Geheimnis); der Vorn. wurde durch die Gestalt der Gudrun der Kudrunsage (13. Jh.) bekannt; im Mittelalter als Adelsname verbreitet und im 19. Jh. neu belebt; *weitere Formen:* Gudula, Gundula, Gunda, Gudrune, Gutrune
Gudula	weibl., Nebenform zu Gudrun; durch die Verehrung der Heiligen Gudula von Brüssel (7./8. Jh.) seit dem Mittelalter verbreitet; *Namenstag:* 8. Januar
Guglielmina	weibl., italien. Form zu Wilhelmine
Guglielmo	männl., italien. Form zu Wilhelm
Guido	männl., italien. Form zu Withold; *bekannte Namensträger:* Guido Reni, italien. Maler (1575–1642); Guido Kratschmer, deutscher Zehnkämpfer (geb. 1953)

Guillaume	männl., französ. Form zu Wilhelm
Guillerma	weibl., span. Form zu Wilhelmine
Guillermo	männl., span. Form zu Wilhelm
Gunda	weibl., Kurzform zu Vorn. mit »Gud-«, vor allem zu Gudrun; *bekannte Namensträgerin*: Gunda Niemann, deutsche Eisschnelläuferin (geb. 1966)
Gundel	weibl., Koseform zu Vorn. mit »Gund-« oder »-gund«
Gunder	männl., dän. Form zu Gunter
Gundobald	männl., aus dem ahd. »gund« (Kampf) und »bald« (kühn)
Gundolf	männl., aus dem ahd. »gund« (Kampf) und »wolf« (Wolf)
Gundula	weibl., Nebenform zu Gudrun; *bekannte Namensträgerin*: Gundula Janowitz, deutsche Sopranistin (geb. 1937)
Gunnar	männl., skand. Form zu Günter; *bekannter Namensträger*: Gunnar Gunnarsson, isländ. Schriftsteller (1889–1975)
Guntbert	männl., aus dem ahd. »gund« (Kampf) und »beraht« (glänzend); *weitere Formen*: Gumpert, Gundobert
Guntberta	weibl. Form zu Gundbert
Günter	*Herkunft*: männl., aus dem ahd. »gund« (Kampf) und »heri« (Herr) *Verbreitung*: seit dem Mittelalter als Name des Burgunderkönigs Gunther aus dem Nibelungenlied bekannt und weit verbreitet; um 1920 galt Günter als Modename; heute noch weit verbreitet, aber seltener gewählt *Andere Formen*: Günther, Gunter, Gunther; Gunnar (skand.); Gunder (dän.) *Bekannte Namensträger*: Günter Eich, deutscher Schriftsteller (geb. 1907); Günter Grass, deutscher Schriftsteller (geb. 1927) *Namenstag*: 9. Oktober
Gunter, Gunther	männl., Nebenformen zu Günter
Günther	männl., Nebenform zu Günter; *bekannte Namensträger*: Günther Strack, deutscher Schauspieler (geb. 1929); Günther Pfitzmann, deutscher Schauspieler (geb. 1924); Günther Jauch, deutscher Fernsehjournalist (geb. 1956)
Gunthild	weibl., aus dem ahd. »gund« (Kampf) und »hiltja« (Kampf); *weitere Formen*: Gunhild

Guntlinde

Guntlinde	weibl., aus dem ahd. »gund« (Kampf) und »linta« (Schutzschild aus Lindenholz)
Guntmar	männl., aus dem ahd. »gund« (Kampf) und »mari« (berühmt)
Guntrada	weibl., aus dem ahd. »gund« (Kampf) und »rat« (Ratgeber)
Guntram	männl., aus dem ahd. »gund« (Kampf) und »hraban« (Rabe)
Guntwin	männl., aus dem ahd. »gund« (Kampf) und »wini« (Freund)
Gus	männl., Kurzform zu Gustav
Gustaaf	männl., niederländ. Form zu Gustav
Gustaf	männl., Nebenform zu Gustav; *bekannter Namensträger:* Gustaf Gründgens, deutscher Schauspieler, Regisseur und Theaterleiter (1899–1963)
Gustav	*Herkunft:* männl., aus dem Schwed. übernommener Vorn., eigentlich »Gottes Stütze« *Verbreitung:* durch den Schwedenkönig Gustav Adolf (1594–1632) wurde der Vorn. in Deutschland bekannt und weit verbreitet; um 1900 galt der Name als modern, heute seltener gewählt *Andere Formen:* Gus, Gustaf, Gustel; Goesta (schwed.); Gustave (engl., französ.); Gustavo (span.); Gustaaf, Gustavus (niederländ.) *Bekannte Namensträger:* Gustav Schwab, deutscher Dichter (1792–1850); Gustav Freytag, deutscher Schriftsteller (1816–1895); Gustav Mahler, österr. Komponist (1860–1911); Gustav Knuth, deutscher Schauspieler (1901–1987)
Gustave	männl., engl. und französ. Form zu Gustav; *bekannter Namensträger:* Gustave Flaubert, französ. Schriftsteller (1821–1880)
Gustavo	männl., span. Form zu Gustav
Gustavus	männl., niederländ. Form zu Gustav
Guste	weibl., Nebenform zu Auguste
Gustel	männl., Koseform zu Gustav und weibl., Koseform zu Augusta; eindeutiger Zweitname erforderlich
Gwendolin	weibl., aus dem Engl. übernommener Vorn., dessen Bedeutung unklar ist, eventuell zu kelt. »gwyn« (weiß); *weitere Formen:* Gwenda, Gwen
György	männl., ungar. Form zu Georg
Gyula	männl., ungar. Form zu Julius

H

Hademar	männl., aus dem ahd. »hadu« (Kampf) und »mari« (berühmt); *weitere Formen:* Hadamar
Hadewin	männl., aus dem ahd. »hadu« (Kampf) und »wini« (Freund)
Hadmut	weibl., aus dem ahd. »hadu« (Kampf) und »muot« (Sinn, Geist)
Hadrian	männl., Nebenform zu Adrian
Hagen	männl., Kurzform zu Vorn. mit »Hagan-«; bekannt ist die Gestalt des Hagen von Tronje aus dem Nibelungenlied; *weitere Formen:* Hanno; Hajo (fries.); Hakon (norweg.)
Hajo	männl., fries. Kurzform zu Hagen, Hugo, Heiko, Hayo oder Kurzform des neuen Doppelnamens Hansjoachim
Hakon	männl., norweg. Form zu Hagen; *weitere Formen:* Hakan; Haquinus (latinisiert)
Hanja	weibl., Nebenform zu Hanna, wahrscheinlich an Anja angelehnt
Hanjo	männl., Kurzform zu Hansjoachim und Hansjoseph
Hanka	weibl., slaw. Form zu Hanna
Hanke	männl., niederd. Kurzform zu Johannes
Hanna	*Herkunft:* weibl., Kurzform zu Johanna *Verbreitung:* seit dem Mittelalter verbreitet, auch durch die Verehrung der Heiligen Hanna, Mutter des Samuel und Frau des Tobias im Alten Testament; gegenwärtig seltener gewählt *Andere Formen:* Hannah, Hanne, Hannele, Hanja, Hannchen, Hansi; Hanka (slaw.) *Bekannte Namensträgerin:* Hanna Schygulla, deutsche Schauspielerin (geb. 1943)
Hannah	weibl., Nebenform zu Hanna
Hannchen	weibl., Koseform zu Hanne
Hanne	weibl., Nebenform zu Hanna
Hannele	weibl., Nebenform zu Hanna; bekannt wurde der Vorn. durch G. Hauptmanns »Hanneles Himmelfahrt« (1892)
Hannelore	weibl., Doppelname aus Hanne und Eleonore; *bekannte Namensträgerinnen:* Hannelore Kohl, Ehefrau von Helmut Kohl (geb. 1933); Hannelore Elsner, deutsche Schauspielerin (geb. 1944)
Hannerose	weibl., Doppelname aus Hanne und Rose
Hannes	männl., Nebenform zu Hans

Hanno	männl., Nebenform zu Anno oder Kurzform zu Hagen und Johannes
Hanns	männl., Nebenform zu Hans; *bekannter Namensträger*: Hanns Dieter Hüsch, deutscher Kabarettist (geb. 1925)
Hans	*Herkunft:* männl., Kurzform zu Johannes *Verbreitung:* seit dem 14. Jh. zählt Hans zu den beliebtesten deutschen Vorn.; der Name war in Deutschland so häufig, daß er zum »Gattungsnamen« abgewertet wurde (Hanswurst, Hansdampf in allen Gassen, Schmalhans, Hans Guckindieluft, Prahlhans); auch heute noch weit verbreitet, vor allem in seinen vielen Nebenformen und Doppelnamen mit Hans *Andere Formen:* Hanns, Hansi, Hannes, Hanko, Hänsel, Hansjoachim, Hansdieter, Hansjürgen, Hansjoseph *Bekannte Namensträger:* Hans Sachs, deutscher Fastnachtsspieldichter (1494–1576); Hans Christian Andersen, dän. Märchenverfasser (1805–1875); Hans Albers, deutscher Schauspieler (1892–1960); Hans Fallada, deutscher Schriftsteller (1893–1947); Hans Moser, österr. Schauspieler (1880–1964); Hans Rosenthal, deutscher Fernsehunterhalter (1925–1987); Hans Clarin, deutscher Schauspieler (geb. 1929)
Hansdieter	männl., Doppelname aus Hans und Dieter; *weitere Formen:* Hans-Dieter
Hansdietrich	männl., Doppelname aus Hans und Dietrich; *weitere Formen:* Hans-Dietrich; *bekannter Namensträger:* Hans-Dietrich Genscher, deutscher Außenminister (geb. 1927)
Hänsel	männl., Koseform zu Hans; bekannt wurde der Vorn. vor allem durch das Märchen der Brüder Grimm »Hänsel und Gretel«
Hansi	männl., Koseform zu Hans und weibl., Koseform zu Hanna; eindeutiger Zweitname erforderlich
Hansjoachim	männl., Doppelname aus Hans und Joachim; *weitere Formen:* Hajo, Hanjo, Hans-Joachim; *bekannte Namensträger:* Hans-Joachim Kuhlenkampff, deutscher Schauspieler und Quizmaster (geb. 1921); Hanns Joachim Friederichs, deutscher Fernsehjournalist (geb. 1927)
Hansjoseph	männl., Doppelname aus Hans und Joseph; *weitere Formen:* Hans-Joseph
Hansjürgen	männl., Doppelname aus Hans und Jürgen; *weitere Formen:* Hans-Jürgen; *bekannter Namensträger:* Hans-Jürgen Bäumler, deutscher Eiskunstläufer und Fernsehmoderator (geb. 1942)
Harald	*Herkunft:* männl., aus dem Nord. übernommener Vorn., eigentlich angelehnt an Hariwald, aus dem ahd. »hari« (Heer) und »waltan« (walten, herrschen)

Hard

Andere Formen: Harold
Bekannte Namensträger: Harald Norpoth, deutscher Langstreckenläufer (geb. 1942); Harald Juhnke, deutscher Fernsehunterhalter (geb. 1929); Harald Schmid, deutscher Leichtathlet (geb. 1957); Harald Schmidt, deutscher Kabarettist und Fernsehunterhalter (geb. 1957)

Hard männl., Kurzform zu Vorn. mit »Hard-«; *weitere Formen:* Hardo

Hardi männl., Kurzform zu Vorn. mit »Hart-« oder »-hard«; *weitere Formen:* Hardy, Hardo, Harto; Hartke, Hartung (niederd.); *bekannter Namensträger:* Hardy Krüger, deutscher Schauspieler und Fernsehmoderator (geb. 1928)

Hariolf männl., aus dem ahd. »heri« (Heer) und »wolf« (Wolf); *weitere Formen:* Hariulf

Harm männl., fries. Form zu Hermann; *weitere Formen:* Harmann

Harmke männl., fries. Form zu Hermann

Harold männl., Nebenform zu Harald oder aus dem ahd. »heri« (Heer) und »waltan« (walten, herrschen); *weitere Formen:* Herold, Herwald

Harro männl., fries. Form zu Hermann und Kurzform zu Vorn. mit »Har-«; *weitere Formen:* Haro

Harry männl., engl. Form zu Heinrich; *bekannte Namensträger:* Harry S. Truman, amerikan. Präsident (1884–1972); Harry Kupfer, deutscher Opernregisseur (geb. 1935); Harry Belafonte, amerikan. Sänger (geb. 1927); Harry Valérien, deutscher Sportjournalist (geb. 1923)

Hartlieb männl., aus dem ahd. »harti« (hart) und »liob« (lieb)

Hartmann männl., aus dem ahd. »harti« (hart) und »man« (Mann); *bekannter Namensträger:* Hartmann von Aue, deutscher Dichter (um 1200)

Hartmut männl., aus dem ahd. »harti« (hart) und »muot« (Sinn, Geist); der Vorn. ist vor allem durch die Gestalt des Hartmut in der mittelalterlichen Kudrunsage bekannt

Hartwig männl., aus dem ahd. »harti« (hart) und »wig« (Kampf); *bekannter Namensträger:* Hartwig Steenken, deutscher Springreiter (geb. 1941)

Hartwin männl., aus dem ahd. »harti« (hart) und »wini« (Freund)

Hasso männl., Kurzform zu Vorn. mit »Hart-«; ursprünglich war Hasso ein Herkunftsname (der Hesse); *weitere Formen:* Hesso, Hasko, Hassilo

Haubert	männl., Nebenform zu Hubert
Haug	männl., fries. Kurzform zu Vorn. mit »Hug-«; weibl., fries. Kurzform zu Vorn. mit »Hug-«; eindeutiger Zweitname unbedingt erforderlich
Hauke	männl., fries. Kurzform zu Hugo; bekannt wurde der Vorn. durch die Gestalt des Hauke Haien in Storms Novelle »Der Schimmelreiter« (1888); weibl., fries. Kurzform zu Vorn. mit »Hug-«; eindeutiger Zweitname erforderlich
Hedda	weibl., skand. Kurzform zu Hedwig; bekannt wurde der Vorn. durch Ibsens Schauspiel »Hedda Gabler« (1891 in deutscher Übersetzung)
Heddy	weibl., Koseform zu Hedwig
Hede	weibl., Kurzform zu Hedwig
Hedvig	weibl., schwed. Form zu Hedwig
Hedwig	*Herkunft:* weibl., aus dem ahd. »hadu« (Kampf) und »wig« (Kampf) *Andere Formen:* Hadwig, Hede, Heddy, Hese; Hedda (skand.); Jadwiga (poln.); Hedvig (schwed.); Hedwigis (niederländ.); Edwige (italien.) *Bekannte Namensträgerin:* Hedwig Courths-Mahler, deutsche Schriftstellerin (1867–1950) *Namenstag:* 16. Oktober
Hedwiges	weibl., niederländ. Form zu Hedwig
Heide	weibl., Kurzform zu Adelheid; *bekannte Namensträgerinnen:* Heide Rosendahl, deutsche Leichtathletin und Olympiasiegerin (geb. 1947); Heide Simonis, SPD-Politikerin und erste Ministerpräsidentin der Bundesrepublik Deutschland (geb. 1943)
Heidelinde	weibl., Doppelname aus Heide und Linda; *bekannte Namensträgerin:* Heidelinde Weis, deutsche Schauspielerin (geb. 1940)
Heidelore	weibl., Doppelname aus Heide und Eleonore
Heidemaria	weibl., Doppelname aus Heide und Maria; *weitere Formen:* Heidemarie; *bekannte Namensträgerin:* Heidemarie Hatheyer, schweizer. Filmschauspielerin (1919–1990)
Heiderose	weibl., Doppelname aus Heide und Rose
Heidi	weibl., Koseform zu Adelheid; der Vorn. wurde vor allem durch die »Heidi«-Bücher der J. Spyri (seit 1881) bekannt; *bekannte Namensträgerinnen:* Heidi Kabel, deutsche Schauspielerin (geb. 1914); Heidi Brühl, deutsche Schauspielerin (1942–1991)

Heike

Heike	weibl., niederdt. Koseform zu Heinrike; *bekannte Namensträgerinnen*: Heike Drechsler, deutsche Leichtathletin und Olympiasiegerin (geb. 1964); Heike Henkel, deutsche Hochspringerin (geb. 1964)
Heila	weibl., Kurzform zu Vorn. mit »Heil-«
Heilgard	weibl., aus dem ahd. »heil« (gesund) und »gard« (Schutz)
Heilke	weibl., fries. Kurzform zu Vorn. mit »Heil-«
Heilko	männl., fries. Kurzform zu Vorn. mit »Heil-«
Heilmar	männl., aus dem ahd. »heil« (gesund) und »mari« (berühmt)
Heilmut	männl., aus dem ahd. »heil« (gesund) und »muot« (Sinn, Geist)
Heilwig	männl. und weibl., aus dem ahd. »heil« (gesund) und »wig« (Kampf); eindeutiger Zweitname erforderlich
Heima	weibl., Kurzform zu Vorn. mit »Heim-«
Heimbrecht	männl., aus dem ahd. »heim« (Haus) und »beraht« (glänzend)
Heimeran	männl., aus dem ahd. »heim« (Haus) und »hraban« (Rabe)
Heimerich	männl., aus dem ahd. »heim« (Haus) und »rihhi« (reich, mächtig)
Heimfried	männl., aus dem ahd. »heim« (Haus) und »fridu« (Friede)
Heimo	männl., Kurzform zu Vorn. mit »Heim-«; *weitere Formen:* Heimko, Heimke, Heimito; *bekannter Namensträger:* Heimito von Doderer, österr. Schriftsteller (1896–1966)
Heineke	männl., fries. Form zu Heinrich
Heiner	männl., Kurzform zu Heinrich, *bekannte Namensträger*: Heiner Geißler, deutscher CDU-Politiker (geb. 1930); Heiner Lauterbach, deutscher Schauspieler (geb. 1953)
Heinfried	männl., neuer Doppelname aus Heinrich und Friedrich
Heini	männl., Kurzform zu Heinrich; Heini wird umgangssprachlich auch abwertend für einen törichten und einfältigen Menschen gebraucht, deshalb selten gewählt
Heino	männl., fries. Kurzform zu Heinrich; *bekannter Namensträger*: Heino, deutscher Volksmusiksänger (geb. 1938)
Heinrich	*Herkunft:* männl., aus dem ahd. »hagan« (Hof) und »rihhi« (reich, mächtig) *Andere Formen:* Hinrich, Hinz, Reitz, Heinz, Heini, Heise; Harry,

Hellmut

Henry (engl.); Enzio, Enrico (italien.); Jendrik (slaw.); Heintje, Heino, Henner, Henneke, Henke, Henning, Heinke (fries.); Henri (französ.); Hendrik (dän.); Henrik (schwed.); Jindrich (tschech.); Genrich (russ.)
Bekannte Namensträger: Heinrich Schütz, deutscher Musiker (1585–1672); Heinrich Schliemann, deutscher Archäologe und Entdecker von Troja (1822–1890); Heinrich von Kleist, deutscher Dramatiker (1777–1811); Heinrich Heine, deutscher Schriftsteller (1797–1856); Heinrich Hertz, deutscher Physiker (1857–1894); Heinrich Zille, Berliner Zeichner (1858–1929); Heinrich Mann, deutscher Schriftsteller (1871–1950); Heinrich George, deutscher Schauspieler (1893–1946); Heinrich Böll, deutscher Schriftsteller (1917–1986)
Namenstag: 13. Juli

Heintje	männl., fries. Form zu Heinrich
Heinz	männl., Kurzform zu Heinrich; beliebteste Kurzform zu Heinrich; *bekannte Namensträger:* Heinz Rühmann, deutscher Schauspieler (1902–1994); Heinz Piontek, deutscher Schriftsteller (geb. 1925); Heinz Bennent, deutscher Schauspieler (geb. 1921)
Heise	männl., Nebenform zu Heinrich
Helen	weibl., deutsche und engl. Kurzform zu Helene; *bekannte Namensträgerin:* Helen Keller, amerikan. Schriftstellerin (1880–1968)
Helena	weibl., Nebenform zu Helene
Helene	*Herkunft:* weibl., aus dem Griech. übernommener Vorn., eigentlich »die Sonnenhafte«
Andere Formen: Helena, Helen, Elena, Elina, Ella, Ilka, Lene, Nelli, Ellen; Ilona, Jelja (ungar.); Lenka (slaw.); Ela (slowak.); Elena (italien.); Hélène (französ.); Ileana (rumän.); Elin (schwed.); Ellen, Helen (engl.); Alene (russ.)
Bekannte Namensträgerinnen: Helene Lange, deutsche Frauenrechtlerin (1848–1930); Helene Weigel, deutsche Schauspielerin (1900–1971)
Namenstag: 18. August
Helga	weibl., aus dem Nord. übernommener Vorn., eigentlich »die Geweihte, die Heilige«
Helge	männl., aus dem Skand.; *bekannter Namensträger:* Helge Schneider, deutscher Komiker (geb. 1955)
Helmet	männl., Kurzform für Wilhelm
Hellmut, Hellmuth	männl., Nebenformen zu Helmut

Helmbrecht

Helmbrecht — männl., aus dem ahd. »helm« (Helm) und »beraht« (glänzend); *weitere Formen:* Helmbert

Helmburg — weibl., aus dem ahd. »helm« (Helm) und »bergan« (bergen, schützen)

Helmfried — männl., aus dem ahd. »helm« (Helm) und »fridu« (Friede)

Helmke — männl., Kurzform zu Vorn. mit »Helm-« oder »-helm«, vor allem zu Helmut und Wilhelm; *weitere Formen:* Helmko, Helmo; weibl., Kurzform zu Vorn. mit »Helm-« oder »-helm«, vor allem zu Helmtraud und Wilhelma; *weitere Formen:* Helma; eindeutiger Zweitname erforderlich

Helmtraud — weibl., aus dem ahd. »helm« (Helm) und »trud« (Kraft, Stärke); *weitere Formen:* Helma, Helmke

Helmut — *Herkunft:* männl., Herkunft unklar, wahrscheinlich aus dem ahd. »helm« (Helm) und »muot« (Sinn, Geist)
Verbreitung: der Vorn. wurde erst im 19. Jh. öfter gewählt und wahrscheinlich durch Helmuth von Moltke (1800–1891), Generalstabschef der deutschen Einigungskriege, verbreitet; um 1930 galt der Name als modern, heute selten gewählt
Andere Formen: Hellmut, Helmuth, Hellmuth, Helmke, Helle
Bekannte Namensträger: Helmut Schön, ehemaliger Trainer der deutschen Fußballnationalmannschaft (geb. 1915); Helmut Heissenbüttel, deutscher Lyriker (geb. 1921); Helmut Schmidt, deutscher Politiker und ehemaliger Bundeskanzler (geb. 1918); Helmut Qualtinger, österr. Schauspieler (1928–1986); Helmut Kohl, deutscher Politiker und Bundeskanzler (geb. 1930)

Helmuth — männl., Nebenform zu Helmut

Helmward — männl., aus dem ahd. »helm« (Helm) und »wart« (Hüter)

Hendrik — männl., dän. Form zu Heinrich; *weitere Formen:* Hendryk, Hendrikus, Hinderk, Hinnerk, Hinrik, Rik

Henke — männl., fries. Kurzform zu Heinrich

Henneke, Henner — männl., fries. Formen zu Heinrich

Henning — männl., fries. Form zu Heinrich; *weitere Formen:* Hennig; *bekannter Namensträger:* Henning Venske, deutscher Kabarettist (geb. 1939)

Henri — männl., französ. Form zu Heinrich

Henrik — männl., schwed. Form zu Heinrich; *weitere Formen:* Hinrik; Henryk (poln.); *bekannter Namensträger:* Henrik Ibsen, norweg. Schriftsteller (1828–1906)

Henrike	weibl. Form zu Henrik; *weitere Formen:* Henni, Henny, Rika; Rieka (niederländ.)
Henry	männl., engl. Form zu Heinrich; *bekannte Namensträger:* Henry Ford, amerikan. Automobilindustrieller (1863–1947); Henry Fonda, amerikan. Schauspieler (1905–1982); Henry Kissinger, amerikan. Politiker (geb. 1923); Henry Maske, deutscher Boxweltmeister im Halbschwergewicht (geb. 1964)
Herbert	*Herkunft:* männl., aus dem ahd. »heri« (Heer) und »beraht« (glänzend) *Verbreitung:* durch die Verehrung des Heiligen Herbert, Erzbischof von Köln (11. Jh.); seit dem Mittelalter vor allem im Rheinland verbreitet; um 1900 galt Herbert als modern; heute selten gewählt *Andere Formen:* Heribert, Herbort; Aribert (französ.) *Bekannte Namensträger:* Herbert von Karajan, österr. Dirigent (1900–1989); Herbert Wehner, deutscher Politiker (1906–1989); Herbert Grönemeyer, deutscher Sänger und Schauspieler (geb. 1956) *Namenstag:* 16. März
Herberta	weibl. Form zu Herbert
Herdi	weibl., fries. Kurzform zu Vorn. mit »her« oder »hart«; *weitere Formen:* Herdis
Heribert	männl., Nebenform zu Herbert; *bekannter Namensträger:* Heribert Faßbender, deutscher Sportjournalist (geb. 1941)
Herlinde	weibl., aus dem ahd. »heri« (Heer) und »linta« (Schutzschild aus Lindenholz)
Herman	männl., deutsche und engl. Nebenform zu Hermann; *bekannter Namensträger:* Herman Melville, amerikan. Schriftsteller (1819–1891)
Hermann	*Herkunft:* männl., aus dem ahd. »heri« (Heer) und »man« (Mann) *Verbreitung:* seit dem Mittelalter sehr beliebter Vorn., vor allem beim Adel; im 19. Jh. trug Goethes »Hermann und Dorothea« zur Verbreitung des Namens bei; heute wird der Vorn. selten gewählt *Andere Formen:* Herrmann, Herman; Hemm, Harro, Harm, Harmke, Herms (fries.); Herman (engl.); Armand (französ.); Hermien (niederländ.); Ermanno, Erminio (italien.); Armando (span., italien.); German (russ.) *Bekannte Namensträger:* Hermann Hesse, deutscher Schriftsteller (1877–1962); Hermann Broch, deutscher Schriftsteller (1886–1951); Hermann Neuberger, Präsident des Deutschen Fußballbundes (1919–1992)
Hermien	männl., niederländ. Form zu Hermann

Hermine

Hermine	weibl. Form zu Hermann oder Kurzform zu Vorn. mit »Her-« oder »Irm-«; *weitere Formen:* Herma, Hermia, Hermina, Hermy, Hermione; *bekannte Namensträgerin:* Hermine Körner, deutsche Schauspielerin (1882–1960)
Herms	männl., fries. Form zu Hermann; *weitere Formen:* Harms
Herrmann	männl., Nebenform zu Hermann
Herta	weibl., Kurzform zu Vorn. mit »Hert« oder »Hart«; *bekannte Namensträgerin:* Herta Däubler-Gmelin, deutsche SPD-Politikerin (geb. 1943)
Hertha	weibl., der Vorn. geht auf einen Lesefehler bezüglich der bei Tacitus erwähnten german. Göttin der Fruchtbarkeit Nerthus zurück; um 1900 weit verbreiteter Vorn., heute selten gewählt; *bekannte Namensträgerin:* Hertha Többer, österr. Sängerin (geb. 1924)
Hertwig	männl., Nebenform zu Hartwig
Hertwiga	weibl. Form zu Hertwig
Herward	männl., aus dem ahd. »heri« (Heer) und »wart« (Hüter, Schützer); *weitere Formen:* Herwart, Herwarth
Herwig	männl., aus dem ahd. »heri« (Heer) und »wig« (Kampf); *weitere Formen:* Herweig
Herwiga	weibl. Form zu Herwig
Herwin	männl., aus dem ahd. »heri« (Heer) und »wini« (Freund); *weitere Formen:* Erwin
Hese	weibl., Kurzform zu Hedwig; *weitere Formen:* Heseke
Hester	weibl., Nebenform zu Esther
Hias	männl., bayr. Nebenform zu Matthias
Hick	männl., engl. Kurzform zu Richard
Hidda	weibl., Kurzform zu Hildegard
Hieronymos	*Herkunft:* männl., aus dem Griech. übernommener Vorn., eigentlich »der Mann mit dem heiligen Namen« *Verbreitung:* der Vorn. wurde durch den Kirchenvater und Übersetzer der Bibel Sophronius Eusebius Hieronymus (4. Jh.) bekannt, wird heute aber selten gewählt *Andere Formen:* Olmes, Grommes, Gromer; Jero (schweizer.); Gerome, Jerome (engl.); Jérôme (französ.); Geronimo (italien.); Jeronimo (span.)

Bekannter Namensträger: Hieronymus Bosch, niederländ. Maler (1450–1516)
Namenstag: 30. September

Hilarius
männl., aus dem Lat. übernommener Vorn., eigentlich »der Heitere«; durch die Verehrung des Heiligen Hilarius, Papst und Erzbischof von Arles (5. Jh.), seit dem Mittelalter bekannt, aber heute selten gewählt; *weitere Formen:* Hilaire (französ.); Larry (engl.); *Namenstag:* 28. Februar

Hilary
weibl., engl. Form zu Hilaria; *bekannte Namensträgerin*: Hillary Clinton, Ehefrau von Bill Clinton, 42. Präsident der USA (geb. 1947)

Hilda
weibl., Kurzform zu Hildegard

Hilde
weibl., Kurzform zu Vorn. mit »Hild-« oder »-hilde«, vor allem zu Hildegard und Mathilde; *weitere Formen:* Hilja; *bekannte Namensträgerin:* Hilde Domin, deutsche Lyrikerin (geb. 1912)

Hildebert
männl., aus dem ahd. »hiltja« (Kampf) und »beraht« (glänzend); *weitere Formen:* Hilbert, Hilpert, Hildebrecht, Hilbrecht

Hildeberta
weibl. Form zu Hildebert

Hildefons
männl., aus dem ahd. »hiltja« (Kampf) und »funs« (eifrig); durch die Verehrung des Heiligen Ildefons, Erzbischof von Toledo (7. Jh.), seit dem Mittelalter verbreitet, aber heute selten gewählt; *weitere Formen:* Ildefons; *Namenstag:* 23. Januar

Hildegard
Herkunft: weibl., aus dem ahd. »hiltja« (Kampf) und »gard« (Schutz); *Verbreitung:* durch die Verehrung der Heiligen Hildegard von Bingen (11./12. Jh.) seit dem Mittelalter verbreitet; der Vorn. wurde durch die romantische Literatur und Ritterdichtung zu Beginn des 19. Jh. neu belebt; heute selten gewählt
Andere Formen: Hilda, Hilde, Hilla, Hidda; Hilke (fries.)
Bekannte Namensträgerinnen: Hildegard Knef, deutsche Schauspielerin (geb. 1925); Hildegard Hamm-Brücher, FDP-Politikerin (geb. 1921)
Namenstag: 17. September

Hildeger
männl., aus dem ahd. »hiltja« (Kampf) und »ger« (Speer)

Hildegunde
weibl., aus dem ahd. »hiltja« (Kampf) und »gund« (Kampf); *weitere Formen:* Hildegunde

Hildemar
männl., aus dem ahd. »hiltja« (Kampf) und »mari« (berühmt)

Hildemut
männl., aus dem ahd. »hiltja« (Kampf) und »muot« (Sinn, Geist)

Hilderich
männl., aus dem ahd. »hiltja« (Kampf) und »rihhi« (reich, mächtig)

Hilderun	weibl., aus dem ahd. »hiltja« (Kampf) und »runa« (Geheimnis)
Hilger	männl., Kurzform zu Hildeger
Hilke	weibl., fries. Form zu Vorn. mit »Hilde-«, vor allem zu Hildegard
Hilla	weibl., Kurzform zu Vorn. mit »Hilde-«, vor allem zu Hildegard
Hiltraud	weibl., aus dem ahd. »hiltja« (Kampf) und »trud« (Stärke); *weitere Formen:* Hiltrud
Hinrich	männl., Nebenform zu Heinrich
Hinz	männl., Kurzform zu Heinrich
Hiob	männl., aus der Bibel übernommener Vorn. hebr. Ursprungs, dessen Bedeutung unklar ist; der Vorn. wurde sehr selten gewählt, da der biblische Hiob eine Unglücksgestalt ist
Hippo	männl., Kurzform zu Vorn. mit »Hil-«
Hjalmar	männl., skand. Form zu Hilmar; *bekannter Namensträger:* Hjalmar Schacht, deutscher Finanzpolitiker (1877–1970)
Hob, Hobby	männl., engl. Kurzformen zu Robert
Hobe	männl., engl. Kurzform zu Richard
Holda	weibl., Nebenform zu Hulda; *weitere Formen:* Holdine
Holdger	männl., Nebenform zu Holger
Holdo	männl., Kurzform zu Vorn. mit »hold«
Holger	*Herkunft:* männl., aus dem altisländ. »holmi« (Insel) und »geirr« (Speer) *Verbreitung:* der aus dem Nord. übernommene Vorn. ist vor allem in Dänemark sehr beliebt, denn Holger Danske heißt der Nationalheld, der der Sage nach aus seinem Schlaf erwacht, wenn Dänemark in Not gerät; der Vorn. wurde bei uns auch durch Andersens Märchen verbreitet; heute wird der Vorn. seltener gewählt *Andere Formen:* Holdger
Holly	*Herkunft:* weibl., Pflanzenname, der »glücksbringender immergrüner Strauch« bedeuten soll; *bekannte Namensträgerin:* Holly Hunter, amerikan. Schauspielerin und Oscarpreisträgerin (geb. 1958)
Holm	männl., aus dem Nord. übernommener Vorn., eigentlich »der von der Insel«

Horst	*Herkunft:* männl., der Vorn. ist wahrscheinlich an die Bezeichnung »Horst« (Gehölz, niedriges Gestrüpp) angelehnt *Verbreitung:* der Vorn. galt um 1900 als Adelsname, wurde dann aber volkstümlich; heute weit verbreitet, aber selten gewählt *Bekannte Namensträger:* Horst Buchholz, deutscher Schauspieler (geb. 1933); Horst Eberhard Richter, deutscher Psychoanalytiker (geb. 1923); Horst Janssen, deutscher Maler und Graphiker (1929–1995); Horst Janson, deutscher Schauspieler (geb. 1935); Horst Tappert, deutscher Schauspieler (geb. 1923)
Hortensia	weibl., aus dem Lat. übernommener Vorn., eigentlich »die aus dem altrömischen Geschlecht der Hortensier«; der Vorn. wird auch oft mit der gleichnamigen Pflanze Hortensie in Zusammenhang gebracht (diese Pflanze wurde nach der französ. Astronomin Hortense Lepouche benannt); *weitere Formen:* Hortense (französ.)
Hosea	männl., aus der Bibel übernommener Vorn. hebr. Ursprungs, eigentlich »der Herr ist Hilfe und Rettung«; Hosea ist in der Bibel ein Prophet, der sich gegen den Götzendienst wendet
Howard	männl., engl. Form zu Hubert; *bekannter Namensträger:* Howard Hawks, amerikan. Westernregisseur (1886–1977)
Hroswitha	weibl., Nebenform zu Roswitha
Hubert	*Herkunft:* männl., neuere Form zu Hugbert, aus dem ahd. »hugu« (Gedanke, Verstand) und »beraht« (glänzend) *Verbreitung:* durch die Verehrung des Heiligen Hubert, Bischof von Lüttich, Apostel der Ardennen und Patron der Jäger (8. Jh.), seit dem Mittelalter verbreitet; heute selten gewählt *Andere Formen:* Hugbert, Hubrecht, Hupp, Bert, Haubert; Howard (engl.); Hubertus (lat.) *Bekannter Namensträger:* Hubert von Meyerinck, deutscher Filmschauspieler (1896–1971) *Namenstag:* 3. November
Huberta	weibl. Form zu Hubert
Hubertus	männl., lat. Form zu Hubert
Hugbald	männl., aus dem ahd. »hugu« (Gedanke, Verstand) und »bald« (kühn)
Hugbert	männl., Nebenform zu Hubert
Hugbrecht	männl., Nebenform zu Hubert; *weitere Formen:* Hugprecht
Hugdietrich	männl., Doppelname aus Hugo und Dietrich
Hugh	männl., engl. Form zu Hugo

Hugo

Hugo — *Herkunft:* männl., Kurzform zu Vorn. mit »Hug-«, vor allem zu Hugbert und Hugbald
Andere Formen: Hauke, Haug (fries.); Ugolino (italien.); Hugh (engl.)
Bekannte Namensträger: Hugo von Hofmannsthal, österr. Schriftsteller (1874–1929); Hugo Junkers, deutscher Flugzeugkonstrukteur (1859–1935); Hugo Eckner, deutscher Luftfahrtpionier und Zeppelinkonstrukteur (1868–1954)
Namenstag: 28. April

Hulda — weibl., aus dem ahd. »holda« (guter weibl. Geist); *weitere Formen:* Holda, Holle

Humbert — *Herkunft:* männl., aus dem ahd. »huni« (junges Tier, junger Bär) und »beraht« (glänzend)
Verbreitung: Humbert war im Königshaus von Savoyen gebräuchlich; volkstümlich wurde der Vorn. in Deutschland nie
Andere Formen: Umberto (italien.)

Humberta — weibl. Form zu Humbert

Humphrey — männl., engl. Form zu Hunfried; *bekannter Namensträger:* Humphrey Bogart, amerikan. Schauspieler (1899–1957)

Hunfried — männl., aus dem ahd. »huni« (junges Tier, junger Bär) und »fridu« (Friede)

Hunold — männl., aus dem ahd. »huni« (junges Tier, junger Bär) und »waltan« (walten, herrschen); *weitere Formen:* Hunwald, Hunwalt

Hupp — männl., Kurzform zu Hubert

Hyazinth — männl., aus dem Griech. übernommener Vorn., dessen Bedeutung unklar ist; der Vorn. geht auf einen spartanischen Jüngling zurück, der von Apoll versehentlich mit einem Diskus getötet wurde und aus dessen Blut die Blume Hyazinthe sproß; *weitere Formen:* Hyacinth, Hyacinthus; *Namenstag:* 17. August, 11. September

I

Ibbe, Ibbo, Ibe	männl., Nebenformen zu Ibo
Ibo	*Herkunft:* männl., Ursprung unklar, eventuell aus dem ahd. »iwa« (Bogen aus Eibenholz) oder fries. Nebenform zu Yves *Verbreitung:* auf den fries. Sprachraum beschränkt, heute selten gewählt *Andere Formen:* Ib, Ibbe, Ibbo, Ibe; Yves (französ.)
Ibrahim	männl., arab. Form zu Abraham
Ida	*Herkunft:* weibl. Kurzform zu Zusammensetzungen mit »Ida« und »Idu«, besonders aber Kurzform des ahd. Vorn. Iduberga (eine Heilige Iduberga ist Schutzpatronin der Schwangeren) *Verbreitung:* im Mittelalter sehr beliebter Vorn., dann aus der Mode gekommen und zu Beginn des 19. Jh. durch die Ritterdichtung neu belebt, heute selten gewählt *Andere Formen:* Idda, Idis, Ita, Itha; Ead, Eed (engl.); Ida, Ide (französ.); Iken (niederländ.) *Bekannte Namensträgerinnen:* Heilige Ida, Gattin des Sachsenherzogs Egbert (um 800); Ida Ehre, österr. Schauspielerin (1900–1989) *Namenstag:* 4. September
Idda, Idis	weibl., Nebenformen zu Ida
Idita	weibl., Nebenform zu Jutta
Iduna	weibl., nord. Vorn., geht auf die altnord. Göttin der ewigen Jugend »Idunn« zurück
Idzi	männl., poln. Form zu Ägidius
Ignatia	weibl. Form zu Ignatius
Ignatius	*Herkunft:* männl., aus dem lat. »ignius« (das Feuer) *Verbreitung:* als Vorn. des Heiligen Ignatius von Loyola (15./16. Jh.) wurde der Name im 18. Jh. in Süddeutschland gebräuchlich; heute immer noch relativ verbreitet, aber selten neu gewählt *Andere Formen:* Ignaz *Bekannter Namensträger:* Heiliger Ignatius von Antiochien, Märtyrer (1./2. Jh.) *Namenstag:* 1. Februar, 31. Juli
Ignaz	*Herkunft:* männl., Nebenform zu Ignatius *Bekannte Namensträger:* Ignaz Philipp Semmelweis, österr. Arzt, der die Ursachen des Kindbettfiebers erkannte (1818–1865); Ignaz Kiechle, deutscher Politiker (geb. 1930) *Namenstag:* 1. Februar, 31 Juli
Ignes	weibl., Nebenform zu Agnes

Ilse

Igor — *Herkunft:* männl., aus dem Russ. übernommener Vorn., der seinerseits auf den skand. Vorn. Ingvar zurückgeht
Verbreitung: durch die schwed. Waräger wurde dieser Vorn. im Mittelalter in Rußland verbreitet; Borodins Oper »Fürst Igor« war ausschlaggebend für die Verbreitung des Vorn. im deutschen Sprachraum
Andere Formen: Ika (russ.); Ingvar (skand.)
Bekannte Namensträger: Igor Strawinski, amerikan.-russ. Komponist (1882–1971); Igor Oistrach, russ. Violinenvirtuose (geb. 1931)

Ika — männl., russ. Nebenform zu Igor

Iken — weibl., niederländ. Koseform zu Ida; *weitere Formen:* Imke, Ike (fries.)

Ildefons — männl., Nebenform zu Hildefons

Ilg — männl., Kurzform zu Ägidius

Ilga — weibl., alter deutscher Vorn., wahrscheinlich Nebenform zu Helga oder Hilga; eine Heilige Ilga wurde im Mittelalter im Bodenseegebiet verehrt (um 1000)

Ilian — männl., Nebenform zu Ägidius

Iliane — weibl., fläm. und schwed. Form zu Juliane

Ilja — männl., russ. Form zu Elias; weitere Formen: Illja

Ilka — weibl., ungar. Nebenform zu Ilona

Illo — männl., Herkunft und Bedeutung unklar, eventuell fries. Form zu Ägidius

Ilona — *Herkunft:* weibl., ungar. Form zu Helene
Verbreitung: um 1900 vor allem in Adelskreisen gewählt, seit etwa 1940 im gesamten deutschen Sprachgebiet verbreitet
Andere Formen: Ilu, Iluska, Inka, Ilka, Ilonka (ungar.)

Ilonka — weibl., ungar. Koseform zu Ilona

Ilsa — weibl., Nebenform zu Ilse und Elisabeth

Ilse — *Herkunft:* weibl., Kurzform zu Elisabeth und Zusammensetzungen mit »Ilse-«
Verbreitung: im 19. Jh. stark verbreitet, vor allem durch G. Freytags Roman »Die verlorene Handschrift« (1864), dessen Heldin Ilse Bauer hieß
Andere Formen: Ilsa, Ilsebill, Ilsedore, Ilsegret, Ilselore, Ilselotte, Ilsemarie, Ilsetraut

Ilsebill

Bekannte Namensträgerinnen: Ilse Werner, deutsche Filmschauspielerin und Sängerin (geb. 1921); Ilse Aichinger, österr. Schriftstellerin (geb. 1921)

Ilsebill	weibl., Nebenform zu Isabel oder Doppelname aus Ilse und Sibylle
Ilsedore	weibl., Doppelname aus Ilse und Dore
Ilsegret	weibl., Doppelname aus Ilse und Grete
Ilselore	weibl., Doppelname aus Ilse und Lore
Ilselotte	weibl., Doppelname aus Ilse und Lotte
Ilsemarie	weibl., Doppelname aus Ilse und Marie
Ilsetraud	weibl., Doppelname aus Ilse und (Ger)traud
Iltsch	männl., Nebenform zu Ägidius
Ilu, Iluska	weibl., ungar. Nebenformen zu Ilona
Imke	weibl., fries. Kurz- und Koseform von Vorn., die mit »Irm« gebildet werden, besonders Irmgard
Imma	weibl., Kurzform von Zusammensetzungen mit »Irm«, vor allem von Irmgard und Irmtraud; *weitere Formen:* Imme
Immanuel	*Herkunft:* männl., aus der Bibel übernommener Vorn. hebr. Ursprungs »nu-el« (Gott mit uns) *Verbreitung:* um 1900 Adelsname, danach auch von Bürgerlichen gewählt *Andere Formen:* Emanuel (griech.-lat.); Manuel, Nallo *Bekannter Namensträger:* Immanuel Kant, deutscher Philosoph (1724–1804)
Immo	männl., ostfries. Kurzform eines mit »Irm« oder »Irmen« gebildeten Namens, vor allem Irmbert; *weitere Formen:* Emmo, Imo
Imre	männl., ungar. Form zu Emmerich; *bekannter Namensträger:* Imre Nagy, Führer des Ungarnaufstandes 1956 (1896–1958)
Ina	*Herkunft:* weibl., Kurzform von Vorn., die auf »ina« oder »ine« enden, vor allem Katharina, Karoline und Regina *Verbreitung:* um 1900 in Adelskreisen oft gewählt, heute im gesamten deutschsprachigen Raum stark verbreitet *Andere Formen:* Ine *Bekannte Namensträgerin:* Ina Seidel, deutsche Erzählerin (1885–1974)
Ine	weibl., Nebenform zu Ina

Ingo

Ines — weibl., aus dem Span. übernommener Vorn., der auf Agnes zurückgeht

Inga — weibl., Kurzform von Zusammensetzungen mit »Ing«, besonders Ingeborg; *bekannte Namensträgerin:* Inga Rumpf, deutsche Rocksängerin (geb. 1948)

Ingbert — männl., Kurzform zu Ingobert

Inge — *Herkunft:* weibl., Kurzform von Ingeborg
Verbreitung: seit etwa 1930 verbreitet, aber gegenwärtig selten gewählt
Andere Formen: Inga, Ingeburg, Ingela, Ingelore, Ingelotte, Ingemaren, Ingemarie, Ingerose, Ingetraud, Inka
Bekannte Namensträgerinnen: Inge Meysel, deutsche Schauspielerin (geb. 1910); Inge Borkh, schwed. Sängerin (geb. 1918)

Ingeborg — *Herkunft:* weibl., nord. Vorn. aus »Ingvio« (german. Stammesgott) und »bergan« (schützen)
Verbreitung: durch die Heldin Ingeborg in E. Tegners »Frithiofssaga« (1826 ins Deutsche übersetzt) bekannt geworden, starke Verbreitung in der ersten Hälfte des 20. Jh.
Andere Formen: Inge, Inka; Inken (nordfries.)
Bekannte Namensträgerin: Ingeborg Bachmann, österr. Schriftstellerin (1926–1973)

Ingeburg, Ingela — weibl., Nebenformen von Ingeborg

Ingelore — weibl., Doppelname aus Inge und Lore

Ingelotte — weibl., Doppelname aus Inge und Lotte

Ingemar — männl., schwed. Nebenform zu Ingmar; *bekannter Namensträger:* Ingemar Stenmark, schwed. Skiläufer (geb. 1956)

Ingemaren — weibl., Doppelname aus Inge und Maren

Ingemarie — weibl., Doppelname aus Inge und Marie

Ingerid — weibl., schwed. Nebenform zu Ingrid

Ingetraud — weibl., Doppelname aus Inge und Traude; *weitere Formen:* Ingetrud, Ingtraud, Ingtrud

Ingmar — männl., schwed. Nebenform zum Vorn. Ingomar; *bekannter Namensträger:* Ingmar Bergman, schwed. Filmregisseur (1918–1989)

Ingo — *Herkunft:* männl., Kurzform von Zusammensetzungen mit »Ingo«
Verbreitung: im 19. Jh. durch G. Freytags Romanzyklus »Die Ahnen« allgemein bekannt geworden
Andere Formen: Ingobert, Ingomar

Ingobert

Ingobert   männl., aus dem ahd. »ingwio« (german. Stammesgottheit) und »beraht« (glänzend); *weitere Formen:* Ingbert, Ingo

Ingold   männl., aus dem ahd. »ingwio« (german. Stammesgottheit) und »walt« (walten, herrschen)

Ingolf   männl., aus dem ahd. »ingwio« (german. Stammesgottheit) und »wolf« (Wolf)

Ingomar   *Herkunft:* männl., aus dem ahd. »ingwio« (german. Stammesgottheit) und »mâr« (groß, berühmt)
Verbreitung: im deutschen Sprachraum selten, bekannter sind die schwed. Formen
Andere Formen: Ingo; Ingemar, Ingmar (schwed.)

Ingram   männl., aus dem ahd. »ingwio« (german. Stammesgottheit) und »hraban« (Rabe)

Ingrid   *Herkunft:* weibl., aus dem Nord. übernommener Vorn. zu altisländ. »Ingo« (Gott) und »fridhr« (schön)
Verbreitung: kam um 1890 mit der skand. Literatur nach Deutschland, seit den 60er Jahren stark rückläufig
Andere Formen: Ingerid (schwed.)
Bekannte Namensträgerinnen: Ingrid Bergmann, schwed. Schauspielerin (1915–1982); Ingrid Steeger, deutsche Schauspielerin (geb. 1948)
Namenstag: 9. September

Ingvar   männl., skand. Nebenform zu Ingwar; *weitere Formen:* Ivar, Iver, Iwar

Ingwar   männl., aus dem german. »Ingo« (Gott) und »wâr« (Hüter); *weitere Formen:* Igor (russ.), Ingvar (skand.)

Ingwin   männl., aus dem ahd. »ingwio« (german. Stammesgottheit) und »wini« (Freund)

Inka   weibl., ungar. Nebenform zu Ilona

Inken   weibl., nordfries. Kurz- und Koseform von Zusammensetzungen mit »Inge«, besonders Ingeborg; *weitere Formen:* Inke

Inko   männl., fries. Kurzform eines mit »Ing« gebildeten Vorn.

Inno   männl., Kurzform zu Innozenz

Innozentia   weibl. Form zu Innozenz; *weitere Formen:* Zenta, Zenzi

Innozenz   *Herkunft:* männl., aus dem Lat. übernommener Vorn. von »innocens« (unschuldig)
Verbreitung: mehrere Päpste trugen diesen Vorn., heute sehr selten

Andere Formen: Inno
Bekannter Namensträger: Heiliger Innozenz I. (gest. 417); Innozenz III., Papst (1160–1216)
Namenstag: 28. Juli

Inse — weibl., fries. Kurzform von Zusammensetzungen mit »Ing«; *weitere Formen:* Insa, Inska, Inske

Ira — weibl., Kurzform zu Irene

Ireen — weibl., Nebenform zu Irene

Irena — weibl., slaw. Form zu Irene

Irene — *Herkunft:* weibl. Vorn. griech. Ursprungs von »eiréne« (Name der Friedensgöttin)
Verbreitung: der Vorn. wurde in Deutschland durch die byzantinische Prinzessin Irene bekannt, die König Philipp von Schwaben 1197 heiratet.
Andere Formen: Ira, Ireen; Irena, Irina (slaw.); Irène (französ.); Irka (poln.)
Bekannte Namensträgerinnen: Heilige Irene, byzantinische Märtyrerin (3./4. Jh.); Irene Dische, amerikan. Schriftstellerin (geb. 1952)
Namenstag: 1. und 3. April

Irène — weibl., französ. Form zu Irene

Irina — weibl., slaw. Form zu Irene

Iris — weibl., in der griech. Mythologie ist Iris die Botin der Götter; die starke Verbreitung läßt sich auch auf eine gleichnamige Blume zurückführen; *bekannte Namensträgerin:* Iris Berben, deutsche Schauspielerin (geb. 1950)

Irka — weibl., poln. Form zu Irene

Irma — weibl., Kurzform von Zusammensetzungen mit »Irm«; *weitere Formen:* Imela, Irmela, Irmchen, Irmelin, Irmnia, Irmnie

Irmalotte — weibl., Doppelname aus Irma und Lotte

Irmbert — männl., aus dem ahd. »irmin« (groß) und »beraht« (glänzend); *weitere Formen:* Immo

Irmengard — weibl., alte Form zu Irmgard

Irmentraud — weibl., Nebenform zu Irmtraud

Irmgard — *Herkunft:* weibl., alter deutscher Vorn., Zusammensetzung aus german. »irmin« (groß) und »gard« (Schutz)
Verbreitung: zu der Verbreitung des Vorn. im Mittelalter trug

Irmingard

maßgeblich die Verehrung der Heiligen Irmgard von Süchteln (Köln) bei; Neubelebung durch die romantische Literatur im 19. Jh.; *andere Formen:* Irmengard, Irmingard; Imke, Imma, Imme (fries.)
Bekannte Namensträgerinnen: Irmgard Keun, deutsche Schriftstellerin (1910–1982); Irmgard Seefried, österr. Sängerin (1919–1988)
Namenstag: 4. September, 14. September, 20. März

Irmingard — weibl., alte Form zu Irmgard

Irmintraud — weibl., Nebenform zu Irmtraud

Irmtraud — *Herkunft:* weibl., alter deutscher Vorn. aus german. »irmin« (groß) und »trûd« (wehrhaft)
Verbreitung: als Namenspatronin gilt auch hier die Heilige Irmgard von Süchteln (Köln), da beide Namen fast gleichbedeutend sind
Andere Formen: Imma, Imme, Irma, Irmentraud, Irmintraud, Irmtrud

Irmtrud — weibl., Nebenform zu Irmtraud

Isa — weibl., Kurzform zu Isabel oder Isolde; *weitere Formen:* Ise

Isaak — männl., aus der Bibel übernommener Vorn. hebr. Ursprungs (er wird lachen)

Isabel — *Herkunft:* weibl., span. und engl. Form zu Elisabeth oder hebr. »Isebel« (die Fremde, die Keusche)
Verbreitung: dieser Vorn. wurde im Mittelalter in Deutschland durch span. und franz. Fürstinnen bekannt und gilt gegenwärtig als modern
Andere Formen: Ilsebill; Bella (span.), Isabella (span. und italien.); Isabelle (französ.)
Bekannte Namensträgerin: Isabel Allende, chilenische Schriftstellerin (geb. 1942)
Namenstag: 22. Februar

Isabella — weibl., span. und italien. Nebenform zu Isabel; *bekannte Namensträgerin*: Isabella Rosselini, italien. Schauspielerin (geb. 1952);

Isabelle — weibl., französ. Form zu Isabel; *bekannte Namensträgerinnen*: Isabelle Adjani, französ. Schauspielerin (geb. 1955); Isabelle Huppert, französ. Schauspielerin (geb. 1955)

Isadora — weibl., Nebenform zu Isidora; zeitweilig durch die amerikanische Tänzerin Isadora Duncan (1878–1927) verbreitet, heute selten

Isbert — männl., aus dem ahd. »isan« (Eisen) und eventuell »beraht« (glänzend); *weitere Formen:* Isenbert

Isfried	männl., aus dem ahd. »isan« (Eisen) und »fridu« (Schutz vor Waffengewalt, Friede); *weitere Formen:* Isenfried
Isger	männl., aus dem ahd. »isan« (Eisen) und »ger« (Speer); *weitere Formen:* Isenger
Isidor	*Herkunft:* männl. Vorn. griech. Ursprungs von »Isidoros« (Geschenk der Göttin Isis) *Verbreitung:* im Mittelalter als Heiligenname verbreitet, heute selten gewählt *Bekannter Namensträger:* Kirchenvater Isidor von Sevilla (um 560–636)
Isidora	weibl. Form zu Isidor
Ismael	männl., aus der Bibel übernommener Vorn. hebr. Ursprungs (Gott hört)
Ismar	männl., aus dem ahd. »isan« (Eisen) und »mâr« (berühmt)
Ismund	männl., Herkunft und Bedeutung unklar
Ismunde	weibl. Form zu Ismund
Iso	männl., Kurzform von Vorn., die mit »Isen« gebildet werden
Isolde	*Herkunft:* Herkunft und Bedeutung unklar *Verbreitung:* der Vorn. wurde im Mittelalter vor allem durch die Sage von »Tristan und Isolde« bekannt *Andere Formen:* Isa, Isotta *Bekannte Namensträgerin:* Isolde Kurz, deutsche Dichterin (1853–1944)
Isotta	weibl., Nebenform zu Isolde
Israel	männl., aus der Bibel übernommener Vorn. hebr. Ursprungs (Fechter Gottes)
Istva'n	männl., ungar. Form zu Stephan
Ita, Itha	weibl., Nebenformen zu Ida oder Kurzformen zu Jutta; *weitere Formen:* Itta, Itte
Ivan	*Herkunft:* männl., russ. Form zu Johannes *Verbreitung:* im deutschen Sprachraum selten gewählt *Andere Formen:* Iwan, Ivanka *Bekannte Namensträger:* Ivan Nagel, deutscher Theaterintendant und -kritiker (geb. 1930); Ivan Lendl, tschech.-amerikan. Tennisspieler (geb. 1960)
Ivanka	weibl. Form zu Ivan

Ivo

Herkunft: männl., engl. und ostfries. Vorn. deutschen Ursprungs, ahd. »iwa« (Bogen aus Eibenholz)
Verbreitung: maßgeblich durch die Verehrung des Heiligen Ivo (13./14. Jh.), bretonischer Advokat und Priester, Schutzheiliger der Juristen
Andere Formen: Ibo, Iwo; Yves (französ.)
Bekannte Namensträger: Heiliger Ivo, Bischof von Chartres (11./12. Jh.); Ivo Andric, serbokroat. Schriftsteller und Nobelpreisträger (1892–1975); Ivo Pogorelich, jugosl. Konzertpianist (geb. 1958)
Namenstag: 19. Mai

Iwan

männl., Nebenform zu Ivan

Iwana

weibl. Form zu Iwan; *weitere Formen:* Ivana, Iwanka

Iwo

männl., Nebenform zu Ivo

J

Jabbo	männl., fries. Nebenform zu Jakob; *weitere Formen:* Jabbe
Jack	*Herkunft:* männl., engl. Form zu Johannes; eventuell durch flämische Wollweber im 15. Jh. in den Formen Jankin und Janekin nach England gebracht *Verbreitung:* im engl. und amerikan. Sprachraum sehr oft gewählt *Andere Formen:* Jackie, Jacky *Bekannte Namensträger:* Jack London, amerikan. Schriftsteller (1876–1915); Jack Lemmon, amerikan. Filmschauspieler (geb. 1925); Jack Nicholson, amerikan. Filmschauspieler (geb. 1937)
Jackie	männl., Koseform zu Jack; weibl., Koseform zu Jacqueline; eindeutiger Zweitname erforderlich
Jacky	männl., Koseform zu Jack; weibl., Koseform zu Jacqueline; eindeutiger Zweitname erforderlich
Jacob	männl., Nebenform zu Jakob
Jacqueline	weibl. Form zu Jacques; *bekannte Namensträgerin*: Jacqueline Kennedy-Onassis, Ehefrau von John F. Kennedy, später von Aristoteles Onassis, prägte einen neuen Stil im Weißen Haus (1929–1994)
Jacques	*Herkunft:* männl., französ. Form zu Jakob *Verbreitung:* galt um 1900 als Adelsname durch den Komponisten Jacques Offenbach verbreitet; heute im deutschsprachigen Raum nur selten gewählt *Bekannte Namensträger:* Jean Jacques Rousseau, französ. Philosoph (1712–1778); Jacques Offenbach, deutsch-französ. Komponist (1819–1880)
Jacub, Jacubowski	männl., tschech. Formen zu Jakob
Jadwiga	weibl., poln. Form zu Hedwig
Jago	männl., span. Form zu Jakob; *weitere Formen:* Jaime
Jahn	männl., Nebenform zu Jan
Jakob	*Herkunft:* männl., Bedeutung unklar, eventuell zu hebr. »ja'aqob« (Fersenhalter); Jakob war im Alten Testament der jüngere Sohn Isaaks, und im Neuen Testament gab es zwei Apostel dieses Namens *Verbreitung:* seit dem Spätmittelalter in der christlichen Welt als Apostelname verbreitet, heute selten gewählt *Andere Formen:* Jacob; Jacques (französ.); Jascha (russ.); James, Jim, Jimmi (engl.); Giacomo, Giacobbe (italien.); Jago, Diego (span.); Jacub, Jacubowski (tschech.); Jabbo (fries.); Jobbi, Jokkel, Jocki, Joggi (schweizer.) *Bekannte Namensträger:* Jakob Fugger, Gründer des Augsburger Handelshauses (1459–1525); Jakob Grimm, Begründer der Ger-

manistik (1785–1863); Jakob Wassermann, deutscher Schriftsteller (1873–1934)
Namenstag: 3. Mai, 25. Juli

Jakoba — weibl. Form zu Jakob; *weitere Formen:* Jakobea, Jakobina, Jakobine

James — männl., engl. Form zu Jakob; *bekannter Namensträger*: James Dean, amerikan. Schauspieler und Teenageridol seiner Zeit (1931–1955)

Jan — *Herkunft:* männl., niederdeutsche, niederländ. und fries. Form zu Johannes
Verbreitung: sehr oft gewählt, vor allem in Norddeutschland
Andere Formen: Jahn, Jann, Janpeter; Janek (poln.), Janik (dän.); Jannis (fries.); Jano, Janko (ungar.)
Bekannte Namensträger: Jan van Eyck, niederländ. Maler (um 1390–1441); Jan Kiepura, poln. Tenor (1902–1966)

Jana — *Herkunft:* weibl., tschech. Kurzform zu Johanna
Verbreitung: im Grenzgebiet zur Tschechoslowakei und in den neuen Bundesländern häufiger gewählt
Andere Formen: Janna; Janne; Janika (bulg.); Janina (poln.); Janita (slaw.); Janka (russ., bulg., ungar.)

Jane — weibl., engl. Form zu Johanna; *bekannte Namensträgerin*: Jane Fonda, amerikan. Schauspielerin (geb. 1937)

Janek — männl., poln. Form zu Jan

Janet — weibl., engl. Form zu Johanna; *bekannte Namensträgerin*: Janet Jackson, amerikan. Popsängerin, Mitglied der Jackson-Familie (geb. 1966)

Janik — männl., dän. Koseform zu Jan

Janika — weibl., bulg. Form zu Jana

Janina — weibl., poln. Form zu Jana und eingedeutschte Schreibweise zu (italien.) Gianina; *weitere Formen:* Janine, Jannina

Janis — weibl., lett.-litauische Form zu Johanna; *bekannte Namensträgerin*: Janis Joplin, amerikan. Rocksängerin, prägte eine ganze Epoche (1943–1970)

Janita — weibl., Nebenform zu Jana; weitere Formen: Jantina, Jantine

Janka — weibl., russ., bulg. und ungar. Form zu Jana

Jankó — männl., ungar. Form zu Jan

Jann — männl., Nebenform zu Jan

Janna

Janna, Janne	weibl., Nebenformen zu Jana
Jannis	männl., fries. Form zu Jan
János	männl., ungar. Form zu Johannes; *weitere Formen:* Janosch; *bekannter Namensträger*: Janosch, eigtl. Horst Eckert, berühmt durch seine Kinder- und Jugendbücher (geb. 1931)
Janpeter	männl., Doppelname aus Jan und Peter
Jascha	männl., russ. Form zu Jakob
Jean	männl., französ. Form von Johannes oder engl. Form zu Johanna; eindeutiger Zweitname erforderlich; *bekannte Namensträger*: Jean-Luc Godard, französ. Filmregisseur (geb. 1930); Jean-Michel Jarre, französ. Komponist von Rockmusik (geb. 1948); Jean-Paul Belmondo, französ. Schauspieler (geb. 1933)
Jeanette	weibl., französ. Form zu Johanna; *weitere Formen:* Jeannette
Jeanne	weibl., französ. Form zu Johanna; *weitere Formen:* Jeannine; *bekannte Namensträgerin*: Jeanne Moreau, französ. Schauspielerin (geb. 1928)
Jenny	weibl., engl. Form zu Johanna; *weitere Formen:* Jenni
Jens	männl., dän. Form zu Johannes
Jeremy	männl., engl. Form zu Jeremias; *bekannter Namensträger*: Jeremy Irons, engl. Schauspieler und Oscarpreisträger (geb. 1948)
Jessica	weibl., aus der Bibel übernommener Vorn. hebr. Ursprungs, eigentlich »Gott sieht dich an«; bekannt ist der Vorn. aus Shakespeares Drama »Der Kaufmann von Venedig«; in den letzten Jahren immer beliebter; weitere Formen: Jessika (schwed.); *bekannte Namensträgerin*: Jessica Lange, amerikan. Schauspielerin (geb. 1949)
Jessy	weibl., engl. Form zu Johanna; *weitere Formen:* Jessi
Jill	männl., engl. Kurzform zu Julius
Jim	männl., engl. Form zu Jakob; *bekannter Namensträger*: Jim Morrison, amerikan. Rocksänger, Mitglied der »Doors«, Idol seiner Zeit (1948–1971)
Jimi	männl., Nebenform zu Jimmy; *bekannter Namensträger*: Jimi Hendrix, amerikan. Rockgitarrist, gilt als einer der besten Gitarristen der Rockgeschichte (1942–1970)
Jimmy	männl., engl. Form zu Jakob; *bekannter Namensträger:* Jimmy Connors, amerikan. Tennisspieler (geb. 1952)

Jo	männl., Kurzform zu Johannes, Joachim und Joseph oder weibl., Kurzform zu Johanna; eindeutiger Zweitname erforderlich
Joachim	*Herkunft:* männl., aus dem Hebr. übernommener Vorn., eigentlich »den Gott aufrichtet«; *Andere* Formen: Achim, Jochen; Joakim, Akim (oberd., slaw.); Kim (engl.); Jokum (dän.) *Bekannte Namensträger:* Joachim Ringelnatz, deutscher Schriftsteller und Kabarettist (1883–1934); Joachim Fuchsberger, deutscher Showmaster (geb. 1927) *Namenstag:* 16. August
Joan	weibl., engl. Form zu Johanna; *bekannte Namensträgerinnen:* Joan Baez, amerikan. Folkrocksängerin (geb. 1941); Joan Collins, engl. Schauspielerin, wurde berühmt als »Alexis« aus der Fernsehserie »Denver Clan« (geb. 1933)
Joanna	weibl., poln. Form zu Johanna; *weitere Formen:* Joana (baskisch)
Jochen	männl., Kurzform zu Joachim
Johann	männl, seit dem Mittelalter geläufige Kurzform zu Johannes, meist mit zweitem Namen verbunden; *bekannte Namensträger:* Johann Sebastian Bach, deutscher Musiker und Komponist (1685–1750); Johann Wolfgang Goethe, deutscher Dichter (1749–1832)
Johanna	*Herkunft:* weibl. Form zu Johannes *Andere Formen:* Hanna, Jo, Jopie, Nanne; Jane, Janet, Jenny, Jessie, Joan (engl.); Jana (slaw.); Jeanne, Jeanette (französ.); Jensine, Jonna (dän.); Joanna (poln.); Ivana, Ivanka (russ.); Jovanka (serbokroat.); Giovanna, Gianna (italien.); Juana, Juanita (span.) *Bekannte Namensträgerinnen:* Johanna von Orleans (Jungfrau von Orleans), französ. Nationalheldin (15. Jh.); Johanna Schopenhauer, deutsche Schriftstellerin (1766–1838)
Johannes	*Herkunft:* männl., biblischer Vorn. von hebr. »jochanan« (der Herr ist gnädig) *Andere Formen:* Hans, Jo, Johann; Jan (slaw.); Jean (französ.); Jens, Evan, Iven (dän.); Jack, John, Jonny (engl.); Ian (schott.); Evan (walis.); Sean (irisch); Johan (schwed.); Iwan (russ.); Giovanni, Gian, Gianni (italien.); Juan (span.); Janos (ungar.); Juhani (finn.) *Bekannte Namensträger:* Johannes Gutenberg, Erfinder der Buchdruckerkunst (vor 1400–1468); Johannes Kepler, deutscher Astronom (1571–1630); Johannes Bobrowski, Schriftsteller (1917–1965); Johannes Rau, deutscher Politiker (geb. 1931) *Namenstag:* 24. Juni, 27. Dezember
John	männl., engl. Form zu Johannes; *bekannte Namensträger:* John Forsythe, amerikan. Schauspieler, bekannt durch seine Rolle als

»Blake Carrington« im »Denver Clan« (geb. 1918); John Lennon, engl. Popmusiker, Mitglied der »Beatles« (1940–1980); John Neumaier, amerikan. Choreograph (geb. 1942); John Travolta, amerikan. Schauspieler (geb. 1954); John F. Kennedy, 35. Präsident der Vereinigten Staaten, wurde am 22. Nov. 1963 in Dallas ermordet (1917–1963); John Grisham, amerikan. Bestsellerautor (geb. 1955)

Jonas männl., aus der Bibel übernommener Vorn. hebr. Urprungs, eigentlich »die Taube«; *weitere Formen:* Jona, Jon; Jonah (engl.); Giona (italien.)

Jonathan männl., aus der Bibel übernommener Vorn. hebr. Ursprungs, eigentlich »Gott hat gegeben«; *weitere Formen:* Nat (engl.); Jonathas (französ.); *bekannter Namensträger:* Jonathan Swift, engl. Schriftsteller (1667–1745)

Jonna weibl., dän. Form zu Johanna

Jörg männl., Nebenform zu Georg; der Vorn. war im 15./16. Jh. sehr beliebt, und auch M. Luther benutzte »Junker Jörg« als Tarnname, als er sich auf der Wartburg versteckt hielt; heute wird der Vorn. wieder öfter gewählt; *weitere Formen:* Jürg, Jorg; *bekannte Namensträger:* Jörg Wickram, deutscher Schriftsteller (um 1505–1560); Jörg Immendorf, deutscher Maler (geb. 1945); Jörg Wontorra, deutscher Fernsehmoderator (geb. 1948)

José männl., französ. und span. Form zu Joseph; *bekannte Namensträger:* José Feliciano, span. Komponist und Sänger (geb. 1945); José Carreras, span. Tenor (geb. 1947)

Josef männl., Nebenform zu Joseph

Josefine weibl., Nebenform zu Josepha; *weitere Formen:* Josephine, Fina, Fine, Josi; Finette, Josette, Josianne (französ.); Josina (fries., niederländ.); *bekannte Namensträgerinnen:* Josephine Beauharnais, erste Gattin von Napoleon (1763–1814); Josephine Baker, amerikan.-französ. Sängerin und Tänzerin (1906–1975)

Josel männl., Nebenform zu Joseph

Joseph *Herkunft:* männl., aus der Bibel übernommener Vorn. hebr. Ursprungs, eigentlich »Gott möge vermehren«; in der Bibel ist Joseph der elfte Sohn von Jakob
Andere Formen: Josef, Beppo, Josel, Jupp, Seppel, Jopp; Joseph, Jose, Joe (engl.); José, Joseph, Josèphe (französ.); Giuseppe (italien.); José (span.); Josip (slaw.); Ossip (russ.); Józef (poln.); Jussuf (pers.)
Bekannte Namensträger: Joseph Haydn, österr. Komponist (1732–1809); Joseph von Eichendorff, deutscher Schriftsteller (1788–1857); Joseph Strauß, österr. Komponist (1827–1870); Joseph Roth, österr. Schriftsteller (1894–1939); Joseph Beuys,

bildender Künstler (1911–1986); Joseph Fischer, bekannt als »Joschka Fischer«, deutscher Politiker der Grünen (geb. 1948)
Namenstag: 19. März

Josepha — weibl. Form zu Joseph; *weitere Formen:* Beppa, Fita, Netta, Josefa, Josefine; Josette (französ.); Pepita (span.)

Josèphe — männl., französ. Form zu Joseph

Josip — männl., slaw. Form zu Joseph

Josua — männl., aus der Bibel übernommener Vorn. hebr. Ursprungs, eigentlich »der Herr ist Hilfe«

Joy — weibl., engl. Vorn., eigentlich »Freude«; als deutscher Vorn. seit 1968 gerichtlich zugelassen; *bekannte Namensträgerin:* Joy Fleming, deutsche Bluessängerin (geb. 1944)

Joyce — weibl., engl. Vorn., der auch als Familienname verbreitet ist

Józef — männl., poln. Form zu Joseph

Juan — männl., span. Form zu Johannes; *bekannter Namensträger:* Juan Carlos I., span. König seit 1975 (geb. 1938)

Juana, Juanita — weibl., span. Formen zu Johanna

Judith — *Herkunft:* weibl., aus der Bibel übernommener Vorn. zu hebr. »jehudith« (Gepriesene, Frau aus Jehud, Jüdin)
Andere Formen: Judenta, Judintha, Juditha; Judy (engl.)
Bekannte Namensträgerin: Kaiserin Judith, Ehegattin Ludwigs des Frommen (819–843); *Namenstag:* 22. Dezember

Juditha — weibl., Nebenform zu Judith; seit dem 9./10. Jh. vermischte sich der hebr. Vorname Judith mit dem altnord. Vorn. Jutta zu Juditha; *weitere Formen:* Judita

Judy — weibl., engl. Form zu Judith

Jul — männl., Kurzform zu Julius

Jula — weibl., Kurzform zu Julia; *weitere Formen:* Jule

Jules — männl., französ. Form zu Julius; *weitere Formen:* Yule (engl.); *Bekannter Namensträger:* Jules Verne, französ. Schriftsteller (1828–1905)

Julia — weibl. Form zu Julius; bekannt wurde der Vorn. durch Shakespeares Drama »Romeo und Julia« und wird bis heute öfter gewählt
Weitere Formen: Juliane, Jula, Iliane; Julienne, Juliette (französ.); Julischka, Julka (ungar.); Juliet (engl.); Uljana (russ.)

Julian

Bekannte Namensträgerin: Julia Roberts, amerikan. Schauspielerin (geb. 1967)
Namenstag: 22. Mai, 16. September

Julian männl., Nebenform zu Julius

Juliane weibl., Nebenform zu Julia; seit dem Mittelalter durch die Verehrung der Heiligen Juliane von Lüttich (12./13. Jh.) verbreitet; im 20. Jh. durch Juliana, die ehemalige Königin der Niederlande, (geb. 1909) neu belebt und öfter gewählt; *Namenstag:* 16. Februar, 7. August

Julianus männl., Nebenform zu Julius

Julien männl., französ. und engl. Form zu Julius

Julienne weibl., französ. Form zu Julia

Juliet weibl., engl. Form zu Julia

Juliette weibl., französ. Koseform zu Julia; *bekannte Namensträgerin:* Juliette Gréco, französ. Chansonsängerin (geb. 1927)

Julio männl., span. Form zu Julius; *bekannter Namensträger:* Julio Iglesias, span. Sänger (geb. 1943)

Julischka weibl., ungar. Koseform zu Julia

Julius *Herkunft:* männl., aus dem Lat. übernommener Vorn., eigentlich ein römischer Herkunftsname (»der aus dem Geschlecht der Julier«)
Andere Formen: Julian, Julianus, Jul; Julien, Jules (französ.); Gilian, Giles, Jill, Julien (engl.); Giuliano, Giuglio, Luglio (italien.); Julio (span.); Gyula (ungar.)
Bekannte Namensträger: Papst Julius II., Förderer von Michelangelo und Raffael, Erbauer der Peterskirche in Rom (1443–1513); Julius Döpfner, Münchener Kardinal und Erzbischof (1913–1976); Julius Hackethal, deutscher Arzt und Chirurg (geb. 1921)
Namenstag: 12. April

Julka weibl., ungar. Form zu Julia; *weitere Formen:* Julika

Jupp männl., Kurzform zu Joseph

Jürgen männl., niederd. Form zu Georg; *weitere Formen:* Jürn; Jürjen (fries.); *bekannte Namensträger:* Jürgen Flimm, deutscher Regisseur und Theaterintendant (geb. 1941); Jürgen von der Lippe, deutscher Schauspieler und Fernsehunterhalter (geb. 1948); Jürgen Hingsen, deutscher Zehnkämpfer (geb. 1958); Jürgen Prochnow, deutscher Schauspieler (geb. 1941); Jürgen von Manger, deutscher Mundartkomiker »Adolf Tegtmeier« (1923–1994)

Juri	männl., russ. Form zu Georg; *bekannter Namensträger:* Juri Gagarin, russ. Kosmonaut und erster Mensch im Weltraum (1934–1968)
Jussuf	männl., pers. Form zu Joseph
Justina	weibl. Form zu Justus; *weitere Formen:* Justine; *Namenstag:* 26. September, 7. Oktober
Justus	männl., aus dem Lat. übernommener Vorn., eigentlich »der Gerechte«; ab dem 16. Jh. war der Vorn. in Deutschland weit verbreitet, heute aber selten gewählt; *weitere Formen:* Justinus, Justianus, Just, Justin; *bekannte Namensträger:* Justus Möser, deutscher Publizist (1720–1794); Justus von Liebig, deutscher Chemiker (1803–1873); Justus Frantz, deutscher Pianist und Festspielorganisator (geb. 1944)
Juta, Juthe	weibl., Nebenformen zu Jutta
Jutta	*Herkunft:* weibl., altnord. Vorn. zu den ahd. Namen Jiute, Jut, Jot (die Jütin, aus dem Volk der Jüten) *Verbreitung:* geläufiger Vorn. im Mittelalter, im 19. Jh. vor allem in Adelskreisen gewählt, um 1900 durch Zeitungs- und Zeitschriftenromane verbreitet, seit 1950 häufig vergeben *Andere Formen:* Idita, Ita, Itha, Juta, Juthe, Jutte; Jytte (dän.) *Bekannte Namensträgerinnen:* die selige Jutta, Erzieherin der Heiligen Hildegard von Bingen (11./12. Jh.); Jutta Ditfurth, deutsche Journalistin, streitbares Mitglied der Grünen (geb. 1951); Jutta Speidel, deutsche Schauspielerin, bekannt aus Fernsehserien (geb. 1954) *Namenstag:* 22. Dezember
Jutte	weibl., Nebenform zu Jutta; *weitere Formen:* Jütte
Jytte	weibl., dän. Form zu Jutta

Nomen est omen.
(Der Name ist zugleich Vorbedeutung.)

Plautus

Bei euch, ihr Herrn, kann man das Wesen
Gewöhnlich aus dem Namen lesen.

Johann Wolfgang Goethe,
Faust

K

Kai

Kai — *Herkunft:* männl. und weibl. Vorn., Herkunft und Bedeutung unklar; eventuell aus dem Nord. übernommene Kurzform zu Katharina oder aus dem ahd. »kamph« (Kampf, Streit) *Andere Formen:* Kaie, Kay, Key; Kaj (dän.)

Kaj — männl. und weibl. Vorn., dän. Form zu Kai; eindeutiger Zweitname erforderlich

Kaja — weibl., fries. Kurzform zu Katharina

Kajetan — männl., Vorn. lat. Ursprungs, der auf den Namen des Heiligen Kajetan (der aus der Stadt Gaeta) zurückgeht; *bekannter Namensträger:* Heiliger Kajetan von Thiene, Gründer des Theatinerordens (15./16. Jh.); *Namenstag:* 7. August

Kajetane — weibl. Form zu Kajetan

Kajus — männl., Nebenform zu Gaius; *Namenstag:* 22. April

Kalle — männl., schwed. Form zu Karl

Kalman — männl., ungar. Form zu Koloman

Kamill — männl., aus dem lat. »camillus« (ehrbar, edel, aus unbescholtener Ehe, frei geboren); *weitere Formen:* Kamillo

Kamilla — weibl. Form zu Kamill

Kandida — weibl., Nebenform zu Candida

Kara — weibl., engl. Form zu Cara

Kareen — weibl., irische Form zu Karin

Karel — männl., niederländ. und tschech. Form zu Karl; *bekannter Namensträger:* Karel Gott, tschech. Schlagersänger (geb. 1939)

Karen — weibl., schwed. und dän. Form zu Karin

Kari — weibl., norweg. Form zu Karin

Karia — weibl., bask. Form zu Santakara; *weitere Formen:* Cara

Karianne — weibl., niederländ. Doppelname aus Katharina und Johanna; *weitere Formen:* Carianne

Karin — *Herkunft:* weibl., aus dem Nord. übernommener Vorn.; Kurzform zu Katharina
Verbreitung: durch die schwed. Literatur seit der Jahrhundertwende im deutschsprachigen Raum bekannt, seit etwa 1940 sehr oft gewählt; *andere Formen:* Carina, Karina; Kari (norweg.); Karen (dän.); Kareen (irisch)

Karina — weibl., Nebenform zu Karin

Karl — *Herkunft:* männl., aus dem ahd. »karal« (Mann, Ehemann) und aus dem mittelniederd. »kerle« (freier Mann nichtritterlichen Standes)
Verbreitung: Kaiser- und Königsname im Mittelalter, danach als Heiligenname verbreitet; seit dem 19. Jh. volkstümlich und oft gewählt
Andere Formen: Charles (französ.); Carlo (italien.); Carlos (span.); Karel (niederländ., tschech.); Karol (poln.); Carol (rumän.); Károly (ungar.)
Bekannte Namensträger: Karl der Große, deutscher Kaiser (742–814); Karl Marx, Klassiker des Sozialismus (1818–1883); Karl May, deutscher Schriftsteller (1842–1912); Karl Valentin, deutscher Komiker (1882–1948); Karl Lagerfeld, deutscher Modeschöpfer (geb. 1938); Karl Schranz, österr. Skifahrer (geb. 1938); Karl Moik, österr. Fernsehmoderator von Volksmusiksendungen (geb. 1938); *Namenstag:* 4. November

Karla — weibl. Form zu Karl; *weitere Formen:* Carla

Karlheinz — männl., alter Doppelname aus Karl und Heinz; *bekannte Namensträger:* Karlheinz Böhm, deutscher Schauspieler (geb. 1928); Karl-Heinz Rummenigge, deutscher Fußballspieler (geb. 1955)

Karline — weibl., Nebenform zu Karoline; *weitere Formen:* Carline

Karlludwig — männl., Doppelname aus Karl und Ludwig

Karol — männl., poln. Form zu Karl

Karola — weibl., deutsche Form zu Carola

Karolin — weibl., deutsche Weiterbildung von Carola oder Karola; *weitere Formen:* Karolina, Karoline

Károly — männl., ungar. Form zu Karl

Karsta — weibl., niederd. Form zu Krista; *weitere Formen:* Carsta

Karsten — männl., niederd. Form zu Christian

Kasimir — männl., aus dem slaw. »kaza« (verkünden, zeigen) und »mir« (Friede); *bekannte Namensträger:* Heiliger Kasimir, Schutzpatron Polens (15. Jh.); Kasimir Edschmid, deutscher Schriftsteller (1890–1966)

Kaspar — *Herkunft:* männl., aus dem persischen »kansbar« (Schatzmeister); Kaspar war der Name des Mohren unter den Heiligen Drei Königen des Neuen Testaments
Andere Formen: Jasper; Caspar (engl.); Gaspar, Gaspard (französ.); Gaspare, Gasparo (italien.); Jesper (dän.)

Kassandra

	Bekannter Namensträger: Kaspar Hauser, Name eines Findelkindes (1812–1833) ungeklärter – möglicherweise adliger – Abstammung, dessen Lebensschicksal und Ermordung immer wieder untersucht worden ist
Kassandra	weibl. Vorn. griech. Ursprungs; Kassandra war die Tochter des Priamos und warnte die Trojaner vergeblich vor dem Untergang Trojas
Kastor	männl. Vorn. griech. Ursprungs, Kastor und Polydeikes sind in der griech. Mythologie Söhne des Zeus und der Leda; *weitere Formen:* Castor
Kata, Katalin	weibl., südslaw. und ungar. Formen zu Katharina
Katalina, Katalyn	weibl., ungar. Formen zu Katharina
Katarzyna	weibl., poln. Form zu Katharina
Kate	weibl., Nebenform zu Katharina; *bekannte Namensträgerin:* Kate Bush, engl. Popsängerin (geb. 1958)
Kateline	weibl., engl. Form zu Kathleen
Katharina	*Herkunft:* weibl., Umdeutung des griech. Vorn. Aikaterine nach »katharós« (rein) *Verbreitung:* im Mittelalter durch mehrere Heilige verbreitet, besonders als Name der Heiligen Katharina von Alexandria; im 19. Jh. rückläufig; heute wieder sehr oft gewählt (Spitzenposition) *Andere Formen:* Ina, Kai, Kaja, Käthe, Kate, Kathrein, Kati, Katrin, Kathrin, Katrina, Katharine, Netti, Tinka; Jekaterina, Katinka, Katina, Katja, Nina (russ.); Karin, Karen (schwed. und dän.); Kathleen, Kate, Katty (engl.); Kata, Katka, Katalin, Katalina, Katalyn (ungar.); Kaarina (finn.); Katrischa (bulgar.); Catherine (französ.); Caterina, Rina (italien.); Catalina (span.); Katrijn (niederländ.); Katarzyna (poln.) *Bekannte Namensträgerinnen:* Katharina von Bora, Frau von Martin Luther (1499–1552); Katharina von Medici, Königin von Frankreich (1519–1589); Katharina die Große, russ. Zarin (1729–1796); Katarina Witt, deutsche Eiskunstläuferin (geb. 1965); Katharine Hepburn, amerikan. Schauspielerin (geb. 1909); *Namenstag:* 29. April, 25. November
Käthe	weibl., Kurzform von Katharina; *bekannte Namensträgerinnen:* Käthe Kollwitz, deutsche Graphikerin und Malerin (1867–1945); Käthe Kruse, deutsche Kunsthandwerkerin (1887–1968)
Kathleen	weibl., engl. Form zu Katharina; *bekannte Namensträgerin:* Kathleen Turner, amerikan. Schauspielerin (geb. 1954)
Kathrein	weibl., oberdeutsche Form zu Katharina

Kathrin	weibl., Nebenform zu Katharina
Kati	weibl., Kurzform zu Katharina; *weitere Formen:* Katy, Katya
Katina	weibl., russ. Nebenform zu Katharina
Katinka	weibl., russ. Koseform zu Katharina
Katja	weibl., russ. Kurzform zu Katharina; *bekannte Namensträgerinnen*: Katja Ebstein, deutsche Schlagersängerin (geb. 1945); Katja Seizinger, deutsche Skiläuferin (geb. 1972)
Katka	weibl., ungar. Koseform zu Katharina
Katrijn	weibl., niederländ. Form zu Katharina
Katrina	weibl., Nebenform zu Katharina
Katrischa	weibl., bulg. Form zu Katharina
Kay	männl. und weibl. Vorn., Nebenform zu Kai; eindeutiger Zweitname erforderlich; *bekannter Namensträger*: Kay Lorentz, deutscher Kabarettist, Gründer des »Kom(m)ödchens« (1920–1993)
Kea	weibl., ostfries. Kurzform von Vorn., die auf »ke« oder »kea« enden
Kees	männl., niederländ. Kurzform zu Cornelis oder Cornelius
Keith	männl., engl. Vorn., ursprünglich ein schottischer Familienname (Wind, zugige Stelle); *bekannter Namensträger:* Keith Richards, englischer Rockmusiker (geb. 1944)
Kenneth	männl., engl. Vorn. keltischer Herkunft (tüchtig, flink); *weitere Formen:* Ken
Keno	männl., Kurzform zu Konrad
Kermit	männl., angloamerikan. Vorn. keltischen Ursprungs (freier Mann); bekannt durch die gleichnamige Froschfigur aus der Fernsehserie »Sesamstraße«
Kerry	männl., engl.-irischer Vorn. keltischen Ursprungs (der Finstere)
Kersta	weibl., schwed. Form zu Kerstin; *weitere Formen:* Kersti
Kersten	männl., niederd. Form zu Christian oder weibl. Form zu Christiane; *weitere Formen:* Kersti; eindeutiger Zweitname erforderlich
Kerstin	weibl., aus dem Schwed. übernommener Vorn., Nebenform zu Kristina; *weitere Formen:* Kerstina, Kerstine

Kevin

Kevin — männl., engl.-irischer Vorn. zu altirisch »coemgen« (anmutig, hübsch von Geburt); *bekannte Namensträger:* Kevin Keegan, englischer Fußballspieler (geb. 1951); Kevin Costner, amerikan. Schauspieler (geb. 1955)

Kilian — *Herkunft:* männl., Herkunft und Bedeutung unklar, wahrscheinlich irisch-schott. Vorn. »ceallach« (Kampf, Krieg)
Verbreitung: seit dem 7. Jh. bekannt, selten gewählt
Bekannter Namensträger: Heiliger Kilian, irischer Missionar und Bischof von Würzburg (7. Jh.)
Namenstag: 8. Juli

Kim — männl., engl.-irischer Vorn. keltischen Ursprungs (Kriegsanführer) sowie bulgar., mazedon. und nord. Kurzform zu Joakim und weibl., engl. und amerikan. Phantasiename, bekannt durch die amerikan. Schauspielerin Kim Nowak und die engl. Rocksängerin Kim Wilde; eindeutiger Zweitname erforderlich; *bekannte Namensträgerin:* Kim Basinger, amerikan. Schauspielerin (geb. 1953)

Kira — weibl., russ. Vorn., Nebenform zu Kyra

Kirsten — weibl., dän.-schwed. Vorn., Nebenform zu Christine (seit 1973 nur noch als weibl. Vorn. zugelassen); *weitere Formen:* Kirstin

Kirsti — weibl., schwed. Form zu Kirstin; *weitere Formen:* Kirsty (schott.)

Klaas — männl., Kurzform zu Nikolaus

Klara — *Herkunft:* weibl., Vorn. latein. Ursprungs »clarus« (laut, hell, leuchtend)
Verbreitung: seit dem Mittelalter bekannt, um 1900 sehr verbreitet, gegenwärtig seltener gewählt
Andere Formen: Clara, Kläre, Cläre, Klarissa; Claire (französ.); Clare (engl.); Chiara (italien.); Clartje (niederländ.);
Namenstag: 11. August

Kläre — weibl. Nebenform zu Klara

Klarissa — weibl., Weiterbildung zu Klara; im 18. Jh. wurde der Name durch die gleichnamige Heldin in Samuel Richardsons Roman »Clarissa« bekannt; *weitere Formen:* Clarissa, Clarisse

Klaudia — weibl., Nebenform zu Claudia

Klaudius — männl., Nebenform zu Claudius

Klaus — *Herkunft:* männl., Kurzform zu Nikolaus
Verbreitung: seit dem Mittelalter geläufig, aber erst im 20. Jh. volkstümlich geworden und sehr verbreitet
Andere Formen: Claus

Knut

Bekannte Namensträger: Klaus Störtebecker, Seeräuber (hingerichtet 1402); Klaus von Dohnanyi, deutscher Politiker (geb. 1928); Klaus Kinski, deutscher Schauspieler (1926–1991); Klaus Kinkel, deutscher FDP-Politiker (geb. 1936); Klaus Wennemann, deutscher Schauspieler, bekannt aus Fernsehserien (geb. 1940); Klaus Bednarz, Journalist und Fernsehmoderator (geb. 1942)

Klausdieter — männl., Doppelname aus Klaus und Dieter

Klausjürgen — männl., Doppelname aus Klaus und Jürgen; *bekannter Namensträger:* Klausjürgen Wussow, deutscher Schauspieler (geb. 1929)

Klemens — männl., Nebenform zu Clemens; *weitere Formen:* Klement, Kliment (tschech.); *bekannte Namensträger:* Heiliger Klemens von Rom, erster Papst (1. Jh.); Klemens Fürst von Metternich, österr. Staatsmann (1773–1859)

Klementina — weibl. Form zu Klemens und Nebenform zu Clementia

Klementine — weibl. Form zu Klemens und Nebenform zu Clementia

Kleopatra — weibl. Form zu Kleopatros (vom Vater her berühmt); *weitere Formen:* Klenja, Klepa, Klera, Kleotra (russ.)

Kleopha — weibl. Form zu Kleophas (durch Ruhm glänzend); *weitere Formen:* Kleophea

Klivia — weibl., Nebenform zu Clivia

Klodwig — männl., altfränk. Vorn.; bekannter ist die neuere Form Ludwig

Klothilde — *Herkunft:* weibl., aus dem ahd. »hlut« (laut, berühmt) und »hiltja« (Kampf)
Verbreitung: alter deutscher Vorn., erst im 18. Jh. wieder als Adelsname gebräuchlich; heute wenig gewählt
Andere Formen: Chlothilde
Bekannte Namensträgerin: Heilige Klothilde, bekehrte ihren Gatten Chlodwig I. zum Christentum (5. Jh.)
Namenstag: 3. Juni

Klytus — männl., Vorn. griech. Ursprungs von »klytós« (berühmt); *weitere Formen:* Clytus

Knud — männl., dän. Form zu Knut; *bekannter Namensträger:* Knud Rasmussen, dän. Polarforscher (1879–1933)

Knut — *Herkunft:* männl., aus dem Nord. übernommener Vorn., der seinerseits aus dem ahd. »chnuz« (waghalsig, vermessen) stammt
Verbreitung: seit dem Mittelalter im gesamten deutschen und nord. Sprachgebiet verbreitet, heute selten gewählt
Andere Formen: Knud (dän.)

Kolja

Bekannter Namensträger: Knut Hamsun, norweg. Dichter (1859–1952)
Namenstag: 10. Juli

Kolja — männl., russ. Form zu Nikolaj; *weitere Formen:* Kolinka

Kolman — männl., aus dem Keltischen (der Einsiedler); von irischen Mönchen nach Deutschland gebracht; *weitere Formen:* Koloman; Kálmán (ungar.)

Konni — männl., finn. Nebenform zu Konrad

Konny — männl., Nebenform zu Konrad, Konstantin, Constantin und weibl., Nebenform zu Konstanze; eindeutiger Zweitname erforderlich

Konrad — *Herkunft:* männl., aus dem ahd. »kuoni« (kühn) und »rat« (Ratgeber)
Verbreitung: im Mittelalter Fürstenname; aufständische Bauern im 16. Jh. nannten sich »Armer Konrad«; heute selten gewählt
Andere Formen: Konny, Kuno, Kunz, Konz, Conz, Kord, Keno, Conrad, Kurt; Konni (finn.); Corrado (italien.)
Bekannte Namensträger: Konrad Duden, Vereinheitlicher der deutschen Rechtschreibung (1829–1911); Konrad Lorenz, Verhaltensforscher und Nobelpreisträger (1903–1989); Konrad Adenauer, erster deutscher Bundeskanzler (1876–1967)
Namenstag: 21. April, 26. November

Konradin — männl., Erweiterung zu Konrad; mittelalterlicher Fürstenname; *weitere Formen:* Conradin

Konradine — weibl. Form zu Konradin

Konstantin — *Herkunft:* männl., aus dem lat. »constans« (standhaft)
Verbreitung: seit dem Mittelalter als Name Kaiser Konstantins des Großen bekannt; gilt heute wieder als modern
Andere Formen: Kostja (russ.); Constantin; Constantine (engl.); Constantin (französ.); Constantino (italien.); Szilárd (ungar.)
Bekannter Namensträger: Konstantin Wecker, deutscher Liedermacher (geb. 1947)
Namenstag: 21. Mai

Konstantine — weibl. Form zu Konstantin; *weitere Formen:* Constantina (lat.)

Konstanze — *Herkunft:* weibl. Vorname lat. Ursprungs von »constantia« (Beständigkeit, Standhaftigkeit)
Verbreitung: seit dem Mittelalter im deutschen Sprachraum bekannt, im 18. Jh. durch französ. und italien. Einfluß wieder in Mode gekommen, er war vor allem in Österreich und in Bayern sehr gebräuchlich
Andere Formen: Constance (französ., engl.)
Namenstag: 18. Februar

Konz	männl., Kurzform zu Konrad
Kora	weibl., aus dem griech. »koré« (Mädchen, Tochter) oder Kurzform zu Cornelia, Cordula, Cordelia; *weitere Formen:* Korinna, Corinna
Korbinian	männl., Herkunft und Bedeutung unklar, eventuell zu lat. »corvinius« (Rabe); *bekannter Namensträger:* Heiliger Korbinian, einer der ersten Missionare in Deutschland (um 675–725); *Namenstag:* 20. November
Kord	männl., Kurzform zu Konrad; *weitere Formen:* Cord, Cort, Cordt, Kort; Kurt (niederd.)
Kordelia	weibl., Nebenform zu Cordelia
Kordula	weibl., Nebenform zu Cordula
Kornelia	weibl., Nebenform zu Cornelia
Kornelius	männl., Nebenform zu Cornelius
Korona	weibl., Nebenform zu Corona
Kosima	weibl., Nebenform zu Cosima
Kosimo	männl., Nebenform zu Cosimo
Kostja	männl., russ. Koseform zu Konstantin
Kraft	männl., aus dem ahd. »kraft« (Kraft, Macht); früher Beiname, ist nie volkstümlich geworden
Kreszentia	weibl., aus dem lat. »crescentia« (Wachstum, Aufblühen); *weitere Formen:* Kreszenz
Kriemhilde	weibl., aus dem ahd. »grim« (Maske) und »hiltja« (Kampf); durch das Nibelungenlied bekannt, selten gewählt; weitere Formen: Krimhilde
Krishna	männl., aus dem Indischen (der Schwarze); *weitere Formen:* Krischna
Krista	weibl., neue Form zu Christa
Kristian	männl., nord. Form zu Christian
Kristina	weibl., nord. Form zu Christina
Kristine	weibl., nord. Form zu Christine
Kristof	männl., nord. Form zu Christoph

Kunibald

Kunibald	männl., alter deutscher Vorn. zu ahd. »kunni« (Sippe) und »bald« (kühn)
Kunibert	männl., alter deutscher Vorn. zu ahd. »kunni« (Sippe) und »beraht« (glänzend); Heiligenname des Mittelalters, heute abwertender Ausdruck für Rittergestalt
Kunigunde	weibl., aus dem ahd. »kunni« (Sippe) und »gund« (Kampf); beliebter Fürstinnen- und Heiligenname des Mittelalters; *weitere Formen:* Gundel, Kuni, Kunza, Konne; *Namenstag:* 3. März
Kuno, Kunz	männl., Kurzformen zu Konrad
Kurt	männl., Kurzform zu Konrad und Kunibert; *bekannte Namensträger*: Kurt Tucholsky, deutscher Publizist und Schriftsteller (1890–1935); Kurt Masur, deutscher Dirigent (geb. 1927); Kurt Browning, kanad. Eiskunstläufer (geb. 1966); Kurt Russell, amerikan. Schauspieler (geb. 1951)
Kurtmartin	männl., Doppelname aus Kurt und Martin
Kyra	weibl., aus dem griech. »Kyrene« (Frau aus Kyrenaika)
Kyrill	männl., Nebenform zu Cyrill
Kyrilla	weibl. Form zu Kyrill

kimbali

L

Lada

Lada	weibl., süd.- und westslaw. Form zu Ladislava
Ladewig	männl., niederd. Form zu Ludwig
Ladina, Ladinka	weibl., südslaw. Koseformen zu Ladislava
Ladislaus	männl., slaw. Form zu der latinisierten Form Wladislaus, slaw. »vladi« (Herrschaft, Macht) und »slava« (Ruhm); *weitere Formen:* Lado; László (ungar.); *bekannter Namensträger:* Ladislaus, König von Ungarn und Kroatien, 1192 heiliggesprochen (1043–1095)
Ladislava	weibl. Form zu Ladislaus
Lado	männl., Kurzform zu Ladislaus
Laila	weibl., aus dem Finn., wahrscheinlich eine Nebenform zu Leila
Lajos	männl., ungar. Form zu Ludwig
Lala	weibl., slaw. Form zu Ladislava
Lale	weibl., skand. Kurzform zu Laura, Eulalie; *bekannte Namensträgerin:* Lale Andersen, Sängerin (eigentlich: Elisabeth-Charlotte-Helene-Eulalia Bunterberg, 1911–1972)
Lambert	*Herkunft:* männl., aus dem ahd. »land« (Land) und »beraht« (glänzend) *Verbreitung:* seit dem Mittelalter durch die Verehrung des Heiligen Lambertus, Bischof von Maastricht, bekannt geworden; heute nur vereinzelt, besonders in Westfalen, gewählt *Andere Formen:* Lampert, Lambrecht, Lamprecht *Bekannter Namensträger:* Lambert von Hersfeld, deutscher Geschichtsschreiber (11. Jh.) *Namenstag:* 17. September
Lamberta	weibl. Form zu Lambert; *weitere Formen:* Lambertine
Lambrecht, Lampert	männl., Nebenformen zu Lambert
Lamprecht	männl., Nebenform zu Lambert
Lana	weibl., slaw. Kurzform von Vorn., die auf »-lana« enden, vor allem Svetlana
Lancelot	männl., aus dem Altengl.; Sagengestalt aus der Tafelrunde des Königs Artus; in England typischer Bauername; *weitere Formen:* Lanzelot
Landelin	männl., alter deutscher Vorn., Weiterbildung zu ahd. Namen, die mit »land« zusammengesetzt sind

Landeline	weibl. Form zu Landelin
Landerich	männl., aus dem ahd. »lant« (Land) und »rihhi« (reich, mächtig); *weitere Formen:* Landrich
Landewin	männl., aus dem ahd. »lant« (Land) und »wini« (Freund); *weitere Formen:* Landwin, Lantwin, Landuin
Landfried	männl., aus dem ahd. »lant« (Land) und »fridu« (Friede)
Lando	männl., Kurzform zu Landold
Landolf	männl., aus dem ahd. »lant« (Land) und »wolf« (Wolf); *weitere Formen:* Landulf
Landolt	männl., aus dem ahd. »lant« (Land) und »waltan« (walten, herrschen)
Lanzelot	männl., Nebenform zu Lancelot
Lara	weibl., russ. Form zu Laura; im deutschen Sprachraum durch die Lara im Roman »Doktor Schiwago« von Boris Pasternak bekannt geworden
Larissa	weibl., aus dem Griech. (Frau aus Larissa); selten, jedoch gegenwärtig zunehmend gewählt
Larry	männl., engl. Form zu Laurentius; *bekannter Namensträger*: Larry Hagman, amerikan. Schauspieler, bekannt als »J. R. Ewing« aus der Fernsehserie »Dallas« (geb. 1931)
Lars	männl., schwed. Kurzform zu Laurentius; sehr oft gewählt, vor allem in Norddeutschland und in Skandinavien
Lasse	männl., schwed. Koseform zu Lars
László	männl., ungar. Form zu Ladislaus
Laura	*Herkunft:* weibl., italien. Kurzform zu Laurentia *Verbreitung:* seit dem 14. Jh. im deutschsprachigen Raum bekannt; in Dichtung und Literatur immer wieder als verklärender Tarnname für die unerreichbare oder ungenannte Geliebte (Petrarca, Schiller, Freytag); der Vorn. gilt heute wieder als modern und ist inzwischen relativ verbreitet *Andere Formen:* Lore; Lauretta (italien.); Laurette, Laure (französ.); Lara (russ.); Lale (skand.) *Bekannte Namensträgerin:* Heilige Laura von Cordova, Märtyrerin (1304–1374)
Laure	männl., Nebenform zu Laurentius; weibl., französ. Nebenform zu Laura

Laurence

Laurence — männl., engl. Form zu Laurentius; *weitere Formen:* Larry (engl.); *bekannter Namensträger:* Laurence Olivier, engl. Charakterschauspieler (1907–1989)

Laurens — männl., schwed. Form zu Laurentius

Laurent — männl., französ. Form zu Laurentius

Laurentia — weibl. Form zu Laurentius; *weitere Formen:* Laura; Laureen, Lauren, Laurena (engl.); Laurence (französ.); Lorenza (italien.), Laureina (niederlän.); Larsina, Laurense, Laurine (norweg.); Laurencia (ungar.)

Laurentius — *Herkunft:* männl., aus dem lat. »laurus« (Lorbeer, der Lorbeergeschmückte)
Verbreitung: der Vorn. wurde durch den Heiligen Laurentius, römischer Diakon und Märtyrer, bekannt und seit dem Mittelalter volkstümlich; heute selten gewählt
Andere Formen: Lenz, Renz, Laure, Laurenz, Lorenz; Lars, Laurens (schwed.); Loris, Enz, Enzeli (schweiz.); Laurence, Lawrence (engl.); Laurent (französ.), Lorenzo, Renzo, Rienzo (italien.); Laurids (dän.); Lavrans, Lauri (norweg.), Lavrentj (russ.); Lörinc (ungar.)
Bekannte Namensträger: Heiliger Laurentius Justiniani, Bischof von Venedig (14./15. Jh.); Laurentius von Schnüffis, deutscher Dichter (1633–1702)
Namenstag: 10. August

Laurenz — männl., Nebenform zu Laurentius; *weitere Formen:* Lenz, Renz

Lauretta — weibl., italien. Nebenform zu Laura

Laurette — weibl., französ. Nebenform zu Laura

Lauri — männl., norweg. Form zu Laurentius; *weitere Formen:* Laurin; bekannt ist der Zwergenkönig Laurin in der Heldendichtung der Dietrichsage

Laurids — männl., dän. Form zu Laurentius; *weitere Formen:* Laurits, Lauritz

Laux — männl., Nebenform zu Lukas

Lavina — weibl., aus der griech. Mythologie, in der Lavina die Tochter des Königs von Latium und Gattin des Äneas ist; *weitere Formen:* Lavinia

Lavrans — männl., norweg. Form zu Laurentius

Lavrentj — männl., russ. Form zu Laurentius

Lawrence	männl., engl. Form zu Laurentius; *weitere Formen:* Larry (engl.); bekannt geworden durch den Filmtitel »Lawrence von Arabien«
Lazar	männl., aus der Bibel übernommener Vorn. hebr. Ursprungs von »eleasar« (Gott ist Helfer oder Gott hilf); *weitere Formen:* Lazarus; Lazare (französ.)
Lea	weibl., aus der Bibel übernommener Vorn. hebr. Ursprungs »lé'áh« (die sich vergeblich bemüht); im Alten Testament war Lea die erste Frau Jacobs; seit dem 16. Jh. im deutschen Sprachraum bekannt, gilt heute als modern; *weitere Formen:* Lia
Leander	männl. Vorn. griech. Ursprungs »laos« (Volk) und »andrós« (Mann); der Name ist bekannt durch die griech. Sage von Hero und Leander
Leandra	weibl. Form zu Leander
Leberecht	*Herkunft:* männl., Vorn. bedeutet eigentlich die Aufforderung, richtig zu leben; unter dem Einfluß des Pietismus (17./18. Jh.) neu gebildeter Name *Verbreitung:* durch den preußischen General Gebhard Leberecht Blücher volkstümlich geworden; um 1900 Adelsname, heute sehr selten gewählt *Andere Formen:* Lebrecht *Bekannter Namensträger:* Karl Leberecht Immermann, deutscher Schriftsteller (1796–1840)
Lebold	männl., Nebenform zu Leopold
Lebrecht	männl., Nebenform zu Leberecht
Leda	weibl., aus der griech. Mythologie übernommener Vorn.; nach der griech. Sage war Leda die Mutter des Kastor, Polydeukes und der Klytemnestra; Zeus näherte sich ihr in Gestalt eines Schwans und überwältigte sie
Leik	männl., norweg. Kurzform von Vorn., die auf »leik« enden, vor allem Godleik
Leila	weibl. Vorn. pers. Ursprungs (Dunkelheit, Nacht), nach dem Zweiten Weltkrieg in Deutschland durch die Schlagersängerin Leila Negra bekannt geworden; *weitere Formen:* Leilah (engl.)
Lelia	weibl., aus dem niederländ. »lelie« (Lilie), italien. weibl. Form zu Lelio oder aus dem griech. »lálos« (gesprächig)
Lelio	männl. Form zu Lelia
Len	männl., engl. Form zu Leonhard

Lena

Lena	weibl., Kurzform zu Helene und Magdalene; *bekannte Namensträgerin:* Lena Christ, deutsche Schriftstellerin (1881–1920)
Lenard	männl., Nebenform zu Leonhard; *weitere Formen:* Lenhard; Lennart (schwed.)
Lene	weibl., Kurzform zu Helene und Magdalene
Lenhard	männl., Nebenform zu Leonhard
Leni	weibl., Kurzform zu Helene und Magdalene
Lenka	weibl., slowak. Form zu Magdalene
Lenke	weibl., Kurzform zu Helene und Magdalene
Lennart	männl., schwed. Form zu Leonhard
Lenny	männl., engl. Form zu Leonhard; *weitere Formen:* Lenni
Lenz	männl., Nebenform zu Laurentius
Lenza	weibl. Form zu Lenz
Leo	männl., Kurzform zu Leonhard; Leo war auch der Name von einigen Päpsten; *Namenstag:* 10. November
Leon	männl., Kurzform zu Leonhard
Leona	weibl. Form zu Leo oder Leon
Léonard	männl., französ. Form zu Leonhard
Leonard	männl., Nebenform zu Leonhard; *bekannter Namensträger:* Leonard Cohen, kanad. Popsänger (geb. 1934)
Leonardo	männl., italien. Form zu Leonhard; *bekannter Namensträger:* Leonardo da Vinci, italien. Maler, Architekt, Bildhauer, Techniker und Naturforscher (1452–1519)
Leone	männl., italien. Form zu Leo
Leonhard	*Herkunft:* männl., aus dem lat. »leo« (Löwe) und dem ahd. »harti« (hart) *Verbreitung:* seit dem Mittelalter als Name des Heiligen Leonhard (6. Jh.) bekannt *Andere Formen:* Leo, Leon, Lienhard, Lenhard, Leonard, Leonz; Len, Lenny (engl.); Léonard (französ.); Leonardo, Lionardo (italien.); Lennart (schwed.) *Bekannte Namensträger:* Leonhard Euler, schweiz. Mathematiker (1707–1783); Leonhard Frank, deutscher Schriftsteller (1882–1961); *Namenstag:* 6. November

Leonharda	weibl. Form zu Leonhard
Leoni	weibl. Form zu Leo oder Leon; *weitere Formen:* Leonia, Leonie; *bekannte Namensträgerin:* Leonie Ossowski, deutsche Schriftstellerin (geb. 1925)
Leonid	männl., aus dem Russ. übernommener Vorn. griech. Ursprungs (Löwensohn); *bekannter Namensträger:* Leonid I. Breschnew, russ. Politiker (1906–1983)
Leonida	weibl. Form zu Leonid
Leonilda	weibl., aus dem lat. »leo« (Löwe) und dem ahd. »hiltja« (Kampf)
Leonore	weibl., Kurzform zu Eleonore; im 18. Jh. durch eine gleichnamige Operngestalt in Beethovens »Fidelio« bekannt geworden; *weitere Formen:* Lenore
Leontine	weibl., aus dem lat. »leontinus« (löwenhaft); um 1900 durch jüdische Familien in den deutschen Sprachraum eingeführt; *bekannte Namensträgerin:* Leontyne Price, amerikan. Opernsängerin (geb. 1927)
Leonz	männl., Nebenform zu Leonhard
Leopold	*Herkunft:* männl., aus dem ahd. »liuti« (Volk) und »bald« (kühn) *Verbreitung:* alter deutscher Adelsname; durch die Verehrung des Heiligen Leopold, Markgraf von Österreich im 15. Jh., stärker verbreitet *Andere Formen:* Lebold, Leupold, Lippold, Pold, Poldi, Polt; Léopold (französ.); Leopoldo, Poldo (italien.) *Bekannte Namensträger:* Leopold von Anhalt-Dessau, »Alter Dessauer« (1693–1747); Leopold von Ranke, deutscher Historiker (1795–1886) *Namenstag:* 15. November
Léopold	männl., französ. Form zu Leopold
Leopolda	weibl. Form zu Leopold; *weitere Formen:* Leopolde, Leopoldine
Leopoldo	männl., italien. Form zu Leopold
Lesley	männl. und weibl., Nebenform zu Leslie; eindeutiger Zweitname erforderlich
Leslie	männl. und weibl., engl. Vorn. schott. Ursprungs (aus einem Ortsnamen Aberdeenshire entstanden); seit Ende des 19. Jh. bekannt, eindeutiger Zweitname erforderlich; *bekannte Namensträgerin:* Leslie Caron, französ. Schauspielerin (geb. 1931)
Lester	männl., engl. Vorname, der aus dem Ortsnamen Leicester hervorgegangen ist

Let

Let	weibl., Kurzform zu Adelheid
Letje	weibl., dän. Form zu Adelheid
Letta	weibl., Kurzform zu Adelheid oder Violetta
Letteke	weibl., fries. Form zu Adelheid
Lettie	weibl., Nebenform zu Adelheid; *weitere Formen:* Letty
Leupold	männl., Nebenform zu Leopold
Leutfried	männl., Nebenform zu Vorn., die mit »luit« beginnen; *weitere Formen:* Leutgard, Leuthold, Leutwein, Leutwin
Levi	männl., aus der Bibel übernommener Vorn. hebr. Ursprungs von »levi« (anhänglich, dem Bunde zugetan)
Levin	männl., niederd. Form zu Liebwein; *weitere Formen:* Lewin, Leveke; *bekannter Namensträger:* Levin Schücking, deutscher Schriftsteller (1814–1883)
Lew	männl., russ. Form zu Leo; *weitere Formen:* Lev; *bekannte Namensträger:* Lew N. Tolstoj, russ. Schriftsteller (1828–1910); Lew Jaschin, sowjet. Fußballnationaltorwart (1929–1990); Lew Kopelew, russ. Schriftsteller (geb. 1912)
Lewis	männl., engl. Form zu Ludwig
Lex	männl., Kurzform zu Alexander
Lexa	weibl., Kurzform zu Alexandra
Li	weibl., Kurzform von Vorn. mit »li«, vor allem Elisabeth
Lia	weibl., Kurzform zu Julia, anderen weibl. Vorn., die auf »lia« enden, oder Nebenform zu Lea
Liane	weibl., Kurzform zu Juliane; Liane ist eine bekannte literarische Gestalt aus Jean Pauls »Titan«
Libeth	weibl., Kurzform zu Elisabeth
Liborius	männl., Herkunft und Bedeutung unklar; Verbreitung des Namens durch den Heiligen Liborius, Bischof von Le Mans (4. Jh.); *weitere Formen:* Bories, Borris, Börries; *Namenstag:* 23. Juli
Libussa	weibl., aus dem Slaw. (Liebling); der Name wurde im deutschen Sprachraum durch Libussa, die sagenhafte böhmische Königin und Gründerin Prags bekannt; *weitere Formen:* Libusa
Lida	weibl., Kurzform zu Adelheid oder Ludmilla

Liddi	weibl., Kurzform zu Lydia
Liddy	weibl., engl. Kurzform zu Lydia
Lidia	weibl., italien. Form zu Lydia
Lidwina	weibl., aus dem ahd. »liut« (Volk) und »wini« (Freund); *weitere Formen:* Litvina; Lidewei (niederländ.)
Liebert	männl., aus dem ahd. »liob« (lieb) und »beraht« (glänzend); *weitere Formen:* Liebrecht
Liebfried	männl., aus dem ahd. »liob« (lieb) und »fridu« (Friede)
Liebgard	weibl., aus dem ahd. »liob« (lieb) und »gard« (Hort, Schutz)
Liebhard	männl., aus dem ahd. »liob« (lieb) und »harti« (hart); *weitere Formen:* Liebhart
Liebhild	weibl., aus dem ahd. »liob« (lieb) und »hiltja« (Kampf)
Liebtraut	weibl., aus dem ahd. »liob« (lieb) und »trud« (Kraft, Stärke); *weitere Formen:* Liebetraud, Liebtrud
Liebwald	männl., aus dem ahd. »liob« (lieb) und »waltan« (walten, herrschen)
Liebward	männl., aus dem ahd. »liob« (lieb) und »wart« (Hüter, Schützer)
Liebwin	männl., aus dem ahd. »liob« (lieb) und »wini« (Freund)
Lienhard	männl., Nebenform zu Leonhard; *weitere Formen:* Lienhart
Lies, Liesa	weibl., Kurzformen zu Elisabeth
Liesbeth, Liese	weibl., Kurzformen zu Elisabeth
Lilian	weibl., engl. Vorn., vermutlich Weiterbildung zu Lilly; *bekannte Namensträgerin:* Lilian Harvey, deutsche Filmschauspielerin engl. Herkunft (1907–1968)
Liliane	weibl., engl. Vorn., vermutlich Weiterbildung zu Lilly; *weitere Formen:* Liliana
Lilly	weibl., engl. Kurzform zu Elisabeth; *weitere Formen:* Lill, Lilli; *bekannte Namensträgerin:* Lilli Palmer, deutsche Schauspielerin und Autorin (1914–1986)
Lilo	weibl., Kurzform zu Liselotte
Lina	weibl., Kurzform zu Vorn., die auf »lina« enden, vor allem Karolina, Paulina

Linda

Linda	weibl., Kurzform zu Vorn., die mit »lind, linda« gebildet werden; *bekannte Namensträgerinnen*: Linda Evangelista, internationales Fotomodell (geb. 1966); Linda Evans, amerikan. Schauspielerin, bekannt als »Sue Ellen« aus der Fernsehserie »Dallas« (geb. 1942)
Linde	weibl., Kurzform zu Vorn., die mit »linde« gebildet werden, eventuell auch angelehnt an den Baumnamen »Linde«
Lindgard	weibl., aus dem ahd. »lind« (weich, lind, zart) und »gard« (Hort, Schutz)
Line	weibl., Kurzform zu Vorn., die auf »line« enden, vor allem Karoline und Pauline
Linette	weibl., französ. Form zu Lina
Linnart	männl., schwed. Form zu Lennart
Linus	*Herkunft:* männl., Herkunft und Bedeutung unklar, geht wahrscheinlich auf den griech. Vorn. Linos zurück *Verbreitung:* bekannt wurde der Vorn. durch den Heiligen Linos, der laut kirchlichen Überlieferungen erster Nachfolger von Petrus als Bischof von Rom war (1. Jh.); *bekannter Namensträger:* Linus Carl Pauling, amerikan. Chemiker und Friedensnobelpreisträger (1901–1994); *Namenstag:* 23. September
Lion	männl., Nebenform zu Leo; *bekannter Namensträger:* Lion Feuchtwanger, deutsch-amerikan. Schriftsteller (1884–1958)
Lionardo	männl., italien. Form zu Leonhard
Lionel	männl., engl. Koseform zu Lion; *bekannter Namensträger:* Lionel Hampton, amerikan. Jazzmusiker (geb. 1913)
Lionne	weibl., französ. Form zu Léon
Lippold	männl., Nebenform zu Leopold
Lis	weibl., Kurzform zu Elisabeth
Lisanne	weibl., neuer Doppelname aus Lise und Anne; *weitere Formen:* Lizanne (engl.)
Lisbeth, Lise	weibl., Kurzformen zu Elisabeth
Lisel	weibl., Kurzform zu Elisabeth; *weitere Formen:* Lisl (oberdeutsch)
Liselotte	weibl., alter Doppelname aus Lise und Lotte; *weitere Formen:* Lieselotte; *bekannte Namensträgerin:* Liselotte Pulver, schweizer. Schauspielerin (geb. 1929)

Loni

Lisenka	weibl., slaw. Koseform zu Elisabeth
Lisette	weibl., aus dem Französ. übernommener Vorn., Koseform zu Elisabeth
Lissy	weibl., engl. Kurz- und Koseform zu Elisabeth
Litthard	männl., aus dem ahd. »liut« (Volk) und »harti« (hart); *weitere Formen:* Luithard (oberdeutsch)
Liv	weibl., aus dem altisländ. »hlif« (Wehr, Schutz); *bekannte Namensträgerin:* Liv Ullmann, norweg. Schauspielerin (geb. 1938)
Livia	weibl. Form zu Livius; *bekannte Namensträgerin:* Livia Drusilla, Gattin des Kaisers Augustus (1. Jh. v.Chr.)
Livio	männl., italien. Form zu Livius
Livius	männl., aus dem Lat. (der aus dem römischen Geschlecht der Livier); *bekannter Namensträger:* Livius, römischer Geschichtsschreiber (59 v. Chr.–17 n. Chr.)
Liz, Liza, Lizzy	weibl., engl. Kurzformen zu Elisabeth; *bekannte Namensträgerin:* Liza Minnelli, amerikan. Sängerin und Tänzerin (geb. 1946)
Lobgott	männl., unter dem Einfluß des Pietismus (18. Jh.) neu gebildeter Vorn. (Lobe Gott)
Lodewig, Lodewik	männl., niederländ. Formen zu Ludwig
Lois	männl., oberdeutsche Kurzform zu Alois
Lola	*Herkunft:* weibl., aus dem Span. übernommener Vorn., Koseform zu Dolores, Carlota und Karola *Verbreitung:* im deutschsprachigen Raum durch Lola Montez, die Geliebte des Bayernkönigs Ludwig I., bekannt geworden; seit etwa 1900 verbreitet, gegenwärtig selten gewählt *Andere Formen:* Lolo, Lolika, Lolita; Lolitte (französ.)
Lolika	weibl., Nebenform zu Lola
Lolita	weibl., Weiterbildung zu Lola; der Vorn. wurde durch Vladimir Nabokovs vielgelesenen Roman »Lolita« bekannt
Lolitte	weibl., französ. Form zu Lola
Lona	weibl., Kurzform zu Leona
Loni	weibl., Kurz- und Koseform zu Apollonia und Leonie; *weitere Formen:* Lonni, Lony, Lonny; *bekannte Namensträgerin:* Loni von Friedl, deutsche Schauspielerin (geb. 1943), Witwe von Peter Frankenfeld

Lora

Lora	weibl., südslaw. Nebenform zu Laura und russ. Kurzform zu Larissa
Lore	weibl., Nebenform zu Laura und Kurzform zu Eleonore; *weitere Formen:* Loretta, Lorella, Lorena; Loredana (italien.); Lora (russ.); *bekannte Namensträgerin*: Lore Lorentz, deutsche Kabarettistin (1920–1994)
Lorella	weibl., Nebenform zu Laura
Loremarie	weibl., Doppelname aus Lore und Marie
Lorena	weibl., engl. Form zu Laurentia
Lorenz	männl., eingedeutschte Form zu Laurenz
Lorenzo	männl., italien. Form zu Laurentius
Loretta	weibl., italien. Nebenform zu Lauretta
Loretto	männl., neuer Vorn., an den Wallfahrtsort Loreto (Italien) angelehnt
Lorina	weibl., Nebenform zu Laurentia
Lörinc	männl., ungar. Form zu Laurentius
Loris	männl., schweiz. Form zu Laurentius
Lothar	*Herkunft:* aus dem ahd. »hlut« (laut, berühmt) und »heri« (Heer) *Verbreitung:* fränk. Adelsname, Name von Kaisern und Königen; seit 1900 wieder modern und auch heute noch oft gewählt *Andere Formen:* Lutter, Lüdeke, Lühr *Bekannte Namensträger:* Lothar I., Sohn Ludwigs des Frommen und fränk. Kaiser (8./9. Jh.); Lothar Franz Graf von Schönborn, Erzbischof und Kurfürst von Mainz (17./18. Jh.); Lothar Matthäus, deutscher Fußballspieler (geb. 1961); Lothar Späth, deutscher Politiker und Manager (geb. 1937) *Namenstag:* 15. Juni
Lottchen	weibl., Koseform zu Lotte; bekannt geworden durch Erich Kästners »Das doppelte Lottchen«
Lotte	*Herkunft:* weibl., Kurzform zu Charlotte *Verbreitung:* durch Goethes »Die Leiden des jungen Werthers« sehr beliebter Vorn., im 19. Jh. volkstümlich geworden und auch heute noch verbreitet *Andere Formen:* viele Doppelnamen; Lottelies, Lieselotte; Lottchen, Lotti, Lotty *Bekannte Namensträgerinnen:* Lotte Lehmann, deutsche Sängerin (1888–1976); Lotte Lenya, österr. Sängerin, Schauspielerin und Frau von Kurt Weill (1900–1981)

Lottelies	weibl., Nebenform zu Lotte und Doppelname aus Lotte und Liese
Lotti, Lotty	weibl., Koseformen zu Lotte
Lou	weibl., Kurzform zu Louise; *bekannte Namensträgerin:* Lou Andreas-Salomé, russ. Schriftstellerin und Psychoanalytikerin (1861–1937)
Louis	*Herkunft:* männl., französ. Form zu Ludwig *Verbreitung:* im 19. Jh. sehr verbreiteter Vorn., auch im deutschsprachigen Raum, heute allerdings wegen des umgangssprachlichen »Louis« (Zuhälter) gemieden *Andere Formen:* Lou *Bekannte Namensträger:* Louis Pasteur, französ. Wissenschaftler und Begründer der Bakteriologie (1822–1875); Louis Armstrong, Jazzmusiker (1900–1971); Louis de Funès, französ. Schauspieler und Komiker (1914–1983); Louis Malle, französ. Filmregisseur (1932–1995)
Lovis	männl., niederdeutsche Form zu Ludwig
Lowig	männl., niederländ. Form zu Ludwig
Lowis	männl., niederdeutsche Form zu Ludwig
Lowisa	weibl., niederdeutsche Form zu Louise; *weitere Formen:* Lowise
Lu	männl. und weibl. Kurzform zu Vorn., die mit »lud« gebildet werden; eindeutiger Zweitname unbedingt erforderlich
Lubbe	männl., westfries. und ostfries. Kurzform von Namen, die mit »luit« gebildet werden; *weitere Formen:* Lübe, Lübbo, Lübbe
Luc	männl., roman. Kurzform zu Lukas; *weitere Formen:* Luca, Luce
Luc	weibl., Kurzform zum engl. Vorn. Lucy
Luca	weibl., Kurzform zu Lucia
Lucette	weibl., französ. Koseform zu Lucia
Lucia	weibl. Form zu Lucius; *weitere Formen:* Lucie, Luca, Luc, Luce, Lucy
Luciano	männl., ital. Nebenform zu Lucian; *bekannter Namensträger:* Luciano Pavarotti, italien. Startenor (geb. 1935)
Lucianus	männl., Nebenform zu Lucius; *weitere Formen:* Lucien (französ.)
Lucienne	weibl. Form zu Lucien
Lucilla	weibl., Koseform zu Lucia; *weitere Formen:* Lucille

161

Lucio

Lucio	männl., italien. Form zu Lucius
Lucy	weibl., engl. Form zu Lucia
Ludbert	männl., Nebenform zu Luitbert
Lude	männl., fries. Kurzform von Vorn., die mit »luit« gebildet werden, aber auch von Ludwig; *weitere Formen:* Lüde, Ludeke, Lüdeke, Luideke
Lüdeke	männl., Nebenform zu Lothar
Ludger	männl., Nebenform zu Luitger; *bekannte Namensträger:* Heiliger Ludger, fries. Missionar und erster Bischof von Münster (9. Jh.); *Namenstag:* 26. März; Ludger Beerbaum, deutscher Springreiter (geb. 1963)
Ludgera	weibl. Form zu Luitger
Ludmilla	weibl., aus dem Slaw. »ljud« (Volk) und »milyi« (lieb, angenehm); *Verbreitung:* durch die Heilige Ludmilla, Landespatronin Böhmens (9./10. Jh.); *Namenstag:* 16. September
Ludolf	männl., Nebenform zu Luitolf; sehr beliebter Name beim sächsischen Adel im Mittelalter (die Ludolfinger); *Namenstag:* 29. März
Ludolfa	weibl. Form zu Ludolf
Ludvig	männl., rätoroman. und schwed. Form zu Ludwig
Ludwig	*Herkunft:* männl., aus dem ahd. »hlut« (berühmt) und »wig« (Kampf) *Verbreitung:* seit dem 5. Jh. im deutschen Sprachraum bekannt, seit dem Mittelalter sehr verbreitet und auch heute noch oft gewählt *Andere Formen:* Lu, Lude, Lutz, Lüder; Louis (französ.); Lajos (ungar.); Luigi (italien.); Lodewig (niederdeutsch.); Lewis (engl.); Lodewik (niederländ.); Luis (span.) *Bekannte Namensträger:* Ludwig XIV., französ. »Sonnenkönig« (1638–1715); Ludwig Tieck, romantischer Dichter (1773–1853); Ludwig van Beethoven, deutscher Komponist (1770–1827); Ludwig Thoma, deutscher Schriftsteller (1867–1921); Ludwig Erhard, deutscher Politiker und Bundeskanzler (1897–1977) *Namenstag:* 25. August
Ludwiga	weibl. Form zu Ludwig; *weitere Formen:* Ludviga, Ludwika, Ludowika (slaw.)
Lühr	männl., Nebenform zu Lothar; *weitere Formen:* Lür
Luick	männl., ostfries. Kurzform von Vorn., die mit »luit« gebildet werden

Luidolf	männl., Nebenform zu Luitolf
Luigi	männl., italien. Form zu Ludwig
Luis	männl., span. Form zu Ludwig; *bekannter Namensträger:* Luis Buñuel, span. Filmregisseur (1900–1983)
Luisa	weibl., italien., span. und rätoroman. Form zu Louisa; *weitere Formen:* Luisella, Luiselle
Luise	weibl., deutsche Form zu Louise; *weitere Formen:* Luisa, Isa; *bekannte Namensträgerinnen:* Königin Luise von Preußen (1776–1810); Luise Rinser, deutsche Schriftstellerin (geb. 1911)
Luitbald	männl., aus dem ahd. »liut« (Volk) und »bald« (kühn)
Luitberga	weibl., aus dem ahd. »liut« (Volk) und »berga« (Schutz, Zuflucht); *weitere Formen:* Luitburga
Luitbert	männl., aus dem ahd. »liut« (Volk) und »beraht« (glänzend); *weitere Formen:* Luitbrecht
Luitbrand	männl., aus dem ahd. »liut« (Volk) und »brant« (Brand, brennen); *weitere Formen:* Luitprand, Luitbrant
Luitfried	männl., aus dem ahd. »liut« (Volk) und »fridu« (Friede)
Luitfriede	weibl. Form zu Luitfried
Luitgard	weibl., aus dem ahd. »liut« (Volk) und »gard« (Hort, Schutz)
Luitger	männl., aus dem ahd. »liut« (Volk) und »ger« (Speer); *weitere Formen:* Lutger
Luitgunde	weibl., aus dem ahd. »liut« (Volk) und »gund« (Kampf)
Luithard	männl., aus dem ahd. »liut« (Volk) und »harti« (hart)
Luither	männl., aus dem ahd. »liut« (Volk) und »heri« (Heer)
Luithilde	weibl., aus dem ahd. »liut« (Volk) und »hiltja« (Kampf)
Luithold	männl., aus dem ahd. »liut« (Volk) und »waltan« (walten, herrschen); *weitere Formen:* Luitwalt
Luitolf	männl., aus dem ahd. »liut« (Volk) und »wolf« (Wolf); *weitere Formen:* Luidolf
Luitpold	männl., Nebenform zu Luitbald; *bekannter Namensträger:* Prinzregent Luitpold von Bayern (1821–1912)
Luitwin	männl., aus dem ahd. »liut« (Volk) und »wini« (Freund)

Luitwine

Luitwine	weibl. Form zu Luitwin
Luk	männl., westfries. Kurzform zu Lüdeke; *weitere Formen:* Luke
Lukas	männl., aus dem Lat. (der aus Lucania Stammende); der Name des Evangelisten Lukas war ausschlaggebend für die Verbreitung; *bekannte Namensträger:* Lucas Cranach der Ältere, deutscher Maler (1472–1553); Lucas Cranach der Jüngere, deutscher Maler (1515–1586); *Namenstag:* 18. Oktober
Lunetta	weibl., amerikan. Vorn., aus dem lat. »luna« (Mond)
Lutmar	männl., aus dem ahd. »liut« (Volk) und »mari« (berühmt); *weitere Formen:* Lutmer, Lütmer, Lüttmer
Lutter	männl., Nebenform zu Lothar
Lutwin	männl., Nebenform zu Luitwin
Lutwine	weibl., Nebenform zu Luitwine
Lutz	männl., Nebenform zu Ludwig
Lux	männl., Kurzform zu Lukas
Lydia	weibl., aus dem Griech. (die aus Lydien Stammende); die Heilige Lydia war eine Purpurhändlerin und wurde von Paulus in Philippi getauft (sie galt als erste Christin Europas); *weitere Formen:* Lidi, Liddy, Lidda, Lida, Lyda
Lysander	männl., aus dem griech. »lysis« (Freilassung) und »andros« (Mann)
Lyse	weibl., alter griech. Frauenname zu Lysander

M

Maaike

Maaike	weibl., niederländ. Form zu Maria
Mabel	weibl., engl. Kurzform zu Amabel; *weitere Formen:* Mabella
Mada	weibl., irische Form zu Maud
Maddalena	weibl., italien. Form zu Magdalena
Maddy	weibl., engl. Form zu Magdalena
Madeleine	weibl., französ. Form zu Magdalena
Madelena	weibl., italien. und span. Form zu Magdalena
Madelina	weibl., russ. Form zu Magdalena
Madeline	weibl., engl. Form zu Magdalena
Madge	weibl., engl. Form zu Margaret
Madina	weibl., Kurzform zu Magdalena
Madlen	weibl., Kurzform zu Magdalena und eingedeutschte Form zu Madeleine (französ.); *weitere Formen:* Madlene
Madlenka	weibl., slaw. Form zu Magdalena
Madlon	weibl., französ. Form zu Magdalena
Mady	weibl., engl. Form zu Magdalena
Mae	weibl., engl. Form zu Mary
Mafalda	weibl., italien. Form zu Mathilde; der Vorn. entstammt dem Fürstenhaus von Savoyen, wurde dann in Italien volkstümlich und kommt auch vereinzelt im deutschsprachigen Raum vor
Mag	weibl., engl. Kurzform zu Margarete; *weitere Formen:* Magga
Magalonne	weibl., französ. Form zu Magdalena; *weitere Formen:* Magali, Magelone; Makalonka (slowak.)
Magda	weibl., Kurzform zu Magdalena
Magdalen	weibl., engl. Form zu Magdalena
Magdalena	*Herkunft:* weibl., aus der Bibel übernommener Vorn. hebr. Ursprungs (die aus Magdala Stammende); Maria Magdalena war nach der Bibel eine der treuesten Jüngerinnen Jesu; sie stand an seinem Kreuz und entdeckte als erste am Ostermorgen sein leeres Grab; *Verbreitung:* früher im gesamten deutschsprachigen Raum sehr stark verbreitet, vor allem als Doppelname Maria Magdalena,

seit etwa 1960 zurückgehend und nur noch selten gewählt; *andere Formen:* Lena, Lene, Leni, Lenchen, Magda, Madina, Madlen, Magdali, Magdalene, Magel; Malen (baskisch, nord.); Magdalen, Madeline, Mady, Maddy, Maud, Maudlin, Maudin (engl.); Madeleine, Madlon, Magalonne (französ.); Maddalena, Madelena (italien.); Magdelone, Madel, Magli, Malene (norweg.); Madelena (span.); Malin (schwed.); Madlenka, Lenka (slaw.); Magdelina, Madelina (russ.); Magdolna, Alena (ungar.)
Namenstag: 22. Juli

Magdalene	weibl., Nebenform zu Magdalena
Magdali	weibl., Kurzform zu Magdalena
Magdelina	weibl., russ. Form zu Magdalena
Magdelone	weibl., norweg. Form zu Magdalena
Magdolna	weibl., ungar. Form zu Magdalena
Magel	weibl., Kurzform zu Magdalena
Maggie	weibl., engl. Kurzform zu Margarete; *weitere Formen:* Maggy; der Vorn. galt um 1900 als modern, gegenwärtig selten gewählt (trotz der langjährigen engl. Ministerpräsidentin »Maggie« Thatcher); *weitere Formen:* Maggy
Magna	weibl. Form zu Magnus oder Nebenform zu Magnhild
Magnar	männl., Nebenform zu Magnus oder norweg. Neubildung nach dem Muster von Ragnar
Magnhild	weibl., nord. Form zu Mathilde
Magnolia	weibl., dieser Vorn. ist mit einer gleichnamigen Blume identisch; nur vereinzelt gewählt
Magnus	*Herkunft:* männl., aus dem lat. »magnus« (groß); König Olaf von Norwegen gab seinem Sohn in Gedenken an Karl den Großen (lat. Carolus Magnus) den Namen Magnus (11. Jh.) *Verbreitung:* seit dem 11. Jh. in Skandinavien verbreitet und von dort aus nach Deutschland vorgedrungen; der Name wurde aber nie richtig volkstümlich und wird heute auch nur sehr vereinzelt gewählt *Andere Formen:* Magnar *Bekannter Namensträger:* Hans Magnus Enzensberger, deutscher Schriftsteller (geb. 1929)
Mai	weibl.; Kurzform zu Maria oder Taufzeitname (die im Mai Geborene); *weitere Formen:* Maia, Maie, Maje
Maible	weibl., irische Form zu Mabel

Maidie	weibl., engl. Form zu Margarethe; dieser Vorn. ist vor allem in Nordamerika sehr verbreitet
Maik	männl. und weibl., eingedeutschte Schreibweise zu Mike; eindeutiger Zweitname erforderlich; *weitere Formen:* Maike, Meik
Maika	weibl., russ. oder fries. Form zu Maria
Maike	weibl., fries. Form zu Maria; *weitere Formen:* Maiken, Meika, Meike
Mainart	männl., ostfries. Form zu Meinhard; *weitere Formen:* Maint
Maio	männl., Kurzform zu Vorn. mit »magnan, megin« (Kraft, Macht); *weitere Formen:* Meio
Maire	weibl., irische Form zu Maria
Maite	weibl., baskische Form zu Amanda; *weitere Formen:* Maitane
Maja	weibl., aus dem lat. »maja, majesta« (Name einer römischen Göttin des Wachstums, daher auch unser Monatsname Mai) oder aus dem indischen »maya« (Täuschung); allgemein bekannt wurde der Name durch W. Bonsels Erzählung »Die Biene Maja und ihre Abenteuer« (1912); heute wird der Name nur selten gewählt; *weitere Formen:* Majella
Malaika	weibl., aus dem arab. »malai'ka« (Engel); der Vorn. ist gerichtlich zugelassen, wird aber nur sehr selten gewählt; *weitere Formen:* Maleika
Malberta	weibl., Kurzform zu Amalberta
Male	weibl., Kurzform zu Amalberga, Amalie und Malwine; *weitere Formen:* Mala, Mali
Malen	weibl., baskische und nord. Kurzform zu Magdalena; *weitere Formen:* Malena, Malene
Malenka	weibl., slaw. Kurzform zu Melanie; *weitere Formen:* Malanka
Malfriede	weibl., aus dem ahd. »mahal« (Gerichtsstätte) und »fridu« (Friede)
Mali	weibl., Kurzform zu Amalie
Malika	weibl., ungar. Koseform zu Malwine
Malin	weibl., schwed. Form zu Magdalena
Malinda	weibl., alter engl. Vorn. (die Vornehme, Edle); *weitere Formen:* Lindy

Malte — männl., aus dem Dän. übernommener Vorn., dessen Herkunft und Bedeutung unklar ist; bekannt wurde er 1910 durch R. M. Rilkes Roman »Die Aufzeichnungen des Malte Laurids Brigge«; gegenwärtig wird der Vorn. in Norddeutschland öfter gewählt

Malve — weibl., entweder Kurzform zu Malwine oder an eine Pflanzenart (Malvengewächs) angelehnt; selten gewählt; *weitere Formen:* Malwe

Malwida — weibl., Nebenform zu Malwine; *weitere Formen:* Malvida; *bekannte Namensträgerin:* Malvida von Meysenburg, deutsche Schriftstellerin (1816–1903)

Malwine — *Herkunft:* aus den Ossian-Gesängen des Schotten J. Macpherson übernommener Vorn., dessen Bedeutung unklar ist
Verbreitung: durch die Ossian-Verehrung Goethes, Klopstocks und Herders in Deutschland eingebürgert, heute selten gewählt
Andere Formen: Malvine, Malwida, Malve, Mal

Mami — weibl., amerikan. Form zu Maria

Manda — weibl., Kurzform zu Amanda; *weitere Formen:* Mandi

Mandus — männl., Kurzform zu Amandus

Mandy — weibl., engl. Kurzform zu Amanda

Manfred — *Herkunft:* aus dem ahd. »man« (Mann) und »fridu« (Friede)
Verbreitung: bekannt wurde der Vorn. durch den Stauferkönig Manfred von Sizilien im 13. Jh.; um 1900 galt Manfred als ausgesprochener Adelsname, heute seltener gewählt
Andere Formen: Manfried; Manfredo (italien.)
Bekannte Namensträger: Manfred Freiherr von Richthofen, Kampfflieger im Ersten Weltkrieg und als »Roter Baron« bekannt (1892–1918); Manfred Rommel, Oberbürgermeister von Stuttgart (geb. 1928); Manfred Hausmann, deutscher Schriftsteller (1898–1986); Manfred Krug, deutscher Schauspieler (geb. 1937); *Namenstag:* 28. Januar

Manfreda — weibl. Form zu Manfred

Manfredo — männl., italien. Form zu Manfred

Manfried — männl., Nebenform zu Manfred

Manhard — männl., aus dem ahd. »man« (Mann) und »harti« (hart); *weitere Formen:* Manhart

Manja — weibl., slaw. Form zu Maria; *weitere Formen:* Manjana

Mano — männl., slaw. und ungar. Kurzform zu Emanuel; *weitere Formen:* Manolo (span.)

Manon

Manon	weibl., französ. Koseform zu Maria; bekannt wurde der Vorn. durch die Opern »Manon« von Massenet und »Manon Lescaut« von Auber/Puccini
Manuel	männl., span. Form zu Emanuel; *Namenstag:* 1. Oktober
Manuela	weibl. Form zu Emanuel; *weitere Formen:* Manuella
Mara	weibl., nach Sskr. Tod, Satan, hebr. bitter, altgerm. Nachtgespenst; Mara hieß nach islam. Überlieferung die Mutter Mohammeds
Marald	männl., aus dem ahd. »marah« (Kampfpferd) und »walt« (Schutz); *weitere Formen:* Marhold, Marwald
Maralda	weibl. Form zu Marald
Marbert	männl., aus dem ahd. »marah« (Kampfpferd) und »beraht« (glänzend)
Marbod	männl., aus dem ahd. »marah« (Kampfpferd) und »boto« (Bote); Marbod war der Gründer des ersten, kurzlebigen Germanenreiches (bis 19 n. Chr.)
Marc	männl., Nebenform zu Mark; *bekannte Namensträger:* Marc Chagall, russ. Maler (1887–1985); Marc Giradelli, österr. Skiläufer, der für Luxemburg startet (geb. 1963)
Marcel	männl., französ. Form zu Marzellus; *weitere Formen:* Marceau, Marcelle, Marcellinus, Marzellus, Marzell, Marzellinus; Marcello (italien.); *bekannte Namensträger:* Heiliger Marcellinius, Papst (4. Jh.); Marcel Reich-Ranicky, deutscher Literaturkritiker (geb. 1920); Marcel Marceau, französ. Pantomime (geb. 1923); Marcello Mastroianni, italien. Schauspieler (geb. 1925–1997)
Marcelin	männl., französ. Weiterbildung zu Marcel
Marcella	weibl. Form zu Marcel; *weitere Formen:* Marcelle, Marcellina, Marceline, Matzella, Marzellina, Cella, Zella; *bekannte Namensträgerin:* Heilige Marcella, 410 von den Goten bei der Eroberung Roms erschlagen *Namenstag:* 31. Januar
Marcia	weibl. Form zu Marcius; *bekannte Namensträgerin*: Marcia Haydée, Primaballerina des Stuttgarter Balletts (geb. 1937)
Marcin	männl., poln. Form zu Martin
Marco	männl., italien. und span. Form zu Markus
Marcus	männl., lat. Form zu Markus
Mare	weibl., nord. Form zu Maria

Mareen	weibl., Nebenform zu Marina
Marei	weibl., Koseform zu Maria und Kurzform zu Marie; *weitere Formen:* Mareile, Mareili, Mareike
Marek	männl., slaw. Form zu Markus
Maren	männl., baskische Form zu Marian und weibl., dän. Form zu Marina; eindeutiger Zweitname erforderlich
Maret	weibl., estn. und lett. Kurzform zu Margarete; *weitere Formen:* Mareta, Marete
Marfa	weibl., russ. Form zu Martha
Marga	weibl., Kurzform zu Margarete
Margalita	weibl., russ. Form zu Margarete
Margaret	weibl., engl. und niederländ. Form zu Margarete; *weitere Formen:* Margery, Magdy, Matge, Maggie, Maidie, Mae, May, Meg, Marget, Mer, Meta, Peg, Peggy; *bekannte Namensträgerin:* Margaret Rose, Schwester der engl. Königin (geb. 1930)
Margareta	weibl., Nebenform zu Margarete
Margarete	*Herkunft:* weibl., aus dem lat. »margarita« (Perle) *Verbreitung:* seit dem Mittelalter durch den Namen der Heiligen Margareta von Antiochia verbreitet, die zu den 14 Nothelfern (Geburt und Wetternot) gehört; um 1900 Modename, heute selten gewählt; *andere Formen:* Grete, Gesche, Gitta, Gritt, Griet, Gritta, Margret, Marga, Margit, Margot, Margaret, Margarethe, Meta, Metta, Gretel, Gredel, Greten, Gretchen, Gretli, Reda, Reta, Rita; Margaret, Marjorie, Maggie, Meg (engl.); Marguerite (französ.); Margherita (italien.); Margaret, Margriet (niederländ.); Margarita (span. und russ.); Margita (ungar.) *Bekannte Namensträgerinnen:* Margarete, Königin von Dänemark, Norwegen und Schweden (14./15. Jh.); Königin Margarete von Navarra (1492–1549); Margarete Buber-Neumann, deutsche Schriftstellerin (1926–1989); Margarethe von Trotta, deutsche Filmregisseurin (geb. 1942); Margarete Schreinemakers, deutsche Fernsehmoderatorin (geb. 1958) *Namenstag:* 20. Juli
Margarita	weibl., span. und russ. Form zu Margarete; *weitere Formen:* Margaritha, Margaritta
Margherita	weibl., italien. Form zu Margarete
Margit	weibl., Kurzform zu Margarete; *weitere Formen:* Margita
Margita	weibl., ungar. Form zu Margarete

Margot

Margot   weibl., aus dem Französ. übernommener Vorn., Kurzform zu Margarete und der französ. Form Marguerite; seit dem Beginn des 20. Jh. ist der Vorn. allgemein bekannt und oft gewählt; *weitere Formen:* Margone; Margo (russ.); *bekannte Namensträgerinnen:* Margot Fonteyn, engl. Primaballerina (1919–1991); Margot Trooger, deutsche Schauspielerin (1923–1994)

Margret   weibl., Kurzform zu Margarete; *weitere Formen:* Margreth, Margrit

Margriet   weibl., niederländ. Form zu Margarete

Marguerite   weibl., französ. Form zu Margarete

Marhold   männl., aus dem ahd. »marah« (Kampfpferd) und »waltan« (walten, herrschen)

Mari   weibl., ungar. Form zu Maria

Maria   *Herkunft:* aus der Bibel übernommener weibl. Vorn. hebr. Ursprungs von »mirjam« (widerspenstig)
Verbreitung: aus Ehrfurcht vor dem Namen der Mutter Christi wurde der Name erst verhältnismäßig spät in den deutschen Namensschatz aufgenommen; seit dem 15. Jh. gab es dann neben der Vollform eine fast unüberschaubare Menge von Kurz- und Nebenformen; der Vorn. fand auch als Doppelname Maria-Magdalena und in anderen Kombinationen sehr große Verbreitung; als männl. Zweitname zugelassen
Andere Formen: Marei, Marie, Marieli, Marike, Mariechen, Maja, Meieli, Mia, Mieke, Mieze, Mimi, Mirl, Mitzi, Ria; Mary (engl.); Marion, Manon (französ.); Mariella, Marietta, Marita (italien.); Marica, Marihuela (span.); Maire, Maureen (irisch); Maaike, Marieke, Maryse (niederländ.); Mami, Marilyn (amerikan.); Maren, Mie (dän.); Marieka, Mari, Maris, Mariska, Marka (ungar.); Marija, Marja, Maika, Mascha, Maschinka, Meri (russ.); Marya (poln.)
Bekannte Namensträgerinnen: Maria Stewart, Königin von Schottland (1542–1587); Maria Callas, griech.-amerikan. Sängerin (1923–1977); Maria Schell, deutsche Schauspielerin (geb. 1926); Maria Hellwig, deutsche Volksmusiksängerin (geb. 1926); Maria Walliser, schweizer. Skiläuferin (geb. 1963); Maria Cebotari, österr. Sängerin (Sopran) (1910–1977); *Namenstag:* alle Marienfeste

Mariam   weibl., Kurzform zu Mariamne

Mariamne   weibl., aus dem hebr. »mirjam« (widerspenstig); Mariamne, die Gattin Herodes I., wurde 29 v. Chr. wegen angeblichen Ehebruchs hingerichtet

Marian   männl., aus dem lat. »marianus« (den Marius betreffend); *weitere Formen:* Maren (baskisch)

Marija

Mariana	weibl., Weiterbildung von Maria oder weibl. Form zu Marianus; *weitere Formen:* Mariane
Marianna	weibl., Nebenform zu Marianne
Marianne	*Herkunft:* weibl., selbständig gewordener Doppelname aus Maria und Anna *Verbreitung:* nach der Französ. Revolution volkstümlich gewordener Vorn., auch heute noch oft gewählt *Andere Formen:* Nanne, Nanna, Marianna *Bekannte Namensträgerinnen:* Marianne Hoppe, deutsche Schauspielerin (geb. 1911); Marianne Sägebrecht, deutsche Schauspielerin (geb. 1945) *Namenstag:* 26. Mai
Marica	weibl., span. Form zu Maria
Marie	weibl., Nebenform zu Maria; die ursprünglich protestantische Form wurde im 16. Jh. volkstümlich und ist seither stark verbreitet; *bekannte Namensträgerin:* Marie Antoinette, französ. Königin (1755–1793)
Mariechen	weibl., alte volkstümliche Koseform zu Maria
Marieke	weibl., niederländ. Koseform zu Maria
Marielene	weibl., Doppelname aus Marie und Lene
Marieli	weibl., Nebenform zu Maria; *weitere Formen:* Marile
Marielies	weibl., Doppelname aus Marie und Liese; *weitere Formen:* Marieliese
Mariella	weibl., italien. Koseform zu Maria
Marieluise	weibl., Doppelname aus Marie und Luise; *weitere Formen:* Marie-Luise; *bekannte Namensträgerin:* Marie-Luise Marjan, deutsche Schauspielerin, »Mutter Beimer« aus der »Lindenstraße« (geb. 1940)
Marierose	weibl., Doppelname aus Marie und Rose
Marieta	weibl., span. Form zu Maria
Marietheres	weibl., Doppelname aus Marie und Therese; *weitere Formen:* Marietherese
Marietta	weibl., italien. Koseform zu Maria
Marihuela	weibl., span. Form zu Maria
Marija	weibl., russ. Form zu Maria

Marika	weibl., ungar. Koseform zu Maria; *bekannte Namensträgerinnen:* Marika Rökk, österr.-ungar. Tänzerin und Filmschauspielerin (geb. 1913); Marika Kilius, deutsche Eiskunstläuferin (geb. 1943)
Marike	weibl., Koseform zu Maria; *weitere Formen:* Mariken
Marilis	weibl., Doppelname aus Maria und Lisa; *weitere Formen:* Marilisa
Marilyn	weibl., amerikan. Form zu Maria; *bekannte Namensträgerin:* Marilyn Monroe, amerikan. Filmschauspielerin (1926–1962)
Marin	männl., französ. Kurzform zu Marinus
Marina	weibl. Form zu Marin; *weitere Formen:* Marine, Marinella, Marinette
Marino	männl., italien. Form zu Marinus
Marinus	männl., aus dem lat. »marinus« (zum Meer gehörend); *weitere Formen:* Rino, Marin, Marinellus
Mario	männl., italien. Form zu Marius; *weitere Formen:* Maris, Maro (span.); *bekannter Namensträger:* Mario Adorf, schweiz. Filmschauspieler (geb. 1930)
Mariola	weibl. Form zu Mario; *weitere Formen:* Mariolina
Marion	weibl., aus dem Französ. übernommener Vorn., alte Koseform zu Maria; *weitere Formen:* Mariona, Marionna, Marionne
Maris, Mariska	weibl., ungar. Formen zu Maria
Marit	weibl., skand. Form zu Margit
Marius	männl., abgeleitet von lat. mas = Männchen, verwandt mit Sskr. mar = sterben, vgl. weibl. Vorname Mara; *bekannter Namensträger:* Marius Müller-Westernhagen, deutscher Popmusiker und Filmschauspieler (geb. 1948)
Marja	weibl., russ. Form zu Maria
Marjorie	weibl., engl. Form zu Margaret; *weitere Formen:* Marjory
Mark	männl., Kurzform zu Markus; *bekannte Namensträger:* Mark Twain, amerikan. Schriftsteller (1835–1910); Mark Spitz, amerikan. Weltrekordschwimmer und Olympiasieger (geb. 1950)
Marka	weibl., ungar. Form zu Maria
Marke	männl., Kurzform alter deutscher Vorn. mit Zusammensetzungen von »Mark«, vor allem Markhart und Markwart

Markhart	männl., aus dem ahd. »marcha« (Grenze) und »harti« (hart); *weitere Formen:* Markwart, Markward, Markhard
Marko	männl., eingedeutschte Form zu Marco
Markolf	männl., aus dem ahd. »marcha« (Grenze) und »wolf« (Wolf)
Markus	*Herkunft:* männl., aus dem lat. »marinus« (zum Meer gehörend) oder »mars« (Name des Kriegsgottes) *Verbreitung:* im 16. Jh. war der Vorn. im gesamten deutschen Sprachraum sehr beliebt, wurde dann aber fast ausschließlich in jüdischen Familien gewählt und kam erst in neuester Zeit wieder in Mode *Andere Formen:* Mark, Marx; Marc (französ.); Marco (italien.); Marek (poln.) *Bekannte Namensträger:* Markus Lüpertz, deutscher Maler und Bildhauer (geb. 1941); Markus Wasmeier, deutscher Skirennläufer (geb. 1963) *Namenstag:* 25. April
Markward	männl., aus dem ahd. »marcha« (Grenze) und »wart« (Schützer, Hüter)
Marleen	weibl., Doppelname aus Maria und Lene; *weitere Formen:* Marlen, Marlene; bekannt wurde dieser Vorn. durch das Lied »Lili Marlen« während des Zweiten Weltkrieges, gesungen von Lale Andersen; *bekannte Namensträgerin:* Marlene Dietrich, deutsche Schauspielerin und Sängerin (1901–1992)
Marlis	weibl., Doppelname aus Maria und Lise; *weitere Formen:* Marlies, Marlise, Marliese
Marlit	weibl., Doppelname aus Marlene und Melitta; *weitere Formen:* Marlitt
Marlo	männl., engl. und italien. Form zu Merlin; *weitere Formen:* Marlon; *bekannter Namensträger:* Marlon Brando, amerikan. Schauspieler (geb. 1924)
Marquard	männl., Nebenform zu Markward
Mart	männl., Kurzform zu Martin; *weitere Formen:* Marte
Marta	weibl., Nebenform zu Martha
Marten	männl., niederländ. und schwed. Form zu Martin
Märten	männl., Nebenform zu Martin; *weitere Formen:* Märtgen, Märtin
Martha	*Herkunft:* weibl., aus der Bibel übernommener Vorn. hebr. Ursprungs von »marah« (bitter, betrübt); in der Bibel war Martha die Schwester des Lazarus und wurde die Patronin der Hausfrauen

Marthe

Verbreitung: seit dem Mittelalter bekannt, aber erst nach der Reformation im 16. Jh. fand der Vorn. allgemeine Verbreitung; im 19. Jh. wurde er sehr volkstümlich, heute wird er eher selten gewählt
Andere Formen: Marta, Marthe; Marfa (russ.); Martje (fries.); Mat (engl.); *Namenstag:* 29 Juli

Marthe	weibl., Nebenform zu Martha
Marti	männl., Nebenform zu Martin
Martili	männl., Koseform zu Martin
Martin	*Herkunft:* männl., aus dem Lat. (Sohn des Kriegsgottes Mars); bekannt wurde der Vorn. im Mittelalter durch den Heiligen Martin von Tours (4. Jh.) *Verbreitung:* seit der Reformation wurde der Vorn. auch in protestantischen Familien oft gewählt *Andere Formen:* Martl, Märten, Mertel, Mirtel, Merten, Mertin, Marti, Martili; Mart (fries.); Martino (italien., span.); Martinus, Marten (niederländ.); Marten (schwed.); Morten (dän.); Marcin (poln.); Mártoni (ungar.) *Bekannte Namensträger:* Martin Luther, Begründer der Reformation (1483–1546); Martin Opitz, deutscher Dichter (1597–1639); Martin Walser, deutscher Schriftsteller (geb. 1927); Martin Lüttge, deutscher Schauspieler (geb. 1943) *Namenstag:* 11. November
Martina	weibl. Form zu Martin; *weitere Formen:* Martine (französ.); *bekannte Namensträgerin:* Martina Navratilova, tschech.-amerikan. Tennisspielerin (geb. 1956)
Martino	männl., italien. und span. Form zu Martin
Martinus	männl., niederländ. und lat. Form zu Martin; *weitere Formen:* Maarten, Maartinus, Maart
Martje	weibl., fries. Form zu Martha
Martl	männl., Nebenform zu Martin
Mártoni	männl., ungar. Form zu Martin
Marwin	männl., aus dem ahd. »mari« (berühmt) und »wini« (Freund); *weitere Formen:* Marvin, Mervin (engl.); *bekannter Namensträger:* Marvin Gaye, amerikan. Popsänger (1939–1984)
Marwine	weibl. Form zu Marwin
Mary	weibl., engl. Form zu Maria
Marya	weibl., poln. Form zu Maria

Marylou	weibl., engl. Doppelname aus Mary und Louise
Maryse	weibl., niederländ. Form zu Maria
Maryvonne	weibl., schweizer. Doppelname aus Mary und Yvonne
Mascha, Maschinka	weibl., russ. Koseformen zu Maria
Masetto	männl., italien. Koseform zu Thomas; *weitere Formen:* Masino, Maso
Massimo	männl., italien. Kurzform zu Maximilian
Mat	weibl., engl. Form zu Martha; *weitere Formen:* Matty
Mathew	männl., engl. Form zu Matthias; *weitere Formen:* Matthew
Mathias	männl., Nebenform zu Matthias
Mathieu	männl., französ. Form zu Matthias; *bekannter Namensträger:* Mathieu Carrière, franz.-deutscher Schauspieler (geb. 1950)
Mathilde	*Herkunft:* weibl., aus dem ahd. »maht« (Macht, Kraft) und »hiltja« (Kampf) *Verbreitung:* im Mittelalter als Name der Heiligen Mathilde, Gattin Heinrichs I. und Mutter Ottos des Großen, verbreitet, wurde dann aber durch die volkstümliche Form Mechthild zurückgedrängt; um 1800 durch die Ritterdichtung neu belebt *Andere Formen:* Matilda, Matilde; Mafalda (italien.); Meta, Matty, Patty, Patsy (engl.); *bekannte Namensträgerin:* Mathilde Wesendonck, deutsche Schriftstellerin und Freundin von R. Wagner (1828–1902); *Namenstag:* 14. März
Mathis	männl., Nebenform zu Matthias
Matilda, Matilde	weibl., Nebenformen zu Mathilde
Mats	männl., schwed. Kurzform zu Matthias
Mattes	männl., Kurzform zu Matthias
Matthäa	weibl. Form zu Matthäus; *weitere Formen:* Mattea
Matthäus	männl., aus der Bibel übernommener Vorn. hebr. Herkunft (Geschenk Jahwes); allgemein bekannt wurde der Name durch den Evangelisten Matthäus; *weitere Formen:* Mattäus; Matteo (italien.); *bekannter Namensträger:* Matthäus Merian der Ältere, schweizer. Kupferstecher und Buchhändler (1593–1650)
Matthias	*Herkunft:* männl., aus dem Hebr. übernommener Vorn. (Geschenk Gottes) *Verbreitung:* seit dem Mittelalter als Name des Heiligen Matthias

verbreitet, der nach der Bibel zum Apostel anstelle des Judas bestimmt wurde; die Gebeine des Heiligen Matthias sollen in Trier begraben sein, deshalb auch die starke Verbreitung des Vorn. in dieser Gegend
Andere Formen: Mathias, Mathis, Matti, Mattes; Matteo (italien.); Mats (schwed.); Mathew (engl.); Mathieu (französ.)
Bekannte Namensträger: Matthias Grünewald, deutscher Maler (um 1465–1528); Matthias Claudius, deutscher Lyriker (1740–1815); Matthias Wissmann, deutscher CDU-Politiker (geb. 1949); Matthias Richling, deutscher Kabarettist (geb. 1953)
Namenstag: 24. Februar

Matty — weibl., engl. Kurzform zu Mathilda

Maud — weibl., engl. Form zu Magdalena oder Mathilde; *weitere Formen:* Maude

Maudin, Maudlin — weibl., engl. Form zu Magdalena

Maura — weibl. Form zu Mauro

Maureen — weibl., irische Koseform zu Maria

Maurice — männl., französ. Form zu Moritz; *bekannter Namensträger:* Maurice Béjart, französ. Tänzer und Choreograph (geb. 1927)

Mauricette — weibl. Koseform zu Maurice; *weitere Formen:* Maurilia, Maurina (italien.)

Mauritius — männl., lat. Form zu Moritz; der Name ist vor allem durch eine kostbare Briefmarke, die »Blaue Mauritius«, bekannt; der Heilige Mauritius starb in der Schweiz den Märtyrertod; *weitere Formen:* Mauritz

Mauriz — männl., Nebenform zu Moritz

Maurizia — weibl. Form zu Mauriz

Maurizio — männl., italien. Form zu Moritz; *bekannter Namensträger:* Maurizio Pollini, ital. Pianist, (geb. 1942)

Mauro — männl., italien. Vorn. lat. Ursprungs (der Mann aus Mauretanien, der Mohr); *weitere Formen:* Maurus, Moritz; Murillo (span.)

Max — männl., Nebenform zu Maximilian; seit der Renaissance sehr beliebter Vorn.; *bekannte Namensträger:* Max Reger, deutscher Komponist (1873–1916); Max Klinger, deutscher Maler und Bildhauer (1857–1920); Max Planck, deutscher Physiker (1858–1947); Max Beckmann, deutscher Maler (1884–1950); Max Frisch, schweizer. Schriftsteller (1911–1991); Max Schautzer, deutscher Fernsehmoderator (geb. 1940)

Maxi	weibl. Form zu Max; *weitere Formen:* Maxe, Maxeli
Maxim	männl., Kurzform zu Maximus
Maxime	männl., französ. Form zu Maximus
Maximilian	*Herkunft:* aus dem lat. »maximus« (sehr groß, am größten) entstandener Vorn. *Verbreitung:* bekannt wurde der Vorn. vor allem in Österreich und Bayern durch den Heiligen Maximilian und eine Reihe von Kaisern und Kurfürsten, die diesen Namen trugen; deutscher und österr. Adelsname, im 19. und 20. Jh. durch die Kurzform Max verdrängt, heute sehr selten gewählt *Andere Formen:* Max *Bekannte Namensträger:* Maximilian I., deutscher Kaiser, »der letzte Ritter« (1459–1519); Maximilian Schell, schweizer. Schauspieler und Regisseur (geb. 1930) *Namenstag:* 12. Oktober
Maximiliane	weibl. Form zu Maximilian; *weitere Formen:* Maximilienne
Mechthild	weibl., Nebenform zu Mathilde; im Mittelalter sehr weit verbreiteter Vorn., der dann fast vollständig von Mathilde verdrängt wurde und heute sehr selten ist; *weitere Formen:* Mechtild, Mechthilde
Meg	weibl., engl. Kurzform zu Margarete
Meieli	weibl., Nebenform zu Maria
Meika	weibl., Nebenform zu Maika; *weitere Formen:* Meike
Meina	weibl., Kurzform zu Vorn. mit »Mein-«, vor allem Meinharde
Meinald	männl., aus dem ahd. »magan, megin« (Kraft, Macht) und »bergan« (bergen, schützen); *weitere Formen:* Meinold, Meinhold
Meinberga	weibl., aus dem ahd. »magan, megin« (Kraft, Macht) und »bergan« (bergen, schützen)
Meinbod	männl., aus dem ahd. »magan, megin« (Kraft, Macht) und »boto« (Bote)
Meinburga	weibl., aus dem ahd. »magan, megin« (Kraft, Macht) und »burg« (Schutz, Zuflucht)
Meinert	männl., fries. Nebenform zu Meinhard; *weitere Formen:* Meiner, Meine, Meindert
Meinfried	männl., aus dem ahd. »magan, megin« (Kraft, Macht) und »fridu« (Friede)

Meinhard

Meinhard — männl., aus dem ahd. »magan, megin« (Kraft, Macht) und »harti« (hart); *weitere Formen:* Meinard

Meinharde — weibl. Form zu Meinhard; *weitere Formen:* Meinharda, Meinarda

Meinhid — weibl., aus dem ahd. »magan, megin« (Kraft, Macht) und »hiltja« (Kampf); *weitere Formen:* Meinhilde

Meino — männl., fries. Kurzform von Vorn. mit »Mein-«, vor allem Meinhold und Meinolf

Meinolf — männl., aus dem ahd. »magan, megin« (Kraft, Macht) und »wolf« (Wolf); *weitere Formen:* Meinulf, Meinolph

Meinrad — männl., aus dem ahd. »magan, megin« (Kraft, Macht) und »rat« (Ratgeber); der heiliggesprochene Einsiedler Meinrad wurde 835 bei Einsiedeln in der Schweiz von Räubern erschlagen

Meinrade — weibl. Form zu Meinrad

Meinwald — männl., aus dem ahd. »magan, megin« (Kraft, Macht) und »waltan« (walten, herrschen)

Meinward — männl., aus dem ahd. »magan, megin« (Kraft, Macht) und »wart« (Hüter, Schützer)

Mela — weibl., slaw. Koseform zu Melanie; *weitere Formen:* Melana, Melanka, Menka

Melanie — *Herkunft:* weibl., aus dem Französ. übernommener Vorn., der auf die Heilige Melanie zurückgeht
Verbreitung: im 19. Jh. Adelsname und heute oft gewählt, vielleicht auch durch die Figur der Melanie in M. Mitchells Roman »Vom Winde verweht« beeinflußt
Andere Formen: Mela, Malenka (slaw.)
Namenstag: 31. Dezember

Melcher — männl., Nebenform zu Melchior

Melchior — *Herkunft:* männl., aus dem Hebr. (Gott ist König des Lichts)
Verbreitung: im Mittelalter wurde der Name durch einen der Heiligen Drei Könige bekannt, spielt heute aber kaum noch eine Rolle in der Namensgebung
Andere Formen: Melcher
Namenstag: 6. Januar

Melia — weibl., span. Kurzform zu Amelia

Melina — weibl., aus dem griech. »melina« (Frau der Insel Melos); *bekannte Namensträgerin:* Melina Mercouri, griech. Schauspielerin und Politikerin (1925–1994)

Melinda	weibl., Herkunft und Bedeutung unklar, eventuell aus dem lat. »mellinia« (Honigtrank)
Meline	weibl., Herkunft und Bedeutung unklar
Melissa	weibl., Nebenform zu Melitta
Melitta	weibl., aus dem griech. »melitta« (Biene)
Melse	weibl., fries. Kurzform zu Melusine; *weitere Formen:* Melsene
Melusine	weibl., in einer altfranz. Sage der Name einer Meerjungfrau, in Deutschland vor allem durch Goethes Märchen »Die neue Melusine« bekannt geworden; selten gewählt
Menard	männl., ostfries. Form zu Meinhard; *weitere Formen:* Menardus
Mendel	männl., Kurzform zu Immanuel
Menno	männl., fries. Kurzform zu Meinold; *weitere Formen:* Meno, Menold, Menolt; *bekannter Namensträger:* Menno Simons, Gründer der in den USA verbreiteten Religionsgemeinschaft der Mennoniten (1496–1561)
Mense	männl., fries. Kurzform von Vorn. mit »Mein-«; *weitere Formen:* Menso, Mensje, Menske, Menste
Meo	männl., italien. Form zu Bartolomeo
Mercedes	weibl., span. Vorn., der anstelle von Maria gebraucht wird, entstanden aus der Abkürzung des Marienfestes »Maria von der Gnade der Gefangenenerlösung« (Maria de Mercede redemptionis captivorum); Mercedes ist ein Stellvertretername, da aus religiöser Ehrfurcht Maria als Taufname gemieden wurde; *Namenstag:* 24. September
Meret	weibl., schweizer. Kurzform zu Emerantia; *weitere Formen:* Merita
Meri	weibl., russ. Form zu Maria
Merle	weibl., aus dem Engl. übernommener Vorn., der eigentlich »Amsel« bedeutet und einen Menschen bezeichnet, der gerne singt und pfeift; der Vorn. wurde durch die engl. Schauspielerin Merle Oberon in Deutschland bekannt
Merlin	männl., aus dem engl. »merlion« (der Falke); *weitere Formen:* Marlin
Merlind	weibl., aus dem ahd. »mari« (groß, berühmt) und »linta« (Schutzschild aus Lindenholz); *weitere Formen:* Merlinde

Mertel

Mertel, Merten, Mertin	männl., Nebenformen zu Martin
Meryl	weibl., Nebenform zu Muriel: *bekannte Namensträgerin*: Meryl Streep, amerikan. Schauspielerin und mehrfache Oscarpreisträgerin (geb. 1949)
Meta	weibl., Kurzform zu Margarete und engl. Kurzform zu Mathilde; *weitere Formen:* Mete, Metje
Metta	weibl., Kurzform zu Margarete und Mechthild; *weitere Formen:* Mette, Metteke
Mia	weibl., Kurzform zu Maria; *weitere Formen:* Mi, My; *bekannte Namensträgerin*: Mia Farrow, amerikan. Schauspielerin (geb. 1945)
Micaela	weibl., italien. Form zu Michaela
Micha	männl., aus der Bibel übernommener Vorn. hebr. Ursprungs von »mikhah« (Wer ist wie Gott?); *weitere Formen:* Michaja
Michael	*Herkunft:* männl., aus der Bibel übernommener Vorn. hebr. Ursprungs (Wer ist wie Gott?) *Verbreitung:* in der christlichen Welt als Name des Erzengels Michael seit dem Mittelalter weit verbreitet; in der Bibel besiegte Michael den Teufel und wurde deshalb als Schutzheiliger Israels und der Kirche gewählt; der Vorn. wird auch heute noch häufig gewählt; *andere Formen:* Mike (engl.); Michel (französ.); Michele (italien.); Michel, Michiel (niederländ.); Mikael, Mickel (dän., schwed.); Michal, Michail (slaw.); Miguel (span., portug.); Mihály (ungar.) *Bekannte Namensträger:* Michael Ende, deutscher Schriftsteller (geb. 1929); Michael Groß, deutscher Schwimmer (geb. 1964); Michael Ande, deutscher Schauspieler (geb. 1944); Michael Caine, engl. Schauspieler (geb. 1933); Michael Crichton, amerikan. Bestsellerautor (geb. 1942); Michael Jackson, amerikan. Popmusiker (geb. 1958); Michael Jerdan, amerikan. Basketballspieler (geb. 1963); Michael Douglas, amerikan. Schauspieler und Oscarpreisträger (geb. 1944); Michael Stich, deutscher Tennisspieler (geb. 1968); Michael Schumacher, deutscher Formel-I-Pilot (geb. 1969); Michael Schanze, deutscher Fernsehmoderator (geb. 1947); Michael Degen, deutscher Schauspieler (geb. 1932) *Namenstag:* 29. September
Michaela	*Herkunft:* weibl. Form zu Michael *Verbreitung:* wie Michael seit dem Mittelalter sehr verbreitet *Andere Formen:* Michaele; Michèle, Michelle, Micheline (französ.); Michelle (engl.); Micaela (italien.); Mikala (dän.); Mihala, Mihaela, Michalina (slaw.); Miguela (span., portug.); Mihaéla (ungar.); *bekannte Namensträgerinnen:* Michaela Figini, schweizer. Skiläuferin (geb. 1966); Michaela May, deutsche Schauspielerin (geb. 1955); *Namenstag:* 24. August

Michaele	weibl., Nebenform zu Michaela
Michail	männl., slaw. Form zu Michael; *bekannte Namensträger:* Michail Gorbatschow, sowj. Staatsmann (geb. 1931); Michail Baryschnikow, russ. Ballettänzer und Choreograph (geb. 1949)
Michal	männl., slaw. Form zu Michael
Michalina	weibl., slaw. Form zu Michaela
Michel	männl., französ. und niederländ. Form zu Michael; *bekannter Namensträger*: Michel Piccoli, französ. Schauspieler (geb. 1925)
Michele	männl., italien. Form zu Michael
Michèle	weibl., französ. Form zu Michaela; *bekannte Namensträgerin:* Michèle Morgan, französ. Filmschauspielerin (geb. 1920)
Micheline	weibl., französ. Form zu Michaela
Michelle	weibl., engl. und französ. Form zu Michaela; *bekannte Namensträgerin*: Michelle Pfeiffer, amerikan. Schauspielerin (geb. 1957)
Michiel	männl., niederländ. Form zu Michael
Mick	männl., engl. Koseform zu Michael; *bekannter Namensträger*: Mick Jagger, engl. Rocksänger und Mitglied der »Rolling Stones« (geb. 1943)
Mickel	männl., dän. und schwed. Form zu Michael
Mie	weibl., dän. Kurzform zu Maria, Annemie und Bettemie
Mieke, Mieze	weibl., Koseformen zu Maria
Miguel	männl., span. und portug. Form zu Michael
Miguela	weibl., span. und portug. Form zu Michaela
Mihaela	weibl., slaw. Form zu Michaela
Mihaéla	weibl., ungar. Form zu Michaela
Mihala	weibl., slaw. Form zu Michaela
Mihály	männl., ungar. Form zu Michael
Mikael	männl., dän. und schwed. Form zu Michael
Mikala	weibl., dän. Form zu Michaela
Mike	männl., engl. Kurzform zu Michael, *bekannte Namensträger*:

Miklas

Mike Krüger, deutscher Sänger und Fernsehunterhalter (geb. 1951); Mike Oldfield, engl. Popmusiker (geb. 1953)

Miklas — männl., slaw. Formen zu Nikolaus; *weitere Formen:* Mikola, Mikolas, Mikulas

Miklós — männl., ungar. Form zu Nikolaus

Mila — weibl., Kurzform zu Ludmilla; *weitere Formen:* Milena

Milda — weibl., Kurzform zu Vorn. mit »mil« oder »mild«

Mildred — weibl., engl. Form zu Miltraud; *bekannte Namensträgerin:* Mildred Scheel, Ärztin, Initiatorin der »Deutschen Krebshilfe« (1932–1985)

Milka — weibl., slaw. Kurzform zu Ludmilla

Milli — weibl., Kurzform zu Emilie; *weitere Formen:* Milly, Mile

Miloslaw — männl., aus dem russ. »milyj« (lieb, angenehm) und »slava« (Ruhm); *weitere Formen:* Milo, Milko

Miltraud — weibl., aus dem ahd. »mildi« (freundlich, freigiebig) und »trut« (Kraft, Stärke); *weitere Formen:* Miltrud

Milva — weibl., italien. Vorn. lat. Ursprungs (Taubenfalke); *weitere Formen:* Milvia; *bekannte Namensträgerin:* Milva, italien. Sängerin (geb. 1939)

Mimi — weibl., kindersprachliche Koseform zu Maria und Wilhelmine

Minerva — weibl., aus dem Griech. (die Kluge); Minerva war in der Mythologie die Tochter Jupiters und wurde als Göttin der Weisheit verehrt

Minette — weibl., Kurzform zu Guillemette (französ. Koseform zu Wilhelmine)

Minna — weibl., selbständige Kurzform zu Wilhelmina, die im 18. und 19. Jh. durch Lessings »Minna von Barnhelm« volkstümlich wurde; Ende des 19. Jh. wurde der Vorn. als Bediensetenname abgewertet; heute selten gewählt; *weitere Formen:* Minne, Minka, Minja, Mina, Mine

Minnegard — weibl., aus dem ahd. »minnja« (Liebe, Zuneigung) und »gard« (Hort, Schutz); *weitere Formen:* Mingard

Mino — männl., italien. Kurzform zu Giacomino (Jakob) oder Guglielmino (Wilhelm)

Mira — weibl., Kurzform zu Mirabella

Mirabella	weibl., aus dem italien. »mirabile« (bewundernswert) und »bella« (schön); *weitere Formen:* Mirabell, Mireta, Miretta; Mirabel (engl.)
Miranda	weibl., engl. Vorn. lat. Ursprungs »mirandus« (wunderbar); *weitere Formen:* Mirande, Mirandolina
Mireille	weibl., französ. Form zu Mirella, die in Frankreich und der Schweiz seit dem 19. Jh. verbreitet ist; *bekannte Namensträgerin:* Mireille Mathieu, französ. Sängerin (geb. 1946)
Mirella	weibl., italien. Kurzform zu Mirabella
Mirjam	weibl., aus der Bibel übernommener Vorn.; *weitere Formen:* Miriam, Myriam, Myrjam
Mirka	weibl. Form zu Mirko
Mirko	männl., slaw. Kurzform zu Miroslaw, neuerdings öfter gewählt; *weitere Formen:* Mirco
Mirl	weibl., Kurzform zu Maria, besonders in Bayern verbreitet
Miroslaw	männl., aus dem slaw. »mir« (Friede) und »slava« (Ruhm)
Mirtel	männl., Nebenform zu Martin
Mirzel	weibl., Koseform zu Maria
Mischa	männl., russ. Koseform zu Michail
Mitja	männl., slaw. Koseform zu Demetrius; *weitere Formen:* Mitko, Mito
Mitzi	weibl., Kurz- und Koseform zu Maria
Modest	männl., aus dem lat. »modestus« (bescheiden, sanftmütig); *weitere Formen:* Modesto (italien.)
Modesta	weibl. Form zu Modest; *weitere Formen:* Modeste
Molly	weibl., engl. Koseform zu Mary
Mombert	männl., aus dem ahd. »muni« (Geist, Gedanke) und »beraht« (glänzend); *weitere Formen:* Mommo, Momme
Mona	weibl., entweder Kurzform zu Monika oder aus dem irischen »muadh« (edel); die berühmte Mona Lisa von Leonardo da Vinci ist hier als Abkürzung zu Madonna (Frau) zu verstehen
Moni	weibl., Kurzform zu Monika

Monica

Monica   weibl., engl., niederländ., italien. Form zu Monika

Monika   *Herkunft:* weibl., Herkunft und Bedeutung sind unklar, eventuell aus dem griech. »monachós« (Mönch, Einsiedler)
Verbreitung: seit dem Mittelalter als Name der Heiligen Monika (4. Jh.) in der christlichen Welt verbreitet; erst seit dem 20. Jh. in Deutschland volkstümlich; *andere Formen:* Mona, Moni; Monica (engl., niederländ., italien.); Monique (französ.)
Bekannte Namensträgerin: Monika Wulf-Mathies, Gewerkschafterin (geb. 1942); *Namenstag:* 27. August

Monique   weibl., französ. Form zu Monika

Monty   männl., engl. Kurzform eines französ. Familiennamens, wahrscheinlich Montague

Morena   weibl. Form zu Moreno

Moreno   männl., aus dem italien. »morinus« (dunkel, schwarz)

Morgan   männl., aus dem Keltischen (Seemann)

Moritz   *Herkunft:* männl., eingedeutschte Form zu Maurus
Verbreitung: als Heiligenname seit dem Mittelalter bekannt, vor allem in der Schweiz, dem Verehrungsgebiet des Heiligen Mauritius; lange Zeit galt Moritz als Adelsname und wurde erst durch W. Buschs »Max und Moritz« volkstümlich; *andere Formen:* Maurus, Mauriz; Mauritius (lat.); Maurice (französ.); Maurizio (italien.); Morris (engl.); *bekannter Namensträger:* Kurfürst Moritz von Sachsen (16. Jh.); *Namenstag:* 22. September

Morris   männl., engl. Form zu Moritz

Morten   männl., dän. Form zu Martin; *weitere Formen:* Morton, Mort; diese Form wurde 1901 durch Th. Manns »Die Buddenbrooks« und seine Figur Morten Schwarzkopf allgemein bekannt

Mortimer   männl., alter engl. Vorn., der ursprünglich den Ort Mortemer in der französ. Normandie bezeichnete und durch Schillers Mortimer in »Maria Stuart« bekannt wurde

Munibert   männl., aus ahd. »muni« (Gedanke) und »beraht« (glänzend)

Munja   männl., russ. Kurzform zu Immanuel; weibl., russ. Kurzform zu Maria, Emilia

Muriel   weibl., aus dem Engl. übernommener Vorn. mit unklarer Bedeutung (eventuell »glänzende See«); *weitere Formen:* Meriel

Myrta   weibl., aus dem griech. »myrtós« (die Myrte); wahrscheinlich »mit Myrten geschmückt«; seit dem 16. Jh. dient die Myrte in Deutschland als Brautschmuck; *weitere Formen:* Myrthe

N

Nabor

Nabor	männl., aus dem Hebr. übernommener Vorn. (Prophet des Lichts)
Nada, Nadia	weibl., Nebenformen zu Nadja
Nadina	weibl., engl. und niederländ. Form zu Nadja
Nadine	weibl., engl., niederländ. und französ. Form zu Nadja
Nadinka	weibl., Koseform zu Nadja
Nadja	*Herkunft:* weibl., aus dem russ. »nadéschda« (Hoffnung) *Verbreitung:* gegenwärtig öfter gewählt, vor allem im süddeutschen Raum *Andere Formen:* Nada, Nadia, Nadjeschda, Nadinka; Nadine, Nadina (engl., niederländ.); Nadine (französ.) *Bekannte Namensträgerinnen:* Nadja Tiller, österr. Filmschauspielerin (geb. 1929); Nadja Comaneci, rumän. Turnerin (geb. 1961)
Nadjeschda	weibl., Grundform zu Nadja
Naemi	weibl., aus der Bibel übernommener Vorn. hebr. Ursprungs (die Liebliche), im Alten Testament war Naemi die Schwiegermutter der Ruth; *weitere Formen:* Naema, Naomi, Noeme, Noemi; Noomi (engl.); Naima, Naimi (schwed.)
Nahum	männl., aus dem hebr. »nachum« (Tröster), Nahum war im Alten Testament einer der zwölf kleinen Propheten; *weitere Formen:* Naum
Nallo	männl., Kurzform zu Immanuel
Nana	weibl., Kurzform zu Anna; *weitere Formen:* Nane; *bekannte Namensträgerin:* Nana Mouskouri, griech. Sängerin (geb. 1936)
Nancy	weibl., engl. Form zu Anna; *bekannte Namensträgerin:* Nancy Reagan, ehemalige First Lady, Ehefrau von Ronald Reagan, 40. Präsident der Vereinigten Staaten (geb. 1921)
Nanda	weibl., Kurzform zu Ferdinanda; *weitere Formen:* Nande
Nandolf	männl., aus dem ahd. »nantha« (wagemutig, kühn) und »wolf« (Wolf)
Nandor	männl., ungar. Form zu Ferdinand
Nanna	weibl., aus dem Nord. übernommener Vorn., der auf die altnordische Göttin Nanna zurückgeht, aber auch der Kindersprache entnommene Koseform zu Anna, Marianne; *weitere Formen:* Nanne
Nannette	weibl., französ. Koseform zu Anna; *weitere Formen:* Nannetta, Nanette, Nanetta

Nathanael

Nanni	weibl., Koseform zu Nanne
Nanno	männl., fries. Form zu Ferdinand und Kurzform zu Vorn., die mit »Nant-« gebildet werden
Nanon	weibl., französ. Form zu Anna
Nante	männl., fries. Form zu Ferdinand
Nantje	weibl. Form zu Nante
Nantwig	männl., aus dem ahd. »nantha« (wagemutig, kühn) und »wig« (Kampf)
Naomi	weibl., bibl. Name, aus dem hebr. »no'omi« (die Liebliche)
Nastasja	weibl., russ. Kurzform zu Anastasia; *weitere Formen:* Nastjenka, Nastassja, Naschda, Nanja; *bekannte Namensträgerin:* Nastassja Kinski, deutsche Schauspielerin (geb. 1961)
Nat	männl., engl. Kurzform zu Nathanael
Nata	weibl., Kurzform zu Renata, Renate und Natalija; *weitere Formen:* Nate
Natalia	weibl., Nebenform zu Natalie; *weitere Formen:* Natalina
Natalie	*Herkunft:* weibl., aus dem Lat. übernommener Vorn. (die an Weihnachten Geborene) *Verbreitung:* trotz mehrerer literarischer Gestalten ist der Vorn. in Deutschland nie volkstümlich geworden, gegenwärtig wird er aber häufiger gewählt *Andere Formen:* Natalia; Nathalie, Noelle (französ.); Natalija, Natascha (russ.) *Bekannte Namensträgerin:* Natalie Wood, amerikan. Filmschauspielerin (1938–1981)
Natalija	weibl., russ. Form zu Natalie
Natascha	weibl., russ. Form zu Natalie, durch die Natascha in Tolstois »Krieg und Frieden« bekannt geworden und öfter gewählt
Nathalie	weibl., französ. Form zu Natalie
Nathan	männl., aus der Bibel übernommener Vorn. hebr. Ursprungs (Gott hat gegeben), der aber nur noch in jüdischen Familien verbreitet ist; Nathan war in der Bibel ein Prophet, der David nach dessen Ehebruch mit Bathseba und dem Mord an Uria das Urteil Gottes verkündete; allgemein bekannt durch Lessings Drama »Nathan der Weise«; auch Kurzform zu Nathanael oder Jonathan
Nathanael	männl., aus dem Hebr. (Gott hat gegeben)

Ned

Ned — männl., engl. Kurzform zu Edward

Neel — männl., fries. Kurzform zu Cornelius

Neele — weibl., fries. Kurzform zu Cornelia; *weitere Formen:* Neela, Neelke, Neeltje, Nele

Neeltje — männl., fries. Kurzform zu Cornelius oder weibl., fries. Form zu Cornelia

Nehemia — männl., aus der Bibel übernommener Vorn. hebr. Ursprungs (Gott hat getröstet)

Neidhard — männl., aus dem ahd. »nid« (Kampfeszorn, blinder Eifer) und »harti« (hart); *weitere Formen:* Neithard, Nithard; *bekannter Namensträger:* Neidhard von Reuenthal, deutscher Dichter (12./13. Jh.)

Neil — männl., aus dem Kelt. (der Kämpfer, Anführer); *bekannte Namensträger*: Neil Armstrong, amerikan. Astronaut, betrat als erster Mensch am 20.07.69 den Mond; Neil Young, kanad. Rockmusiker (geb. 1945); Neil Diamond, amerikan. Sänger (geb. 1941)

Nelda — weibl., Kurzform zu Thusnelda

Nelli — weibl., der Kindersprache entlehnte Form zu Elli, Helene und Eleonore

Nelly — weibl., engl. Form zu Nelli; *bekannte Namensträgerin:* Nelly Sachs, deutsche Dichterin (1891–1970)

Nelson — männl., aus dem Engl. übernommener Vorn. (Sohn des Neil), der dort auch ein Familien- und Ortsname ist; *bekannte Namensträger:* Nelson Piquet, brasilian. Motorsportler (geb. 1952); Nelson Mandela, südafrik. Freiheitskämpfer und seit 1994 erster schwarzer Präsident Südafrikas (geb. 1918)

Nepomuk — *Herkunft:* männl., aus dem Tschech. (Mann aus Pomuk, Ort in Böhmen); der Vorn. geht auf den Heiligen Nepomuk zurück, der nach der Legende von König Wenzel gefoltert und in der Moldau ertränkt wurde, weil er über die Beichte der Königin schwieg; der Heilige Nepomuk ist häufig Brückenheiliger und Landespatron von Böhmen
Verbreitung: im deutschsprachigen Raum selten gewählt
Bekannter Namensträger: Johann Nepomuk Nestroy, österr. Schriftsteller (1801–1862)
Namenstag: 16. Mai

Nestor — männl., griech. Sagengestalt aus Homers Odyssee, wo er der weise Berater der Griechen vor Troja war

Neta	weibl., schwed. und dän. Kurzform zu Agneta; *weitere Formen:* Nete
Nette	weibl., Kurzform zu Jeannette, Annette und Antoinette; *weitere Formen:* Netta, Netti, Netty
Nic	männl., rätoroman. Form zu Nikolaus; *weitere Formen:* Niclo, Nico
Niccolò	männl., italien. Form zu Nikolaus; *weitere Formen:* Nicoletto; *bekannter Namensträger:* Niccolò Paganini, ital. Violinvirtuose und Komponist (1782–1840)
Nicholas	männl., engl. Form zu Nikolaus
Nick	männl., engl. Kurzform zu Nikolaus
Nicki	männl., Kurzform zu Nikolaus
Nicol	männl., französ. Form zu Nikolaus
Nicola	männl., italien. Form zu Nikolaus und weibl. Form zu Nikolaus, die aber nicht zu empfehlen ist, da die italien. Form eindeutig männl. ist; bei der Wahl als weibl. Vorn. ist ein eindeutiger Zweitname erforderlich
Nicolaas	männl., niederländ. Form zu Nikolaus
Nicolas	männl., engl. und französ. Form zu Nikolaus; *bekannte Namensträger:* Nicolas Born, deutscher Schriftsteller (1937–1979); Nicolas Cage, amerikan. Schauspieler (geb. 1964)
Nicole	weibl. Form zu Nikolaus, oft gewählt; *weitere Formen:* Nicla, Nicol, Nikol, Nicoletta, Nicolette, Nikoletta, Nikoline; *bekannte Namensträgerinnen:* Nicole Hohlsch, bekannt als »Nicole«, deutsche Schlagersängerin (geb. 1965); Nicole Uphoff, deutsche Dressurreiterin, mehrfache Olympiasiegerin (geb. 1967)
Niculaus	männl., rätoroman. Form zu Nikolaus; *weitere Formen:* Niculin
Niels	männl., skand. Form zu Nikolaus, bekannt geworden durch das Kinderbuch von S. Lagerlöf »Die wunderbare Reise des Niels Holgersson mit den Wildgänsen«; *weitere Formen:* Nils, Nisse, Nels; *bekannte Namensträger:* Niels Wilhelm Gade, dän. Komponist (1817–1890); Niels Bohr, dän. Physiker (1885–1962)
Nigg	männl., fries. Form zu Nikolaus
Nik	männl., Kurzform zu Nikolaus
Nikita	männl., russ. Form zu Nikolaus; *bekannter Namensträger:* Nikita Chruschtschow, russ. Staatsmann (1894–1971)

Nikkel	männl., Kurzform zu Nikolaus
Niklas	männl., fries. Form zu Nikolaus; *weitere Formen:* Niklaus; *bekannter Namensträger:* Niklas von Wyle, schweiz. Humanist (15. Jh.)
Niko	männl., Kurzform zu Nikolaus
Nikol	männl., fries. Form zu Nikolaus und aus dem Französ. übernommene weibl. Form zu Nikolaus in eingedeutschter Schreibweise (vom Landgericht Dortmund als weibl. Vorn. zugelassen)
Nikolai	männl., russ. Form zu Nikolaus
Nikolaus	*Herkunft:* männl., aus dem griech. »niké« (Sieg) und »laós« (Volksmenge); der Heilige Nikolaus zählt zu den 14 Nothelfern und ist der Schutzheilige der Schiffer, Kaufleute, Seeleute, Bäcker und Schüler *Verbreitung:* seit dem 12. Jh. volkstümlicher Vorn., der dann im 18. Jh. an Bedeutung verlor und im 20. Jh. von seiner Kurzform Klaus fast vollständig verdrängt wurde *Andere Formen:* Klas, Klaas, Klaus, Nik, Nicki, Nikkel, Niko; Nic, Niclo, Nico, Niculaus (rätorom.); Nick, Nicholas, Nicolas (engl.); Nicol, Nicolas (französ.); Niccolò, Nicola (italien.); Niklas, Nikol, Nigg (fries.); Nicolaas (niederlän.); Niels (skand.); Nikolai, Nikita (russ.); Mikola (slaw.); Miklós (ungar.) *Bekannte Namensträger:* Papst Nikolaus V., Humanist und Begründer der Vatikanischen Bibliothek (14./15. Jh.); Nikolaus von Kues, deutscher Philosoph und Theologe (15. Jh.); Nikolaus Kopernikus, deutscher Astronom (1473–1543); Nikolaus Lenau, österr. Schriftsteller (1802–1850); *Namenstag:* 6. Dezember
Nina	weibl., Kurzform zu Vorn., die auf »ina« auslauten, vor allem Antonina, Annina und Giovannina; *weitere Formen:* Nine; Ninja (portug.); *bekannte Namensträgerin:* Nina Hagen, deutsche Popsängerin (geb. 1955); Namenstag: 15. Dezember
Ninetta	weibl., französ. Form zu Nina; *weitere Formen:* Ninon, Ninette
Nino	männl., ialien. Kurzform zu Giovanni
Nita	weibl., skand. Kurzform zu Vorn. mit »ita«, vor allem Anita und Benita
Noah	männl., aus der Bibel übernommener Vorn. hebr. Ursprungs von »noach« (Ruhebringer); im Alten Testament überstand Noah die Sintflut in seiner Arche und wurde zum Gründer neuer Volksstämme; *bekannter Namensträger:* Noah Gordon, amerikan. Bestsellerautor (geb. 1926)
Noel	männl. Form zu Natalie

Noelle	weibl., alte französ. Form zu Natalie
Nolda	weibl., Kurzform zu Arnolde
Nolde	männl., fries. Kurzform zu Arnold; *weitere Formen:* Nolte
Nolik	männl., russ. Kurzform zu Anatolij
Nona	weibl., engl., schwed. und span. Vorn. lat. Ursprungs; Nona war eine der drei Parzen (Schicksalsgöttinen) und römische Geburtsgöttin
Nonna	weibl., schwed. Kurzform zu Eleonora und Yvonne; *weitere Formen:* Nonny
Nonne	männl., fries. Kurzform zu Vorn. mit »nant«; *weitere Formen:* Nonno
Nonneke	weibl. Form zu Nonne; *weitere Formen:* Nonna
Nora	weibl., Kurzform zu Eleonora, bekannt durch Ibsens Schauspiel »Nora oder ein Puppenheim«; *weitere Formen:* Nore; Norina (italien.); Noreen (irisch)
Norbert	*Herkunft:* männl., aus dem ahd. »nord« (Norden) und »beraht« (glänzend) *Verbreitung:* Norbert von Xanten hieß der heiliggesprochene Stifter des Prämonstratenserordens und Erzbischof von Magdeburg (11./12. Jh.), der als Namensvorbild diente; heute wird der Vorn. gern gewählt *Andere Formen:* Nordbert *Bekannte Namensträger:* Norbert Wiener, amerikan. Mathematiker (1894–1964); Norbert Blüm, deutscher Politiker (geb. 1935); Norbert Schramm, deutscher Eiskunstläufer (geb. 1960) *Namenstag:* 6. Juni
Norberta	weibl. Form zu Norbert
Nordbert	männl., Nebenform zu Norbert
Nordrun	weibl., Neubildung aus ahd. »nord« (Norden) und Vorn. in Zusammensetzung mit »run«
Nordwin	männl., aus dem ahd. »nord« (Norden) und »wini« (Freund)
Norfried	männl., aus dem ahd. »nord« (Norden) und »fridu« (Friede)
Norgard	weibl., aus dem ahd. »nord« (Norden) und »gard« (Hort, Schutz)
Norhild	weibl., aus dem ahd. »nord« (Nord) und »hiltja« (Kampf); *weitere Formen:* Norhilde

Norina	weibl., Nebenform zu Nora
Norma	weibl., engl. Vorn. aus dem lat. »norma« (Gebot), bekannt geworden durch Bellinis Oper »Norma« (1831); auch der bürgerliche Name der Schauspielerin Marilyn Monroe (Norma Jean Baker)
Norman	männl., aus dem ahd. »nord« und »man« (Mann aus dem Norden), besonders in England und Amerika verbreitet; *weitere Formen:* Normann; *bekannter Namensträger:* Norman Mailer, amerikan. Schriftsteller (geb. 1923)
Norwin	männl., aus dem ahd. »nord« (Norden) und »wini« (Freund)
Notburg	weibl., aus dem ahd. »not« (Bedrängnis) und »burg« (Schutz), im Mittelalter in Süddeutschland und Österreich verbreitet, heute selten gewählt; *weitere Formen:* Notburga, Burga; *Namenstag:* 15. September
Notburga	weibl., Nebenform zu Notburg
Notker	männl., aus dem ahd. »not« (Not) und »ger« (Speer); Notker ist die Umkehrung zu Gernot; *bekannter Namensträger:* Notker Balbulus, deutscher Dichter und Sprachlehrer (9./10. Jh.)
Nunzia	weibl., Kurzform zu Annunziata
Nuria	weibl., aus dem Span. übernommener Vorn., abgeleitet von »Nuestra Señora de Nuria« (»Unsere Frau von Nuria«), Muttergottesstätte in der Provinz Gerona

O

Obba	weibl. Form zu Obbo
Obbo	männl., Nebenform zu Otto, fries. Kurzform zu Otbert; *weitere Formen:* Obbe
Oberon	männl., aus dem Französ. übernommener Vorn., Nebenform zu Auberon
Oceana	weibl., neugebildeter Vorn. anläßlich einer Geburt auf einem Überseedampfer (1875); *weitere Formen:* Ozeana
Octavia	weibl. Form zu Octavius; *bekannte Namensträgerin:* Octavia, römische Kaiserin und Gattin des Nero (1. Jh. v. Chr.)
Octavius	männl., aus dem Lat. (aus dem Geschlecht der Octavier); *weitere Formen:* Octavio, Oktavio, Oktavian; bekannt ist die Gestalt des Octavio Piccolomini aus Schillers »Wallenstein«
Oda	weibl., Kurzform von Zusammensetzungen mit »ot«; der Vorn. war vor allem im Mittelalter im altsächs. Raum verbreitet, jedoch ist die hochdeutsche Form Ute bekannter
Odalinde	weibl., aus dem ahd. »ot« (Besitz) und »linta« (Schutzschild aus Lindenholz)
Oddo	männl., italien. Form zu Otto
Ode	männl., ostfries. Kurzform von Zusammensetzungen mit »ot« ; *weitere Formen:* Odo
Odette	weibl., französ. Koseform zu Odilde
Odila	weibl., Koseform zu Oda; *weitere Formen:* Otila
Odilberga	weibl., aus dem ahd. »ot« (Besitz) und »bergan« (bergen, schützen); *weitere Formen:* Otberga, Otburga, Ottberge, Ottburga, Odilberta
Odilgard	weibl., aus dem ahd. »ot« (Besitz) und »gard« (Hort, Schutz)
Odilia	weibl., Nebenform zu Ottilie; der Vorname wurde durch die Verehrung der Heiligen Odilia verbreitet: der Legende nach soll sie blind geboren worden sein und bei der Taufe das Augenlicht erlangt haben, später wurde sie Äbtissin des Klosters Odilienberg und Schutzheilige im Elsaß (7./8. Jh.); *weitere Formen:* Odilie; Odile (französ.)
Odilo	männl., Nebenform zu Odo; *bekannter Namensträger:* Odilo, Abt von Cluny (10./11. Jh.)
Odin	männl., identisch mit dem nordgerman. Gott Odin (Wotan)

Odine	weibl., Nebenform zu Oda; *weitere Formen:* Odina
Odo	männl., Nebenform zu Otto
Odomar	männl., Nebenform zu Otmar; *weitere Formen:* Odemar
Okko	männl., Nebenform zu Otto
Ola	männl., norweg. Form zu Olaf; *weitere Formen:* Olav
Olaf	*Herkunft:* männl., aus dem Nord. übernommener Vorn. (Ahnensproß) *Verbreitung:* als alter norweg. Königsname war er erst in Skandinavien und dann auch im gesamten deutschsprachigen Raum gebräuchlich; gegenwärtig seltener gewählt *Andere Formen:* Olav; Ole, Oluf (dän.); Ola (norweg.); Olof (schwed.); Olaus (lat.) *Bekannte Namensträger:* Olaf Gulbransson, norweg. Zeichner (1873–1958); Olaf Thon, deutscher Fußballspieler (geb. 1966) *Namenstag:* 29. Juli
Olaus	männl., lat. Form von Olaf
Olav	männl., Nebenform zu Olaf
Olberich	männl., Nebenform zu Alberich
Oldwig	männl., Nebenform zu Adalwig
Ole	männl., dän. Form zu Olav oder fries. Kurzform zu Vorn. mit »od« und »ul«
Oleg	männl., russ. Kurzform zu Helge, der im 9. Jh. mit den Warägern nach Rußland gelangte; *bekannter Namensträger:* Oleg Protopopow, russ. Eiskunstläufer (geb. 1932)
Olf	männl., Kurzform von Vorn. mit »wolf«
Olfert	männl., ostfries. Kurzform zu Wolfhart
Olga	*Herkunft:* weibl., russ. Form zu Helga *Verbreitung:* der nord. Vorn. Helga wurde durch die Waräger im 9. Jh. nach Rußland getragen und dort zu Olga umgebildet; in Deutschland wurde der Vorname erst im 19. Jh. durch die Heirat Karls von Württemberg mit Olga von Russland bekannt und vorübergehend volkstümlich; heute selten gewählt *Andere Formen:* Olla *Bekannte Namensträgerinnen:* Heilige Olga, Großfürstin von Kiew (9./10. Jh.); Olga Tschechowa, deutsche Filmschauspielerin (1897–1980) *Namenstag:* 11. Juli

Olinde	weibl., Nebenform zu Odalinde
Oliva	weibl., italien. Form zu Olivia
Olive	weibl., französ. und engl. Form zu Olivia
Oliver	*Herkunft:* männl., der Vorn. geht auf Oliver, einen Waffengefährten Rolands, zurück, der im französ. Rolandslied Besonnenheit und Mäßigung im Gegensatz zu der ungestümen Tapferkeit seines Freundes Roland verkörpert *Verbreitung:* erst in neuester Zeit wurde der Vorname in Deutschland verstärkt gewählt und gilt heute als modisch *Andere Formen:* Olivier (französ.); Olli (amerikan.); Oliviero (italien.) *Bekannte Namensträger:* Oliver Cromwell, engl. Staatsmann (1599–1658); Oliver Goldsmith, engl. Schriftsteller (1728–1774); Oliver Hardy, amerikan. Filmkomiker (1892–1957) *Namenstag:* 11. Juli
Olivet	weibl., engl. Form zu Olivia
Olivia	*Herkunft:* weibl., aus dem lat. »oliva« (Ölbaum, Olive) *Verbreitung:* im Mittelalter kam der Vorname vereinzelt in Deutschland vor und wird gegenwärtig sehr selten gewählt *Andere Formen:* Olla; Oliva (italien.); Olive (französ.); Olive, Olivet, Livy (engl.) *Bekannte Namensträgerin:* Olivia Newton-John, amerikan. Sängerin (geb. 1948)
Olivier	männl., französ. Form zu Oliver
Oliviero	männl., italien. Form zu Oliver
Olla	weibl., Koseform zu Olga und Olivia; *weitere Formen:* Olli, Ollie
Olli	männl., amerikan. Form zu Oliver und Koseform zu Olga und Olivia; eindeutiger Zweitname erforderlich
Olof	männl., schwed. Form zu Olaf; *bekannter Namensträger:* Olof Palme, ehemaliger schwed. Ministerpräsident (1927–1986)
Olofa	weibl. Form zu Olof; *weitere Formen:* Olova, Oluva
Oltman	männl., fries. Vorn. ahd. Ursprungs von »ald« (bewährt) und »man« (Mann)
Oluf	männl., dän. Form zu Olaf
Olympia	weibl., aus dem Griech. (die vom Berge Olymp Stammende); bekannt wurde der Vorname durch die Olympia in Offenbachs Oper »Hoffmanns Erzählungen«; *weitere Formen:* Olympias; Olimpias (italien., span.)

Olympus	männl., aus dem Griech. (der vom Berge Olymp Stammende); *weitere Formen:* Olimpio (italien., span.)
Omar	männl., arab. Form zu Georg; *bekannter Namensträger:* Omar Sharif, Künstlername des libanesischen Schauspielers Michael Chalhoub (geb. 1932)
Omke	männl., fries. Kurzform zu Vorn. mit »od« oder »odm«, vor allem Otmar; *weitere Formen:* Omko, Omme, Ommeke, Ommo, Onno
Ona	weibl., aus dem bask. »on« (gut, wohl, glücklich); *weitere Formen:* Oneka, Onna, Onne
Onno, Ontje	männl., Nebenformen zu Otto
Oona	weibl., Herkunft und Bedeutung ungeklärt
Ophelia	weibl., aus dem griech. »ophéleia« (Hilfe, Nutzen, Vorteil); der Vorn. ist zwar durch die Gestalt der Ophelia in Shakespeares »Hamlet« bekannt, wird im deutschsprachigen Raum aber sehr selten gewählt
Orania	weibl., aus dem griech. »ourania« (die Himmlische); in der Mythologie ist Orania eine der neun Musen; *weitere Formen:* Urania; Oriane (engl.); Orane (französ.)
Orell	männl., schweiz. Form zu Aurelius
Orella	weibl., bask. Form zu Aurelia
Orla	weibl., Kurzform zu Orsola
Ornella	weibl., italien. Verkleinerungsform zu Orania; *bekannte Namensträgerin:* Ornella Muti, italien. Schauspielerin (geb. 1955)
Orschel	weibl., schweiz. Kurzform zu Ursula
Orsola	weibl., italien. Form zu Ursula
Ortensia	weibl., rätoroman. Form zu Hortensia
Ortfried	männl., aus dem ahd. »ort« (Spitze) und »fridu« (Friede)
Ortger	männl., aus dem ahd. »ort« (Spitze) und »ger« (Speer)
Orthia	weibl., Kurzform zu Dorothea
Orthild	weibl., aus dem ahd. »ort« (Spitze) und »hiltja« (Kampf); *weitere Formen:* Orthilde
Ortlieb	männl., aus dem ahd. »ort« (Spitze) und »leiba« (Erbe); *weitere Formen:* Ortliep

Ortlind	weibl., aus dem ahd. »ort« (Spitze) und »linta« (Schutzschild aus Lindenholz); *weitere Formen:* Ortlinde
Ortnit	männl., aus dem ahd. »ort« (Spitze) und »nid« (Kampfeszorn, wilder Eifer); Ortnit ist eine Gestalt der Kudrunssage; *weitere Formen:* Ortnid
Ortolf	männl., aus dem ahd. »ort« (Spitze) und »wolf« (Wolf); *weitere Formen:* Ortulf
Ortolt	männl., Nebenform zu Ortwald
Ortrud	weibl., aus dem ahd. »ort« (Spitze) und »trud« (Kraft); durch Wagners »Lohengrin« 1847 volkstümlich geworden, heute aber selten gewählt; *weitere Formen:* Ortraud
Ortrun	weibl., aus dem ahd. »ort« (Spitze) und »runa« (Zauber, Geheimnis); Ortrun ist in der Kudrunssage die Schwester Hartmuts
Ortwald	männl., aus den ahd. Wörtern »ort« (Spitze) und »waltan« (walten, herrschen)
Ortwin	männl., aus dem ahd. »ort« (Spitze) und »wini« (Freund); Vorname mehrerer Gestalten der deutschen Heldensagen, heute selten gewählt; *weitere Formen:* Ortwein
Osane	weibl., aus dem bask. »osa« (gesund, heil; die Hilfebringende)
Osbert	männl., Nebenform zu Ansbert
Osberta	weibl. Form zu Osbert
Oscar	männl., Nebenform zu Oskar; *bekannte Namensträger:* Oscar Wilde, engl. Schriftsteller (1854–1900); Oscar Straus, österr. Komponist (1870–1954)
Oskar	*Herkunft:* aus der Ossian-Dichtung des Schotten J. Macpherson übernommener Vorn.; Nebenform zu Ansgar *Verbreitung:* Ende des 18. Jh. durch die Ossian-Dichtung in Deutschland bekannt geworden, unter schwed. Einfluß Ende des 19. Jh. im deutschen Sprachraum volkstümlich geworden (bekannte Redewendung: »frech wie Oskar«), heute seltener gewählt *Andere Formen:* Oscar, Ossi *Bekannte Namensträger:* Oskar I., König von Schweden (1799–1859); Oskar Kokoschka, österr. Maler (1886–1980); Oskar Lafontaine, deutscher Politiker (geb. 1943)
Osmar	männl., aus dem ahd. »ans« (Gott) und »mari« (berühmt)
Osmund	männl., aus dem ahd. »ans« (Gott) und »munt« (Schutz der Unmündigen)

Osmunde	weibl. Form zu Osmund
Ossi	männl., Kurzform zu Vorn. mit »os«, vor allem Oskar und Oswald; *weitere Formen:* Ossy (engl.)
Ossip	männl., russ. Form zu Josef
Ostara	weibl., dieser Taufzeitname wurde Mädchen gegeben, die in der Osterzeit geboren wurden; *weitere Formen:* Easter (engl.)
Osterhild	weibl., aus dem ahd. »ostar« (nach Osten, Frühlingslicht) und »hiltja« (Kampf)
Osterlind	weibl., aus dem ahd. »ostar« (nach Osten, Frühlingslicht) und »linta« (Schutzschild aus Lindenholz)
Oswald	*Herkunft:* männl., angelsächsische Nebenform zu Answald *Verbreitung:* vor allem als Vorn. des heiligen Oswald von Northumbrien, der in seinem Land das Christentum einführte und im Kampf gegen den heidnischen König Penda von Mercien fiel (7. Jh.); durch die Missionstätigkeit angelsächsischer und schottischer Mönche fand der Name in Deutschland, vor allem im Alpenraum Verbreitung; heute selten gewählt *Bekannte Namensträger:* Oswald von Wolkenstein, Tiroler Minnesänger (1377–1445); Oswald Boelke, deutscher Jagdflieger (1891–1916); Oswald Kolle, deutscher Aufklärungspapst der 60er Jahre (geb. 1928)
Oswalda	weibl. Form zu Oswald; *weitere Formen:* Oswalde
Oswin	männl., altsächsische Nebenform zu Answin
Oswine	weibl. Form zu Oswin
Ota	weibl., Nebenform zu Oda oder männl., tschech. Form zu Otto
Otberga	weibl., Nebenform zu Odilberga
Otbert	männl., aus dem ahd. »ot« (Besitz) und »beraht« (glänzend)
Otberta	weibl. Form zu Otbert
Otburga	weibl., aus dem ahd. »ot« (Besitz) und »beraht« (glänzend); *weitere Formen:* Otburg
Otfried	männl., aus dem ahd. »ot« (Besitz) und »fridu« (Friede); der Vorn. war schon im Mittelalter selten und wurde in der Neuzeit kaum noch gewählt; zu Beginn des 19. Jh. wurde der Vorn. durch die Beschäftigung mit der altdeutschen Literatur neu belebt, heute selten gewählt; *bekannter Namensträger:* Otfried von Weißenburg, Verfasser der Evangelienharmonie (9. Jh.)

Otfriede

Otfriede	weibl. Form zu Otfried
Otger	männl., aus dem ahd. »ot« (Besitz) und »ger« (Speer); *weitere Formen:* Otker; Edgar (engl.)
Otgund	weibl., aus dem ahd. »ot« (Besitz) und »gund« (Kampf); *weitere Formen:* Otgunde
Othild	weibl., aus dem ahd. »ot« (Besitz) und »hiltja« (Kampf); *weitere Formen:* Othilde
Othmar	männl., Nebenform zu Otmar
Othon	männl., französ. Nebenform zu Otto
Otil	männl., Nebenform zu Otto
Otlinde	weibl., aus dem ahd. »ot« (Besitz) und »linta« (Schutzschild aus Lindenholz); *weitere Formen:* Ottlinde
Otmar	*Herkunft:* männl., aus dem ahd. »ot« (Besitz) und »mari« (berühmt) *Verbreitung:* Die Verehrung des Heiligen Otmar von St. Gallen (8. Jh.) führte besonders im süddeutschen Raum zur Verbreitung des Vorn., heute selten gewählt *Andere Formen:* Ottmar, Othmar, Odomar; Omke (fries.) *Namenstag:* 16. November
Otmund	männl., aus dem ahd. »ot« (Besitz) und »munt« (Schutz der Unmündigen)
Ott	männl., Kurzform zu Vornamen mit »ot« oder »ott«
Otte	männl., Nebenform zu Otto
Ottegebe	weibl., aus dem ahd. »ot« (Besitz) und »geba« (Gabe, Geschenk); Ottegebe wurde als Name einer Hauptgestalt in G. Hauptmanns Schauspiel »Der arme Heinrich« (1902) bekannt, trotzdem selten gewählt; *weitere Formen:* Geba, Ottogebe, Otgiva
Ottfried	männl., Nebenform zu Otfried
Ottheinrich	männl., Doppelname aus Otto und Heinrich; *bekannter Namensträger:* Ottheinrich, Kurfürst von der Pfalz (16. Jh.)
Ottheinz	männl., Doppelname aus Otto und Heinz
Otthermann	männl., Doppelname aus Otto und Hermann
Otti	weibl., Kurzform zu Ottilie

Ottilie	weibl., Nebenform zu Odilia; bekannt ist die Gestalt der Ottilie in Goethes Roman »Die Wahlverwandtschaften«
Ottmar	männl., Nebenform zu Otmar; *bekannter Namensträger:* Ottmar Mergenthaler, deutscher Uhrmacher und Techniker (1854–1899)
Otto	*Herkunft:* männl., alter deutscher Vorn., selbständig gewordene Kurzform zu Namen mit »ot« *Verbreitung:* bereits im Jahre 788 urkundlich belegt; deutscher Kaisername und Vorname von Adligen, dann volkstümlich geworden (Ende des 19. Jh. war Otto einer der zwölf beliebtesten Namen in Berlin); der Vorn. wird heute sehr selten gewählt *Andere Formen:* Obbo, Odo, Okko, Onno, Otil, Ontje, Otte, Udo; Othon (französ.); Ottone, Oddo (italien.) *Bekannte Namensträger:* Otto von Bismarck, deutscher Reichskanzler (1815–1898); Otto Hahn, deutscher Physiker und Nobelpreisträger (1879–1968); Otto von Lilienthal, Flugpionier (1849–1896); Otto Dix, deutscher Maler (1891–1969); Otto Waalkes, deutscher Komiker (geb. 1948); Otto Rehhagel, deutscher Fußballtrainer (geb. 1938); Otto Schily, Rechtsanwalt, früher Mitglied der »Grünen«, heute SPD-Politiker (geb. 1932) *Namenstag:* 30. Juni
Ottokar	männl., aus den ahd. Wörtern »ot« (Besitz) und »wakar« (munter, wachsam, wacker), Nebenform zu Ordowakar; *bekannte Namensträger:* König Ottokar II. von Böhmen (13. Jh.)
Ottone	männl., italien. Form zu Otto
Otwald	männl., aus den ahd. Wörtern »ot« (Besitz) und »waltan« (walten, herrschen)
Otward	männl., aus dem ahd. »ot« (Besitz) und »wart« (Hüter)
Otwin	männl., aus dem ahd. »ot« (Besitz) und »wini« (Freund); *weitere Formen:* Edwin (engl.)
Otwine	weibl. Form zu Otwin
Ove	männl., schwed. Form zu Uwe
Owe	männl., nordfries. Form zu Uwe; *weitere Formen:* Ouwe
Owen	männl., engl. Form zu Eugen; *bekannter Namensträger:* Owen D. Young, amerikan. Politiker und Wirtschaftsführer, schuf 1929 den Youngplan zur Regelung der deutschen Reparationszahlungen (1874–1962)
Ozeana	weibl., Nebenform zu Oceana

Es ist ein bekanntes Talent niedriger und kleiner Geister, stets den Namen eines großen Mannes im Munde zu führen.

Jonathan Swift,
Tuchhändlerbriefe 5

Einen Namen hat man, wenn man keinen Wert mehr auf seine Titel legt.

Sigmund Graff,
Man sollte mal darüber nachdenken

P

Paale	männl., fries. Form zu Paul
Paavo	männl., finn. Form zu Paul; *bekannter Namensträger:* Paavo Nurmi, finn. Rekordläufer (1897–1973)
Pablo	männl., span. Form zu Paul; *bekannte Namensträger:* Pablo Picasso, span. Maler (1881–1973); Pablo Casals, span. Cellist (1876–1973)
Paddy	männl., engl. Form zu Patrick
Pál	männl., ungar. Form zu Paul
Palle	männl., fries. Form zu Paul
Palmira	weibl., aus dem Italien. übernommener Vorn. lat. Ursprungs von »palma« (Palme)
Palmiro	männl. Form zu Palmira
Paloma	weibl., aus dem span. »paloma« (die Taube); *weitere Formen:* Palomina
Pals	männl., fries. Form zu Paul
Pamela	weibl., aus dem Engl. übernommener Vorn. unklarer Herkunft und Bedeutung; bekannt wurde der Vorn. durch den gleichnamigen Roman von S. Richardson (1772 übersetzt ins Deutsche); der Vorn. gilt heute als modern
Pamina	weibl., aus Mozarts Oper »Die Zauberflöte« (1791) übernommener Vorn. wahrscheinlich griech. Ursprungs (immerwährende Vollmondnacht), selten gewählt
Pancha	weibl. Form zu Pancho
Pancho	männl., span. Form zu Francisco
Pandora	weibl., aus dem griech. »pan« (ganz) und »doron« (Gabe, Geschenk); bekannt durch die griech. Sagengestalt, die aus einem Tongefäß alles Unheil unter die Menschen bringt (»Büchse der Pandora«)
Panja	weibl., russ. Kurzform zu Vorn., die auf »nja« enden
Pankratius	männl., aus dem Griech. übernommener Vorn. von »pan« (ganz) und »krátos« (Kraft, Macht); der Vorn. fand als Name des Heiligen Pankratius, der einer der 14 Nothelfer ist, seit dem 5. Jh. Verbreitung; *Namenstag:* 12. Mai
Pankraz	männl., Nebenform zu Pankratius

Patrick

Pankrazia	weibl. Form zu Pankraz
Pantaleon	männl., aus dem Griech. übernommener Vorn. unklaren Ursprungs; der Name wurde durch den Heiligen Pantaleon von Nicomedia bekannt, der zu den 14 Nothelfern gehört; *Namenstag:* 27. Juli
Paola	weibl., italien. Form zu Paula
Paolo	männl., italien. Form zu Paul
Paridam	männl., aus dem Engl. übernommener Vorn. unklaren Ursprungs, eventuell eine Anlehnung an Paris, der französ. Form zu Patrick; *weitere Formen:* Paride (italien.)
Paris	männl., französ. Nebenform zu Patrick
Parzival	männl., aus der Artussage übernommener Vorn.; *weitere Formen:* Parsifal, Parsival; Percival (engl.); Percevale (französ.)
Pascal	männl., französ. Form zu lat. »paschalis« (der zu Ostern Geborene); *weitere Formen:* Pasquale, Pascual (italien.)
Pascale	männl., Nebenform zu Pascal
Pascha	männl., Nebenform zu Pawel
Paschalis	männl., aus dem lat. »paschalis« (zu Ostern gehörend, der zu Ostern Geborene); der Vorn. wurde durch den Heiligen Paschalis Baylon (16. Jh.) bekannt; *Namenstag:* 17. Mai
Pat	männl., Koseform zu Patrick oder weibl., Koseform zu Patricia; eindeutiger Zweitname erforderlich
Patric	männl., Nebenform zu Patrick
Patricia	weibl. Form zu Patricius; *weitere Formen:* Pat, Patty, Patsy; *bekannte Namensträgerinnen:* Heilige Patricia von Neapel, Patronin der Pilger (7. Jh.); Gracia Patricia, Fürstin von Monaco (1929–1982); *Namenstag:* 15. August
Patricius	männl., aus dem lat. »patricius« (zum altrömischen Adel gehörend); *weitere Formen:* Patrizius; Patrick (irisch); Patrice (französ.); Patrizio (italien.)
Patrick	*Herkunft:* männl., aus dem Irischen übernommener Vorn. lat. Ursprungs, von »patricius« (zum altrömischen Adel gehörend) *Verbreitung:* seit dem 12. Jh. über Irland, Schottland und Nordengland in den deutschen Sprachraum gelangt, gilt aber erst heute als modern und wird oft gewählt *Andere Formen:* Patric, Paddy, Patty, Patrik, Pat; Paris (französ.)

Patrik

Bekannte Namensträger: Heiliger Patrick, Apostel und Schutzheiliger Irlands (4./5. Jh.); Patrick Süskind, deutscher Schriftsteller (geb. 1949); Patrick Duffy, amerikan. Schauspieler, bekannt als »Bobby« aus der Fernsehserie »Dallas« (geb. 1949)
Namenstag: 17. März

Patrik — männl., Nebenform zu Patrick

Patrizia — weibl., Nebenform zu Patricia

Patrizius — männl., Nebenform zu Patricius

Patty — männl., Koseform zu Patrick und weibl., Koseform zu Patricia; eindeutiger Zweitname erforderlich

Paul — *Herkunft:* männl., aus dem lat. »paulus« (klein); Namensvorbild war der Apostel Paulus, der mit jüdischem Vorn. eigentlich Saul (lat. Saulus) hieß und Paulus wahrscheinlich schon bei seiner Geburt als Zweitnamen erhielt; nach seiner Bekehrung zu Christus wechselte er seinen Namen (daher auch das Sprichwort: »Vom Saulus zum Paulus werden«)
Verbreitung: seit dem Mittelalter sehr beliebter Taufname, zu Anfang des 20. Jh. besonders bevorzugt (1903 war Paul der häufigste Schülername in Berlin); gegenwärtig selten gewählt
Andere Formen: Paulinus; Pole (niederdeutsch); Paale, Pals (fries.); Paulus (lat., niederländ.); Paolo (italien.); Pawel (russ.); Pablo (span.); Paavo (finn.); Poul (dän.); Pál (ungar.)
Bekannte Namensträger: Paul Gerhardt, Kirchenlieddichter (1607–1676); Paul Verlaine, französ. Dichter (1844–1896); Paul Gauguin, französ. Maler (1848–1903); Paul Cézanne, französ. Maler (1839–1906); Paul Lincke, deutscher Komponist (1866–1946); Paul Klee, deutscher Maler (1879–1940); Paul Hindemith, deutscher Komponist (1895–1963); Paul Newman, amerikan. Filmschauspieler (geb. 1924); Paul Mc Cartney, engl. Popmusiker, Mitglied der »Beatles« (geb. 1942); Paul Simon, amerikan. Popmusiker (Simon & Garfunkel) (geb. 1942)
Namenstag: 29. Juni

Paula — *Herkunft:* weibl. Form zu Paul
Verbreitung: seit dem Mittelalter im deutschsprachigen Raum verbreitet; in der zweiten Hälfte des 19. Jh. sehr beliebter Vorn., dann zurückgehend; heute wenig gewählt
Andere Formen: Pauline; Paula (engl., französ., span.); Paule, Paulette (französ.); Paola (italien.); Pavla, Pola (slaw.)
Bekannte Namensträgerinnen: Paula Modersohn-Becker, deutsche Malerin (1876–1907); Paula Wessely, österr. Schauspielerin (geb. 1907)
Namenstag: 26. Januar

Paule, Paulette — weibl., französ. Formen zu Paula

Pauline — weibl., Koseform zu Paula

Peter

Paulinus	männl., Nebenform zu Paul; *weitere Formen:* Paulin; Polin (rätoroman.)
Paulus	männl., lat. und niederländ. Form zu Paul
Pavla	weibl., slaw. Form zu Paula
Pawel	männl., russ. Form zu Paul
Peder	männl., dän. Form von Peter
Pedro	männl., span. Form zu Peter
Peeke	männl., fries. Form zu Peter
Peer	männl., schwed. und fries. Form zu Peter, bekannt durch Ibsens Drama »Peer Gynt« (1867)
Pelle	männl., schwed. Form zu Peter
Peppo	männl., italien. Kurzform zu Joseph
Per	männl., schwed. Form von Peter
Percy	männl., engl. Kurzform zu Parzival; vor allem im Adel verbreitet; *bekannter Namensträger:* Percy Bysshe Shelley, engl. Dichter (1792–1822)
Peregrina	weibl. Form zu Peregrinus
Peregrinus	männl., aus dem lat. »peregrinus« (fremd, der Fremde)
Perette	weibl., französ. Form zu Petra
Petar	männl., bulgar. Form zu Peter
Pete	männl., Kurzform zu Peter
Peter	*Herkunft:* männl., vom lat. Namen Petrus, der selbst wiederum griech. Ursprungs ist, »pétros« (Felsblock, Stein) *Verbreitung:* als Name des Apostels Petrus fand Peter schon früh in der christlichen Welt große Verbreitung; Petrus war der erste Bischof von Rom und erlitt dort auch den Märtyrertod, über seinem Grab wurde die Peterskirche errichtet; im Mittelalter gehörte Peter zu den beliebtesten Namen, war danach leicht rückläufig und galt erst wieder Anfang des 20. Jh. als modern und war dementsprechend gebräuchlich *Andere Formen:* Pete, Petz; Pitt, Pit (engl.); Pierre, Pier (französ.); Piet, Pieter (niederländ.); Pier, Peko, Peer, Peeke (fries.); Pier, Pietro, Piero (italien.); Pedro (span.); Peder (dän.); Per, Peer, Pelle (schwed.); Petr, Pjotr (russ.); Piotre (poln.); Petar (bulgar.); Pes (slaw.); Petö (ungar.)

Bekannte Namensträger: Peter der Große, Zar von Rußland (1672–1725); Peter Paul Rubens, niederländ. Maler (1577–1640); Peter Tschaikowski, russ. Komponist (1840–1893); Peter Kreuder, deutscher Komponist (1905–1981); Peter Ustinov, engl. Schauspieler und Schriftsteller (geb. 1921); Peter Frankenfeld, Fernsehunterhalter (1913–1975); Peter Gabriel, engl. Rocksänger (geb. 1950); Peter Kraus, Schlagersänger und Teenageridol der 60er Jahre (geb. 1939); Peter Ludwig, Unternehmer, Kunstmäzen und Sammler (geb. 1925); Peter Maffay, deutscher Rockmusiker (geb. 1949); Peter Weck, österr. Schauspieler und Regisseur (1926); Peter Zadek, deutscher Theaterregisseur (geb. 1926); Peter Hofmann, deutscher Opern- und Musicalsänger (geb. 1944); Peter Falk, amerikan. Schauspieler »Columbo« (geb. 1927); Peter Scholl-Latour, deutscher Journalist (geb. 1924)
Namenstag: 29. Juni

Petö	männl., ungar. Form zu Peter
Petr	männl., russ. Form zu Peter
Petra	weibl. Form zu Peter; *weitere Formen:* Perette, Pierrette, Pierrine (französ.); Piera, Pierina, (italien.); Peekje, Pietje, Pierke, Pierkje, Piertje, Peterke, Petje, Petke, Pieterke (fries.); *bekannte Namensträgerinnen*: Petra Kelly, Friedenspolitikerin und Gründungsmitglied der »Grünen« (1947–1992); Petra Schürmann, deutsche Fernsehmoderatorin (geb. 1935)
Petrissa	weibl. Form zu Petrus; *weitere Formen:* Petrisse
Petronella	weibl., italien. Koseform zu Petronia; *weitere Formen:* Petronilla; *bekannte Namensträgerin:* Heilige Petronella, Märtyrerin aus dem 1. Jh.
Petronelle	weibl., französ. Koseform zu Petronia; *weitere Formen:* Petronille
Petronia	weibl., aus dem griech. »pétros« (Fels, Stein)
Petula	weibl., aus dem lat. »petulans« (mutwillig, ausgelassen)
Petz	männl., Kurzform zu Peter
Phil	männl., engl. Kurzform zu Philipp; *bekannter Namensträger:* Phil Collins, engl. Sänger (geb. 1951)
Phila	weibl., Kurzform zu Philomele
Philhard	männl., Doppelname aus Philipp und Gerhard
Philine	weibl., aus dem griech. »philai« (lieben, liebkosen)
Philip	männl., engl. Form zu Philipp

Philipp	*Herkunft:* männl., aus dem griech. »philos« (Freund) und »hippos« (Pferd) *Verbreitung:* als Name des Apostels Philippus in der christlichen Welt verbreitet; bereits im 12. Jh. gehörte Philipp im Rheinland zu den beliebtesten Vorn., und im Gegensatz zu Frankreich und Spanien spielte der Name als Adels- und Herrschername keine große Rolle; allgemein bekannt ist auch der Zappelphilipp in Heinrich Hoffmanns »Struwwelpeter«; gegenwärtig gilt Philipp als modern und wird häufig gewählt *Andere Formen:* Lipp, Lipps, Fips; Philip, Phil (engl.); Philippe (französ.); Filippo, Lippo (italien.); Felipe (span.); Filip (slaw.); Filko, Fülöp (ungar.) *Bekannte Namensträger:* Philipp II., König von Mazedonien und Vater von Alexander dem Großen (3./2. Jh. v. Chr.); Philipp Melanchton, deutscher Humanist und Reformator (1497–1560); Carl Philipp Emanuel Bach, deutscher Komponist (1714–1788); Georg Philipp Telemann, deutscher Komponist (1681–1767); Johann Philipp Reis, deutscher Physiker (1834–1874); Philipp Scheidemann, deutscher Politiker (1865–1939) *Namenstag:* 3. Mai
Philippa	weibl. Form zu Philipp; *weitere Formen:* Filippa (italien.); Felipa (span.); Filipa (slaw.)
Philippe	männl., französ. Form zu Philipp
Philippine	weibl., französ. Form zu Philippa
Philo	männl., aus dem griech. »philos« (Freund, Liebhaber)
Philomele	weibl., aus dem griech. »philos« (Freund, Liebhaber) und »mélos« (Gesang); *weitere Formen:* Philomela
Philomene	weibl., aus dem griech. »philéon« (lieben, liebkosen) und »oumós« (mir bestimmt); *weitere Formen:* Philomena; die Heilige Philomena war eine frühchristliche Märtyrerin und italien. Volksheilige; *Namenstag:* 11. August
Phöbe	weibl. Form zu Phöbus; Beiname der Artemis als Mondgöttin
Phöbus	männl., aus dem Griech. (der Strahlende); Phöbus ist der Beiname Apollos
Phyllis	weibl., aus dem griech. »phyllás« (Belaubung, Blätterhaufen); die Phyllis in der griech. Mythologie war die Geliebte Demophons und wurde nach ihrem Tod in einen Mandelbaum verwandelt
Pia	weibl., Form zu Pius; *Namenstag:* 6. Januar
Piata	weibl., Nebenform zu Pia
Pidder	männl., nordfries. Form zu Peter

Pier

Pier	männl., italien., niederländ. und fries. Kurzform zu Peter; *weitere Formen:* Pierke, Pierkje, Piertje; *bekannter Namensträger:* Pier Paolo Pasolini, italien. Filmregisseur (1922–1975)
Piera	weibl. Form zu Piero
Pierangela	weibl., italien. Doppelname aus Piera und Angela
Pierette	weibl., französ. Form zu Petra
Pierina	weibl., italien. Form zu Petra
Piero	männl., italien. Form zu Peter
Pierre	männl., französ. Form zu Peter; *bekannte Namensträger:* Pierre Curie, französ. Physiker (1859–1906); Pierre Boulez, französ. Komponist (geb. 1925); Pierre Littbarski, deutscher Fußballspieler (geb. 1960); Pierre Brice, französ. Schauspieler »Winnetou« (geb. 1929)
Pierrine	weibl., französ. Form zu Petra
Piet	männl., niederländ. Form zu Peter
Pieter	männl., niederländ. Form zu Peter; *bekannte Namensträger:* Pieter Breughel, niederländ. Maler (der Ältere: 1520–1569, der Jüngere: um 1564–1638)
Pieterke	weibl., fries. Koseform zu Petra; *weitere Formen:* Pietje
Pietje	weibl., fries. Form zu Petra
Pietro	männl., italien. Form zu Peter
Pikka	weibl., lappländ. Kurzform zu Brigitta
Pilar	weibl., aus dem Span. übernommener Vorn.; eine Abkürzung aus Maria del Pilar, einem wundertätigen Marienbild am Pfeiler einer span. Kirche; wie Dolores und Mercedes wurde Pilar aus religiöser Ehrfurcht stellvertretend für Maria als Taufname gewählt; *Namenstag:* 12. Oktober
Pim	männl., niederländ. Koseform zu Wilhelm
Pinkas	männl., Nebenform zu Pinkus; *bekannter Namensträger:* Pinkas Braun, deutscher Filmschauspieler (geb. 1923)
Pinkus	männl., aus dem Hebr. übernommener Vorname, bedeutet »der Gesegnete«
Piotre	männl., poln. Form zu Peter

Pippa	weibl., italien. Kurzform zu Philippa; bekannt geworden durch G. Hauptmanns Schauspiel »Und Pippa tanzt« (1906), aber selten gewählt
Pippi	weibl., eventuell Kurzform zu Philippa; bekannt geworden durch »Pippi Langstrumpf«, beliebte Hauptfigur aus Kinderbüchern von Astrid Lindgren (deutsch: 1960)
Pippo	männl., italien. Koseform zu Filippo
Pirkko	weibl., finn. Form zu Brigitta
Pirmin	männl., Vorn. mit unklarer Herkunft und Bedeutung; als Name des Heiligen Pirmin (8. Jh.) vor allem in Südwestdeutschland verbreitet; *bekannter Namensträger:* Pirmin Zurbriggen, schweiz. Skisportler (geb. 1963)
Piroschka	weibl., ungar. Form zu Prisca: bekannt geworden durch den Film »Piroschka« mit Liselotte Pulver; *weitere Formen:* Piroska
Pit	männl., engl. Kurzform zu Peter
Pitt	männl., engl. Kurzform zu Peter; *weitere Formen:* Pitter
Pius	männl., aus dem lat. »pius« (fromm, gottesfürchtig, tugendhaft); als Name von Päpsten geläufig; *Namenstag:* 21. August, 30. April
Pjotr	männl., russ. Form zu Peter
Placida	weibl. Form zu Placidus
Placidus	männl., aus dem lat. »placide« (sanft, ruhig); *weitere Formen:* Placido (span.); *bekannter Namensträger:* Placido Domingo, span. Tenor (geb. 1941)
Pola	weibl., slaw. Form zu Paula
Poldi	männl. Form zu Leopold und weibl. Form zu Leopoldine; eindeutiger Zweitname erforderlich
Pole	männl., niederdeutsche Form zu Paul; bekannt geworden durch die Erzählung »Pole Poppenspieler« von T. Storm; *weitere Formen:* Pol, Polet, Polin (rätoroman.)
Polly	weibl., engl. Koseform zu Mary; bekannt geworden durch die Polly Peachum in B. Brechts »Dreigroschenoper«; selten gewählt
Polyxenia	weibl., aus dem griech. »polyxenos« (gastfrei, gastlich aufnehmend); Polyxenia, die Tochter des Priamos und der Hekabe, war in der griech. Mythologie die Geliebte des Achilles; *weitere Formen:* Xenia

Poul   männl., dän. Form zu Paul

Prisca   weibl., aus dem lat. »priscus« (nach alter Art, streng, ernsthaft); *Namenstag:* 18. Januar

Priscilla   weibl., Nebenform zu Prisca; *weitere Formen:* Cilla, Cilli, Piri, Pirka; Priska (tschech.); Piroschka (ungar.); *bekannte Namensträgerin*: Priscilla Presley, amerikan. Schauspielerin (geb. 1945)

Prosper   männl., aus dem lat. »prosperus« (glücklich, günstig); *bekannter Namensträger:* Prosper Mérimée, französ. Dichter (1803–1870)

Prudens   männl., aus dem lat. »prudens« (klug, besonnen)

Prudentia   weibl., aus dem lat. »prudentia« (Klugheit, Umsicht)

Pulcheria   weibl., aus dem lat. »pulchra« (schön, der Gestalt und dem Ansehen nach)

Q

Quentin

Quentin	männl., französ. Form zu Quintus
Quintus	männl., aus dem lat.»quintus« (der Fünfte); zur Verbreitung des Vorn. im Mittelalter trug die Verehrung des Heiligen Quintus bei; heute sehr selten gewählt: weitere Formen: Quint, Quintinus
Quint	männl., Kurzform zu Quintus
Quirinus	männl., aus dem lat.»quirinus«(der Kriegsmächtige, der Kriegerische); *Verbreitung:* im Mittelalter als Name des Heiligen Quirinus von Neuß und des Heiligen Quirinus von Tegernsee; am Niederrhein kam der Vorn. früher häufig vor; heute selten gewählt; *bekannter Namensträger*: Quirinus Kuhlmann, deutscher Dichter (1651–1689)
Quirin	männl., Kurzform zu Quirinus; *weitere Formen:* Corin (französ.); *Namenstag:* 30. April

R

Raban	männl., aus dem ahd. »hraban« (Rabe); *weitere Formen:* Rabanus (latinisiert) *Namenstag:* 4. Februar
Rabea	weibl., aus dem arab. »rabi« (Frühling)
Rachel	weibl., Nebenform zu Rahel
Rachele	weibl., italien. Form zu Rahel; *weitere Formen:* Rachelle
Rada	weibl., Kurzform zu Vorn. mit »rade«
Radegunde	weibl., aus dem ahd. »rat« (Ratgeber) und »gund« (Kampf); *weitere Formen:* Radegund; Radegonde (französ.); *Namenstag:* 12. August
Radek	männl., slaw. Kurzform zu Vorn. mit »rada« oder »rado«, vor allem Radomil; *weitere Formen:* Rado
Radka	weibl. Form zu Radek
Radlof	männl., Nebenform zu Radolf
Radolf	*Herkunft:* männl., aus dem ahd. »rat« (Ratgeber) und »wolf« (Wolf) *Andere Formen:* Radlof, Radulf, Ralf; Relf (fries.); Raoul (französ.); Randal, Ralph (engl.); Raul (span.); Radek (slaw.) *Bekannter Namensträger:* Heiliger Radolf, Erzbischof von Bourges (gest. 866)
Radomil	männl., aus dem slaw. »rad« (froh) und »milyj« (lieb, angenehm)
Radomila	weibl. Form zu Radomil; *weitere Formen:* Radomilla
Radulf	männl., Nebenform zu Radolf
Rafael	männl., tschech. Form zu Raphael; *bekannter Namensträger:* Rafael Kubelik, tschech. Dirigent (geb. 1914)
Raffael	männl., Nebenform zu Raphael
Raffaelo	männl., italien. Form zu Raphael; *bekannter Namensträger:* Raffaelo Santi, italien. Maler (1483–1520)
Raginald	männl., Nebenform zu Reinold
Ragna	weibl., aus dem Nord. übernommene Kurzform zu Reinhild
Ragnar	männl., nord. Form zu Rainer
Ragnhild	weibl., nord. Form zu Reinhild; *bekannte Namensträgerin:* Ragnhild, Prinzessin von Norwegen (geb. 1930)

Rahel

Herkunft: weibl., aus der Bibel übernommener Vorn. hebr. Ursprungs (Mutterschaft); Rahel ist im Alten Testament die Gattin Jakobs und Mutter von Joseph und Benjamin
Verbreitung: seit dem Mittelalter bekannt, aber nie volkstümlich geworden; heute nur selten gewählt
Andere Formen: Rachel; Rachele (italien.); Raquel (span.)
Bekannte Namensträgerin: Rahel Levin, Gattin von V. von Ense und Brieffreundin zahlreicher bedeutender Literaten und Philosophen ihrer Zeit (1771–1833)

Raika

weibl., bulgar. Koseform zu Raja; *weitere Formen:* Rajka

Raimar

männl., Nebenform zu Reimar

Raimo

männl., Nebenform zu Reimo

Raimond

männl., Nebenform zu Raimund

Raimund

Herkunft: männl., aus dem ahd. »regin« (Rat, Beschluß) und »munt« (Schutz)
Andere Formen: Raimond, Reimund; Ramón (span.); Raymond (engl., französ.); Ray (engl.); Reemt (fries.)
Namenstag: 23. Januar

Raimunde

weibl. Form zu Raimund; *weitere Formen:* Reimunde; Reemde (fries.)

Rainald

männl., Nebenform zu Reinold; *weitere Formen:* Reinald; *bekannter Namensträger:* Rainald von Dassel, Erzbischof von Köln und Reichskanzler von F. Barbarossa (um 1120–1167)

Rainer

Herkunft: männl., aus dem ahd. »regin« (Rat, Beschluß) und »heri« (Heer); *Verbreitung:* früher Adelsname, in der ersten Hälfte unseres Jh. durch die Rilkebegeisterung volkstümlich geworden
Andere Formen: Reiner, Reinar, Regino; Rainier, Régnier (französ.); Ragnar (nord.); Regnerus (lat.)
Bekannte Namensträger: Rainer Maria Rilke, österr. Dichter (1875–1926); Rainer Barzel, deutscher Politiker (geb. 1924); Rainer Bonhof, deutscher Fußballspieler (geb. 1952); Rainer Werner Fassbinder, deutscher Filmemacher (1946–1982); Rainer Hunold, deutscher Schauspieler (geb. 1949); Rainer Eppelmann, deutscher Theologe und Politiker (geb. 1943)
Namenstag: 11. April, 4. August

Rainier

männl., französ. Form zu Rainer

Raja

weibl., aus dem russ. »raj« (Paradies)

Ralf

männl., Nebenform zu Radolf, die seit etwa 1900 durch Zeitungs- und Zeitschriftenromane in Deutschland eingebürgert wurde; *bekannter Namensträger:* Ralf Dahrendorf, deutscher Soziologe und Politiker (geb. 1929)

Ralph

Ralph	männl., engl. Form zu Radolf; *bekannter Namensträger:* Ralph Benatzky, österr. Operettenkomponist (1884–1957)
Rambald	männl., aus dem ahd. »hraban« (Rabe) und »bald« (kühn); *weitere Formen:* Rambold, Rambo
Rambert	männl., aus dem ahd. »hraban« (Rabe) und »beraht« (glänzend)
Rambod	männl., aus dem ahd. »hraban« Rabe und »boto« (Bote)
Ramón	männl., span. Form zu Raimund
Randal	männl., engl. Form zu Randolf
Randi	weibl., aus dem Nord. übernommene Kurzform zu Reinhild
Rando	männl., Kurzform zu Vorn. mit »rand«
Randolf	männl., aus dem ahd. »rant« (Schild) und »wolf« (Wolf); *weitere Formen:* Randulf
Randolph	männl., engl. Form zu Randolf
Randwig	männl., aus dem ahd. »rant« (Schild) und »wig« (Kampf); *weitere Formen:* Rantwig
Ranka	weibl. Form zu Ranko
Ranko	männl., aus dem slowak. »rany« (frühauf, Frühaufsteher)
Raoul	männl., französ. Form zu Radolf; *bekannter Namensträger:* Raoul Dufy, französ. Maler (1877–1953)
Raphael	*Herkunft:* männl., aus der Bibel übernommener Vorn. hebr. Ursprungs von »rapha'el« (Gott heilt) *Andere Formen:* Raffael; Rafael (tschech.); Raffaelo (italien.) *Namenstag:* 29. September, 24. Oktober
Raphaela	weibl. Form zu Raphael; *weitere Formen:* Raffaela (italien.)
Rappo	männl., Nebenform zu Ratbald; *weitere Formen:* Rappold, Rappolt, Rabbold
Raquel	weibl., span. Form zu Rahel; *bekannte Namensträgerin:* Raquel Welch, amerikan. Schauspielerin (geb. 1940)
Rasmus	männl., Nebenform zu Erasmus
Rasso	männl., Kurzform zu Vorn. mit »rat«
Ratberta	weibl. Form zu Ratbert

Rathard	männl., aus dem ahd. »rat« (Ratgeber) und »harti« (hart)
Rathild	weibl., aus dem ahd. »rat« (Ratgeber) und »hiltja« (Kampf); *weitere Formen:* Rathilde
Ratmar	männl., aus dem ahd. »rat« (Ratgeber) und »mari« (berühmt)
Raul	männl., eingedeutschte Form zu Raoul
Raulf	männl., französ. Form zu Rudolf
Raunhild	weibl., Nebenform zu Runhild
Rautgunde	weibl., aus dem ahd. »rat« (Ratgeber) und »gund« (Kampf); *weitere Formen:* Raute
Ray	männl., engl. Kurzform zu Raimund; *bekannter Namensträger:* Ray Charles, amerikan. Sänger (geb. 1932)
Raya	weibl. Form zu Ray
Raymond	männl., engl. und französ. Form zu Raimund
Rebecca	weibl., engl. Form zu Rebekka; berühmt geworden durch den Roman »Rebecca« von Daphne du Maurier; *bekannte Namensträgerin:* Rebecca West, anglo-irische Schriftstellerin (1892–1983)
Rebekka	*Herkunft:* weibl., aus der Bibel übernommener Vorn. hebr. Ursprungs (die Bestrickende ?); im Alten Testament ist Rebekka die Gattin Isaaks und Mutter von Esau und Jakob *Verbreitung:* wahrscheinlich durch die Heldin in W. Scotts Roman »Ivanhoe« (1819) bekannt geworden, gilt als modern und wird öfter gewählt *Andere Formen:* Rebecca (engl.)
Recha	weibl., aus der Bibel übernommener Vorn., durch die Recha in Lessings »Nathan der Weise« bekannt geworden, aber selten gewählt; *weitere Formen:* Reka
Redward	männl., fries. Form zu Ratward; *weitere Formen:* Redwart, Redwert, Reduard
Reemt	männl., fries. Form zu Raimund
Regelinde	weibl., aus dem ahd. »regin« (Rat) und »lindi« (nachgiebig, empfänglich); *weitere Formen:* Reglinde, Reglindis, Reela, Rela, Rele
Regina	weibl., aus dem lat. »regina« (Königin); damit ist nach christlicher Bedeutung Maria als Himmelskönigin gemeint; *weitere Formen:* Regine, Gina, Ina, Rega; *bekannte Namensträgerin:* Regine Hildebrandt, deutsche SPD-Politikerin (geb. 1941)

Reginald	männl., engl. Form zu Reinold
Regino	männl., Kurzform zu Rainer
Regis	männl., Nebenform zu Remigius
Regnerus	männl., latinisierte Form zu Rainer
Régnier	männl., französ. Form zu Rainer
Regula	weibl., aus dem lat. »regula« (Regel, Richtschnur); *weitere Formen:* Regele
Reich	männl., fries. Form zu Richard
Reichard	männl., Nebenform zu Richard
Reimar	männl., aus dem ahd. »regin« (Rat, Beschluß) und »mari« (berühmt); *weitere Formen:* Raimar, Raimer, Reimer
Reimara	weibl. Form zu Reimar
Reimo	männl., Kurzforrm zu Vorn. mit »reim«
Reimund	männl., Nebenform zu Raimund
Reimut	männl., aus dem ahd. »regin« (Rat, Beschluß) und »muot« (Geist, Gesinnung)
Reimute	weibl. Form zu Reimut
Reina	weibl., ostfries. Kurzform zu Vorn. mit »rein«
Reinar	männl., Nebenform zu Rainer
Reinbert	männl., Nebenform zu Reimbert
Reinberta	weibl. Form zu Reinbert
Reinburg	weibl., aus dem ahd. »regin« (Rat, Beschluß) und »burg« (Schutz); *weitere Formen:* Reinburga
Reinecke	männl., fries. Form zu Vorn. mit »rein«; bekannt ist der »Reinecke Fuchs« als Fabelwesen
Reiner	männl., Nebenform zu Rainer
Reinfried	männl., aus dem ahd. »regin« (Rat, Beschluß) und »fridu« (Friede)
Reinfriede	weibl. Form zu Reinfried

Reingard — weibl., aus dem ahd. »regin« (Rat, Beschluß) und »gard« (Hort, Schutz)

Reinhard — männl., aus dem ahd. »regin« (Rat, Beschluß) und »harti« (hart, stark); *weitere Formen:* Reinhart, Raginhard; *bekannter Namensträger:* Reinhard Mey, deutscher Liedermacher (geb. 1942)

Reinharda — weibl. Form zu Reinhard; *weitere Formen:* Reinharde, Reinhardine

Reinhild — *Herkunft:* weibl., aus dem ahd. »regin« (Rat, Beschluß) und »hiltja« (Kampf)
Andere Formen: Reinhilde, Rendel; Ragna, Randi, Ragnhild (nord.)
Bekannte Namensträgerin: Reinhild Hoffmann, deutsche Choreographin (geb. 1943)
Namenstag: 30. Mai

Reinhilde — weibl., Nebenform zu Reinhild

Reinhold — männl., Nebenform zu Reinold mit Anlehnung an das Adjektiv »hold«; *bekannte Namensträger:* Reinhold Schneider, deutscher Schriftsteller (1903–1958); Reinhold Messner, österr. Bergsteiger (geb. 1944)

Reinka — weibl., ostfries. Form zu Reinharda

Reinke — männl. und weibl. fries. Koseform zu Vorn. mit »rein«; eindeutiger Zweitname erforderlich

Reinko — männl., ostfries. Form zu Reinhard

Reinmar — männl., aus dem ahd. »regin« (Rat, Beschluß) und »mari« (berühmt); *bekannter Namensträger:* Reinmar von Hagenau, mittelhochdeutscher Dichter (12./13. Jh.)

Reinmund — männl., Nebenform zu Reimund

Reinold — *Herkunft:* männl., aus dem ahd. »regin« (Rat, Beschluß) und »waltan« (walten, herrschen) entstand Raginald, aus dem sich Reinold entwickelt hat
Verbreitung: im Mittelalter durch die Verehrung des Heiligen Reinoldus, Schutzpatron von Dortmund, verbreitet und volkstümlich geworden; auch heute noch weit verbreitet und öfter gewählt
Andere Formen: Raginald, Reinald, Reinhold; Reginald (engl.); Renault (französ.); Rinaldo (italien.); Ronald (schott.)
Namenstag: 7. Januar

Reintraud — weibl., aus dem ahd. »regin« (Rat, Beschluß) und »trud« (Kraft, Stärke); *weitere Formen:* Reintrud

Reinulf — männl., aus dem ahd. »regin« (Rat, Beschluß) und »wolf« (Wolf)

Reinwald	männl., Nebenform zu Reinald
Reinward	männl., aus dem ahd. »regin« (Rat, Beschluß) und »wart« (Hüter)
Reitz	männl., Nebenform zu Heinrich
Reja	weibl., aus dem Russ. übernommener Vorn. lat. Ursprungs »aurea« (golden); *weitere Formen:* Rejane
Relf	männl., fries. Kurzform zu Radolf; *weitere Formen:* Reelef, Reeleff, Reelf
Relke	weibl., fries. Kurzform zu Roelke
Rella	weibl., ungar. Kurzform zu Aurelia
Remigius	männl., aus dem lat. »remigare« (rudern), der Heilige Remigius war im 6. Jh. Missionar in Franken
Remmert	männl., fries. Form zu Reimbert
Remo	männl., italien. Form zu Remus
Remus	männl., aus dem lat. »remus« (Ruder); der Sage nach ist Remus der Bruder von Romulus und Mitbegründer Roms, die beiden Brüder sollen ausgesetzt und von einer Wölfin gesäugt worden sein; bei der Stadtgründung wurde Remus von seinem Bruder im Jähzorn erschlagen
Rena	weibl., fries. Kurzform zu Vorn. mit »rein« und Kurzform zu Irena, Renate und Verena
Renata	weibl., italien. Form zu Renate; *bekannte Namensträgerin:* Renata Tebaldi, italien. Sängerin (geb. 1922)
Renate	*Herkunft:* weibl., aus dem lat. »renatus« (wiedergeboren) *Verbreitung:* seit der Jahrhundertwende durch Zeitungs- und Zeitschriftenromane bekannt geworden, seit etwa 1920 verstärkt gewählt und in den Nachkriegsjahren sehr beliebter Vorn.; heute vor allem in der Schweiz verbreitet; *andere Formen:* Rena, Reni, Rene, Nate, Nata, Nati; Rentje, Renette, Rena (fries.); Renata (italien.); Renée (französ.); *Namenstag:* 22. Mai
Renato	männl., italien. Form zu Renatus
Renatus	*Herkunft:* männl., aus dem lat. »renatus« (wiedergeboren) *Verbreitung:* im Gegensatz zu Renate ist Renatus im deutschen Sprachraum nicht volkstümlich geworden und wird sehr selten gewählt *Andere Formen:* Renato, Reno (italien.); René (französ.)

René	männl., französ. Form zu Renatus, gilt heute als modern und wird häufig gewählt; *bekannte Namensträger:* René Schickele, französ. Schriftsteller (1883–1940); René Clair, französ. Filmregisseur (1898–1981); René Kollo, Opernsänger (geb. 1937); René Deltgen, deutscher Schauspieler (1909–1979)
Rene	weibl., Kurzform zu Renate
Renée	weibl., französ. Form zu Renate; *bekannte Namensträgerin:* Renée Sintenis, deutsche Bildhauerin (1888–1965)
Renette	weibl., fries. Form zu Renate
Reni	weibl., Kurzform zu Irene und Renate
Renja	männl., russ. Form zu Andreas und weibl., russ. Form zu Regina
Renka	weibl., fries. Form zu Reinhard; *weitere Formen:* Renke
Renke	männl., fries. Form zu Reinhard; *weitere Formen:* Renko
Reno	männl., italien. Kurzform zu Renatus
Rentje	weibl., fries. Kurzform zu Vorn. mit »rein«, vor allem Renate; *weitere Formen:* Rensje, Renske, Renskea
Renz	männl., Kurzform zu Laurentius
Renza	weibl., Kurzform zu Lorenza
Renzo	männl., italien. Kurzform zu Laurentius
Resi	weibl., Kurzform zu Therese
Rex	männl., engl. Kurzform zu Reinold; bekannt durch den engl. Schauspieler Rex Harrison (1908–1990)
Rhea	weibl., aus der griech. Mythologie übernommener Vorn.; Rhea ist die Gemahlin des Kronos und Mutter des Zeus und Poseidon; *weitere Formen:* Rea
Rhoda	weibl., aus dem Engl. übernommener Vorn. griech. Ursprungs »rhódon« (Rose)
Ria	weibl., Kurzform zu Maria, die besonders in Österreich verbreitet ist; *bekannte Namensträgerin:* Ria Baran-Falk, deutsche Eiskunstläuferin (geb. 1922)
Rica	weibl., span. Kurzform zu Richarda und Vorn. mit »rike«
Ricarda	weibl., span. Form zu Richarda; *bekannte Namensträgerin:* Ricarda Huch, deutsche Schriftstellerin (1864–1947)

Ricca weibl., italien. Kurzform zu Richarda

Riccarda weibl., italien. Form zu Richarda

Riccardo männl., italien. Form zu Richard

Ricco männl., italien. Kurzform zu Riccardo

Richard *Herkunft:* männl., aus dem Engl. übernommener Vorn., der aus Begeisterung für Shakespeares Königsdramen »Richard II.« und »Richard III.« in der ersten Hälfte des 19. Jh. in den deutschen Sprachgebrauch übernommen wurde
Verbreitung: in der zweiten Hälfte des 19. Jh. volkstümlich geworden und seitdem kontinuierlich verbreitet
Andere Formen: Reich, Ritsche; Riek, Rieghard, Rikkert, Rikkart, Ritserd, Rickert, Ritser, Ritzard (fries.); Richard, Rick, Ricky, Dick, Dicky, Hick, Hobe (engl.); Riccardo, Ricco, Rico (italien.); Richard (französ.); Rickard (schwed.)
Bekannte Namensträger: Richard Löwenherz, engl. König (1157–1199); Richard Wagner, deutscher Komponist (1813–1883); Richard Dehmel, deutscher Lyriker (1863–1920); Richard Strauss, österr. Komponist (1864–1949); Richard von Weizsäcker, deutscher Bundespräsident von 1984–1994 (geb. 1920); Richard Burton, amerikan. Schauspieler (1925–1984); Richard Chamberlain, amerikan. Schauspieler »Dornenvögel« (geb. 1935); Richard Dreyfuss, amerikan. Schauspieler und Oscarpreisträger (geb. 1947); Richard Gere, amerikan. Schauspieler (geb. 1949); Richard Nixon, 37. Präsident der Vereinigten Staaten (1913–1994); Richard Tauber, deutscher Tenor (1891–1948)
Namenstag: 3. April

Richarda *Herkunft:* weibl. Form zu Richard
Verbreitung: durch die Heilige Richarda, die im 9. Jh. das Kloster Andlau gründete und deutsche Kaiserin war, bekannt, aber nicht sehr verbreitet; beliebter sind heute die italienischen Formen
Andere Formen: Rika, Richardine, Richardis; Riccarda, Ricca (italien.); Ricarda, Rica (span.)

Richbald männl., aus dem ahd. »rihhi« (reich, mächtig) und »bald« (kühn)

Richbert männl., aus den ahd. Wörtern »rihhi« (reich, mächtig) und »beraht« (glänzend)

Richhild weibl., aus den ahd. Wörtern »rihhi« (reich, mächtig) und »hiltja« (Kampf); *weitere Formen:* Richhilde

Richlind weibl., aus dem ahd. »rihhi« (reich, mächtig) und »linta« (Schutzschild aus Lindenholz); *weitere Formen:* Richlinde

Richmar männl., aus dem ahd. »rihhi« (reich, mächtig) und »mari« (berühmt); *weitere Formen:* Rigomar; Rickmer (fries.)

Richmut	männl., aus dem ahd. »rihhi« (reich, mächtig) und »muot« (Geist, Gesinnung); *weitere Formen:* Richmodis
Richmute	weibl. Form zu Richmut
Richwald	männl., aus dem ahd. »rihhi« (reich, mächtig) und »waltan« (walten, herrschen); *weitere Formen:* Richold
Richwin	männl., aus dem ahd. »rihhi« (reich, berühmt) und »wini« (Freund) ; *weitere Formen:* Reichwin
Rick	männl., engl. Kurzform zu Richard
Ricka	weibl., fries. Kurzform zu Vorn. mit »rich«; *weitere Formen:* Ricke, Rickele, Rickeltje
Rickard	männl., schwed. Form zu Richard
Rickert	männl., fries. Form zu Richard
Ricky	männl., engl. Koseform zu Richard
Rico	männl., italien. Kurzform zu Riccardo; *weitere Formen:* Riko (eingedeutscht)
Ridolfo	männl., italien. Form zu Rudolf
Rieghard, Riek	männl., fries. Formen zu Richard
Rieka	weibl., niederländ. Form zu Friederike und Henrike; *weitere Formen:* Rieke
Rienzo	männl., italien. Form zu Laurentius
Rigbert	männl., Nebenform zu Richbert; *weitere Formen:* Rigobert
Rigo	männl., Kurzform zu Vorn. mit »rig« oder »rigo«
Rika	weibl., Kurzform zu Richarda, Friederike und Henrike; *weitere Formen:* Rike, Rikea
Rikkart, Rikkert	männl., fries. Formen zu Richard
Rina	weibl., Kurzform zu Katharina oder anderen Vorn. mit »rina«
Rinaldo	männl., italien. Form zu Reinold; *weitere Formen:* Rinald, Rino
Ringo	männl., Kurzform zu Ringolf; *bekannter Namensträger:* Ringo Starr, engl. Popmusiker und Ex-Beatle (geb. 1940)
Ringolf	männl., aus dem ahd. »regin« (Rat, Beschluß) und »wolf« (Wolf)

Rino

Rino	männl., Kurzform zu Rinaldo
Risto	männl., finn. Form zu Christoph
Rita	weibl., Kurzform zu Margareta; *bekannte Namensträgerinnen:* Rita Hayworth, amerikan. Filmschauspielerin (1918–1987); Rita Süssmuth, CDU-Politikerin (geb. 1937); *Namenstag:* 22. Mai
Ritsche, Ritser	männl., fries. Formen zu Richard
Ritserd, Ritzard	männl., fries. Formen zu Richard
Roald	männl., nord. Form zu Rodewald; *bekannte Namensträger:* Roald Amundsen, norweg. Polarforscher (1872–1928); Roald Dahl, engl. Schriftsteller (geb. 1916–1990)
Roar	männl., nord. Form zu Rüdiger
Rob	männl., französ. Form zu Robert
Röbbe	männl., fries. Form zu Robert
Robby	männl., engl. Koseform zu Robert
Robert	*Herkunft:* männl., Nebenform zu Rupert *Verbreitung:* im Mittelalter im niederdeutschen Sprachgebiet verbreitet, dann nach Frankreich vorgedrungen; als Adels- und Herrschername gebräuchlich und mit den Normannen nach England gelangt; dort wurde er volkstümlich; in Deutschland wurde der Vorn. erst im 18. Jh. mit der Ritterdichtung neu belebt und verbreitet; heute öfter gewählt *Andere Formen:* Bob, Bobby, Hob, Hobby, Robby, Robin, Dobby, Pop (engl.); Rob (französ.); Roberto (italien.); Röbbe (fries.) *Bekannte Namensträger:* Robert Guiskard, französ. Herzog (um 1015–1085); Robert Bunsen, deutscher Chemiker (1811–1899); Robert Schumann, deutscher Komponist (1810–1856); Robert Koch, deutscher Bakteriologe und Nobelpreisträger (1843–1910); Robert Musil, österr. Schriftsteller (1880–1942); Robert Redford, amerikan. Schauspieler und Regisseur (geb. 1937); Robert Atzorn, deutscher Schauspieler, Serienstar (geb. 1945); Robert de Niro, amerikan. Schauspieler und Oscarpreisträger (geb. 1943); Robert Kennedy, amerikan. Präsidentschaftskandidat, Bruder von J.F. Kennedy, wurde 1968 ermordet (1925–1968) *Namenstag:* 17. September
Roberta	weibl. Form zu Robert; *weitere Formen:* Roberte, Robertine
Roberto	männl., italien. Form zu Robert; *bekannter Namensträger:* Roberto Blanco, deutsch-kubanischer Schlagersänger (geb. 1937)
Robin	männl., engl. Form zu Robert; bekannt durch Robin Hood, der in vielen Volksballaden in der Gestalt des edlen Räubers auftaucht

und den Zorn der Angelsachsen gegen die normannische Herrschaft im 14./15. Jh. verkörpert

Robine weibl. Form zu Robin, die ebenfalls aus der Begeisterung für die Robin-Hood-Literatur entstand; *weitere Formen:* Robina

Robinson männl., aus dem Engl. übernommener Vorn., der eigentlich »Sohn des Robin« bedeutet; vor allem bekannt durch D. Defoes Roman »Robinson Crusoe«, aber selten gewählt

Robrecht männl., Nebenform zu Rodebrecht

Rocco männl., italien. Form zu Rochus

Roch männl., französ. Form zu Rochus

Roche männl., span. Form zu Rochus

Rochus *Herkunft:* männl., latinisierte Form des alten Vorn. Roch; aus dem german. »rohon« (schreien, Kriegsruf)
Andere Formen: Rock, Rocky (amerikan.); Roch (französ.); Rocco (talien.); Roque, Roche (span.)
Bekannter Namensträger: Heiliger Rochus von Montpellier (um 1295–1327)
Namenstag: 16. August

Rock männl., amerikan. Form zu Rochus; *bekannter Namensträger:* Rock Hudson, amerikan. Schauspieler (1925–1985)

Rocky männl., amerikan. Koseform zu Rochus; bekannt geworden durch amerikan. Actionfilme mit Sylvester Stallone

Roda weibl., eingedeutschte Form zu Rhoda

Rodebrecht männl., aus dem german. »hroth« (Ruhm) und aus dem ahd. »beraht« (glänzend); *weitere Formen:* Rodebert

Rodegard weibl., aus dem german. »hroth« (Ruhm) und dem ahd. »gard« (Hort, Schutz)

Rodehild weibl., aus dem german. »hroth« (Ruhm) und dem ahd. »hiltja« (Kampf); *weitere Formen:* Rodehilde

Rodelind weibl., aus dem german. »hroth« (Ruhm) und dem ahd. »linta« (Schutzschild aus Lindenholz)

Roderic männl., französ. Form zu Roderich

Roderich *Herkunft:* männl., aus dem german. »hroth« (Ruhm) und dem ahd. »rihhi« (reich, mächtig)
Andere Formen: Roderick (engl.); Roderic (französ.); Rodrigo, Rodrigue (italien., span., portug.); Rurik (russ., nord.)

Roderick	männl., engl. Form zu Roderich
Rodewald	männl., aus dem german. »hroth« (Ruhm) und dem ahd. »waltan« (walten, herrschen)
Rodolfo	männl., italien. Form zu Rudolf
Rodolphe	männl., französ. Form zu Rudolf
Rodrigo, Rodrigue	männl., italien., span. und portug. Formen zu Roderich
Rodulfo	männl., span. Form zu Rudolf
Roele	männl., fries. Form zu Rudolf
Roelef	männl., fries. Form zu Rudolf; *weitere Formen:* Roelf, Roelof, Rolof, Roloff, Roolof, Roluf
Roelke	weibl., fries. Form zu Rudolf; *weitere Formen:* Roeltje
Roff	männl., Nebenform zu Rudolf
Roger	männl., normann. Form zu Rüdiger; mit den Normannen nach Engl. vorgedrungen und dort weit verbreitet; unter engl. und französ. Einfluß um 1900 wieder nach Deutschland gelangt; gilt heute als modern; *weitere Formen:* Rodger; *bekannte Namensträger:* Roger Bacon, engl. Philosoph und Pysiker (um 1219–1294); Roger Vadim, französ. Filmregisseur (geb. 1928); Roger Moore, engl. Schauspieler, James-Bond-Darsteller (geb. 1927); Roger Willemsen, deutscher Journalist und Fernsehmoderator (geb. 1955)
Roland	*Herkunft:* männl., aus dem german. »hroth« (Ruhm, Ehre) und dem ahd. »lant« (Land) *Andere Formen:* Ron, Rowland (engl.); Rolland (französ.); Orlando, Rolando (italien.)
Rolande	weibl. Form zu Roland; *weitere Formen:* Rolanda
Rolando	männl., italien. Form zu Roland
Rolf	männl., Nebenform zu Rudolf, sehr weit verbreiteter Vorn., der auch heute noch öfter gewählt wird; *bekannte Namensträger:* Rolf Hochhuth, deutscher Schriftsteller (geb. 1931); Rolf Schimpf, deutscher Schauspieler »Der Alte« (geb. 1924)
Rolland	männl., französ. Form zu Roland
Rollo	männl., Nebenform zu Rudolf
Rolph	männl., engl. Form zu Rudolf

Romain	männl., französ. Form zu Romanus; *bekannter Namensträger:* Romain Rolland, französ. Schriftsteller (1866–1944)
Roman	männl., Nebenform zu Romanus, die vor allem in Polen sehr verbreitet ist; *bekannte Namensträger:* Roman Polanski, poln.-amerikan. Filmregisseur (geb. 1933); Roman Herzog, CDU-Politiker, seit 1994 Bundespräsident (geb. 1934)
Romana	weibl. Form zu Romanus; *weitere Formen:* Roma; Romane, Romaine (französ.); Romika (ungar.)
Romano	männl., italien. Form zu Romanus
Romanus	*Herkunft:* männl., aus dem lat. »romanus« (der Römer) *Verbreitung:* im Mittelalter als Heiligenname verbreitet, wurde aber nie volkstümlich *Andere Formen:* Roman; Romain (französ.); Romano (italien.); Romek (poln.)
Romek	männl., poln. Form zu Romanus
Romeo	männl., italien. Form zu Bartholomäus; bekannt wurde der Vorn. durch Shakespeares Drama »Romeo und Julia«
Romilda	weibl., aus dem ahd. »hruom« (Ruhm, Ehre) und »hiltja« (Kampf); *weitere Formen:* Romilde, Rumilde
Romy	weibl., Nebenform zu Rosemarie; durch die Schauspielerin Romy Schneider (1938–1982) verbreitet
Ron	männl., engl. Kurzform zu Roland
Ronald	männl., schott. Form zu Reinold; *bekannter Namensträger:* Ronald Reagan, ehemaliger amerikan. Präsident (geb. 1911)
Ronan	männl., aus dem Irischen, bedeutet etwa »wie eine kleine Robbe«
Ronny	männl., Koseform zu Ronald
Roque	männl., span. Form zu Rochus
Ros	weibl., Kurzform zu Rosa
Rosa	*Herkunft:* weibl., aus dem italien. übernommener Vorn. lat. Ursprungs »rosa« (die Rose) *Verbreitung:* seit dem Mittelalter im deutschsprachigen Raum bekannt, aber erst im 19. Jh. durch die Rosa in Vulpius' vielgelesenem Roman »Rinaldo Rinaldini« stärker verbreitet *Andere Formen:* Ros, Rosalie, Rosi, Rosine, Rose, Rosel; Rosalia, Rosella (italien.); Roselita, Rosita (span.); Rosika (ungar.) *Bekannte Namensträgerinnen:* Heilige Rosa von Lima, Patronin

Rosabella

Amerikas (16./17. Jh.); Rosa Luxemburg, deutsche Politikerin (1871–1919)
Namenstag: 23. August

Rosabella	weibl., italien. Vorn. lat. Ursprungs von »rosa bella« (schöne Rose)
Rosalba	weibl., italien. Vorn. lat. Ursprungs von »rosa alba« (weiße Rose)
Rosalia	weibl., italien. Form zu Rosa
Rosalie	weibl., Nebenform zu Rosa; bekannt ist die Heilige Einsiedlerin Rosalie von Palermo
Rosalind	weibl., Nebenform zu Rodelind; *weitere Formen:* Rosalinde, Roselinde
Rosalita	weibl., span. Form zu Rosa
Rosamunde	weibl., aus dem ahd. »hruom« (Ruhm, Ehre) und »munt« (Schutz); *bekannte Namensträgerin*: Rosamunde Pilcher, engl. Bestsellerautorin (geb. 1924)
Rosangela	weibl., Doppelname aus Rosa und Angela
Rosanna	weibl., italien. Doppelname aus Rosa und Anna
Rosaria	weibl., Doppelname aus Rosa und Maria
Rose, Rosel	weibl., Nebenformen zu Rosa
Rosella	weibl., italien. Form zu Rosa; *weitere Formen:* Roselina
Rosemarie	weibl., Doppelname aus Rose und Maria; *weitere Formen:* Rosmarie, Rosemaria; Rosemary (engl.)
Rosi	weibl., Koseform zu Rosa; *bekannte Namensträgerin:* Rosi Mittermaier, deutsche Skirennläuferin (geb. 1950)
Rosika	weibl., ungar. Koseform zu Rosa
Rosine	weibl., Nebenform zu Rosa; *weitere Formen:* Rosina
Rosita	weibl., span. Form zu Rosa; *weitere Formen:* Sita, Roselita
Rosmargret	weibl., Doppelname aus Rose und Margret
Rossana	weibl., italien. Form zu Roxana
Roswin	männl., aus dem ahd. »hros« (Ross, Pferd) und »wini« (Freund)
Rothard	männl., aus dem ahd. »hruom« (Ruhm, Ehre) und »harti« (hart)

Rother	männl., aus dem ahd. »hruom« (Ruhm, Ehre) und »heri« (Heer)
Roux	männl., französ. Form zu Rudolf
Rowena	weibl., Phantasiename, von W. Scott in seinem histor. Roman »Ivanhoe« zum ersten Mal benutzt (Rowena war eine legendäre angelsächsische Prinzessin); *weitere Formen:* Rona
Rowland	männl., engl. Form zu Roland
Roxana	weibl., aus dem pers. »raohschna« (licht, hell, glänzend); die Gattin Alexanders des Großen hieß Roxana; *weitere Formen:* Roxane, Roxanne
Roy	männl., aus dem Engl. übernommener Vorn. kelt. Ursprungs »ruadh« (rot); *bekannte Namensträger:* Roy Orbison, amerikan. Popmusiker (1936–1988); Roy Black, deutscher Schlagersänger (1943–1991)
Ruben	männl., aus der Bibel übernommener Vorn. hebr. Ursprungs; Ruben ist in der Bibel der älteste Sohn Jakobs; *weitere Formen:* Rouven
Rüdeger	männl., Nebenform zu Rüdiger
Rudenz	männl., aus dem Schweiz. übernommener Vorn., der aus Schillers »Wilhelm Tell« stammt (Junker Rudenz)
Rudgar	männl., Nebenform zu Rüdiger
Rudhard	männl., Nebenform zu Rothard
Rudi	männl., Kurzform zu Rudolf; *bekannte Namensträger:* Rudi Völler, deutscher Fußballspieler (geb. 1960); Rudi Carrell, niederländ. Fernsehunterhalter (1934); Rudi Dutschke, einer der Hauptführer der Studentenbewegung (1940–1979)
Rudibert	männl., aus dem german. »hroth« (Ruhm, Ehre) und dem ahd. »beraht« (glänzend)
Rüdiger	*Herkunft:* männl., aus dem german. »hroth« (Ruhm, Ehre) und dem ahd. »ger« (Speer) *Verbreitung:* im Mittelalter beliebter Vorn., der dann in Vergessenheit geriet und erst im 19. Jh. durch die Neuentdeckung des Nibelungenliedes wieder häufiger gewählt wurde *Andere Formen:* Rudgar; Rüdeger, Rutger, Rütger; Roger (normann.); Roar (nord.)
Rudmar	männl., aus dem ahd. »hruom« (Ruhm, Ehre) und »mari« (berühmt); *weitere Formen:* Rutmar
Rudo	männl., Nebenform zu Rudolf

Rudolf

Rudolf
Herkunft: männl., aus dem german. »hroth« (Ruhm, Ehre) und dem ahd. »wolf« (Wolf)
Verbreitung: seit dem Mittelalter in Deutschland beliebt und durch Rudolf von Habsburg (13. Jh.) volkstümlich geworden; im 19. Jh. wurde der Vorn. wieder neu belebt und vor allem in Süddeutschland und der Schweiz häufiger gewählt
Andere Formen: Radolf, Roff, Rolf, Rollo, Rudi, Ruodi, Rudo, Dolf; Rudolph, Rolph (engl.); Rodolphe, Roux, Raulf (französ.); Roele, Roelef (fries.); Rodolfo, Ridolfo (italien.); Ruedi (schweiz.); Rudolfo (span.)
Bekannte Namensträger: Rudolf Virchow, deutscher Pathologe (1821–1902); Rudolf Diesel, Erfinder der Verbrennungskraftmaschine (1858–1913); Rudolf Binding, deutscher Schriftsteller (1867–1938); Rudolf Steiner, österr. Antroposoph (1861–1925); Rudolf Platte, deutscher Schauspieler (1904–1984); Rudolf Augstein, Journalist und Herausgeber des »Spiegel« (geb. 1923); Rudolf Nurejew, russ. Tänzer und Choreograph (1938–1993); Rudolf Scharping, deutscher SPD-Politiker (geb. 1947)
Namenstag: 6. November

Rudolfa weibl. Form zu Rudolf

Rudolfine weibl., Nebenform zu Rudolf

Rudolph männl., engl. Form zu Rudolf

Ruedi männl., schweiz. Form zu Rudolf; *weitere Formen:* Ruedy, Rudeli, Ruedli

Rufina weibl. Form zu Rufus

Rufus männl., aus dem lat. »rufus« (rot); Rufus war ursprünglich ein Beiname, eigentlich »der Rothaarige«; in England und Amerika häufiger gewählt, im deutschsprachigen Raum sehr selten vergeben; *weitere Formen:* Rufin, Rufinus

Rumen männl., aus dem Bulg. (mit roten Wangen)

Rumena weibl. Form zu Rumen

Rumold männl., aus dem ahd. »hruom« (Ruhm, Ehre) und »waltan« (walten, herrschen); *weitere Formen:* Rumolt

Runa weibl., Kurzform zu ahd. Vorn. mit »run«; Runa kann auch nach nord. Vorbild als männl. Vorn. gewählt werden, wenn ein anderer eindeutig männl. Zweitname vergeben wird

Runfried männl., aus dem ahd. »runa« (Geheimnis, Zauber) und »fridu« (Friede)

Runhild weibl., aus dem ahd. »runa« (Geheimnis, Zauber) und »hiltja« (Kampf); *weitere Formen:* Runhilde

Ruodi	männl., Nebenform zu Rudolf
Rupert	*Herkunft:* männl., aus dem german. »hroth« (Ruhm, Ehre) und dem ahd. »beraht« (glänzend) *Verbreitung:* seit dem Mittelalter im deutschsprachigen Raum verbreitet; Namensvorbild war der Heilige Rupert, erster Bischof von Salzburg und Schutzpatron Bayerns (7./8. Jh.); der Vorn. war so weit verbreitet, daß seine süddeutsche Koseform »Rüpel« abgewertet wurde und seitdem als Bezeichnung für einen flegelhaften Menschen gebraucht wird *Andere Formen:* Ruppert, Rupp, Ruprecht *Namenstag:* 24. September
Ruperta	weibl. Form zu Rupert
Rupp	männl., Nebenform zu Rupert und Ruprecht
Ruppert	männl., Nebenform zu Rupert
Ruprecht	männl., Nebenform zu Rupert; bekannt durch den Begleiter des Nikolaus und gutmütigen Kinderschreck »Knecht Ruprecht«
Rurik	männl., russ. und nord. Form zu Roderich; *bekannter Namensträger:* Rurik aus dem Stamm Rus gründete mit seinen Brüdern das erste russ. Staatswesen
Rutgard	weibl., aus dem ahd. »hruom« (Ruhm, Ehre) und »gard« (Hort, Schutz)
Rutger	männl., Nebenform zu Rüdiger; *bekannter Namensträger:* Rutger Hauer, schwed. Filmschauspieler (geb. 1948)
Rütger	männl., Nebenform zu Rüdiger
Ruth	weibl., aus der Bibel übernommener Vorn. hebr. Ursprungs; die Titelheldin eines Buches im Alten Testament ist die Stammutter des judäischen Königshauses; seit 1900 verstärkt gewählt, nicht nur in jüdischen Familien; *bekannte Namensträgerinnen:* Ruth Schaumann, deutsche Schriftstellerin (1899–1975); Ruth Maria Kubitschek, deutsche Serienschauspielerin (geb. 1931)
Ruthard	männl., aus dem ahd. »hruom« (Ruhm, Ehre) und »harti« (hart); *weitere Formen:* Rüter (fries.)
Ruven	männl., Nebenform zu Ruben; *weitere Formen:* Ruwen

Ein guter Name ist besser als Bargeld.

Es kommt auf dieser Welt viel darauf an,
wie man heißt; der Name tut viel.

Heinrich Heine,
Reisebilder II

S

Sabin

Sabin	männl. Form zu Sabina; *weitere Formen:* Sabino, Savino (italien.); Sabinus (lat.)
Sabina	weibl., Nebenform zu Sabine
Sabine	*Herkunft:* weibl., aus dem Lat., eigentlich »die Sabinerin« *Verbreitung:* seit dem Mittelalter als Name einiger Heiliger verbreitet, aber selten gewählt; um 1900 durch Zeitungs- und Zeitschriftenromane wieder belebt; die größte Verbreitung wurde in den 60er Jahren verzeichnet; seit 1970 zurückgehend *Andere Formen:* Sabina, Bine *Bekannte Namensträgerinnen:* Sabine Sinjen, deutsche Schauspielerin (geb. 1942); Sabine Christiansen, deutsche Nachrichtenredakteurin (geb. 1957); Sabine Sauer, deutsche Fernsehmoderatorin (geb. 1957); Sabine Braun, deutsche Leichtathletin (geb. 1968) *Namenstag:* 29. August
Sabrina	weibl., aus dem Engl. übernommener Vorn., eigentlich Name einer Nymphe des Flusses Severn; Mitte des 20. Jh. durch den Film »Sabrina« mit A. Hepburn in Deutschland bekannt geworden und seitdem häufig gewählt
Sacha	männl., französ. Form zu Sascha; *bekannter Namensträger:* Sacha Guitry, französ. Schriftsteller (1885–1957)
Sachar	männl., russ. Form zu Zacharias
Sachso	männl., aus dem ahd. »sahsun« (Sachse); der Vorn. wurde früher als Beiname vergeben und wird heute kaum noch gewählt
Sadie	weibl., amerikan. Form zu Sarah
Saladin	männl., aus dem Arab. übernommener Vorn., eigentlich »Heil des Glaubes«; seit der Eroberung Jerusalems durch den Sultan Saladin (1138–1193) in Mitteleuropa bekannt, aber hierzulande äußerst selten gewählt
Sally	männl., Kurzform zu Salomon und Samuel; weibl., Kurzform zu Sarah; eindeutiger Zweitname erforderlich; *weitere Formen:* Salli; *bekannte Namensträgerin*: Sally Field, amerikan. Schauspielerin und Oscarpreisträgerin (geb. 1946)
Salome	weibl. Form zu Salomon; seit dem 16. Jh. im deutschsprachigen Raum bekannt, vor allem durch mehrere biblische Gestalten; *Namenstag:* 22. Oktober
Salomon	männl., aus der Bibel übernommener Vorn. hebr. Ursprungs, eigentlich »der Friedliche«; der sagenumwobene König Salomon galt im Orient als das Idealbild eines weisen und gerechten Herrschers, daher auch das »salomonische Urteil«; *weitere Formen:* Salomo, Sally, Salim, Sallo; Solms (slaw.)

Salvator	männl., aus dem Italien. übernommener Vorn. lat. Ursprungs, eigentlich »der Erretter, Erlöser«; *weitere Formen:* Salvator; Salvador (span.); *bekannter Namensträger:* Salvador Dalí, span. Maler (1904–1989)
Salwija	weibl., aus dem Slaw. übernommener Vorn. lat. Ursprungs von »salvus« (gesund, wohlbehalten); *weitere Formen:* Salwa, Salka, Salvina
Sam	männl., Kurzform zu Samuel und weibl., Kurzform zu Samantha; eindeutiger Zweitname erforderlich; *bekannter Namensträger:* Sam Shepard, amerikan. Schriftsteller und Schauspieler (geb. 1943)
Samantha	weibl., aus dem Amerikan. übernommener Vorn. hebr. Ursprungs, eigentlich »die Zuhörerin«; seit etwa 1960 aufkommender Vorn., der öfter gewählt wird
Sämi	männl., Kurzform zu Samuel
Sammy	männl., engl. Koseform zu Samuel; *bekannte Namensträger:* Sammy Drechsel, deutscher Sportjournalist und Kabarettist (1925–1986); Sammy Davis jr., amerikan. Unterhaltungskünstler (1925–1990)
Samson	männl., aus der Bibel übernommener Vorn. hebr. Ursprungs, bedeutet »kleine Sonne«; der Legende nach verfügte er über unheimliche Kräfte, und seine Geliebte Delila entlockte ihm das Geheimnis dafür, schnitt ihm das Haupthaar ab und lieferte ihn den Philistern aus; *weitere Formen:* Simson
Samuel	*Herkunft:* männl., aus der Bibel übernommener Vorn. hebr. Ursprungs von »schmu'el« (von Gott erhört); in der Bibel war Samuel der letzte Richter Israels und salbte David zum König *Verbreitung:* im Mittelalter, wie viele Vorn. aus dem Alten Testament, weit verbreitet; heute im deutschsprachigen Raum selten gewählt, dagegen in England und Amerika noch weit verbreitet *Andere Formen:* Sam, Sally, Sämi; Sammy (engl.) *Bekannte Namensträger:* Samuel Hahnemann, Begründer der Homöopathie (1755–1843); Samuel Fischer, deutscher Verleger (1859–1934); Samuel Beckett, irischer Dramatiker (1906–1989)
Sander	männl., engl. Kurzform zu Alexander
Sándor	männl., ungar. Form zu Alexander
Sandra	weibl. Form zu Alexander; *weitere Formen:* Sandrina, Sandrine, Sandria, Sandrie; *bekannte Namensträgerinnen:* Sandra Paretti, deutsche Bestsellerautorin von Unterhaltungsromanen (1935–1994); Sandra, deutsche Schlagersängerin (geb. 1963)
Sandro	männl., italien. Form zu Alexander

Sanja

Sanja — männl., russ. Kurzform zu Alexander und weibl., russ. Kurzform zu Alexandra; eindeutiger Zweitname erforderlich

Sanna — weibl., Kurzform zu Susanne

Sanne, Sanni — weibl., Kurzformen zu Susanne

Saphira — weibl., aus der Bibel übernommener Vorn. hebr. Ursprungs, eigentlich »Saphir, Edelstein«

Sara — weibl., Nebenform zu Sarah

Sarah — *Herkunft:* weibl., aus der Bibel übernommener Vorn. hebr. Ursprungs, eigentlich »die Fürstin«
Verbreitung: im Alten Testament ist Sarah die Gattin Abrahams und Mutter Isaaks; seit dem 16. Jh. verbreitet, aber nie volkstümlich geworden; im Dritten Reich wurde jede Jüdin mit dem amtlich verordneten Beinamen Sarah gebrandmarkt, daher die Abwertung des Vorn. in der Nachkriegszeit; heute ist der Vorn. wieder beliebt und wird öfter gewählt
Andere Formen: Sara, Sally, Zarah; Sadie (amerikan.)
Bekannte Namensträgerinnen: Sarah Bernhard, französ. Schauspielerin (1844–1923); Sarah Kirsch, deutsche Schriftstellerin (geb. 1935)
Namenstag: 13. Juli

Sascha — männl., russ. Form zu Alexander und weibl., russ. Form zu Alexandra; eindeutiger Zweitname erforderlich; *bekannter Namensträger*: Sascha Hehn, deutscher Schauspieler (geb. 1954), z. B. in der Serie »Traumschiff«

Saskia — weibl. Form zu Sachso; *bekannte Namensträgerin:* Saskia van Uijlenburgh, Gattin von Rembrandt (gest. 1642)

Sasso — männl., Nebenform zu Sachso

Saul — männl., aus der Bibel übernommener Vorn. hebr. Ursprungs, eigentlich »der Erbetene«; *bekannter Namensträger*: Saul Bellow, amerikan. Schriftsteller (geb. 1919)

Scarlett — weibl., aus dem Engl. übernommener Vorn., eigentlich »die Rothaarige«, der Vorn. wurde in Deutschland durch die Gestalt der Scarlett O'Hara aus M. Mitchells Roman »Vom Winde verweht« (1936) bekannt und wird gelegentlich gewählt

Scholastika — weibl., aus dem lat. »scholasticus« (zur Schule gehörend, Lernende)

Schöntraut — weibl., Neubildung aus »schön« und dem ahd. Namensteil »traud«

Schorsch — männl., Nebenform zu Georg

Schura	weibl., russ. Form zu Alexandra und männl., russ. Form zu Alexander; eindeutiger Zweitname erforderlich
Schwabhild	weibl., aus dem ahd. »svaba« (Schwäbin) und »hiltja« (Kampf)
Sczepan	männl., slaw. Form zu Stephan
Sean	männl., engl.-amerikan. Vorn., Herkunft unklar, *bekannter Namensträger*: Sean Connery, schott. Schauspieler, berühmtester James-Bond-Darsteller (geb. 1930)
Sebald	männl., Nebenform zu Siegbald
Sebalde	weibl. Form zu Sebald
Sebastian	*Herkunft:* männl., aus dem Griech., eigentlich »der Verehrungswürdige, der Erhabene« *Verbreitung:* seit dem späten Mittelalter als Name des Heiligen Sebastian, der Schutzpatron der Jäger, Soldaten und Schützen; der Vorn. gilt heute als modern und wird oft gewählt *Andere Formen:* Bastian, Basti, Wastel (bayrisch); Basch, Bascho, Bastia (schweiz.); Sébastien (französ.); Sebastiano, Bastiano, Basto (italien.) *Bekannte Namensträger:* Johann Sebastian Bach, deutscher Komponist (1685–1750); Sebastian Kneipp, Entdecker des Wasserheilverfahrens (1821–1897) *Namenstag:* 20. Januar
Sebastiane	weibl. Form zu Sebastian
Sebastiano	männl., italien. Form zu Sebastian
Sébastien	männl., französ. Form zu Sebastian
Sebe	männl., Nebenform zu Siegbald und Siegbert
Sebert	männl., Nebenform zu Siegbert
Sebo	männl., Kurzform zu Siegbald; *weitere Formen:* Sebe, Sebold
Segimer	männl., Nebenform zu Siegmar
Segimund	männl., Nebenform zu Siegmund
Seibolt	männl., Nebenform zu Siegbald
Selene	weibl., aus dem Griech. übernommener Vorn., der die griech. Mondgöttin und Schwester des Helios bezeichnet; *weitere Formen:* Seline; Selena, Selinda (engl.)
Selina	weibl., aus dem Engl. übernommener Vorn., entweder aus dem lat. »caelum« (Himmel) oder Kurzform zu Marceline

Selma	weibl., Kurzform zu Anselma; Selma wurde auch aus der Ossian-Dichtung des Schotten J. Macpherson übernommen und im 18. Jh. in Deutschland bekannt; *bekannte Namensträgerin:* Selma Lagerlöf, schwed. Schriftstellerin (1858–1940)
Selman	männl., aus dem altsächs. »seli« (Saalhaus) und dem ahd. »man« (Mann)
Selmar	männl., aus dem altsächs. »seli« (Saalhaus) und dem ahd. »mari« (berühmt)
Semjon	männl., russ. Form zu Simon
Sent	männl., fries. Kurzform zu Vincent; *weitere Formen:* Sentz
Senta	weibl., Kurzform zu Crescentia oder Vincenta; *weitere Formen:* Senda; *bekannte Namensträgerin:* Senta Berger, österr. Filmschauspielerin (geb. 1941)
Sepp	männl., Kurzform zu Josef
Seraph	männl., aus dem Hebr. übernommener Vorn., eigentlich »der Leuchtende«; die Form »Seraphim« kann als Vorname nicht benutzt werden, da es sich um die Mehrzahl von Seraph handelt, dagegen ist »Seraphin« durch einen Heiligen gleichen Namens (16./17. Jh.) belegt
Seraphia	weibl. Form zu Seraph; *weitere Formen:* Seraphine, Seraphina
Serena	weibl. Form zu Serenus
Serenus	männl., aus dem lat. »serenus« (heiter, glücklich)
Serge	männl., französ. und engl. Form zu Sergius
Sergej	männl., russ. Form zu Sergius; *weitere Formen:* Sergeij; *bekannte Namensträger:* Sergej Prokowjeff, russ. Komponist (1891–1953); Sergej Bubka, russ. Stabhochspringer (geb. 1963)
Sergia	weibl. Form zu Sergius
Sergio	männl., italien. und span. Form zu Sergius; *bekannter Namensträger:* Sergio Leone, italien. Filmregisseur (1929–1989)
Sergius	*Herkunft:* männl., aus dem lat. »sergius« (altröm. Sippenname) *Verbreitung:* der Vorn. ist vor allem in Osteuropa durch die Verehrung des Heiligen Sergius (3./4. Jh.) verbreitet; im Mittelalter diente er auch als Papstname; heute selten gewählt *Andere Formen:* Serge (französ., engl.); Sergej (russ.); Sergio (italien., span.) *Namenstag:* 8. September

Servaas	männl., niederländ. Form zu Servatius
Servais	männl., französ. Form zu Servatius
Servas	männl., Kurzform zu Servatius
Servatius	*Herkunft:* männl., aus dem Lat. übernommener Vorn., eigentlich »der Gerettete« *Verbreitung:* durch die Verehrung des Heiligen Servatius, der im 3. Jh. Bischof von Tongern war, wurde der Vorn. schon zeitig in Nordwestdeutschland verbreitet; Servatius ist neben Bonifatius und Pankratius auch einer der Eisheiligen *Andere Formen:* Vaaz, Servas; Servaas (niederländ.); Servais (französ.); Servazio (italien.) *Namenstag:* 13. Mai
Servazio	männl., italien. Form zu Servatius
Severa	weibl. Form zu Severus
Severin	männl., aus dem lat. »severus« (ernsthaft, streng); ursprünglich war der Vorn. ein altrömischer Bei- und Familienname, der vor allem in Nordwestdeutschland verbreitet war; heute kaum noch gewählt; *weitere Formen:* Sören (dän. und niederländ.) *Namenstag:* 23. Oktober
Severina	weibl. Form zu Severin; *weitere Formen:* Severine
Severus	männl., aus dem lat. »severus« (ernsthaft, streng)
Sheila	weibl., engl. Schreibweise für den irischen Vorn. Sile, einer Kurzform zu Cäcilie
Shirley	weibl., engl. Vorn., der sich aus einem Familiennamen entwickelt hat, der seinerseits auf einen Ortsnamen in England zurückgeht; seit etwa 1930 durch den amerikan. Filmstar Shirley Temple besonders in England und Amerika beliebt; *bekannte Namensträgerin*: Shirley MacLaine, amerikan. Schauspielerin und Autorin (geb. 1934), bekannt geworden durch ihre Rolle als »Irma, la douce«
Siard	männl., fries. Form zu Sieghard; *weitere Formen:* Siaard
Sib	weibl., engl. Kurzform zu Sibylle
Sibo	männl., fries. Kurzform zu Siegbert und Siegbald; *weitere Formen:* Sibe, Siebo
Sibyl	weibl., engl. Form zu Sibylle
Sibylla	weibl., Nebenform zu Sibylle; *bekannte Namensträgerin:* Maria Sibylla Merian, Botanikerin und Kupferstecherin (1647–1717)

Sibylle

Sibylle	*Herkunft:* weibl., aus dem Lat. übernommener Vorn., dessen Herkunft und Bedeutung unklar ist; die griech. Sibyllen verkündeten den Willen Apollos (und später des Zeus) und galten als Weissagerinnen (Sibyllenbücher) *Verbreitung:* Sibylle von Cumae soll Christi Geburt vorausgesagt haben, deshalb starke Verbreitung des Vorn. im späten Mittelalter; um 1900 wurde der Vorn. durch Zeitungs- und Zeitschriftenromane neu belebt und ist auch heute noch weit verbreitet *Andere Formen:* Sibylla, Bella, Billa; Sybil, Sib, Sibyl (engl.) *Namenstag:* 9. Oktober
Siccard	männl., französ. Form von Sieghard
Sida	weibl., Kurzform zu Sidonia
Sidney	männl., aus dem lat. »Sidonius«; *bekannter Namensträger:* Sidney Poitier, amerikan. Schauspieler und Oscarpreisträger (geb. 1924)
Sidonia	weibl. Form zu Sidonius; *weitere Formen:* Sidonie, Sitta, Sida; Zdenka (slaw.)
Sidonie	weibl., Nebenform zu Sidonia
Sidonius	männl., aus dem Lat., eigentlich »der Sidonier, aus der Stadt Sido in Phönizien«; *weitere Formen:* Zdenko (slaw.)
Siegbald	männl., aus dem ahd. »sigu« (Sieg) und »bald« (kühn); *weitere Formen:* Sebald, Siebold, Siegbold, Seibold, Sebo; Sibo (fries.)
Siegbert	männl., aus dem ahd. »sigu« (Sieg) und »beraht« (glänzend); *weitere Formen:* Sebert, Sebe, Sibo, Sitt, Sigbert, Sigisbert; *Namenstag:* 1. Februar
Siegbod	männl., aus dem ahd. »sigu« (Sieg) und »boto« (Bote); *weitere Formen:* Sigbot
Siegbold	männl., Nebenform zu Siegbald
Siegbrand	männl., aus dem ahd. »sigu« (Sieg) und »brand« (Brand)
Siegbrecht	männl., aus dem ahd. »sigu« (Sieg) und »beraht« (glänzend)
Siegburg	weibl., aus dem ahd. »sigu« (Sieg) und »burg« (Schutz); *weitere Formen:* Siegburga
Sieger	männl., aus dem ahd. »sigu« (Sieg) und »heri« (Heer); *weitere Formen:* Siegher
Siegfried	männl., aus dem ahd. »sigu« (Sieg) und »fridu« (Friede); im Nibelungenlied trägt der Drachentöter und Held der Sage diesen

Namen; durch R. Wagners Oper »Siegfried« im 19. Jh. häufiger gewählt; *weitere Formen:* Sefried, Siffried, Sigfried, Siggi, Sigix

Siegfriede	weibl. Form zu Siegfried
Sieghard	männl., aus dem ahd. »sigu« (Sieg) und »harti« (hart); *weitere Formen:* Sieghart, Sighart; Siard, Sierd (fries.); Siccard (französ.)
Sieghelm	männl., aus dem ahd. »sigu« (Sieg) und »helm« (Helm, Schutz)
Sieghild	weibl., aus dem ahd. »sigu« (Sieg) und »hiltja« (Kampf); *weitere Formen:* Sieghilde
Sieglinde	weibl., aus dem ahd. »sigu« (Sieg) und »linta« (Schutzschild aus Lindenholz); in der Nibelungensage trägt Siegfrieds Mutter diesen Namen; durch R. Wagners Oper »Walküre« wurde der Vorn. im 19. Jh. wieder häufiger gewählt; *weitere Formen:* Sieglind
Siegmar	männl., aus dem ahd. »sigu« (Sieg) und »mari« (berühmt); *weitere Formen:* Sigmar, Segimer
Siegmund	*Herkunft:* männl., aus dem ahd. »sigu« (Sieg) und »munt« (Schutz der Unmündigen) *Verbreitung:* seit dem Mittelalter ist vor allem die Nebenform »Sigismund« geläufig; im 19. Jh. wurde Siegmund, wie andere Namen der Heldensage, verstärkt gewählt (Siegmund ist der Vater Siegfrieds in der Nibelungensage) *Andere Formen:* Sigismund, Sigmund, Segimund; Sigismond (französ.); Sigismondo, Gismondo (italien.); Zygmunt (poln.); Zsigmond (ungar.) *Namenstag:* 2. Mai
Siegmunde	weibl. Form zu Siegmund; *weitere Formen:* Sigesmunde, Siegmunda; Sigismonda, Siegmona, Gismonda (italien.)
Siegolf	männl., aus dem ahd. »sigu« (Sieg) und »wolf« (Wolf)
Siegrad	männl., aus dem ahd. »sigu« (Sieg) und »rat« (Ratgeber); *weitere Formen:* Sigrat
Siegram	männl., aus dem ahd. »sigu« (Sieg) und »hraban« (Rabe)
Siegrich	männl., aus dem ahd. »sigu« (Sieg) und »rihhi« (reich, mächtig)
Siegrid	weibl., Nebenform zu Sigrid
Siegwald	männl., aus dem ahd. »sigu« (Sieg) und »waltan« (walten, herrschen); *weitere Formen:* Sigiswald
Siegward	männl., aus dem ahd. »sigu« (Sieg) und »wart« (Hüter); *weitere Formen:* Siegwart

Siegwin	männl., aus dem ahd. »sigu« (Sieg) und »wini« (Freund)
Sieke	weibl., fries. Kurzform zu Vorn. mit »Sieg-«; *weitere Formen:* Sierkje
Sierk	männl., fries. Kurzform zu Vorn. mit »Sieg-«
Sigga	weibl., schwed. Form zu Sigrid
Siggo	männl., fries. Kurzform zu Vorn. mit »Sieg-«; *weitere Formen:* Sigo, Sikko
Sighart	männl., Nebenform zu Sieghard
Sigi	männl. und weibl. Kurzform zu Vorn. mit »Sieg-«, vor allem Sieglinde und Siegfried; *weitere Formen:* Siggi; *bekannter Namensträger:* Siggi Held, deutscher Fußballspieler (geb. 1942)
Sigisbert	männl., Nebenform zu Siegbert
Sigismond	männl., französ. Form zu Siegmund
Sigismondo	männl., italien. Form zu Siegmund
Sigismund	männl., Nebenform zu Siegmund; die Verbreitung des Vorn. geht auf die Verehrung des Heiligen Sigismund, König von Burgund (5./6. Jh.) zurück; *bekannter Namensträger:* Sigismund von Radecki, deutscher Schriftsteller (1891–1970); *Namenstag:* 1. Mai
Sigmund	männl., Nebenform zu Siegmund; *bekannter Namensträger:* Sigmund Freud, Begründer der Psychoanalyse (1856–1939)
Signe	männl., aus dem Nord. übernommener Vorn. ahd. Ursprungs von »sigu« (Sieg) und »hiltja« (Kampf); *weitere Formen:* Siganhilt
Sigri	weibl., schwed. Form zu Sigrid
Sigrid	*Herkunft:* weibl., aus dem Nord. übernommener Vorn., zu altisländ. »sigr« (Sieg) und »frighr« (schön) *Verbreitung:* durch die Übersetzung skand. Literatur um 1900 vor allem in Adelskreisen verbreitet, seit den 20er Jahren zunehmend gewählt *Andere Formen:* Siegrid, Sigrit; Sigga, Sigri, Siri (schwed.) *Bekannte Namensträgerin:* Sigrid Undset, norweg. Erzählerin und Nobelpreisträgerin (1882–1949); *Namenstag:* 7. Januar
Sigrit	weibl., Nebenform zu Sigrid
Sigrun	weibl., aus dem ahd. »sigu« (Sieg) und »runa« (Geheimnis); in der nord. Sage bewahrt die Walküre Sigrun Helgi über den Tod hinaus ihre Liebe; *weitere Formen:* Siegrun

Silvia

Sigune	weibl., aus dem Nord. übernommener Vorn. unklarer Herkunft und Bedeutung, wahrscheinlich geht der Vorn. auf die Gestalt der Sigune im »Parzival« von Wolfram von Eschenbach zurück
Silja	weibl., skand. Form zu Cecilia, bekannt durch den Roman »Silja, die Magd« von F. E. Sillanpää (deutsch: 1932)
Silje	weibl., fries. Form zu Cäcilie
Silke	weibl., fries. Form zu Gisela und schwed. Form zu Cäcilie; *weitere Formen:* Silka
Silko	männl. Form zu Silke
Silva	weibl., schwed. und tschech. Form zu Silvia
Silvain	männl., französ. Form zu Silvanus
Silvan	männl., Nebenform zu Silvanus
Silvana	weibl. Form zu Silvanus; *weitere Formen:* Silvanna, Sylvana
Silvanius	männl., Nebenform zu Silvanus
Silvano	männl., italien. Form zu Silvanus
Silvanus	*Herkunft:* männl., aus dem Lat. übernommener Vorn. zu »silva« (Wald), Silvanus war der Name eines altröm. Waldgottes *Verbreitung:* seit dem Mittelalter in Deutschland bekannt, aber wenig gewählt; eine größere Verbreitung erreichten die Kurz- und Nebenformen zu Silvanus *Andere Formen:* Silvius, Silvan, Silvanius; Silvio, Silvano (italien.); Silvain (französ.)
Silvest	männl., Nebenform zu Silvester
Silvester	*Herkunft:* männl., aus dem Lat. übernommener Vorn., eigentlich »der zum Walde Gehörende« *Verbreitung:* die Verehrung des heiliggesprochenen Papstes Silvester I. (3./4. Jh.) führte zur Verbreitung des Vorn. im Mittelalter; heute spielt der Vorn. in unserem Sprachraum keine Rolle mehr *Andere Formen:* Sylvester, Silvest; Syste (fries.) *Namenstag:* 31. Dezember
Silvetta	weibl., französ. Form zu Silvia; *weitere Formen:* Sylvetta
Silvia	*Herkunft:* weibl. Form zu Silvanus; Rhea Silvia ist der Legende nach die Mutter der Zwillinge Romulus und Remus, der Gründer Roms *Verbreitung:* seit dem Mittelalter im deutschsprachigen Raum verbreitet; im 18. Jh. durch die Schäferpoesie belebt; in den 60er

Silvie

und 70er Jahren galt der Vorn. als modern, nicht zuletzt durch die schwed. Königin Silvia; heute nicht so häufig gewählt
Andere Formen: Silvie, Silvetta (französ.); Silvina (italien.); Sylvi, Sylvia (skand.)
Namenstag: 3. November

Silvie weibl., französ. Form zu Silvia; *weitere Formen:* Sylvie

Silvina weibl., italien. Form zu Silvia

Silvio männl., italien. Form zu Silvanus

Silvius männl., Nebenform zu Silvanus; in der altröm. Sage ist Silvius ein Sohn des Äneas; außerdem ist die Gestalt des Silvius aus Shakespeares »Wie es Euch gefällt« bekannt

Sim männl., Kurzform zu Simon

Sima männl., poln. Form zu Simon

Simeon männl., aus der Bibel übernommener Vorn. hebr. Ursprungs, eigentlich »Gott hat gehört«; im Alten Testament ist Simeon einer der Söhne von Jakob; *Namenstag:* 5. Januar, 18. Februar

Simon *Herkunft:* männl., aus der Bibel übernommener Vorn, Nebenform zu Simeon
Verbreitung: seit der Reformation in Deutschland oft gewählter Vorn.; heute gilt der Name als modern
Andere Formen: Sim; Simón (span.); Simon (engl.); Semjon (russ.); Sima (poln.)
Bekannter Namensträger: Simon Dach, deutscher Dichter (1605–1659)
Namenstag: 28. Oktober

Simón männl., span. Form zu Simon; *bekannter Namensträger:* Simón Bolívar, südamerikan. Staatsmann (1783–1830)

Simone weibl. Form zu Simon; *weitere Formen:* Simona; Simonette, Simonetta (französ., italien.); *bekannte Namensträgerinnen:* Simone de Beauvoir, französ. Schriftstellerin (1908–1986); Simone Signoret, französ. Schauspielerin (1921–1985)

Sina weibl., Kurzform zu Gesina und Rosina; *weitere Formen:* Sini, Sinja, Sinje

Sinikka weibl., aus dem Finn. übernommener Vorn. russ. Herkunft von »sinij« (blau)

Sinold männl., fries. und hessische Form zu Siegwald

Sintbald männl., aus dem ahd. »sind« (Weg, Reise) und »bald« (kühn); *weitere Formen:* Sinbald

Sintbert	männl., aus dem ahd. »sind« (Weg, Reise) und »beraht« (glänzend); *weitere Formen:* Sinbert
Sintram	männl., aus dem ahd. »sind« (Weg, Reise) und »hraban« (Rabe); *weitere Formen:* Sindram
Sirena	weibl., aus der griech. Mythologie übernommener Vorn., der eine singende Meerjungfrau bezeichnet; diese Sirenen sollen mit ihrem Gesang die Seeleute um den Verstand gebracht haben, die dann mit ihren Schiffen auf die Riffe auffuhren und ums Leben kamen; *weitere Formen:* Sira
Sireno	männl. Form zu Serena; *weitere Formen:* Siro
Siri	weibl., schwed. Form zu Sigrid
Sirk	männl., fries. Form zu altsächs. »sigi« (Sieg) und »rikki« (reich)
Sirke	weibl. Form zu Sirk
Sirun	weibl., Nebenform zu Sigrun
Siska	weibl., schwed. Kurzform zu Franziska
Sissa	weibl., schwed. Kurzform zu Cäcilie; *weitere Formen:* Sissan, Sissi
Sissy	weibl., österr. Koseform zu Elisabeth und engl. Koseform zu Cäcilie; Sissy war der Kosename der sehr beliebten österr. Kaiserin Elisabeth Amalie Eugenie, die 1898 in Genf ermordet wurde; der Vorn. wurde durch den Film »Sissy« mit Romy Schneider erneut belebt
Sista	weibl., aus dem Schwed. übernommener Vorn., eigentlich in der Bedeutung »das letzte Kind«
Sisto	männl., italien. Form zu Sixto
Sitt	männl., Nebenform zu Siegbert
Sitta	weibl., Kurzform zu Sidonia
Sixta	weibl. Form zu Sixtus; *weitere Formen:* Sixtina, bekannt durch die um 1515 von Raffael gemalte »Sixtinische Madonna«
Sixten	männl., alter schwed. Vorn., der sich aus Sighsten entwickelt hat, von altschwd. »sigher« (Sieg) und »sten« (Steinwaffe); *bekannter Namensträger:* Sixten Jernberg, schwed. Skilangläufer (geb. 1929)
Sixtus	männl., lat. Umbildung des griech. Beinamens »xystós« (der Feine, Glatte); der Vorn. wurde vor allem durch verschiedene

Päpste bekannt (Sixtus IV. ließ die »Sixtinische Kapelle« 1473 erbauet); *weitere Formen:* Sixt; Sixte, Xiste (französ.); Sisto (italien.)

Slava — männl., slaw. Kurzform zu Vorn. mit »slava«; *weitere Formen:* Slavko

Slavka — weibl., slaw. Kurzform zu Vorn. mit »slava«

Smarula — weibl., vermutlich slaw. Koseform zu Maria

Soffi, Sofia, Sofie — weibl., Nebenformen zu Sophia

Solveig — weibl., aus dem skand. »sal« (Saal) und »vig« (Kampf); durch die deutsche Übersetzung von Ibsens »Peer Gynt« (1881) im deutschsprachigen Raum bekannt geworden; der Vorn. galt Mitte der 60er Jahre als modern, heute weniger gewählt

Söncke — männl., norddeutscher und fries. Vorn., der eigentlich »Söhnchen« bedeutet; *weitere Formen:* Sönke, Sönnich

Sonja — weibl., russ. Koseform zu Sophia

Sonnfried — männl., Neubildung aus »Sonne« und »-fried«

Sonngard — weibl., Neubildung aus »Sonne« und »-gard«

Sonntraud — weibl., Neubildung aus »Sonne« und »-traud«

Sophia — *Herkunft:* weibl., aus dem griech. »sophia« (Weisheit); im Altertum wurde die »hagia sophia« (heilige Weisheit) als Umschreibung für Christus gebraucht, danach für die Kirche selbst
Verbreitung: die Heilige Sophia (2. Jh.), die besonders im Elsaß verehrt wird, ist als »kalte Sophie« (die letzte Eisheilige am 15. Mai) volkstümlich geworden; um 1900 war der Vorn. am weitesten verbreitet, seitdem zurückgehend
Andere Formen: Fei, Fey, Fi, Fieke, Fia, Sophie, Sofia, Sofie, Soffi; Sophy (engl.); Zofia (poln.); Sownja, Sonja (russ.)
Bekannte Namensträgerin: Sophia Loren, italien. Filmschauspielerin (geb. 1934)
Namenstag: 15. Mai

Sophie — weibl., Nebenform zu Sophia; *bekannte Namensträgerin:* Sophie Scholl, Widerstandskämpferin gegen das Hitlerregime (1921–1943)

Sophus — männl., aus dem griech. »sophós« (klug, weise)

Sophy — weibl., engl. Form zu Sophia

Soraya — weibl., aus dem Pers. übernommener Vorn., eigentlich »guter Fürst«; der Vorn. wurde durch die zweite Frau des ehemaligen

	pers. Schahs Mohammed Reza Pahlewi in Deutschland bekannt und wird seitdem gelegentlich gewählt
Sören	männl., dän. und niederländ. Form von Severin; *bekannter Namensträger:* Sören Kierkegaard, dän. Religionsphilosoph (1813–1855)
Sownja	weibl., russ. Form zu Sophia
Spela	weibl., eingedeutschte serbokroat. Form zu Elisabeth
Stachus	männl., Nebenform zu Eustachius
Stan	männl., Kurzform zu Stanley und Stanislaus; *bekannter Namensträger:* Stan Laurel, amerikan. Filmkomiker (1890–1965)
Stanel, Stanerl, Stanes	männl., bayr. Formen zu Stanislaus
Stani	männl., Nebenform zu Stanislaus
Stanisl	männl., bayr. Form zu Stanislaus
Stanislao	männl., italien. Form zu Stanislaus
Stanislas	männl., französ. Form zu Stanislaus
Stanislaus	*Herkunft:* männl., latinisierte Form des slaw. Vorn. Stanislaw, aus dem altslaw. »stani« (standhaft) und »slava« (Ruhm) *Verbreitung:* der Heilige Stanislaus (um 1030–1079) war Bischof von Krakau und ist der Schutzpatron Polens, daher trugen auch viele poln. Könige diesen Vorn.; im deutschsprachigen Raum um 1900 vor allem in katholischen Familien verbreitet; gegenwärtig selten gewählt *Andere Formen:* Stasch, Stani, Stanko, Stan, Stano, Stasik; Stanislaw (slaw.); Stanislao (italien.); Stanislas (französ.); Stenzel (schles.); Stanes, Stanisl, Stanel, Stanerl (bayr.) *Bekannter Namensträger:* Stanislaus Leszczynski, König von Polen und Herzog von Lothringen (17./18. Jh.) *Namenstag:* 7. Mai, 13. November
Stanislaw	männl., slaw. Grundform zu Stanislaus
Stanislawa	weibl. Form zu Stanislaw; *weitere Formen:* Stanislava, Stana, Stanka, Stase, Stasja
Stanko	männl., Nebenform zu Stanislaus
Stanley	männl., aus dem Engl. übernommener Vorn., der sich aus einem Familiennamen entwickelt hat, der seinerseits wieder auf einen Ortsnamen zurückgeht
Stano	männl., Nebenform zu Stanislaus

Stanze

Stanze	weibl., Kurzform zu Konstanze
Stasch	männl., Nebenform zu Stanislaus
Stasi	weibl., Kurzform zu Anastasia
Stasik	männl., Nebenform zu Stanislaus
Stefan	männl., Nebenform zu Stephan (auch im Slaw. gebräuchliche Form); *bekannte Namensträger:* Stefan George, deutscher Dichter (1868–1933); Stefan Andres, deutscher Erzähler (1906–1970); Stefan Zweig, deutscher Schriftsteller (1881–1942); Stefan Edberg, schwed. Tennisspieler (geb. 1966)
Stefana, Stefania	weibl., Nebenformen zu Stephanie
Stefanida	weibl., russ. Form zu Stephanie
Stefanie	weibl., Nebenform zu Stephanie
Stefano	männl., italien. Form zu Stephan
Steffel	männl., bayr. Form zu Stephan
Steffen	männl., niederdeutsche Form zu Stephan
Steffi	weibl., Nebenform zu Stephanie; *bekannte Namensträgerin:* Steffi Graf, deutsche Tennisspielerin (geb. 1969)
Stella	weibl., aus dem Lat. übernommener Vorn., eigentlich »Stern«; die Seeleute verehrten die Heilige Maria als »Stella maris« (orientierender Stern des Meeres ist der Polarstern); Goethes Schauspiel »Stella« förderte ebenfalls die Verbreitung des Vorn. im deutschsprachigen Raum; *weitere Formen:* Estelle (französ.); Estella, Estrelle (span., italien.)
Sten	männl., aus dem Nord. übernommener Vorn., der eigentlich »Stein« bedeutet
Stenka	männl., slaw. Form zu Stephan
Stenzel	männl., schles. Form zu Stanislaus
Stepan	männl., slaw. Form zu Stephan
Stephan	*Herkunft:* männl., aus dem griech. »stéphanos« (Kranz, Krone) *Verbreitung:* durch die Verehrung des Heiligen Stephanus, der vor den Toren Jerusalems gesteinigt wurde, erlangte der Vorn. im Mittelalter sehr große Beliebtheit; in der Neuzeit wurde der Name in der zweiten Hälfte des 19. Jh. wiederbelebt und wird seitdem häufig gewählt

Andere Formen: Stefan; Steffen (niederdeutsch); Steffel (bayr.); Stephen, Steve, Steven (engl.); Étienne, Estienne, Stéphane (französ.); Stefano (italien.); Steven (niederländ.); Estéban, Estévan (span.); Stefan, Stepan, Stenka, Stepka, Stepko, Sczepan (slaw.); István (ungar.)
Bekannter Namensträger: Stephan Lochner, deutscher Maler (um 1410–1451)
Namenstag: 26. Dezember

Stephana	weibl., Nebenform zu Stephanie
Stéphane	männl., französ. Form zu Stephan; *bekannter Namensträger:* Stéphane Mallarmé, französ. Dichter (1842–1898)
Stephanie	*Herkunft:* weibl. Form zu Stephan *Verbreitung:* zwei heiliggesprochene Märtyrerinnen werden besonders in Frankreich verehrt; in Deutschland wurde der Vorn. durch die Adoptivtochter Napoleons, die 1806 den späteren Großherzog Karl von Baden heiratete, bekannt und beliebt; heute gilt der Vorn. als modern und wird oft gewählt *Andere Formen:* Fannie, Stefanie, Stefana, Stefania, Stephana, Steffi; Stéphanie, Stephine, Etiennette, Tienette (französ.); Fanny (engl.); Stefanida (russ.); *Namenstag:* 26. Dezember
Stéphanie	weibl., französ. Form zu Stephanie
Stephen	männl., engl. Form zu Stephan; *bekannter Namensträger:* Stephen King, amerikan. Bestsellerautor (geb. 1947)
Stephine	weibl., französ. Form zu Stephanie
Stepka, Stepko	männl., slaw. Formen zu Stephan
Steve	männl., engl. Form zu Stephan; *bekannter Namensträger:* Steve McQueen, amerikan. Schauspieler (1930–1980)
Steven	männl., engl. und niederländ. Form zu Stephan; *bekannter Namensträger:* Steven Spielberg, amerikan. Filmregisseur (»E.T.«, »Indiana Jones«, »Schindlers Liste«) und Oscarpreisträger (geb. 1947)
Stillfried	männl., aus dem ahd. »stilli« (still) und »fridu« (Friede); *weitere Formen:* Stillo
Stillfriede	weibl. Form zu Stillfried; *weitere Formen:* Stillfrieda, Stilla
Stina	weibl., fries. Form zu Christine, Ernestine und Augustine; *weitere Formen:* Stine, Stintje
Stinnes	männl., rhein. Form zu Augustinus

Stuart	männl., aus dem Engl. übernommener Vorn., der eigentlich der Name einer schott. Königsfamilie war (Maria Stuart, schott. Königin, lebte von 1542–1587)
Su	weibl., Kurzform zu Susanne
Sue	weibl., engl. Kurzform zu Susanne
Suleika	weibl., aus dem Arab. übernommener Vorn., eigentlich »die Verführerin«; bekannt wurde der Vorn. in Deutschland durch Goethes »Westöstlicher Diwan«, wo er seine Freundin Marianne von Willemer (1784–1860) Suleika nannte; *weitere Formen:* Zuleika (engl.)
Sultana	weibl., aus dem Rumän. übernommener Vorn., entspricht der männl. ungar. Form »Zoltá«, abgeleitet vom türk. Titel Sultan
Susa	weibl., italien. Kurzform zu Susanne
Susan	weibl., engl. Form zu Susanne; *weitere Formen:* Susann; *bekannte Namensträgerin:* Susan Sarandon, amerikan. Schauspielerin (geb. 1946)
Susanka	weibl., slaw. Form zu Susanne
Susanna	weibl., italien. Form zu Susanne
Susanne	*Herkunft:* weibl., aus der Bibel übernommener Vorn. hebr. Ursprungs, eigentlich »die Lilie« *Verbreitung:* die Geschichte der keuschen Susanne beim Bade, die im Mittelalter volkstümlich war und auch oft in der Kunst dargestellt wurde, führte zur starken Verbreitung des Vorn.; Susanne gehört auch heute noch zu den oft gewählten Vorn. *Andere Formen:* Sanne, Sanna, Sanni, Su, Suse, Susi; Susan, Sue (engl.); Suzanne, Susetta, Suzette (französ.); Susanna, Susa (italien.); Susanka (slaw.); Susen (schwed.) *Bekannte Namensträgerinnen:* Susanne von Klettenberg, deutsche Schriftstellerin (1723–1774); Susanne Uhlen, deutsche Schauspielerin (geb. 1955) *Namenstag:* 11. August
Suse	weibl., Kurzform zu Susanne
Susen	weibl., schwed. Form zu Susanne
Susetta	weibl., französ. Koseform zu Susanne; *weitere Formen:* Susette
Susi	weibl., Kurzform zu Susanne; *weitere Formen:* Susy, Suzy
Suzanne	weibl., französ. Form zu Susanne
Suzette	weibl., französ. Koseform zu Susanne

Svane	weibl., Kurzform zu Vorn. mit »svan« (Schwan)
Svea	weibl., aus dem Schwed. übernommener Vorn. aus »svea-rike« (Schwedenreich)
Sven	männl., aus dem Nord. übernommener Vorn., eigentlich »junger Krieger«; der Vorn. wurde in Deutschland durch den schwed. Forschungsreisenden Sven Hedin (1865–1952) bekannt und wird oft gewählt; *weitere Formen:* Swen; Svend (dän.)
Svenja	weibl. Form zu Sven
Swana	weibl., Nebenform zu Swanhild; weitere Formen: Schwana
Swanhild	weibl., aus dem ahd. »swan« (Schwan) und »hiltja« (Kampf); *weitere Formen:* Swanhilde
Swante	männl., aus dem Slaw. übernommener Vorn., eigentlich »Kriegsvolk«; *weitere Formen:* Svante (schwed.)
Swantje	weibl., fries. Form zum Vorn. Swanhild; *weitere Formen:* Swaantje, Swaneke
Swetlana	weibl., aus dem Russ. übernommener Vorn., eigentlich »hell«; *weitere Formen:* Svetlana
Swidgard	weibl., aus dem ahd. »swinde« (stark, geschwind) und »gard« (Hort, Schutz)
Swindbert	männl., aus dem ahd. »swinde« (stark, geschwind) und »beraht« (glänzend); *weitere Formen:* Swidbert, Suidbert
Swinde	weibl., Kurzform zu ahd. Vorn. mit »swinde«; *weitere Formen:* Swinda
Swindger	männl., aus dem ahd. »swinde« (stark, geschwind) und »ger« (Speer)
Sybil	weibl., engl. Form zu Sibylle
Sylvester	männl., Nebenform zu Silvester; *bekannter Namensträger:* Sylvester Stallone, amerikan. Filmschauspieler und Regisseur (geb. 1946)
Sylvi	weibl., skand. Form zu Silvia; *weitere Formen:* Sylvie (französ.)
Sylvia	weibl., skand. Form zu Silvia
Syra	weibl., Herkunft und Bedeutung unklar
Syste	männl., fries. Form zu Silvester

Ein schlechter Name ist halb gehängt.

Ein weißes Kleid schützt nicht vor einem
schwarzen Namen.

Wer so besorgt um seinen Namen ist,
wird schlechte Gründe haben, ihn zu führen.

Heinrich von Kleist,
Amphitryon

T

Tabea

Tabea	weibl., Nebenform zu Tabitha; Tabea war in der Apostelgeschichte eine Jüngerin, die von Petrus vom Tode erweckt wurde; *weitere Formen:* Tabe
Tabitha	weibl., aus der Bibel übernommener Vorn. hebr. Ursprungs von »tabja« (Gazelle); *weitere Formen:* Tabea
Tade	männl., fries. Form zu Vorn. mit »Diet-«; *weitere Formen:* Taelke, Taetse, Take
Tage	männl., aus dem Schwed. übernommener Vorn., früher Beiname eines Bürgen oder Gewährsmannes
Taiga	weibl., aus dem Russ. übernommener Vorn.; gemeint ist damit sicherlich der sibirische Nadelwaldgürtel; außerdem kann Taiga auch Kurzform zu russ. Vorn. mit »Diet-« oder fries. Form zu Theda sein; vom Amtsgericht Lüneburg 1975 als weibl. Vorn. zugelassen
Tale	weibl., fries. Kurzform zu Adelheid; *weitere Formen:* Talea, Taletta, Taleja
Talesia	weibl., bask. Form zu Adelheid
Talida	weibl., fries. Form zu Adelheid
Talika	weibl., fries. Form zu Adelheid; *weitere Formen:* Talka, Talke
Tam	männl., engl. Kurzform zu Thomas
Tamara	weibl., aus dem Russ. übernommener Vorn. hebr. Ursprungs, eigentlich »Dattelpalme«
Tamás	männl., ungar. Form zu Thomas
Tamina	weibl. Form zu Tamino
Tamino	männl., aus dem griech. »tamias« (Herr, Gebieter); durch die Gestalt des Tamino in Mozarts Oper »Die Zauberflöte« bekannt geworden, aber selten gewählt
Tamme	männl., alte fries. Form zu Dankmar und Thomas; *weitere Formen:* Tammo, Dammo, Tammy
Tammes	männl., dän. Form zu Thomas
Tanja	weibl., Nebenform zu Tatjana; *weitere Formen:* Tania, Tanjura
Tanko	männl., Nebenform zu Dankwart
Tankred	männl., normann. Form zu Dankrad; Tankred war als Vorn. der normann. Fürsten von Sizilien im 11./12. Jh. beliebt; Tankred von

Tarent (12. Jh.) war Teilnehmer am ersten Kreuzzug und wurde eine der Hauptfiguren in Tassos Epos »Das befreite Jerusalem«; *bekannter Namensträger:* Tankred Dorst, deutscher Dramatiker und Gründer einer Marionettenbühne in München (geb. 1925)

Tarek — männl., aus dem Arab. übernommener Vorn.; Tarek war der Vorn. eines arab. Feldherrn, der 711 nach dem nach ihm benannten Gibraltar (Fels des Tarek) übersetzte; *weitere Formen:* Tarik, Tarick

Tassia — weibl., russ. Form zu Anastasia; *weitere Formen:* Tasia

Tassilo — männl., Koseform zu Tasso; der Vorn. war im Mittelalter besonders in Bayern beliebt; um die Jahrhundertwende durch Zeitungs- und Zeitschriftenromane populär geworden und gegenwärtig öfter gewählt; *weitere Formen:* Thassilo; *bekannter Namensträger:* Thassilo von Scheffer, deutscher Schriftsteller und Übersetzer (1873–1951)

Tasso — männl., aus dem Italien. übernommener Vorn. lat. Herkunft von »taxus« (Eibe)

Tatjana — weibl., aus dem Russ. übernommener Vorn., dessen Herkunft und Bedeutung unklar ist; in Deutschland wurde der Vorn. durch die Gestalt der Tatjana in Tschaikowskis »Eugen Onegin« (1879) bekannt, aber erst seit 1960 wird der Vorn. zunehmend gewählt; *weitere Formen:* Tanja, Tata

Tebbe — männl., fries. Form zu Theodebert; *weitere Formen:* Tebbo

Ted — männl., engl. Kurzform zu Theodor und Eduard; *weitere Formen:* Teth, Teddy

Teddy — männl., Koseform zu Ted; Teddy war der Spitzname des amerikan. Präsidenten Theodore Roosevelt (1858–1919), nach dem auch die Teddybären benannt wurden

Tede — männl., fries. Kurzform zu Vorn. mit »Thed-« und »Diet-«; *weitere Formen:* Thede; weibl. Form zu Theodora; eindeutiger Zweitname erforderlich

Teida — weibl., fries. Form zu Adelheid

Teilhard — männl., aus dem Französ. übernommener Vorn., der dem ahd. Vorn. Linthart entspricht

Tela — fries. Form zu Adelheid; *weitere Formen:* Tele

Tell — männl., durch die Gestalt des W. Tell in Schillers Drama »Wilhelm Tell« bekannt geworden, aber selten gewählt

Telsa — fries. Form zu Elisabeth; *weitere Formen:* Telse, Telseke

Temme	männl., fries. Form zu Dietmar
Teodora	weibl., italien. Form zu Theodora
Teresa	weibl., span. und engl. Form zu Therese; *bekannte Namensträgerin:* Mutter Teresa (1910–1997)
Térèse	weibl., französ. Form zu Therese; *weitere Formen:* Thérèse
Terezie	weibl., tschech. Form zu Therese
Terézie, Terka	weibl., ungar. Formen zu Therese
Terzia	weibl., aus dem Lat. übernommener Vorn. zu »Tertia« (die Dritte)
Tess, Tessa, Tessy	weibl., engl. Kurzformen zu Therese
Tetje	männl., fries. Kurzform zu Vorn. mit »Diet-«; *weitere Formen:* Tete
Tettje	weibl., fries. Kurzform zu Vorn. mit »Diet-«; *weitere Formen:* Tetta
Teudelinde	weibl., Nebenform zu Theodelinde
Teutobert	männl., alte Form zu Theodebert
Teutobod	männl., Nebenform zu Theodebod
Teutward	männl., Nebenform zu Theodeward
Tewes	männl., Nebenform zu Matthäus
Thaddäus	männl., aus der Bibel übernommener Vorn. unklarer Herkunft und Bedeutung; Thaddäus war der Beiname des Heiligen Judas; *weitere Formen:* Taddäus; Tadeusz (poln.); Thady (engl.); *bekannter Namensträger:* Thaddäus Troll, deutscher Schriftsteller (1914–1980); *Namenstag:* 28. Oktober
Thaisen	männl., fries. Form zu Matthias
Thea	weibl., Kurzform zu Dorothea, Theodora oder Therese; durch Zeitungs- und Zeitschriftenromane um die Jahrhundertwende bekannt geworden; *bekannte Namensträgerin:* Thea von Harbou, deutsche Schriftstellerin (1888–1954)
Theda	weibl., Nebenform zu Theodora
Theis	männl., Kurzform zu Matthias
Thekla	weibl., aus dem griech. »theós« (Gott) und »kléos« (guter Ruf, Ruhm); seit dem Mittelalter als Heiligenname verbreitet; im

Theodor

19. Jh. wurde der Vorn. neu belebt durch die Gestalt der Thekla in Schillers »Wallenstein«; in Ostfriesland ist Thekla auch als Kurzform zu Vorn. mit »Theod-« gebräuchlich; *bekannte Namensträgerin*: Thekla Carola Wied, deutsche Schauspielerin, wurde berühmt durch Serien (geb. 1945)
Namenstag: 23. September, 28. September

Themke — männl., Nebenform zu Dietmar

Theo — männl., Kurzform zu Theodor oder Theobald; *weitere Formen:* Teo; weibl. Kurzform zu Theodora (als weibl. Vorn. nicht zu empfehlen); *bekannter Namensträger:* Theo Lingen, deutscher Schauspieler (1903–1978)

Theobald — männl., latinisierte Form zu Dietbald oder auch aus dem griech. »theós« (Gott); im Mittelalter durch die Verehrung des Heiligen Theobald (11. Jh.) verbreitet; im 19. Jh. durch die Ritterdichtung wieder belebt, heute selten gewählt; *weitere Formen:* Debald, Diebald, Diebold; Theobald, Tibald (engl.); Thibaud, Thibault, Thibaut, Théobald (französ.); Tebaldo, Teobaldo (italien.)

Theoda — weibl., Kurzform zu Vorn. mit »Theo-«

Theodebert — männl., latinisierte Form zu Dietbert; *weitere Formen:* Tebbe (fries.)

Theodegar — männl., latinisierte Form zu Dietger; *weitere Formen:* Theodeger

Theodelinde — weibl., latinisierte Form zu Dietlinde; Theodelinde, Tochter des Bayernherzogs Garibald, war seit 588 mit dem Langobardenkönig Authari, dann mit Agilulf vermählt und bereitete den Übertritt der Langobarden zum kath. Christentum vor

Theodemar — männl., latinisierte Form zu Dietmar; *weitere Formen:* Teutomar

Theoderich — männl., latinisierte Form zu Dietrich

Theodeward — männl., Nebenform zu Dietwart

Theodolf — männl., latinisierte Form zu Dietwolf; *weitere Formen:* Theodulf

Theodor — *Herkunft:* männl., aus dem griech. »theós« (Gott) und »dóron« (Gabe, Geschenk)
Verbreitung: um 1260 breitete sich der Vorn. durch die Verehrung des Heiligen Theodor (gestorben 316) von Venedig im gesamten Abend- und Morgenland aus; im 15. Jh. von den Humanisten besonders geschätzter Vorn; im 19. Jh. wurde der Name durch die Begeisterung für Theodor Körner (Dichter des Freiheitskampfes gegen Napoleon) neu belebt; in neuerer Zeit immer noch stark verbreitet, aber zurückgehend
Andere Formen: Theo; Theodore, Ted, Teddy (engl.); Théodore (französ.); Theodoro (italien.); Fjodor, Fedor, Feodor (russ.)

Theodora

Bekannte Namensträger: Theodor Mommsen, deutscher Historiker und Nobelpreisträger (1817–1903); Theodor Storm, deutscher Schriftsteller (1817–1888); Theodor Fontane, deutscher Schriftsteller (1819–1898); Theodor Heuss, erster deutscher Bundespräsident (1884–1963)
Namenstag: 16. August, 9. November

Theodora	weibl. Form zu Theodor; *weitere Formen:* Dora, Theda, Thea, Theodore; Fjodora, Feodora (russ.); Teodora (italien.)
Theodore	männl., engl. Form zu Theodor und weibl., Nebenform zu Theodora; eindeutiger Zweitname erforderlich
Théodore	männl., französ. Form zu Theodor
Theodoro	männl., italien. Form zu Theodor
Theodosia	weibl. Form zu Theodosius; *weitere Formen:* Feodosia (russ.)
Theodosius	männl., aus dem Griech. übernommener Vorn., eigentlich »Gottesgeschenk«; *weitere Formen:* Feodosi (russ.)
Theofried	männl., latinisierte Form zu Dietfried
Theophil	männl., aus dem griech. »theós« (Gott) und »philos« (lieb, freundlich); eine mittelalterliche Legendengestalt ist der Zauberer Theophilus, der als Vorstufe der Faustgestalt gilt; *weitere Formen:* Théophile (französ.); Theophilus; *bekannter Namensträger:* Théophile Gautier, französ. Dichter (1811–1872)
Theophora	weibl., aus dem griech. »theós« (Gott) und »phorá« (tragen)
Theresa	weibl., Nebenform zu Therese; *weitere Formen:* Theresina
Therese	*Herkunft:* weibl., aus dem Griech. übernommener Vorn., eigentlich »Bewohnerin der Insel Thera« *Verbreitung:* die Heilige Theresa von Avila gründete im 16. Jh. mehr als 30 Klöster und reformierte den Karmeliterorden; durch die österr. Kaiserin Maria Theresia wurde der Vorn. volkstümlich und wird bis heute gern gewählt *Andere Formen:* Theresa, Theresia, Thesi, Thery, Thesy, Resi; Teresa (span., engl.); Tess, Tessa, Tessy (engl.); Térèse (französ.); Terezie (tschech.); Terka, Terézie (ungar.) *Bekannte Namensträgerin:* Therese Giehse, deutsche Schauspielerin (1898–1975) *Namenstag:* 15. Oktober
Theresia	weibl., Nebenform zu Therese
Thery, Thesi, Thesy	weibl., Kurzformen zu Therese
Thiedemann	männl., Nebenform zu Vorn. mit »Diet-«; *weitere Formen:* Thielemann

Thierri	männl., französ. Form zu Dieterich; *weitere Formen:* Thierry
Thies	männl., Kurzform zu Matthias; *weitere Formen:* Thieß
Thilde	weibl., Kurzform zu Mathilde; *weitere Formen:* Tilde
Thilo	männl., Kurzform zu Vorn. mit »Diet-«; *weitere Formen:* Tilo; *bekannter Namensträger:* Thilo Koch, deutscher Journalist (geb. 1920)
Thimo	männl., Nebenform zum Vorn. Dietmar; *weitere Formen:* Tiemo, Thietmar
This	männl., niederdeutsche Form zu Matthias
Thomas	*Herkunft:* männl., aus der Bibel übernommener Vorn. hebr. Ursprungs, eigentlich »Zwillingsbruder« *Verbreitung:* seit dem Mittelalter durch die Verehrung des Heiligen Thomas (ungläubiger Thomas, weil er an der Auferstehung Jesu zweifelte und erst daran glaubte, als er die Wundmale des Auferstandenen berühren durfte) verbreitet; mit dem Thomastag am 21. Dezember sind viele Volksbräuche verknüpft, vor allem Liebesorakel; heute gehört der Vorn. zu den am meisten gewählten Namen *Andere Formen:* Tam, Thomas, Tom, Tommy, Tomy (engl.); Thomé (französ.); Tomaso, Tommaso (italien.); Tomas (schwed., span.); Toma (slaw.); Tammes (dän.); Tamás (ungar.); Tamme (fries.) *Bekannte Namensträger:* Thomas von Aquino, bedeutender Philosoph und Theologe (1225–1274); Thomas Morus, engl. Kanzler (1478–1538); Thomas Münzer, Führer des Bauernaufstandes (1489–1525); Thomas Hardy, engl. Dichter (1840–1928); Thomas Alva Edison, amerikan. Erfinder (1847–1931); Thomas Mann, deutscher Schriftsteller (1875–1955); Thomas Bernhard, österr. Schriftsteller (1931–1989); Thomas Gottschalk, deutscher Fernsehunterhalter und Filmschauspieler (geb. 1950); Thomas Freitag, deutscher Kabarettist (geb. 1950) *Namenstag:* 3. Juli
Thomé	männl., französ. Form zu Thomas
Thona	weibl., Nebenform zu Antonia
Thora	weibl. Form zu Thore; *weitere Formen:* Tora
Thoralf	männl., aus dem Nord. übernommener Vorn. zu german. »thor« (Gott) und »alf« (Elf, Naturgeist); *weitere Formen:* Toralf
Thorben	männl., dän. Form zu Torbjörn; *weitere Formen:* Torben
Thorbrand	männl., aus dem Nord. übernommener Vorn. zu german. »thor« (Gott) und »brand« (Brand)

Thordis	weibl., aus dem Nord. übernommener Vorname zu german. »thor« (Gott) und altschwed. »dis« (Göttin); *weitere Formen:* Tordis
Thore	männl., aus dem Nord. übernommener Vorn., der dem german. Donnergott entspricht; *weitere Formen:* Tore, Ture, Thure
Thorfridh	männl., aus dem german. »thor« (Gott) und dem ahd. »fridu« (Friede)
Thorgard	weibl., aus dem Schwed. übernommener Vorn. zu german. »thor« (Gott) und »gardh« (Hort, Schutz); *weitere Formen:* Torgard, Torgerd, Torgärd
Thorger	männl., aus dem Nord. übernommener Vorn. zu german. »thor« (Gott) und »ger« (Speer); *weitere Formen:* Torger, Thorge
Thorgert	männl., Nebenform zu Thorger
Thorgund	weibl., aus dem Schwed. übernommener Vorn. zu german. »thor« (Gott) und dem ahd. »gund« (Kampf); *weitere Formen:* Torgund, Torgun, Torgunnd
Thorhild	weibl., aus dem Schwed. übernommener Vorn. zu german. »thor« (Gott) und dem ahd. »hiltja« (Kampf); *weitere Formen:* Torhild, Torhilda, Törilla
Thorid	weibl., aus dem Nord. übernommener Vorn. zu german. »thor« (Gott) und dem ahd. »fridu« (Friede); *weitere Formen:* Torid, Turid
Thorolf	männl., aus dem Schwed. übernommener Vorn. zu german. »thor« (Gott) und altisländ. »ulfr« (Wolf); *weitere Formen:* Thorulf, Torolf
Thorsten	männl., aus dem Nord. übernommener Vorn. zu german. »thor« (Gott) und »sten« (Steinwaffe); *weitere Formen:* Torsten
Thorwald	männl., aus dem Nord. übernommener Vorn. zu german. »thor« (Gott) und dem ahd. »waltan« (walten, herrschen); *weitere Formen:* Torwald, Torvald
Thusnelda	weibl., aus dem ahd. »thurs« (Riese) und »hiltja« (Kampf); *weitere Formen:* Thusnelde, Tusnelda, Tusnelde, Tursinhilda, Tussinhilda
Thyra	weibl., aus dem german. »thor« (Gott) und dem ahd. »wig« (Kampf); *weitere Formen:* Tyra, Thyrvi, Tyre
Tiada	weibl., fries. Kurzform zu Vorn. mit »Diet-«; *weitere Formen:* Tjada

Tiade — männl., fries. Kurzform zu Vorn. mit »Diet-«; *weitere Formen:* Tjade

Tialf — männl., fries. Kurzform zu Dietleib; *weitere Formen:* Tjalf

Tiana — weibl., Nebenform zu Christiana

Tiard — männl., fries. Kurzform zu Diethard; *weitere Formen:* Tjard

Tiark — männl., fries. Kurzform zu Dietrich; *weitere Formen:* Tiarke, Tjark, Tyärk

Tiba — weibl., fries. Kurzform zu Dietberga; *weitere Formen:* Thiadberg, Thiadburg, Tibeta, Tibetha, Tibe

Tiberius — männl., aus dem Lat. übernommener Vorn., eigentlich »dem Flußgott Tiber geweiht«; der Vorn. ist durch den röm. Kaiser Tiberius Claudius Nero bekannt geworden

Tibor — männl., ungar. Form zu Tiberius; *bekannter Namensträger:* Tibor Déry, ungar. Schriftsteller (1894–1977); Tibor Varga, ungar. Musiker (geb. 1921)

Tida — weibl., fries. Kurzform zu Adelheid

Till — männl., fries. Kurzform zu Vorn. mit »Diet-«; seit dem Mittelalter in Norddeutschland, den Niederlanden und in Flandern sehr beliebter Vorn.; der bekannte Till Eulenspiegel (14. Jh.) ist nicht nur als Schalk und Schelm überliefert, sondern auch als fläm. Freiheitsheld Thyl Ulenspiegel; *weitere Formen:* Tile, Tyl, Thyl

Tilla — weibl., Kurzform zu Ottilie und Mathilde; *weitere Formen:* Tilli, Tilly

Tillmann — männl., alte fries. Form zu Dietrich; *weitere Formen:* Tilmann, Tillman, Tilman, Tillo; *bekannter Namensträger:* Tilman Riemenschneider, Bildhauer (1460–1531)

Tilse — weibl., fries. Form zu Elisabeth

Timm — männl., Kurzform zu Thiemo oder Timotheus; *weitere Formen:* Tim, Timme, Timmo, Timo

Timotheus — männl., aus dem griech. »timan« (schätzen, ehren) und »theós« (Gott); der Vorn. war im alten Griechenland sehr verbreitet und wurde in der christlichen Welt durch die Verehrung des Heiligen Timotheus (ein Schüler und Gehilfe des Apostels Paulus) bekannt; *weitere Formen:* Tiemo, Timm; Timothy (engl.); Timothée (französ.); Timofej (russ.)

Timothy	männl., engl. Form zu Timotheus
Timpe	männl., Märchengestalt aus »Der Fischer un syne Fru«; vom Oberlandesgericht Hamburg 1979 als männl. Vorn. zugelassen, jedoch nur mit einem eindeutigen Zweitnamen
Tina	weibl., Kurzform zu Vorn., die auf »-tina« enden, vor allem »Christina« und »Martina«; *bekannte Namensträgerin*: Tina Turner, amerikan. Popsängerin (geb. 1939)
Tinette	weibl., französ. Koseform zu Antoinette
Tinka	weibl., Kurzform zu Katharina
Tino	männl., italien. Kurzform zu Vorn., die auf »-tino« enden, vor allem »Albertino« und »Valentino«
Tirza	weibl., aus der Bibel übernommener Vorn. hebr. Ursprungs, eigentlich »die Anmutige«; *weitere Formen:* Thirza, Thyrza, Thirsa
Tito	männl., italien. Form zu Titus
Titus	männl., aus dem lat. »titulus« (Ruhm, Verdienst, Ansehen); Titus Flavius Vespasianus (39–81) zerstörte im Jahr 70 n.Chr. Jerusalem und ließ den Titusbogen in Rom errichten; *weitere Formen:* Tito; Tiziano (italien.); *Namenstag:* 6. Februar
Tiziana	weibl. Form zu Tiziano; *weitere Formen:* Titia
Tiziano	männl., italien. Form zu Titus
Tjarde	weibl. Form zu Tiard
Töbe, Tobi	männl., Kurzformen zu Tobias
Tobias	*Herkunft:* männl., aus der Bibel übernommener Vorn. hebr. Ursprungs, eigentlich »Gott ist gnädig«; Tobias ist in der Bibel der fromme Sohn, der mit seinem erblindeten Vater eine gefährliche Reise unternimmt und seinen Vater heilt *Verbreitung:* die Tobiasgeschichte war in der Reformationszeit sehr beliebt und trug maßgeblich zur Verbreitung des Vorn. bei, der heute noch oft gewählt wird *Andere Formen:* Tobi, Töbe; Tobias, Toby (engl.) *Bekannte Namensträger:* Tobias Stimmer, schweiz. Maler und Holzschnitzer (16. Jh.); Johan Tobias Sergel, schwed. Bildhauer (1740–1814)
Tobsy	weibl., Koseform zu Tove
Toby	männl., engl. Kurzform zu Tobias

Tom	männl., engl. Kurzform zu Thomas; *bekannte Namensträger*: Tom Cruise, amerikan. Schauspieler (geb. 1962); Tom Jones, engl. Popsänger (geb. 1940); Tom Selleck, amerikan. Schauspieler, »Magnum« (geb. 1945)
Toma	männl., slaw. Form zu Thomas
Tomas	männl., schwed. und span. Form zu Thomas
Tomaso, Tommaso	männl., italien. Formen zu Thomas
Tommy, Tomy	männl., engl. Koseformen zu Thomas
Tona	weibl., Kurzform zu Antonia; *weitere Formen:* Tonia, Tonja
Toni	männl., Kurzform zu Anton und weibl., Kurzform zu Antonia; eindeutiger Zweitname erforderlich; *weitere Formen:* Tony; *bekannte Namensträger*: Toni Morrison, amerikan. Schriftstellerin, Nobelpreisträgerin (geb. 1931); Toni Schumacher, deutscher Fußballspieler (Torwart) (geb. 1954)
Tonio	männl., italien. Form zu Anton; durch Th. Manns Novelle »Tonio Kröger« bekannt geworden und öfter gewählt
Torbjörn	männl., aus dem Nord. übernommener Vorn. zu german. »thor« (Gott) und altschwed. »biorn« (Mann, Held, Häuptling)
Tord	männl., Nebenform zu Thorfridh
Tosja	weibl., russ. Koseform zu Antonia
Toska	weibl., aus dem Italien. übernommener Vorn., eigentlich »die Toskanerin«; *weitere Formen:* Tosca
Tove	weibl. Form zu Tobias
Traude	weibl., Kurzform zu Gertraud; *weitere Formen:* Traudel, Traute, Traudl
Traudhild	weibl., aus dem ahd. »trud« (Kraft, Stärke) und »hiltja« (Kampf); *weitere Formen:* Traudhilde, Trudhild, Trudhilde
Traudlinde	weibl., aus dem ahd. »trud« (Kraft, Stärke) und »linta« (Schutzschild aus Lindenholz); *weitere Formen:* Trudlinde
Traugott	männl., pietistische Neubildung im 18. Jh., eigentlich »vertraue Gott«
Trauthelm	männl., aus dem ahd. »trud« (Kraft, Stärke) und »helm« (Helm, Schutz)

Trauthold	männl., aus dem ahd. »trud« (Kraft, Stärke) und »waltan« (walten, herrschen); *weitere Formen:* Trautwald
Trautmann	männl., aus dem ahd. »trud« (Kraft, Stärke) und »man« (Mann)
Trautmar	männl., aus dem ahd. »trud« (Kraft, Stärke) und »mari« (berühmt)
Trautmund	männl., aus dem ahd. »trud« (Kraft, Stärke) und »munt« (Schutz der Unmündigen)
Trautwein	männl., aus dem ahd. »trud« (Kraft, Stärke) und »wini« (Freund); *weitere Formen:* Trautwin
Treumund	männl., aus dem altsächs. »triuwi« (treu, wahr) und dem ahd. »munt« (Schutz der Unmündigen)
Treumunde	weibl. Form zu Treumund
Trina	weibl., Kurzform zu Katharina; *weitere Formen:* Trine, Trinette
Tristan	männl., alter deutscher Vorn., eigentlich »Waffenlärm«; die Liebesgeschichte von Tristan und Isolde wurde oft künstlerisch bearbeitet und hat den Vorn. bekannt gemacht
Trix	weibl., Kurz- und Koseform für Beatrix; *Nebenformen:* Trixa, Trixi, Trixy
Trudbert	männl., aus den ahd. Wörtern »trud« (Kraft, Stärke) und »beraht« (glänzend)
Trude	weibl., Kurzform zu Gertrud
Trudeliese	weibl., Doppelname aus Trude und Liese
Trutz	männl., neuer Vorn. zu dem deutschen Hauptwort »Trotz«
Tulla	weibl., alte Form zu Ursula (Sankt Ulla); *weitere Formen:* Tulle
Tünnes	männl., rhein. Kurzform zu Antonius
Tusja	weibl., Kurzform zu Natalija
Tyrmin	männl., Herkunft und Bedeutung unklar

U

Ubald

Ubald	männl., aus dem ahd. »hugo« (Sinn, Geist) und »bald« (kühn); *weitere Formen:* Hugbald; Ubalde (französ.); Ubaldo (italien.)
Ubba	weibl., fries. Kurzform zu Ubald
Ubbo	männl., fries. Kurzform zu Ubald
Ubert	männl., rätoroman. Form zu Odilbert
Uda	weibl., Nebenform zu Oda; *weitere Formen:* Ude
Udelar	männl., Nebenform zu Adelar
Udele	weibl., Nebenform zu Adele
Udo	männl., Nebenform zu Otto und Ulrich; *bekannte Namensträger:* Udo Jürgens, deutscher Schlagersänger und Komponist (geb. 1934); Udo Lattek, deutscher Fußballtrainer (geb. 1935); Udo Lindenberg, deutscher Rockmusiker (geb. 1946)
Ueli	männl., schweiz. Form zu Ulrich
Ufe	männl., fries. Kurzform zu Wolfbert; *weitere Formen:* Uffe, Ufert, Uffke, Ufko
Ugo	männl., Kurzform zu Hugo; *weitere Formen:* Ugolino
Uhl	männl., Kurzform zu Ulrich
Uland	männl., aus dem ahd. »uodal« (Erbgut, Heimat) und »lant« (Land)
Ulbe	männl., fries. Form zu Odilbert; *weitere Formen:* Ulbert, Ulbet
Ule	männl., Nebenform zu Ulrich; *weitere Formen:* Ulerk (fries.)
Uletta	weibl., roman. Form zu Ulla
Ulf	männl., aus dem Nord. übernommener Vorn., eigentlich »wolf« (Wolf), auch fries. Kurzform zu Ulfried; *bekannter Namensträger:* Ulf Merbold, deutscher Astronaut, erster Deutscher im All (geb. 1941)
Ulfart	männl., fries. Form zu Wolfhard
Ulfhild	weibl., nord. Form zu Wolfhild; *weitere Formen:* Ulvhild (schwed.)
Ulfilas	männl., Nebenform zu Wulfila (Wölfchen)
Ulfo	männl., Nebenform zu Ulf

Ulrike

Ulfried	männl., aus den ahd. Wörtern »uodal« (Erbgut, Heimat) und »fridu« (Friede); *weitere Formen:* Ulfrid, Ulfert, Olfert, Uodalfrid, Odalfrid
Uli	männl., Nebenform zu Ulrich; *bekannter Namensträger:* Uli Stein, deutscher Fußballspieler (Torwart) (geb. 1954)
Uliana	weibl., russ. Form zu Juliana
Ulita	weibl., russ. Form zu Julitta
Ulla	weibl., Kurzform zu Ursula oder Ulrike; *weitere Formen:* Ula; *bekannte Namensträgerin:* Ulla Hahn, deutsche Schriftstellerin (geb. 1946)
Ulla-Britt	weibl., schwed. Doppelname aus Ulla und Britt
Ulli	männl., Nebenform zu Ulrich
Ullmann	männl., aus dem ahd. »uodal« (Erbgut, Heimat) und »man« (Mann)
Ullus	männl., Nebenform zu Ulrich
Ulric	männl., französ. Form zu Ulrich
Ulrich	*Herkunft:* männl., aus dem ahd. »uodal« (Erbgut, Heimat) und »rihhi« (reich, mächtig) *Verbreitung:* durch die Verehrung des Heiligen Ulrich (9./10. Jh.) seit dem Mittelalter vor allem in Süddeutschland und der Schweiz verbreitet; um 1900 wurde der Vorn. oft in Adelskreisen gewählt, durch Romane von Spielhagen und Sudermann volkstümlich geworden *Andere Formen:* Uli, Ule, Ulli, Udo, Ullus, Utz, Uhl, Ohlsen; Ulrik (niederd.); Ulric (französ.); Ueli (schweiz.) *Bekannte Namensträger:* Ulrich von Hutten, deutscher Humanist (1488–1523); Ulrich Schamoni, deutscher Filmregisseur (geb.1939); Ulrich Wickert, deutscher Nachrichtenredakteur und Autor (geb. 1942); Ulrich Tucur, deutscher Schauspieler und Sänger (geb. 1957); Ulrich Meyer, deutscher Fernsehmoderator (geb. 1955); *Namenstag:* 4. Juli
Ulrik	männl., niederd. Form zu Ulrich
Ulrika	weibl., dän. und schwed. Form zu Ulrike
Ulrike	*Herkunft:* weibl. Form zu Ulrich *Verbreitung:* seit dem 18. Jh. in Adelskreisen verbreitet; um 1900 durch Zeitungs- und Zeitschriftenromane volkstümlich geworden; heute öfter gewählt *Andere Formen:* Ulla, Ulrika, Rika, Rike, Riken; Ulrique (französ.)

271

Ulrique

Bekannte Namensträgerin: Ulrike Meyfarth, zweifache deutsche Olympiasiegerin im Hochsprung (geb. 1956)

Ulrique	weibl., französ. Form zu Ulrike
Ultima	weibl. Form zu Ultimus
Ultimus	männl., aus dem lat. »ultimum« (zuletzt, zum letzten Male); im übertragenen Sinne ist hier das letzte Kind gemeint
Ulv	männl., schwed. Form zu Ulf
Ulysses	männl., lat. Form zu Odysseus; *weitere Formen:* Ulisse, Ulyxes, Ulixes
Umberto	männl., italien. Form zu Humbert; *bekannter Namensträger:* Umberto Eco, italien. Schriftsteller (geb. 1932)
Umma	weibl. Form zu Ummo
Ummo	männl., fries. Kurzform zu Otmar; *weitere Formen:* Umme
Una	weibl., aus dem Engl. übernommener Vorn., der auf Oona zurückgeht
Undine	weibl., aus dem lat. »unda« (Welle); eigentlich ist damit eine im Wasser hausende Nixe gemeint; das Märchen von der Nixe Undine, die die Frau eines Menschen wird, um eine unsterbliche Seele zu bekommen, wurde mehrfach künstlerisch bearbeitet
Uno	männl., schwed. Form zu One, eigentlich »gedeihen, sich heimisch fühlen); weiter Formen: Unno, Unne
Uorsin	männl., rätoroman. Form zu Ursus
Urban	männl., aus dem Lat. übernommener Vorn., eigentlich »Stadtbewohner«; durch die Verehrung des Heiligen Urban, Patron der Winzer, wurde der Vorn. im Mittelalter vor allem in Süddeutschland und Tirol verbreitet; *weitere Formen:* Urbanus; Urbain (französ.) *Namenstag:* 25. Mai
Urdin	männl., aus dem bask. »urdin« (blau wie der Himmel)
Urdina	weibl. Form zu Urdin
Uri	männl., Kurzform zu Uriel
Uriel	männl., aus der Bibel übernommener Vorn. hebr. Ursprungs, eigentlich »Gott ist mein Licht«; Uriel war der Name eines Erzengels; *bekannter Namensträger:* Uriel Acosta, jüdischer Religionsphilosoph (16./17. Jh.)

Urs	männl., Kurzform zu Ursus; *bekannte Namensträger:* Urs Graf, schweiz. Maler und Holzschnitzmeister (um 1485–1527); Hans Urs von Balthasar, schweiz. Theologe und Schriftsteller (1905–1988)
Ursa	weibl., Kurzform zu Ursula
Urschel	weibl., Nebenform zu Ursula
Urschla	weibl., rätoroman. Form zu Ursula
Ursel	weibl., Kurzform zu Ursula
Ursetta	weibl., rätoroman. Form zu Ursula
Ursin	männl., französ. Form zu Ursus
Ursina	weibl., Nebenform zu Ursula
Ursinus	männl., Nebenform zu Ursus
Ursio	männl., italien. Form zu Ursus
Ursly	weibl., engl. Form zu Ursula
Ursola	weibl., span. Form zu Ursula
Ursula	Herkunft: weibl. Form zu Ursus *Verbreitung:* durch die Verehrung der Heiligen Ursula (der Legende nach eine britische Prinzessin, die auf der Rückreise von Rom mit ihren elftausend Jungfrauen von den Hunnen bei Köln ermordet wurde) seit dem Mittelalter in Deutschland verbreitet; um die Jahrhundertwende in Adelskreisen geschätzt; stärkste Verbreitung des Vorn. nach dem Zweiten Weltkrieg; gegenwärtig abnehmende Tendenz *Andere Formen:* Ursel, Ursela, Ursina, Ursa, Ursuline, Urschel, Uschi, Sula; Orsch, Orscheli (schweiz.); Urschla, Ursetta (rätoroman.); Ursula, Ursly, Usle (engl.); Ursel, Orsel (niederländ.); Ursule (französ.); Orsola (italien.); Ursola (span.); Orsolya (ungar.); *bekannte Namensträgerinnen:* Ursela Monn, deutsche Schauspielerin (geb. 1950); Ursula Andress, schweiz. Schauspielerin (geb. 1936) *Namenstag:* 21. Oktober
Ursule	weibl., französ. Form zu Ursula
Ursuline	weibl., Nebenform zu Ursula; ursprünglich war es der Name einer Novizin, die sich den Ursulinen geweiht hat; *weitere Formen:* Ursulina, Ursulane, Ursina, Ursine
Ursus	Herkunft: männl., aus dem lat. »ursus« (Bär) *Verbreitung:* durch die Verehrung des Heiligen Ursus von Solo-

Urte

thurn (4. Jh.) ist der Vorn. vor allem in der Schweiz beliebt und wird auch heute noch öfter gewählt
Andere Formen: Urs, Ursinus; Ursio (italien.); Uorsin (rätoroman.); Ursin (französ.)
Namenstag: 30. September

Urte — weibl., bask. Form zu Ruth

Uschi — weibl., Koseform zu Ursula; *bekannte Namensträgerin:* Uschi Glas, deutsche Schauspielerin (geb. 1944)

Usle — weibl., engl. Form zu Ursula

Usmar — männl., Nebenform zu Osmar

Ute — weibl., Nebenform zu Oda; in dem Nibelungenlied hieß Kriemhilds Mutter Uote; bis zum 12. Jh. war der Vorn. durch verschiedene Fürstinnen in deutschen Heldensagen weit verbreitet, dann wurde er immer seltener; erst im 20. Jh. wieder stärker verbreitet; *weitere Formen:* Uta, Utta; *bekannte Namensträgerin:* Ute Lemper, deutsche Sängerin und Tänzerin (geb. 1963)

Uthelm — männl., Nebenform zu Othelm

Utlinde — weibl., Nebenform zu Otlinde

Uto — männl., Nebenform zu Udo

Utz — männl., Kurzform zu Ulrich und anderen Vorn. mit »uodal«; *weitere Formen:* Uz

Uwe — männl., fries. Form zu Vorn. mit »Ot-« und Nebenform zu Owe; *weitere Formen:* Uwo, Uve, Uvo; *bekannte Namensträger:* Uwe Seeler, deutscher Fußballspieler (geb. 1936); Uwe Ochsenknecht, deutscher Schauspieler und Sänger (geb. 1956)

V

Václaw

Václaw — männl., tschech. Form zu Wenzeslaus; *weitere Formen*: Václav; *bekannter Namensträger*: Václav Havel, tschech. Schriftsteller und Politiker (geb. 1936)

Valente — männl., italien. Form zu Valentin

Valentin — *Herkunft:* männl., aus dem lat. »valere« (gesund sein)
Verbreitung: durch die Verehrung des Heiligen Valentin, Patron des Bistums Passau und Schutzheiliger bei Epilepsie (5. Jh.), in Deutschland bekannt geworden; ein anderer Heiliger Valentin wird als Schutzpatron der Liebenden verehrt, und der »Valentinstag« wird in vielen Ländern als Tag der Blumen und Geschenke zwischen Liebenden gefeiert; heute verbreitet, aber selten gewählt
Andere Formen: Felte, Valtin, Valten, Velten; Valente, Valentino (italien.)
Namenstag: 7. Januar, 14. Februar

Valentina — weibl. Form zu Valentin; *weitere Formen:* Valentine, Valente, Valentia; *bekannte Namensträgerin:* Valentina Tereschkowa, russ. Kosmonautin und 1963 erste Frau im Weltraum (geb. 1937)

Valentine — weibl. Form zu Valentin; *weitere Formen:* Valentina

Valentino — männl., italien. Form zu Valentin; *weitere Formen:* Valentiniano

Valer — männl., Nebenform zu Valerius

Valeria — weibl. Form zu Valerius; *weitere Formen:* Valerie, Valeriane; *Namenstag:* 4. Mai, 20. Mai

Valerian — männl., Nebenform zu Valerius

Valerie — weibl., Nebenform zu Valeria

Valerio — männl., italien. Form zu Valerius

Valerius — *Herkunft:* männl., aus dem Lat. übernommener Vorn., eigentlich »einer aus dem Geschlecht der Valerier«
Verbreitung: der Heilige Valerius soll ein Schüler von Petrus gewesen sein und zweiter Bischof von Trier (3. Jh.), durch seine Verehrung war der Vorn. im 16. Jh. in Deutschland recht beliebt, verlor dann aber an Bedeutung; heute wird der Vorn. nur sehr selten gewählt
Andere Formen: Valer, Valerian; Valerio (italien.)
Namenstag: 29. Januar

Valeska — weibl., poln. Form zu Valeria oder Ladislaus

Valten, Valtin — männl., Kurzformen zu Valentin

Vanda	weibl., italien. und schwed. Form zu Wanda
Vanessa	weibl., aus dem Engl. übernommener Vorn., der eigentlich eine Schmetterlingsgattung bezeichnet; in Deutschland ist der Vorn. erst durch die engl. Schauspielerin Vanessa Redgrave (geb. 1937) bekannt geworden und wird öfter gewählt
Vanja	weibl., seit dem 19. Jh. in Schweden gebräuchliche weibl. Form zu Wanja; männl., russ. Koseform zu Iwan; eindeutiger Zweitname erforderlich
Vanna	weibl., Kurzform zu Giovanna; weitere Formen: Vannina
Varus	männl., aus dem Lat. übernommener Vorn. unklarer Bedeutung; besonders in der Schweiz verbreitet
Vasco	männl., aus dem span. oder portug. »vasco« (der Baske); *bekannter Namensträger:* Vasco de Gama, portug. Seefahrer und Entdecker des Seeweges nach Indien (1469–1524)
Vasja	männl., russ. Koseform zu Wassilij
Veicht, Veidl, Veil	männl., bayr. Formen zu Veit
Veit	*Herkunft:* männl., Nebenform zu Vitus, dessen Bedeutung jedoch unklar ist *Verbreitung:* seit dem Mittelalter durch die Verehrung des Heiligen Vitus (oder Veit) weit verbreiteter Vorn.; nach ihm wurden auch einige Krankheiten (wie der Veitstanz) benannt, da er als Nothelfer bei Krämpfen, Fallsucht und Blindheit angerufen wurde *Andere Formen:* Vit, Wido; Veicht, Veidl, Veil (bayr.); Vit, Vito (roman.); Voit, Guido (französ.); Guy (engl.); Witas (schwed.); Wida (ungar.); Vit, Veit (russ.) *Bekannte Namensträger:* Veit Stoß, deutscher Holzschnitzer und Bildhauer (1440–1533); Veit Harlan, deutscher Filmregisseur (1899–1964) *Namenstag:* 15. Juni
Velten	männl., Kurzform zu Valentin
Vera	weibl., aus dem russ. »vera« (Glaube) oder Kurzform zu Verena und Veronika; *weitere Formen:* Wera; Veruschka (russ.); *bekannte Namensträgerin:* Vera Tschechowa, deutsche Schauspielerin (geb. 1940)
Verena	*Herkunft:* weibl., Herkunft und Bedeutung unklar, eventuell eine Nebenform zu Veronika *Verbreitung:* durch die Verehrung der Heiligen Verena von Solothurn vor allem in der Schweiz verbreitet, aber auch in Deutschland in letzter Zeit öfter gewählt *Andere Formen:* Rena; Vreni (schweiz.); Vérène (französ.) *Namenstag:* 1. September

Vérène	weibl., französ. Form zu Verena
Vergie	weibl., Nebenform zu Virginia
Verita	weibl. Form zu Veritas
Veritas	männl., aus dem lat. »veritas« (Wahrheit)
Verona	weibl., Nebenform zu Veronika; *weitere Formen:* Veronia
Veronika	*Herkunft:* weibl., aus dem Griech. übernommener Vorn., eigentlich »die Siegbringende« *Verbreitung:* durch die Verehrung der Heiligen Veronika von Jerusalem, die Christus auf dem Weg zur Kreuzigung ein Schweißtuch gereicht haben soll, in Deutschland verbreitet, aber in den letzten Jahren weniger gewählt *Andere Formen:* Berenike, Vera, Verona, Frony; Frauke (fries.); Véronique (französ.) *Namenstag:* 9. Juli
Véronique	weibl., französ. Form zu Veronika
Vesta	weibl., aus dem Griech., eigentlich »Herd«; Vesta ist der Name der griech. Herd- und Feuergöttin
Veva	weibl., Kurzform zu Genoveva; *weitere Formen:* Vevi
Vicky	weibl., engl. Kurzform zu Viktoria; *weitere Formen:* Vicki, Viki; *bekannte Namensträgerinnen:* Vicki Baum, österr. Schriftstellerin (1888–1960); Vicky Leandros, griech.-deutsche Sängerin (geb. 1952)
Vico	männl., italien. Kurzform zu Viktor; *weitere Formen:* Vicco, Viggo; *bekannter Namensträger:* Vicco von Bülow (Loriot), deutscher Satiriker (geb. 1923)
Victor	männl., engl. und französ. Form zu Viktor; *bekannte Namensträger:* Victor Hugo, französ. Schriftsteller (1802–1855); Victor de Kowa, deutscher Schauspieler und Regisseur (1904–1973)
Victoria	weibl., Nebenform zu Viktoria
Victorien	weibl., französ. Form zu Viktoria
Viktor	*Herkunft:* männl., aus dem lat. »vincere« (siegen) *Verbreitung:* durch die Verehrung mehrerer Heiliger in Deutschland bekannt und verbreitet, besonders durch den Heiligen Viktor von Xanten (am Xantener Dom als Drachentöter dargestellt); heute wird der Vorn. seltener gewählt *Andere Formen:* Viktorian, Victor; Vico, Vittore, Vittorino (italien.); Vitja (russ.); Victor (engl., französ.)

Bekannter Namensträger: Viktor von Scheffel, deutscher Schriftsteller (1826–1886);
Namenstag: 30. September, 10. Oktober

Viktoria

Herkunft: weibl. Form zu Viktor
Verbreitung: in Deutschland erst im 19. Jh. durch die engl. Königin Viktoria verbreitet; heute seltener gewählt
Andere Formen: Victoria, Viktorina, Viktorine; Fieke (fries.); Victorien (französ.); Vicky (engl.)
Bekannte Namensträgerinnen: Viktoria, Gattin von Kaiser Friedrich III. (1840–1901); Victoria Principal, amerikan. Schauspielerin, bekannt als »Pamela« aus der Fernsehserie »Dallas« (geb. 1950); *Namenstag:* 17. November, 23. Dezember

Viktorian männl., Nebenform zu Viktor; *weitere Formen:* Viktorianus (lat.)

Viktoriana weibl., Nebenform zu Viktoria

Viktoriane weibl., Nebenform zu Viktoria

Viliana weibl., russ. Vorn., der aus den Initialen von »Wladimir Lenin« gebildet wurde

Vilja weibl., aus dem Finn. übernommener Vorn., eigentlich »Reichtum, Güte«

Vilma weibl., ungar. Form zu Wilma

Vilmar männl., aus dem ahd. »filu« (viel) und »mari« (berühmt)

Vilmos männl., ungar. Form zu Wilhelm

Vincent männl., französ. und niederländ. Form zu Vinzenz; *bekannter Namensträger:* Vincent van Gogh, niederländ. Maler (1853–1890)

Vincente männl., italien. Form zu Vinzenz

Vincenzo männl., italien. Form zu Vinzenz

Vinzent männl., Nebenform zu Vinzenz

Vinzenta weibl. Form zu Vinzenz; *weitere Formen:* Senna, Zenzi, Zenta; Vinzentia, Vinzentina, Vincenta

Vinzenz

Herkunft: männl., aus dem lat. »vincere« (siegen)
Verbreitung: durch die Verehrung des Heiligen Vinzenz von Saragossa (3./4. Jh.) wurde der Vorn. in Deutschland verbreitet und wird heute nur noch selten gewählt
Andere Formen: Zenz, Vinzent; Vincent (französ., niederländ.); Vincente, Vincenzo (italien.)

Viola

Bekannter Namensträger: Vinzenz von Beauvais, französ. Dominikaner und Verfasser einer großen Enzyklopädie (12./13. Jh.)
Namenstag: 22. Januar, 19. Juli

Viola	weibl., aus dem lat. »viola« (Veilchen); durch die Gestalt der Viola in Shakespeares »Was ihr wollt« bekannt geworden und gegenwärtig öfter gewählt; *weitere Formen:* Violetta (italien.); Violette (französ.); Violet (engl.); Violanta (lat.)
Violanta	weibl., latinisierte Form zu Viola oder Nebenform zu Jolanthe
Violet	weibl., engl. Form zu Viola
Violetta	weibl., italien. Form zu Viola
Violette	weibl., französ. Form zu Viola
Virgie	weibl., Kurzform zu Virginia
Virgil	männl., aus dem Lat. übernommener Vorn., dessen Bedeutung unklar ist; der altrömische Dichter Publius Vergilius Maro (1. Jh. v. Chr.) wurde für einige Humanisten im 16. Jh. zum Namensvorbild; in Österreich wurde der Vorn. aber vor allem durch die Verehrung des Heiligen Virgilius, der im 8. Jh. Bischof von Salzburg war, bekannt und wird dort auch heute noch gewählt
Virgilia	weibl., Nebenform zu Virginia
Virginia	*Herkunft:* weibl., aus dem Lat. übernommener Vorn., eigentlich eine Nebenform des heute nicht mehr gebräuchlichen Vorn. Verginia (»die aus dem Geschlecht der Verginier«) *Verbreitung:* in Deutschland wurde der Vorn. schon immer nur vereinzelt gewählt *Andere Formen:* Virgie, Vergie, Virgilia, Ginnie; Virna (italien.); Virginie (französ.); Virginia (engl.) *Bekannte Namensträgerin:* Virginia Woolf, engl. Schriftstellerin (1882–1941) *Namenstag:* 7. Januar
Virginie	weibl., französ. Form zu Virginia
Virna	weibl., italien. Form zu Virginia
Vit	männl., Kurzform, roman. und russ. Form zu Veit
Vitalis	männl., aus dem lat. »vitalis« (kräftig, munter); *weitere Formen:* Vital; Vitale (italien.); Vidal (span.) *Namenstag:* 20. Oktober, 4. November
Vitja	männl., russ. Form zu Viktor; *weitere Formen:* Vitulja
Vito	männl., roman. Form zu Veit

Vittore	männl., italien. Form zu Viktor
Vittorino	männl., italien. Form zu Viktor
Vitus	männl., Herkunft und Bedeutung unklar, eventuell latinisierte Form zu dem ahd. »witu« (Holz, Wald); *weitere Formen:* Veit
Vivian	männl., aus dem Engl. übernommener Vorn. lat. Ursprungs zu »vivus« (lebendig); *weitere Formen:* Vivien (französ.); Viviano (italien.); Bibieno (port.)
Viviane	weibl. Form zu Vivian; Viviane oder Niniane ist auch eine Gestalt aus der Artussage (Dame vom See), die Merlin in ihrem Banne hielt und Erzieherin des jungen Ritters Lanzelot war; *weitere Formen:* Vivien; Vivienne (französ.); Bibiana (port.); *bekannte Namensträgerin:* Vivien Leigh, engl. Schauspielerin (1913–1967)
Voit	männl., französ. Form zu Veit
Volbert, Volbrecht	männl., Nebenformen zu Volkbert
Volkbert	männl., aus dem ahd. »folc« (Volk, Kriegsschar) und »beraht« (glänzend)
Volkberta	weibl. Form zu Volkbert
Volkbrand	männl., aus dem ahd. »folc« (Volk, Kriegsschar) und »brand« (brennen)
Volker	männl., aus dem ahd. »folc« (Volk, Kriegsschar) und »heri« (Heer); der Vorn. wurde durch den Spielmann Volker aus dem Nibelungenlied bekannt und häufig gewählt; *bekannte Namensträger:* Volker Lechtenbrink, deutscher Schauspieler (geb. 1944); Volker Schlöndorff, deutscher Regisseur »Die Blechtrommel« (geb. 1939)
Volkhart	männl., aus dem ahd. »folc« (Volk, Kriegsschar) und »harti« (hart); *weitere Formen:* Volhart, Volkert
Volkhild	weibl., aus dem ahd. »folc« (Volk, Kriegsschar) und »hiltja« (Kampf); *weitere Formen:* Volkhilde
Volkhold	männl., Nebenform zu Volkwald
Volkmann	männl., aus dem ahd. »folc« (Volk, Kriegsschar) und »man« (Mann)
Volkmar	männl., aus dem ahd. »folc« (Volk, Kriegsschar«) und »mari« (berühmt)
Volko	männl., Kurzform zu Vorn. mit »Volk-«

Volkrad

Volkrad	männl., aus dem ahd. »folc« (Volk, Kriegsschar) und »rat« (Ratgeber)
Volkram	männl., aus dem ahd. »folc« (Volk, Kriegsschar) und »hraban« (Rabe)
Volkwald	männl., aus dem ahd. »folc« (Volk, Kriegsschar) und »waltan« (walten, herrschen)
Volkward	männl., aus dem ahd. »folc« (Volk, Kriegsschar) und »wart« (Hüter)
Volkwin	männl., aus dem ahd. »folc« (Volk, Kriegsschar) und »wini« (Freund)
Volla	weibl., fries. Kurzform zu Vorn. mit »Volk-«, zu Volma oder Volke
Volma	weibl. Form zu Volkmar
Volmar	männl., Kurzform zu Volkmar
Volprecht	männl., Nebenform zu Volkbert; *weitere Formen:* Volpert, Volbert
Volrad	männl., Nebenform zu Volkrad; *weitere Formen:* Vollrad, Volrat
Vreda	weibl., niederd. Form von Frieda
Vreni	weibl., schweiz. Form zu Verena; *weitere Formen:* Vreneli; *bekannte Namensträgerin*: Vreni Schneider, schweiz. Skiläuferin (geb. 1964)
Vroni	weibl., Kurz- und Koseform für Veronika

Walbert

Walbert — männl., Nebenform zu Waldebert

Walberta — weibl. Form zu Walbert

Walborg — weibl., Nebenform zu Walburg

Walburg — *Herkunft:* weibl., aus dem ahd. »waltan« (walten, herrschen) und »burg« (Schutz, Zuflucht)
Verbreitung: durch die Verehrung der Heiligen Walburg war der Vorn. im Mittelalter in Deutschland sehr weit verbreitet; die Heilige Walburg war eine angelsächs. Missionarin und Äbtissin in Heidenheim, deren Reliquien am 1. Mai 871 nach Eichstätt überführt wurden, daher stammt auch der Brauch, die Walpurgisnacht zu feiern; der Vorn. wurde vor allem in katholischen Familien gewählt und war erst seit der Jahrhundertwende in evangelischen Kreisen verbreitet; heute selten gewählt
Andere Formen: Walburga, Walburge, Walpurga, Walpurgis, Walli, Burga, Burgl, Walborg; Valburg (schwed.); Vaubourg (französ.)
Namenstag: 25. Februar, 1. Mai

Walburga, Walburge — weibl., Nebenformen zu Walburg

Walda — weibl., Kurzform zu Vorn. mit »Wald-«

Waldebert — männl., aus dem ahd. »waltan« (walten, herrschen) und »beraht« (glänzend); *weitere Formen:* Walbert

Waldegund — weibl., aus dem ahd. »waltan« (walten, herrschen) und »gund« (Kampf); *weitere Formen:* Waldegunde

Waldemar — *Herkunft:* männl., aus dem ahd. »waltan« (walten, herrschen) und »mari« (berühmt)
Verbreitung: als Fürstenname im Mittelalter sehr stark verbreitet; im 19. Jh. wurde der Vorn. neu belebt und volkstümlich; heute noch verbreitet, aber selten gewählt
Andere Formen: Waldomar, Waldo, Walo, Woldemar; Wolodja, Wladimir (russ.)
Bekannter Namensträger: Waldemar Bonsels, deutscher Schriftsteller »Biene Maja« (1888–1952)

Waldfried — männl., aus dem ahd. »waltan« (walten, herrschen) und »fridu« (Friede)

Waldmann — männl., aus dem ahd. »waltan« (walten, herrschen) und »man« (Mann)

Waldo — männl., Kurzform zu Waldemar und Walter

Waldomar — männl., Nebenform zu Waldemar

Walfried — männl., Nebenform zu Waldfried

Walfriede	weibl. Form zu Walfried
Walli	weibl., Kurzform zu Walburg, Valerie, Valentine; *weitere Formen:* Wally
Walo	männl., Kurform zu Waldemar
Walpurga, Walpurgis	weibl., Nebenformen zu Walburg
Walram	männl., Nebenform zu Waltram
Walt	männl., deutsche und engl. Kurzform zu Walter; *bekannte Namensträger:* Walt Disney, amerikan. Trickfilmzeichner (1901–1966); Walt Whitman, amerikan. Lyriker (1819–1892)
Walter	*Herkunft:* männl., aus dem ahd. »waltan« (walten, herrschen) und »heri« (Heer) *Verbreitung:* seit dem Mittelalter durch die Verehrung des Heiligen Walter sowie durch den Minnesänger Walther von der Vogelweide sehr weit verbreitet; um die Jahrhundertwende durch zahlreiche Zeitungs- und Zeitschriftenromane neu belebt; heute seltener gewählt *Andere Formen:* Walther, Walt; Wolter (niederdeutsch); Walter, Walt, Walty (engl.); Wälti (schweiz.); Wouter, Wout (niederländ.); Gautier, Gauthier (französ.); Gualtieri, Gualtiero (italien.) *Bekannte Namensträger:* Walter Scott, engl. Schriftsteller (1771–1832); Walter Kollo, deutscher Operettenkomponist (1878–1940); Walter Gropius, deutscher Architekt und »Bauhaus«-Leiter (1883–1969); Walter Wallmann, deutscher Politiker (geb. 1932); Walter Jens, deutscher Sprachwissenschaftler und Schriftsteller (geb. 1923); Walter Plathe, deutscher Schauspieler (geb. 1951)
Walthard	männl., aus dem ahd. »waltan« (walten, herrschen) und »harti« (hart)
Waltheide	weibl., aus dem ahd. »waltan« (walten, herrschen) und »heit« (Art, Wesen)
Walther	männl., Nebenform zu Walter; *bekannter Namensträger:* Walther Rathenau, deutscher Staatsmann (1867–1922)
Walthild	weibl., aus dem ahd. »waltan« (walten, herrschen) und »hiltja« (Kampf); *weitere Formen:* Walthilde
Wälti	männl., schweiz. Form zu Walter
Waltram	männl., aus dem ahd. »waltan« (walten, herrschen) und »hraban« (Rabe)

Waltraut

Waltraut — weibl., aus dem ahd. »waltan« (walten, herrschen) und »trut« (Kraft, Stärke); *weitere Formen:* Waldtraut, Waltraud, Waltrud, Waltrude, Waltrudis, Trude

Waltrun — weibl., aus dem ahd. »waltan« (walten, herrschen) und »runa« (Geheimnis, Zauber)

Walty — männl., engl. Koseform zu Walter

Wanda — weibl., aus dem Slaw. übernommener Vorn., eigentlich ist damit eine »Wendin« gemeint; in der poln. Nationalsage ist Wanda eine Prinzessin, die sich einem deutschen Fürsten verweigerte und sich lieber in die Weichsel stürzte

Wanja — männl., russ. Nebenform zu Iwan; weibl. Form zu Iwan; eindeutiger Zweitname erforderlich

Wanko — männl., bulgar. Form zu Iwan

Warand — männl., Kurzform zu Vorn. mit »war«; weitere Formen; Warant, Weriant, Werant

Warmud — männl., aus dem ahd. »warjan« (wehren) und »munt« (Schutz der Unmündigen); *weitere Formen:* Warimut

Warnart — männl., fries. Form zu Wernhard

Warner — männl., fries. Form zu Werner

Warnert — männl., fries. Form zu Wernhard

Warren — männl., angelsächs. Form zu ahd. »warjan« (wehren); *bekannter Namensträger:* Warren Beatty, amerikan. Schauspieler und Oscarpreisträger (geb. 1937)

Wasmod — männl., Nebenform zu Wasmut

Wasmut — männl., aus dem ahd. »wahsan« (wachsam) und »muot« (Sinn, Geist); *weitere Formen:* Wachsmut

Wassili — männl., russ. Form zu Basilius; *weitere Formen:* Wassily, Wassilij, Vassilij, Wasja, Vasja; *bekannter Namensträger:* Wassily Kandinsky, russ. Maler (1866–1944)

Wazlav — männl., poln. Form zu Wenzeslaus

Weda — weibl., fries. Kurzform zu Vorn. mit »Wede-« oder »Widu-«; *weitere Formen:* Wedeke, Weeda

Wedekind — männl., Nebenform zu Widukind

Wedig	männl., fries. Form zu Vorn. mit »Wede-«; *weitere Formen:* Wedigo
Weeka	weibl., fries. Form zu Vorn. mit »Wede-«; *weitere Formen:* Weeke
Weerd	männl., fries. Form zu Wighard; *weitere Formen:* Weert
Weiart	männl., fries. Form zu Wighard; *weitere Formen:* Weierd, Weiert
Weigand	männl., Nebenform zu Wiegand
Weigel	männl., alte Nebenform zu Wiegand
Weike	männl., Nebenform zu Wighard; weibl., Nebenform zu Vorn. mit »wig«; eindeutiger Zweitname erforderlich
Weikhard	männl., Nebenform zu Wighard
Weinrich	männl., Nebenform zu Winrich
Weke	männl., fries. Kurzform zu Vorn. mit »Wede-«; *weitere Formen:* Weko
Welda	weibl., Kurzform zu Vorn. mit »Wald-«
Welf	männl., wahrscheinlich durch das alte Fürstengeschlecht der Welfen bekannt geworden; in der Bedeutung aber auch mit »Tierjunges, junger Hund« gleichzusetzen
Welfhard	männl., neuer Doppelname aus Welf und ahd. Vorn. mit »-hard«
Wellem	männl., rhein. Form zu Wilhelm
Wellemina	weibl., rhein. Form zu Wilhelmine
Welmer	männl., Nebenform zu Willimar
Welmot	männl., fries. Form zu Wilmut; *weitere Formen:* Welmuth
Wencke	weibl., aus dem Nord. übernommener Vorn., der in Deutschland durch die Schlagersängerin Wencke Myrhe (geb. 1947) bekannt wurde
Wendel	männl., Kurzform zu Vorn. mit »Wendel-«
Wendelbert	männl., aus dem ahd. Stammesnamen der Wandalen und »beraht« (glänzend)
Wendelburg	weibl., aus dem ahd. Stammesnamen der Wandalen und »burg« (Schutz, Zuflucht)

Wendelgard	weibl., aus dem ahd. Stammesnamen der Wandalen und »gard« (Hort, Schutz)
Wendelin	männl., Kurzform zu Vorn. mit »Wendel-«; Verbreitung im Mittelalter durch die Verehrung des Heiligen Wendelin, des Schutzpatrons der Hirten und des Viehs; *weitere Formen:* Wenddin *Namenstag:* 20. Oktober
Wendeline	weibl. Form zu Wendel
Wendelmar	männl., aus dem ahd. Stammesnamen der Wandalen und »mari« (berühmt)
Wendi	weibl., Kurzform zu Wendelburg oder Wendelgard
Wendula	weibl., Kurzform von Vorn., die mit »Wendel-« zusammengesetzt sind
Wenemar	männl., niederd. Form zu Winemar; *weitere Formen:* Wennemar
Wenz	männl., Kurzform zu Werner
Wenzel	männl., Kurzform zu Wenzeslaus; der Vorn. ist vor allem durch die Verehrung des Heiligen Wenzel, des Nationalheiligen von Böhmen, und durch verschiedene böhmische Könige bekannt; *Namenstag:* 28. September
Wenzeslaus	männl., aus dem Slaw. übernommener Vorn., eigentlich »Ruhm durch das Kreuz«; *weitere Formen:* Wenzel; Wazlav (poln.); Vaclav (tschech.)
Wera	weibl., Nebenform zu Vera
Werna	weibl., Kurzform zu Vorn. mit »Wer-«
Wernburg	weibl., aus dem ahd. »warjan« (wehren) und »burg« (Schutz, Zuflucht)
Werner	*Herkunft:* männl., aus dem ahd. »warjan« (wehren) und »heri« (Heer) *Verbreitung:* seit dem Mittelalter sehr weit verbreiteter Vorn.; im 19. Jh. wurde durch den Einfluß verschiedener literarischer Gestalten der Vorn. aufgewertet und volkstümlich; im 20. Jh. sehr beliebt und öfter gewählt *Andere Formen:* Wernher, Neres, Wenz, Wetzel; Warner (fries.); Verner (norddeutsch); Garnier, Vernier (französ.); Guarniero, Guernard (italien.) *Bekannte Namensträger:* Werner von Siemens, deutscher Erfinder und Industrieller (1816–1892); Werner Egk, deutscher Komponist (1901–1983); Werner Finck, deutscher Kabarettist (1902–1978); Werner Heisenberg, deutscher Atomphysiker und Nobelpreisträger (1901–1976); Werner Veigel, deutscher Nach-

richtensprecher (geb. 1928); außerdem bekannt durch die Comicfigur »Werner«
Namenstag: 18. April

Wernfried männl., aus dem ahd. »warjan« (wehren) und »fridu« (Friede)

Werngard weibl., aus dem ahd. »warjan« (wehren) und »gard« (Hort, Schutz)

Wernhard männl., aus dem ahd. »warjan« (wehren) und »harti« (hart); *weitere Formen:* Wernhart

Wernher männl., Nebenform zu Werner; *bekannter Namensträger:* Wernher von Braun, amerikan. Physiker und Raketenkonstrukteur deutscher Herkunft (1912–1977)

Wernhild weibl., aus dem ahd. »warjan« (wehren) und »hiltja« (Kampf); *weitere Formen:* Wernhilde

Werno männl., Kurzform zu Vorn. mit »Wern-«

Wernt männl., Kurzform von Zusammensetzungen mit »Wern-«

Wetzel männl., Nebenform zu Werner

Wiard männl., fries. Form zu Wighard

Wibald männl., Nebenform zu Wigbald

Wibert männl., Nebenform zu Wigbert

Wibke weibl., fries. und niederd. Kurzform eines mit »wig« zusammengesetzten Vorn.; *weitere Formen:* Wiba, Wiebke, Wübke, Wobke

Wibo männl., fries. Kurzform zu Wigbald

Wibranda weibl. Form zu Wigbrand; *weitere Formen:* Wibrande

Widar männl., aus dem ahd. »witu« (Wald, Gehölz) und »hari« (Kriegsvolk); *weitere Formen:* Wiar; Vidar (skand.)

Wide männl. und weibl., Kurzform zu Vorn. mit »Wide-« oder »Wede-«; eindeutiger Zweitname erforderlich

Wido männl., Kurzform zu Vorn. mit »Wid-« oder »Wit-«; bekannter ist aber die romanisierte Form Guido

Widukind männl., aus dem ahd. »witu« (Wald, Gehölz) und »kind« (Kind, Sohn); *weitere Formen:* Wedekind, Wittekind, Widu; Weeke, Wide (fries.)

Wiegand	männl., aus dem ahd. »wig« (Kampf) und »nendan« (kühn, wagemutig); *weitere Formen:* Wigand
Wieka	weibl., Kurzform zu Ludowika; *weitere Formen:* Wieke
Wieland	männl., aus dem Nord. übernommener Vorn., eigentlich »Listenschmiedender«; Wieland war in einer german. Heldensage ein Schmied, der sich an seinem Kerkermeister König Nidhard rächte und danach durch die Lüfte entfloh; *weitere Formen:* Wielant, Welant, Wiolant
Wiete	weibl., fries. Kurzform zu Vorn. mit »Wig-«; *weitere Formen:* Wietske
Wigbald	männl., aus dem ahd. »wig« (Kampf) und »bald« (kühn); *weitere Formen:* Wigbold
Wigbert	männl., aus dem ahd. »wig« (Kampf) und »beraht« (glänzend); *weitere Formen:* Wigbrecht
Wigberta	weibl. Form zu Wigbert; *weitere Formen:* Wiberta
Wigbrand	männl., aus dem ahd. »wig« (Kampf) und »brand« (Brand)
Wigburg	weibl., aus dem ahd. »wig« (Kampf) und »burg« (Schutz, Zuflucht); *weitere Formen:* Wiburg
Wiggo	männl., Kurzform von Zusammensetzungen mit »Wig-«; *weitere Formen:* Wigo
Wighard	männl., aus dem ahd. »wig« (Kampf) und »harti« (hart); *weitere Formen:* Wighart, Wichard, Wickart, Wickhart, Wichert
Wigmar	männl., aus dem ahd. »wig« (Kampf) und »mari« (berühmt)
Wigmund	männl., aus dem ahd. »wig« (Kampf) und »munt« (Schutz der Unmündigen)
Wikko	männl., Kurzform zu Viktor
Wilbert	männl., aus dem ahd. »willo« (Wille) und »beraht« (glänzend); *weitere Formen:* Willibert, Willbrecht, Wilbrecht
Wilbrand	männl., aus dem ahd. »willo« (Wille) und »brand« (Brand); *weitere Formen:* Willibrand
Wilbur	männl., aus dem Amerikan. übernommener Vorn., eigentlich »Bauer auf Ödland«; *bekannter Namensträger:* Wilbur Wright, amerikan. Flugpionier (1867–1912)
Wilderich	männl., Nebenform zu Willerich

Wildfried   männl., Nebenform zu Wilfried

Wilfried   männl., aus dem ahd. »willo« (Wille) und »fridu« (Friede); durch den angelsächs. Heiligen Wilfried, Bischof von York, im Mittelalter vor allem in Norddeutschland bekannt geworden und auch heute noch weit verbreitet; *weitere Formen:* Wilfrid, Wilfred, Wilferd; *Namenstag:* 24. April, 12. Oktober

Wilfriede   weibl. Form zu Wilfried; *weitere Formen:* Wilfride, Willfriede, Willefriede

Wilgard   weibl., aus dem ahd. »willo« (Wille) und »gard« (Hort, Schutz)

Wilgund   weibl., aus dem ahd. »willo« (Wille) und »gund« (Kampf); *weitere Formen:* Wilgunde

Wilhard   männl., aus dem ahd. »willo« (Wille) und »harti« (hart)

Wilhelm   *Herkunft:* männl., aus dem ahd. »willo« (Wille) und »helm« (Helm, Schutz)
Verbreitung: der Heilige Wilhelm von Aquitanien (8./9. Jh.) war frühes Namensvorbild, aber auch die Sagengestalt des Wilhelm von Orange; der Vorn. war im Mittelalter in ganz Europa beliebt; Wilhelm war auch der Name vieler deutscher Fürsten und nicht zuletzt auch Kaiser- und Königsname; die Sagengestalt des Wilhelm Tell und Goethes »Wilhelm Meister« trugen ebenfalls maßgeblich dazu bei, daß Wilhelm im 19. Jh. einer der meistgewählten Vorn. war; bis zum Ende des Ersten Weltkrieges galt der Name noch als volkstümlich, verlor dann aber an Beliebtheit und gilt heute als altmodisch
Andere Formen: Willehalm, Will, Willi, Willy, Wilm, Wim; Helm, Helmke, Wilko, Wilke, Wilken (fries.); Wellem (rhein.); Willem (niederländ.); William, Wilkin, Bill (engl.); Guillaume (französ.); Gugliermo (italien.); Guillermo (span.); Vilem (tschech.); Vilgelm (russ.); Vilmos (ungar.)
Bekannte Namensträger: Wilhelm Grimm, deutscher Philologe, Sagen- und Märchenforscher (1786–1859); Wilhelm von Humboldt, deutscher Kulturpolitiker und Sprachforscher (1767–1835); Wilhelm Busch, deutscher Humorist (1832–1908); Wilhelm Raabe, deutscher Schriftsteller (1831–1910); Wilhelm II., letzter deutscher Kaiser (1859–1941); Wilhelm Furtwängler, deutscher Dirigent (1886–1954); Wilhelm Kempff, deutscher Pianist (1895–1982)
Namenstag: 1. Januar, 10. Januar, 28. Mai

Wilhelma, Wilhelmina   weibl., Nebenformen zu Wilhelmine

Wilhelmine   *Herkunft:* weibl. Form zu Wilhelm
Verbreitung: wie Wilhelm seit dem frühen Mittelalter verbreitet; zuerst ausgesprochener Adelsname, dann volkstümlich geworden; heute spielt der Vorn. kaum noch eine Rolle

Andere Formen: Elma, Minna, Mina, Mine, Miggi, Wilma, Wilhelma, Wilhelmina; Wellemina (rhein.); Wilma, Willa (engl.); Guglielmina (italien.); Guillerma (span.); Vilema (tschech.); Vigelmina (russ.); Vilma (ungar.); Minka (poln.)

Wilke — männl., fries. Form zu Wilhelm

Wilken — männl., fries. und engl. Form zu Wilhelm

Wilko — männl., fries. Form zu Wilhelm

Will — männl., Kurzform zu Wilhelm; *bekannter Namensträger:* Will Quadflieg, deutscher Schauspieler (geb. 1914)

Willa — weibl., engl. Form zu Wilhelma und Kurzform zu Vorn. mit »Wil-«; *weitere Formen:* Wilja

Willard — männl., Nebenform zu Wilhard

Willbrecht — männl., Nebenform zu Wilbert

Willehad — männl., aus dem ahd. »willo« (Wille) und »hadu« (Kampf)

Willehalm — männl., Nebenform zu Wilhelm

Willem — männl., niederländ. Form zu Wilhelm; *bekannter Namensträger:* Willem Dafoe, amerikan. Schauspieler (geb. 1955)

Willerich — männl., aus dem ahd. »willo« (Wille) und »rihhi« (reich, mächtig)

Willi — männl., Kurzform zu Wilhelm; *bekannter Namensträger:* Willi Daume, deutscher Sportfunktionär (geb. 1913)

William — männl., engl. Form zu Wilhelm; *bekannte Namensträger:* William Shakespeare, engl. Schriftsteller (1564–1616); William Faulkner, amerikan. Schriftsteller (1897–1962); William Hurt, amerikan. Schauspieler und Oscarpreisträger (geb. 1950)

Willibald — männl., aus dem ahd. »willo« (Wille) und »bald« (kühn); bekannt wurde der Vorn. durch die Verehrung des Heiligen Willibald, Anhänger des Bonifatius und Bischof von Eichstätt (700–787); *Namenstag:* 7. Juli

Willibernd — männl., Doppelname aus Willi und Bernd

Willigis — männl., aus dem ahd. »willo« (Wille) und »gis« (auf-, hervortreiben); *weitere Formen:* Willegis; *bekannter Namensträger:* Heiliger Willigis, Erzbischof von Mainz (975–1011) *Namenstag:* 23. Februar

Willimar — männl., aus dem ahd. »willo« (Wille) und »mari« (berühmt); *weitere Formen:* Wilmar

Willram	männl., aus dem ahd. »willo« (Wille) und »hraban« (Rabe)
Willy	männl., Kurzform zu Wilhelm; *bekannte Namensträger:* Willy Forst, deutscher Schauspieler (1903–1980); Willy Messerschmitt, deutscher Flugzeugkonstrukteur (1898–1978); Willy Brandt, deutscher Politiker (1913–1991); Willy Bogner, ehem. Skiläufer, Unternehmer und Filmemacher (geb. 1942)
Wilm	männl., Kurzform zu Wilhelm
Wilma	weibl., deutsche und engl. Kurzform zu Wilhelmine
Wilmont	männl., aus dem ahd. »willo« (Wille) und »munt« (Schutz der Unmündigen)
Wilmut	männl., aus dem ahd. »willo« (Wille) und »muot« (Sinn, Geist); *weitere Formen:* Willmut
Wilrun	weibl., aus dem ahd. »willo« (Wille) und »runa« (Geheimnis)
Wiltraud	weibl., aus dem ahd. »willo« (Wille) und »trud« (Kraft, Stärke); *weitere Formen:* Wiltrud *Namenstag:* 6. Januar, 30. Juli
Wim	männl., Kurzform zu Wilhelm, bekannt durch den Fernsehunterhalter Wim Thoelke (geb. 1927); *bekannter Namensträger:* Wim Wenders, deutscher Filmregisseur (geb. 1945)
Wina	weibl., Kurzform zu Winfrieda
Winald	männl., aus dem ahd. »wini« (freund) und »waltan« (walten, herrschen)
Winand	männl., aus dem ahd. »wig« (Kampf) und »nendan« (kühn, wagemutig); *weitere Formen:* Wienand, Wignand
Winemar	männl., aus dem ahd. »wini« (Freund) und »mari« (berühmt); *weitere Formen:* Winmar, Wimmer, Wemmer
Winfried	männl., aus dem ahd. »wini« (Freund) und »fridu« (Friede); der Vorn. fand in Deutschland als Taufname des Heiligen Bonifatius Verbreitung; *weitere Formen:* Winfred (engl.); *Namenstag:* 3. November
Winfrieda	weibl. Form zu Winfried
Wingolf	männl., aus dem Nord. übernommener Vorn., eigentlich »Freundeshalle«
Winibald	männl., aus dem ahd. »wini« (Freund) und »bald« (kühn)
Winibert	männl., aus dem ahd. »wini« (Freund) und »beraht« (glänzend)

Winifred

Winifred	weibl., Herkunft und Bedeutung unklar, eventuell angelsächsische Form zu Gwenfrewi; *Namenstag:* 3. November
Winimar	männl., aus dem ahd. »wini« (Freund) und »mari« (berühmt)
Winnetou	männl., Phantasiename K. Mays für einen Indianerhäuptling; vom Amtsgericht Darmstadt 1974 zugelassen
Winnie	weibl., Kurzform zu Winifred
Winona	weibl., engl.-amerikan. Vorname, Herkunft unklar, *bekannte Namensträgerin*: Winona Ryder, amerikan. Schauspielerin (geb. 1971)
Winold	männl., fries. Form zu Winald; *weitere Formen:* Winold, Winolt, Winno
Winrich	männl., aus dem ahd. »wini« (Freund) und »rihhi« (reich, mächtig)
Winston	männl., engl. Vorn., der eigentlich auf eine Ortsbezeichnung zurückgeht; *bekannter Namensträger:* Winston Churchill, engl. Staatsmann (1874–1965)
Wintrud	weibl., aus dem ahd. »wini« (Freund) und »trud« (Kraft, Stärke)
Wipert	männl., Nebenform zu Wigbert
Wippold	männl., Nebenform zu Wigbald; *weitere Formen:* Wigbold
Wiprecht	männl., Nebenform zu Wigbrecht
Wisgard	weibl., aus dem ahd. »wisi« (weise) und »gard« (Hort, Schutz)
Wisgund	weibl., aus dem ahd. »wisi« (weise) und »gund« (Kampf)
Wismut	weibl., aus dem ahd. »wisi« (weise) und »muot« (Sinn, Geist)
Wissia	weibl., Kurzform zu Aloisia
Witiko	männl., Kurzform zu Vorn. mit »Wit-« oder »Wid-«; der Vorn. wurde durch den gleichnamigen Roman von A. Stifter bekannt; *weitere Formen:* Wittiko, Wedigo
Wito	männl., Kurzform zu Vorn. mit »Wit-«
Witold	männl., aus dem ahd. »witu« (Wald, Gehölz) und »waltan« (walten, herrschen)
Witta	weibl., Kurzform zu Vorn. mit »Wit-«; *bekannte Namensträgerin*: Witta Pohl, deutsche Schauspielerin »Diese Drombuschs« (geb. 1937)

Wittekind	männl., Nebenform zu Widukind
Wladimir	männl., russ. Form zu Waldemar; der Vorn. war besonders bei den Kiewer Großfürsten beliebt; *bekannter Namensträger:* Wladimir Iljitsch Lenin, russ. Politiker (1870–1924); *Namenstag:* 15. Juli
Wladislaw	männl., slaw. Form zu Ladislaus
Woldemar	männl., Nebenform zu Waldemar
Wolf	männl., selbständige Kurzform zu Vorn. mit »Wolf-«; *weitere Formen:* Wulf; *bekannte Namensträger:* Wolf Biermann, deutscher Schriftsteller und Liedermacher (geb. 1936); Wolf von Lojewski, deutscher Journalist und Nachrichtenredakteur (geb. 1937)
Wolfbert	männl., Neubildung aus Wolf und Vorn. mit »-bert«
Wolfdieter	männl., Doppelname aus Wolf und Dieter
Wolfdietrich	männl., Doppelname aus Wolf und Dietrich; *weitere Formen:* Wulfdietrich; *bekannter Namensträger:* Wolfdietrich Schnurre, deutscher Schriftsteller (geb. 1920)
Wolfer	männl., Kurzform zu Wolfhard
Wolfgang	*Herkunft:* männl., aus dem ahd. »wolf« (Wolf) und »ganc« (Waffengang, Streit) *Verbreitung:* durch die Verehrung des Heiligen Wolfgang, Bischof und Schutzpatron von Regensburg, war der Vorn. im Mittelalter vor allem in Süddeutschland und Österreich verbreitet; in der Neuzeit waren Wolfgang Amadeus Mozart und Johann Wolfgang von Goethe Namensvorbilder; der Vorn. ist auch heute noch weit verbreitet *Andere Formen:* Wolf, Ulf *Bekannte Namensträger:* Wolfgang Borchert, deutscher Schriftsteller (1921–1947); Wolfgang Neuß, deutscher Kabarettist (1923–1989); Wolfgang Mischnick, deutscher Politiker (geb. 1920); Wolfgang Joop, deutscher Modemacher (geb. 1944); Wolfgang Niedecken, deutscher Sänger, Mitglied der Gruppe »BAP« (geb. 1951); Wolfgang Petersen, deutscher Filmregisseur »Das Boot«, arbeitet heute in Hollywood (geb. 1941); Wolfgang Schäuble, CDU-Politiker (geb. 1942); Wolfgang Thierse, deutscher SPD-Politiker (geb. 1943); Wolfgang Lippert, Fernsehmoderator (geb. 1952) *Namenstag:* 31. Oktober
Wolfger	männl., aus dem ahd. »wolf« (Wolf) und »ger« (Speer)
Wolfgund	weibl., aus dem ahd. »wolf« (Wolf) und »gund« (Kampf)

Wolfhard	männl., aus dem ahd. »wolf« (Wolf) und »harti« (hart); der Vorn. wurde durch die Verehrung des Heiligen Wolfhard von Augsburg verbreitet; außerdem ist die Gestalt des Wolfhard im Nibelungenlied im Mittelalter bekannt gewesen; *Namenstag:* 30. April
Wolfhelm	männl., aus dem ahd. »wolf« (Wolf) und »helm« (Helm, Schutz)
Wolfhild	weibl., aus dem ahd. »wolf« (wolf) und »hiltja« (Kampf); *weitere Formen:* Wolfhilde
Wolfrad	männl., aus dem ahd. »wolf« (Wolf) und »rat« (Ratgeber)
Wolfram	männl., aus dem ahd. »wolf« (Wolf) und »hraban« (Rabe); im Mittelalter weit verbreiteter Vorn., auch heute noch öfter gewählt; *bekannter Namensträger:* Wolfram von Eschenbach, deutscher Dichter (um 1200); *Namenstag:* 20. März
Wolfried	männl., aus dem ahd. »wolf« (Wolf) und »fridu« (Friede); *weitere Formen:* Wolfrid
Wolfrun	weibl., aus dem ahd. »wolf« (Wolf) und »runa« (Geheimnis)
Wolodja	männl., russ. Form zu Waldemar
Wolter	männl., niederdeutsche Form zu Walter
Woody	männl., engl.-amerikan. Vorn.; *bekannter Namensträger:* Woody Allen, amerikan., international berühmter Filmregisseur und Schauspieler (geb. 1935)
Wout	männl., niederländ. Kurzform zu Walter
Wouter	männl., niederländ. Form zu Walter
Wunibald	männl., aus dem ahd. »wunna« (hohe Freundschaft) und »bald« (kühn); *weitere Formen:* Wunnibald, Winnibald; *Namenstag:* 18. Dezember
Wunibert	männl., aus dem ahd. »wunna« (hohe Freundschaft) und »beraht« (glänzend)
Wunna	weibl., aus dem ahd. »wunna« (hohe Freude) ; die Schwester des Heiligen Bonifatius hieß Wunna; seit etwa 1960 wird der Vorn. gelegentlich gewählt
Wyneken	männl., fries. Form zu Winand; *weitere Formen:* Wyn, Wyne, Wynand

X

Xander — männl., rätoroman. Form zu Alexander

Xandra — weibl, rätoroman. Form zu Alexandra

Xaver — *Herkunft:* männl., aus dem Span. übernommener Vorn., eigentlich der verselbständigte Beinamen des Heiligen Franz Xaver; er erhielt den Beinamen nach seinem Geburtsort, dem Schloß Xavier (heute: Javier) in Navarra (Spanien)
Verbreitung: durch die Verehrung des Heiligen Franz Xaver (1506–1552), der den Jesuitenorden mitbegründet hat und als Apostel in Asien wirkte, vor allem in Bayern verbreitet; heute selten gewählt
Andere Formen: Xavier, Javier (engl., französ.)
Bekannte Namensträger: Franz Xaver von Baader, deutscher Philosoph (1765–1841); Franz Xaver Gabelsberger, Erfinder der Stenographie (1789–1849); Franz Xaver Kroetz, deutscher Schriftsteller und Schauspieler (geb. 1946)
Namenstag: 3. Dezember

Xaveria — weibl. Form zu Xaver

Xavier — männl., engl. und französ. Form zu Xaver

Xenia — weibl., Kurzform zu Polyxenia

Xenos — männl., aus dem Engl. übernommener Vorn. griech. Herkunft von »xenos« (fremd); *weitere Formen:* Xeno

Xerxes — männ., griech. Form eines pers. Königsnamens; *weitere Formen:* Xerus, Xeres (engl.); Ahasver (hebr.)

Xylon — männl., aus dem Engl. übernommener Vorn. griech. Herkunft von »xylon« (Holz)

Y

Yale

Yale — männl., engl. Form zu den fries. Vorn. Yale, Jale, Jele, die auf das ahd. »geil« (übermütig, ausgelassen) zurückgehen

Yan — männl., Kurzform zu Yanneck; *weitere Formen:* Yann

Yanneck — männl., schweizer. Form des breton. Vorn. Yannic, einer Nebenform zu Johannes; *weitere Formen:* Yannick, Yannik, Yanik; *bekannter Namensträger:* Yannick Noah, französischer Tennisspieler (geb. 1960)

Yasmin — weibl., Nebenform zu Jasmin; *weitere Formen:* Yasmine, Yasmina

Yolande — weibl., französ. und engl. Form zu Jolande; *weitere Formen:* Yolanda, Yola

York — männl., dän. Form zu Georg; auch der Name eines Adelsgeschlechtes (Ludwig Graf York von Wartenburg, 1759–1830) sowie ein engl. Ortsname und ein engl. Herzogtitel; *weitere Formen:* Yorck, Yorrick, Yorick

Yule — männl., schottischer und nordengl. Vorn., der auf schwed. »jul« (Weihnachten, Mittwinterfest) zurückgeht

Yvan — männl., Nebenform zu Iwan

Yves — männl., aus dem Französ. übernommener Vorn., der auf die altfranzös. Rittername Ive, Ivon und Ivo zurückgeht; *bekannte Namensträger:* Yves Montand, französ. Schauspieler (1921–1991); Yves Saint Laurent, französ. Modeschöpfer (geb. 1936)

Yvette — weibl., französ. Koseform zu Yvonne; *weitere Formen:* Ivette, Ivetta

Yvo — männl., Nebenform zu Yves; *weitere Formen:* Yvon

Yvonne — weibl. Form zu Yvo; *weitere Formen:* Ivonne

Z

Zacharias

Zacharias — *Herkunft:* männl., aus der Bibel übernommener Vorn. hebr. Ursprungs, eigentlich »der Herr hat sich meiner erinnert«; der Vorn. geht auf den Vater von Johannes dem Täufer zurück, der wegen seines Zweifels an der Engelsbotschaft mit Stummheit gestraft wurde und seine Sprache erst nach der Geburt von Johannes wiedererlangte
Verbreitung: im frühen Mittelalter verbreitet; nach der Reformation bis in das 19. Jh. beliebter Vorn.; heute sehr selten gewählt
Andere Formen: Zachäus; Zacharie (französ.); Sachar (russ.)
Bekannter Namensträger: Zacharias Werner, deutscher Dramatiker (1768–1823)
Namenstag: 15. März

Zacharie — männl., französ. Form zu Zacharias

Zachäus — männl., Nebenform zu Zacharias

Zadok — männl., aus der Bibel übernommener Vorn. hebr. Ursprungs, eigentlich »der Gerechte«

Zala — weibl. Form zu Zalo; *weitere Formen:* Zalona

Zalo — männl., bulgar. Vorn., der den Wunsch nach einer heilen und gesunden Entwicklung ausdrückt

Zammert — männl., fries. Form zu Dietmar

Zander — männl., rätoroman. Form zu Alexander

Zarah — weibl., Nebenform zu Sarah; *weitere Formen:* Zara; *bekannte Namensträgerin:* Zarah Leander, schwed. Schauspielerin und Sängerin (1907–1981)

Zarin — männl., aus dem Bulgar. übernommener Vorn., eigentlich »Zar, Herrscher«; *weitere Formen:* Zarjo

Zarina — weibl. Form zu Zarin

Zäzilie — weibl., Nebenform zu Cäcilie; *weitere Formen:* Zäzilia

Zdenka — weibl., tschech. Form zu Sidonia

Zdenko — männl., tschech. Form zu Sidonius

Zelda — weibl., engl. Form zu Griselda

Zella — weibl., Kurzform zu Marzella

Zelma — weibl., engl. und amerikan. Form zu Selma

Zena — weibl., Nebenform zu Zenobia

Zenab, Zenaida	weibl., engl. Formen zu Zenobia
Zenaide	weibl., französ. Form zu Zenobia
Zeno	*Herkunft:* männl., aus dem Griech. übernommener Vorn., eigentlich »Geschenk des Zeus« *Verbreitung:* verschiedene griech. Philosophen trugen diesen Vorn.; durch die Verehrung des Heiligen Zeno, Bischof von Verona (4. Jh.), bis in die heutige Zeit in Bayern, Tirol und am Bodensee gewählt *Andere Formen:* Zenobio, Zenobius, Zenon *Namenstag:* 12. April
Zenobia	*Herkunft:* weibl. Form zu Zenobio; die Königin Zenobia machte Palmyra in Syrien im 3. Jh. zu einem Zentrum der Kultur, wurde dann aber von Aurelianus besiegt und nach Rom gebracht *Verbreitung:* seit dem frühen Mittelalter bekannt, aber bis heute nur selten gewählt *Andere Formen:* Zena, Zenobia, Zenab, Zenaida, Zizi (engl.); Zenobie, Zenaide (französ.); Zenovia (russ.) *Namenstag:* 12. April
Zenobie	weibl., französ. Form zu Zenobia
Zenobio, Zenobius	männl., Nebenformen zu Zeno
Zenon	männl., Nebenform zu Zeno
Zenovia	weibl., russ. Form zu Zenobia
Zenta	weibl., Kurzform zu Innozentia, Kreszentia und Vinzentia
Zenz	männl., Kurzform zu Innozenz; Kreszenz und Vinzenz; *weitere Formen:* Zenzi; weibl., Kurzform zu Innozentia, Kreszentia und Vinzentia; eindeutiger Zweitname erforderlich
Ziena	weibl., fries. Kurzform zu Vorn. mit »-cina« oder »-sina«; vor allem aber von Gesina; *weitere Formen:* Zientje, Zina, Zinske, Zinskea
Zilla	weibl., Kurzform zu Cäcilie oder aus der Bibel übernommener Vorn. hebr. Ursprungs, eigentlich »Schatten, Schutz«; *weitere Formen:* Zilli, Zilly
Zinnia	weibl., neuer engl. Vorn., der an eine Pflanzengattung (mexikan. Gattung der Korbblütler) angelehnt ist
Zippora	weibl., aus dem Hebr. übernommener Vorn., bedeutet eigentlich »Vögelchen«
Ziska	weibl., Kurzform zu Franziska; *weitere Formen:* Zissi, Zissy

Zita	weibl., Kurzform zu Felizitas oder aus dem italien. »zita« (Mädchen, junges Ding)
Zizi	weibl., engl. Kurzform zu Zenobia
Zlatko	männl., slaw. Kurzform für mit »Zlato-« gebildete männl. Vorn.
Zoe	weibl., aus dem Griech. übernommener Vorn., eigentlich »Leben«; *weitere Formen:* Zoa, Zoi
Zofia	weibl., poln. Form zu Sophia
Zoltán	männl., ungar. Form zu Sultan; *bekannter Namensträger:* Zoltán Kodály, ungar. Komponist (1882–1967)
Zora	weibl., Nebenform zu Aurora
Zwaantje	weibl., fries. Form zu Vorn. mit »swan« oder »schwan«; *weitere Formen:* Zwanette
Zygmond	männl., ungar. Form zu Siegmund; *weitere Formen:* Zygmunt (poln.)
Zyprian	männl., Nebenform zu Cyprian; *weitere Formen:* Zyprianus